ORV
011

11

Omniscient
Reader's
Viewpoint

全知讀者視角

전지적 독자 시점

싱숑
sing N song 著
林季妤 譯

深空
INTERSTELLAR

Episode 88. 神話級星座

1.

烏列爾的心情亂糟糟的。

「我們譬喻在哪裡呀？」

在星流放送上頭，金獨子集團過往的傳說一則接著一則播送著，但那些節目內容烏列爾半點也看不進去。

這也沒辦法。

眼下的祂都自顧不暇了，哪還有心情關注什麼星流放送？

特別是自從祂撞見了來自第九百九十九次世界線的自己，窺見片段記憶之後，烏列爾的腦中便亂成了一團。直到現在，只要祂一閉上眼，第九百九十九次回歸的記憶仍歷歷在目。

『我是你唯一的同伴，劉衆赫。我一定會完成任務，替你報仇。』

儘管祂早就知曉其他世界線的存在，但知道和親眼目睹仍有著天壤之別。

第九百九十九次回歸的世界線。

在那個世界，自己究竟遇到了怎樣的變故？

『啊，煩死了，現在根本沒空好奇別的世界線，我連我們家孩子的傳說都快追不完了說。』

烏列爾抱著腦袋發起牢騷。

最近，就連星星直播的氣氛也異於尋常，眼見最後的任務即將到來，眾星座之間都圍繞著微妙的緊張感。

更有甚者，有流言捕風捉影地描述管理局早已拋棄了這條世界線。

〔管理局召喚星座『惡魔般的火之審判者』。〕

〔是否接受召喚？〕

天外飛來的訊息讓烏列爾猛然抬起了頭。

為什麼偏偏選在這種時候？

考慮片刻後，烏列爾姑且按下了確認鍵，隨著一道耀眼的光芒，祂的身體開始傳送至某處。

〔傳送結束。〕

祂被送到一塊陌生的空地上，包含祂在內，還有數名星座都抵達了這個空間。

『什麼鬼，加百列，妳怎麼也來了？』

『要是拒絕管理局，又要被他們用一堆垃圾訊息轟炸，煩都煩死了。』

往周圍一看，只見附近聚集了數十名星座，多數人都和烏列爾一樣好奇著究竟發生了什麼事。

不管管理局行事作風再怎麼霸道，也沒道理無緣無故召喚祂們。

人群中不乏熟悉的面孔，那個身材嬌小、手臂纏著層層繃帶的是……

『哎呀哎呀，這不是我們家小焰龍嗎？』

烏列爾三步併作兩步地衝上前去，一把勾住黑焰龍的頸子。

『喝！誰偷襲？』

『是我，大天使姐姐啦。』

『放開我！』

深淵的黑焰龍一邊高喊，一邊在烏列爾懷裡拚命掙扎。

看著眼前荒誕的場面，加百列不由得發出嘀咕。

『烏列爾，那傢伙隸屬於絕對惡陣營。』

『誰管他呢，反正伊甸都垮了，現在要和大家好好相處才行。』

經歷上一次神魔大戰，星雲伊甸可說是名存實亡。實力堅強的天使大軍幾近全軍覆沒，目前還能活動的大天使只剩烏列爾和加百列兩人。

烏列爾甩掉腦中苦澀思緒，再次觀察起周圍。

『那不是高麗第一劍嗎？』

禿頭義兵長、朝鮮第一術士、黃山伐的最後英雄，那群人顯然是朝鮮半島的星座。此外，包含奧林帕斯在內，其他星雲的若干星座也紛紛現身，甚至還見到了蘇利耶的身影。

烏列爾的眼珠四處轉動，目光越發忙碌。每當祂的眼中映照出一個又一個熟面孔，不祥的預感也一次次湧現。

聚集在這裡的星座全都有一個共通點。

黑焰龍好不容易擺脫了烏列爾，低聲咕噥。

『這些人，都是原本待在金獨子頻道裡的傢伙。』

沒錯。聚集在此地的所有人，全都是——

啪滋滋。

就在這時，烏列爾的五感捕捉到一絲頗具威脅性的位格正在移動。

有人正試圖將這片空地團團包圍，祂們全都擁有直逼傳說級星座的強大位格。

機敏過人的烏列爾立刻就看穿了那些人的來歷。

『是紙莎草、吠陀，還有黃帝啊。向來交惡的幾個星雲竟會聯手，這又是在打什麼算盤？』

烏列爾緊張地喃喃自語。

縱使強大如祂，要應付這麼多傳說級星座也是強人所難，更何況——

『就連那些八風吹不動的老屁股都出現了……屬於最後任務的存在怎會跑到這來？』

錯不了，從剛才開始，祂的手臂就止不住地冒出雞皮疙瘩，在在證明了某個超級強大的存在就在不遠處。

無論星星直播再怎麼浩瀚無垠，擁有如此強大位格的存在仍是屈指可數。

往身旁一瞧，深淵的黑焰龍同樣難掩緊張。

無庸置疑，這個存在——

顯然是真正的神話級星座！

『大家都到了？』

滋滋滋滋滋滋滋！

真言響徹耳際的剎那，周圍氣氛陡然一變，彷彿空氣中的氧氣也跟著全部點燃。周遭的星座再也站不穩腳步，連火焰抗性極強的烏列爾都不禁皺起了眉頭。

神話級星座怎麼會出現在這裡？

除了冥王、梅塔特隆及齊天大聖這一類極端罕見的案例，大部分神話級星座從不干涉低階任務，因為祂們都已完成了自己的結之篇章，也早早進入了唯一神話的候補名單。

這群人已經抵達最後的任務，自身傳說也獲得了保障。

『看來那潑猴和冥王還沒出現。沒時間拖延了，我們直接進入正題吧。』

『等一下！』

〔星座『正午日輪』望向星座『惡魔般的火之審判者』。〕

迎上對方視線的同時，烏列爾頓時明白了真言的主人是何方神聖。

星星直播存在著無數的「太陽」，而在眾多烈日中，只有極少數金烏能占據這座宇宙的中心。

特別是占據了時間的中心——正午——的存在。

『太陽神，拉[1]，是你召集我們？』

拉，巨型星雲紙莎草的最高星座。

『沒錯。』

『怪了，我還以為召集我們的是管理局。』

拉沉默不語，周圍隱隱傳來的動靜中，也能感受到大鬼怪的聲息。

烏列爾決定沉著應對。萬一對方真的甘願蒙受概然性損失，和管理局連成一氣，情況可說是相當凶險。

『行，究竟是什麼事那麼重要，讓你們不惜暴露和管理局之間相互勾結的關係，我洗耳恭聽。』

『我找各位前來，是為了最後的任務。唯一的神話即將揭曉，換言之，很快就要選定足以代表這個世界線的唯一一則故事。』

唯一的神話。

在場的星座都對它了然於胸，畢竟祂們時刻關注的金獨子集團，也是正在創造唯一神話的星雲。

1 Ra，古埃及太陽神，亦是古埃及神話中最重要的造物神。能力強大，形象眾多，一般以鷹首日輪為其象徵。

『所以？那與我們何干？』

『你們大多沒有取得前往最終任務的資格吧？只要和我聯手，我將帶你們一同前去最後的任務。也就是說，你們也將擁有讓自己的名號出現在唯一神話當中的機會。』

這項提議讓幾名星座的目光出現動搖，多數是沒有隸屬星雲的聖人級星座。

烏列爾靜靜注視著拉，噗哧笑了起來。

『什麼嘛，我還以為出了什麼大事，沒事就好。要是你說完了，我就先告辭了。』

烏列爾說著便轉過身，卻沒能邁開步伐。

某個極其強烈的位格絆住了祂的腳步。

『這是什麼意思？』

『我的話尚未說完。』

『我覺得沒聽下去的必要了吧。』

烏列爾的真言鋒利無比。

祂們沒有選擇其他頻道，而只召集了 #BY-9158 頻道內的星座；況且召集祂們的不是別人，而是那個紙莎草的最高階星座。

『你的提案，不就是要煽動我們去打擊金獨子集團嗎？』

一時之間，短暫的沉默瀰漫空氣。

拉開口問道。

『妳為何這麼認為？』

『因為他們具備了前往最後任務的資格。只要除掉他們，唯一的神話自然少了一個強力候補。』

這番話在星座間掀起了波瀾，祂感覺到身旁星座的氣息出現了動搖。

烏列爾從鼻間發出一聲哼笑。

『名為星座的傢伙真是自始至終都沒變。還有，拉，既然你都抵達最後的任務了，就少來插手低階任務，宙斯和你都一個樣……』

『……』

『你不會是在擔心你的孩子吧？沒想到繼承了你傳說的那些人，就連區區新生星雲都招架不了，沒能成為唯一神話的候補，才讓你惱羞成怒——』

隨著一聲轟然巨響，烏列爾整個人陷進了深深的地底。

烏列爾咒罵連連的同時，耳邊傳來了拉的真言。

『對，妳說的沒錯，這是身為父母沒能好好拉拔兒女的憤怒。作為父母，豈能讓自己的孩子被那些放棄終焉的可悲失敗者，和初出茅廬不到十年的小星雲斷送前程，這是再正當不過的憤怒。』

烏列爾早有預期似地迎上祂的目光。

『終於露出真面目了啊。不好意思，這裡沒有星座支持你家那些扶不起的阿斗，你好像還沒搞清楚我們是哪個頻道的訂閱星座耶？』

黑焰龍和加百列伸手將烏列爾從窟窿裡拉了出來。在祂們身後，包含高麗第一劍和禿頭義兵長等人，朝鮮半島的星座全都點頭表示認同。

烏列爾一一迎上眾人的視線，心中莫名欣慰。

聚集在此處的繁星，都帶著同樣的心意，在為某個人的故事加油打氣。

從第一個任務「價值證明」開始，直到決定整個世界線命運的「最後的任務」為止，烏列爾無法篤定在場每個人都與自己擁有同樣的心情，但在祂們之中，肯定有人比起自己的傳說，更熱愛金獨子集團的故事，就和祂自己一樣。

『正因如此，你們才是失敗者。』

『什麼？』

『滿腦子只顧著看好戲，你們是不是忘了——你們，也是任務的一部分？』

下一刻，空中捲起的強烈概然性風暴中，出現了一道身影。

滋滋滋滋滋！

那是擁有鋼鐵外表的人影。只見一名傳說級星座滿身傷痕，被數道光圈緊緊束縛。

『這傢伙和你們一樣，選擇支持愚蠢的傳說。』

烏列爾愣愣地望著那名星座。

縱使素未謀面，但在見到祂的那一瞬間，烏列爾便明白了祂是誰，甚至，烏列爾也曾用間接訊息和祂有過幾次交流。

〔星座『鋼鐵的主人』在痛苦中蜷縮身體。〕

鋼鐵的主人，祂正是李賢誠的背後星。

耳邊傳來拉的訕笑。

『明明乖乖待在奧茲就能安全無虞，但為了幫助那個愚昧的傳說，這傢伙竟跑去接觸其他世界線的存在。』

『你在幹什麼——』

『你們沒有選擇。幫助我們，結束金獨子集團的故事，否則……』

拉說話的同時，束縛著鋼鐵的主人的光圈也開始收緊。

鋼鐵的主人痛苦地掙扎，拚命緊盯著烏列爾。

〔星座『鋼鐵的主人』表示殺死自己毫無意義。〕

〔星座『鋼鐵的主人』高喊早已將自身傳說和名號傳承予其他存在！〕

眼見光圈越收越緊，烏列爾採取了行動。

隨即——

〔星座『鋼鐵的主人』表示絕對不要背棄故事。〕

喀吱吱吱！

鋼鐵的主人扭曲變形，傳說從祂的體內噴湧炸開。

堂堂傳說級星座，就這樣輕易地消散而逝。

頻道中的所有人宛如凝固了一般，定定凝視著那幅光景。

面對星宿之死，拉繼續說了下去。

『不然，就像這樣去死吧。』

說時遲那時快，烏列爾釋放了自己的位格。

2.

天空有如破碎的玻璃，迸裂出一道道黑色裂痕。

李賢誠仰望著出現縫隙的天空，問道：「金獨子士官長，這真的沒問題嗎？」

聽他這麼一問，我也抬頭看向天空。

世界正在崩塌。

原因不言而喻，有人正從外部對奧茲發動攻擊，並且還是一群相當強大的存在。

回過頭，只見大家也都注視著我。

劉衆赫、韓秀英、劉尚雅、鄭熙媛……

不必多說，我們的選擇早已底定。

「沒事，難道我這個士官長是當假的嗎？你什麼也不用擔心。」

✦ ✦ ✦

天空正在崩解，看著這種景象，怎麼還能說出「沒問題」呢？

李賢誠實在不能理解，難道軍隊本來就是這種地方？

『金獨子只是靜靜地微笑著。』

他揚起一抹如同教科書般標準的微笑。

金獨子士官長就只是這麼說道：「中隊長應該也會說沒問題吧。」

實際上，沒過多久，中隊長就召集所有士兵到訓練場集合，發表了重大事項。

體格嬌小卻魄力十足的她，用她特有的表情環顧著一眾士兵。

「中隊長對各位非常失望。」

出乎意料的起頭讓所有士兵緊張了起來。

「在個人整備時間，你們並沒有確實閱讀網路小說。」

李賢誠心中陡然一驚。

她說的是事實。甚至就在昨天，他在個人整備時間也沒有閱讀網路小說，而是跟著劉衆赫一起練習了徒手體操。

「所以，中隊長決定離開這個部隊。」

始料未及的逃營宣言讓李賢誠一時陷入茫然。

離開？竊竊私語的聲音從四面八方傳來。

「還有，李賢誠。」

一回過神來，中隊長已經將她的手按在他肩上。

「二兵李賢誠！」

這還是他頭一次距離中隊長這麼近。

端正的軍服上繡著中隊長的軍階及姓名。

上尉韓秀英。

這就是她的職銜和名字。

「你還要發呆到什麼時候？還不快採取行動？想看金獨子送死嗎？」

怎麼回事？一陣刺痛伴隨著怪異的記憶一閃而過。

什麼？剛才那是……

「又在發呆了。」

「二、二兵李賢誠！」

中隊長用難以言喻的眼神凝望著李賢誠，拍了拍他的臉頰。

「好好看書。你是個傻子，所以必須多讀書，這樣才能活得更久。」

留下這無厘頭的一席話之後，韓秀英中隊長飄然離開了部隊。

✦ ✦ ✦

韓秀英中隊長離開後又過了兩天。

天空的裂痕仍在擴大，就像世界毀滅的前兆。

「李賢誠，體操動作都背好了？」

回頭一看，他的直屬學長劉衆赫一等兵就在眼前。

「二兵李賢誠！是，背得完美無缺了！」

「營舍的飲用水都裝好了？」

「整整兩公升，都已經裝滿了！」

面對劉衆赫銳利的眼神，李賢誠總會沒來由地膽怯，就算自己沒有任何失誤也一樣。

「軍中生活的行動綱領是？」

「二、二兵李賢誠！那個我還沒——」

話一出口，他就在心中大叫不好，生怕又要挨罵了。

李賢誠吞了口口水，正要閉上眼等著責備降臨，卻聽見了劉衆赫的聲音。

「行動綱領很短，你很快就會背起來的。」

「啊？呃，報告、您說什麼？不、沒事！」

這是什麼情況？自己連續犯了兩次失誤，劉衆赫都沒有疾言厲色地指責，甚至連注視著自己的眼眸也溫和了許多。

「我明天就要調任了。」

「報告，您說什麼？」

「李賢誠，不必將每一件事都化為守則，能時時刻刻幫助你的直屬學長也不會永遠存在。」

這又是怎麼回事？一等兵劉衆赫轉過身的身影為何如此熟悉？

「有些時候，我們必須在沒有守則的情況下作出選擇。」

這就是一等兵劉衆赫留給他的最後一句話。

✦ ✦ ✦

連隊裡的人就這樣接二連三地失去蹤影。

韓秀英中隊長、劉衆赫一等兵、劉尚雅中尉等人依序消失，等到他倏然回過神，最高指揮官已經變成了副士官鄭熙媛中士——雖然這簡直荒唐得不像話，但李賢誠只當是情勢緊急，這種情況在所難免。

每天早晚點名之後，李賢誠的工作就是管理鄭熙媛中士及部隊的設備，或者和金獨子士官長一起前往營隊裡的書庫。

「最近軍隊也有收錄武俠小說啊，哇，這本書真的超老的。」

金獨子很喜歡看書。應該說不僅是喜歡，是整天都能泡在書堆裡。李賢誠總會在金獨子身邊坐下，目不轉睛地盯著他興奮翻開書頁的模樣。

「你也要看書嗎？」

「呃，那個，我……。」

還沒等他說完，天空又再度響起劇烈的轟鳴。

金獨子的表情一僵。

四天前，第一次聽見那種轟鳴聲時，韓秀英上尉消失了；而兩天前，第二次傳來這種巨響時，一等兵劉衆赫也沒了蹤跡。

李賢誠有些不安。

「金獨子士官長。」

「嗯。」

「請問金獨子士官長您也要走了嗎？」

人們總是不斷從他身邊離去，他老是在搞丟東西。

金獨子朝著李賢誠微微一笑。

「應該吧，我是士官長耶，要早點退伍才行啊，我可沒打算簽下去。」

「這樣啊……」

「你也想早點離開這裡吧？」

我也想離開——李賢誠正打算開口回答，忽然就望見了窗外的鐵絲網。看起來無比堅固，卻又危險的鐵絲網。

這是為什麼？現在的他，居然對走出那道鐵網心生懼意。

「我……」

任意翻越鐵絲網肯定會受傷，只要待在裡頭，那道鐵網就會成為保護他的防護罩。這麼一想，李賢誠心中便感到安穩而舒適。

天空仍在崩解。他對外頭的世界一無所知，那是一個軍中生活行動綱領或國軍徒手體操都毫無意義的世界。

一抬起頭，李賢誠發現金獨子正注視著自己。金獨子彷彿欲言又止，再次裝作若無其事般笑了笑。

「想出去就多看點書吧，看書。」

「多讀書就能縮短服役時間嗎？」

這句話讓金獨子撇了撇嘴，說道：「多看書，多寫讀書心得報告的話，應該能拿到休假吧。」

讀書心得？

「這次連上不是在徵集讀書心得嗎？讀完之後再參加徵文吧，雀屏中選的心得會給榮譽假喔。」

金獨子所指的布告欄上，張貼著營裡徵文活動的海報，李賢誠還是頭一次知道有這種活動。

原來如此。原來寫讀書心得就可以休榮譽假離營啊。

「等你寫完一定要給我看看喔。」

但隔天早上點名結束後，金獨子士官長就消失了。

✦ ✦ ✦

「只剩我們兩個人了，還管他什麼日程不日程。」

鄭熙媛中士嘴裡嘟囔著。

李賢誠尷尬地笑了笑，手中拔著部隊營舍周圍的雜草。

「以防萬一嘛，中隊長說不定隨時會回來……。」

鄭熙媛一屁股坐在長椅上，托著下巴，像在觀察什麼神奇的野獸一樣注視著李賢誠。

「你很喜歡這裡？」

平時的鄭熙媛中士絕不可能用這種語氣說話，儘管如此，她的語調仍舊觸動了李賢誠某種微妙的思念。

或許正是由於這股想念，才讓李賢誠立刻坦誠相告。

「不喜歡也不討厭。」

既不喜歡也不討厭的地方，這就是李賢誠對軍隊最精準的感想。

「不過，待在這裡就什麼也不用思考。」

沒錯，正因如此，他才選擇了軍隊。

只要待在軍隊，他就能忘記整個世界。無論就業、學業、他人的目光、世俗的問題，或家中瑣事，以及無論他怎麼做都無法解決的種種苦惱等等。

「但是，最近我覺得其實還滿好的。」

他究竟喜歡這裡的什麼呢？其實他也無法好好說明。

「我喜歡妳。」

但又為什麼，胸口會這麼疼呢？

鄭熙媛中士直勾勾地迎上他的目光，說道：「那你就待在這裡吧，李賢誠。就待在這裡，等我們回來。」

報告長官，您說什麼——這句話他說不出口，因為他絕對沒有聽錯。

「由我們來守護你的世界。」

他正想開口，空中隨即灑落一束耀眼的光芒，鄭熙媛中士一轉眼就從他眼前消失得無影無蹤。

轟隆隆隆。

不知不覺間，天空的裂縫已經吞噬了大半個世界。

就這樣，只剩下李賢誠自己一個人了。

✦ ✦ ✦

——我到底在幹什麼？

——這裡真的是軍隊嗎？

——我所知的軍隊……

李賢誠守著空無一人的部隊，反覆過著相同的日常。在規定的時間睜開眼、跑步、練習國軍徒手體操，並在獨自結束精神訓話後，展開一天的日程。

然而，他早已無事可做，就在昨天，連營區裡的雜草都被他拔得一乾二淨了。

「讀書心得！」

李賢誠這才想起金獨子說過的話。

金獨子交代他寫一篇讀書報告……讀一本書，寫下心得感想。

李賢誠爬上營中的書庫，那裡堆滿了一摞摞書籍，彰顯著金獨子曾經存在過的事實。微妙的情緒在心底發酵，李賢誠伸手拿起堆在最上頭的書，這本書，他也很熟悉。

《綠野仙蹤 ver.999》

他一定曾在某處聽過這個書名，卻一次也沒有仔細讀過。

李賢誠姑且翻開書，開始閱讀第一行句子。

「錫鐵軍人害怕擁有一顆心。」

錫鐵軍人？是《綠野仙蹤》的主角嗎？

李賢誠繼續翻頁。

「錫鐵軍人第一個遇見的同伴是個非常可怕的男子，錫鐵軍人總是稱對方為隊長。」

一字一句地讀著，腦袋忽然疼得厲害。

隊長？

「錫鐵軍人和美麗的天使成了伙伴，天使在生氣時往往會化身為惡魔。」

說不上為什麼，一看到那些文句，心口就火辣辣地刺痛。

「錫鐵軍人也和身穿厚重盔甲的武士結伴同行，武士經常用自己的利劍考驗錫鐵軍人的強度。」

怎麼會這樣？眼前彷彿立刻就能勾勒出每個人的模樣。

「錫鐵軍人又和吐著駭人烈焰的龍結為伙伴，那頭龍有時還挺好欺負。」

明明我從來沒有遇過這些人啊。

「後來，來自其他世界的魔王奪走了他們最珍視的事物。」

每當他一段段閱讀下去，那讓人不忍卒睹的情節，全都栩栩如生地浮現眼前。那分明是難以捉摸的陌生景象，仍舊使李賢誠渾身顫抖。

他不懂。這究竟是什麼故事，作者又想表達些什麼，他一點也弄不明白。

他更想不通，為何自己會淚流滿面。

「在故事的尾聲，錫鐵軍人領悟了自己的疼痛的心情。」

「而那些傷痛，最終化為了他的心臟。」

隨著那行文字映入眼簾，李賢誠瞬間想起——我也有過這樣的一群戰友。

「當所有悲劇落幕，當我們的故事不再是被編排好的任務，那時，我也想聽聽賢誠先生的故事。」

他的第一個戰友是個親切溫暖的人，所有伙伴都追隨著他。

「在那之前，最重要的是誰也不能受傷。」

第二位戰友溫柔體貼，大家都相信她的話不會有錯。

「不，就算要犧牲一個人，讓大家盡可能倖存下去才更重要。當然了，『那個人』必須是金獨子，反正那小子無論如何都會活下來的。」

第三名戰友聰明伶俐，所有人都認為她策劃的戰略一定會成功。

「沒有人會死，這裡交給我就行了，去吧。」

第四個戰友是個堅韌的人，每個人都能放心將自己的後背託付給他。

「對了，如果有一天，我忘記了賢誠先生……」

還有，第五位戰友……

「那就殺了我吧。」

記憶逐漸恢復，隨即，心臟也極其緩慢地跳動起來。

那感覺雖然遲緩卻明確，像在強調著他曾經那般痛苦、像在疾呼著那種痛楚曾經存在，一次又一次，竭盡所有力氣地跳動著。

怎麼能忘了他們？

李賢誠緊緊握起雙拳，渾身顫抖。

現在，不是待在這裡的時候。

他望向窗外的天空，此刻裂隙已經布滿整片蒼穹，伙伴們究竟離開去了哪裡，不言而喻。

他們是去守護自己所存在的這個世界，去面對連最凶險的敵國北朝鮮也無法比擬的災難。

「李賢誠思索著，我也擁有那樣的力量嗎？」

〔星座『鋼鐵的主人』注視著您。〕

他的背後星正在凝視著他。

滋滋、滋滋滋。

只是，似乎與平時有些不同。

那的確是他的背後星沒錯，但與他迄今感受過的目光有著微妙的差異。

〔星座『鋼鐵的主人』詢問您是否感到心痛。〕

李賢誠點了點頭。

「我想要守護這份感情，這份心意。」

他感到恐懼，害怕自己又會遺忘這一刻，害怕自己的心臟再次停止跳動，害怕所有的一切，都會冰封凍結在冷冽的銀芒之中。

閃過這些念頭的同時，他的背後星跟著開口。

【你可以守護一切。】

那道嗓音，好似經歷數萬年歲月淬鍊而成的鋼鐵。

【但若守護不了，作為代價，你將永生活在痛苦之中。】

「那也無妨，總比連守護的機會都沒有好得多。」

遺失之於他已成習慣，所以最重要的是，不再丟失任何東西。

【你的名字是——鋼鐵劍帝。】

遠遠地，他望見鐵絲網逐漸倒塌，他奉為圭臬守則的世界，正在消失。

李賢誠邁開步伐，走向了屬於自己的故事。

✦ ✦ ✦

「獨子先生。」

我們堅守著漸漸分崩離析的奧茲。

隨著鋼鐵的主人和《綠野仙蹤》的傳說不斷衰敗，奧茲的對空防禦系統也在崩毀。

放眼望去，足有數百艘戰艦將奧茲團團包圍，伙伴們一邊調節著體力，一邊守護著這顆已經被打出破口的行星。

但是，我們也逐漸到了極限。

對方主要是利用戰艦發動遠程攻擊，我們最有效的應對方式，除了倚靠李智慧的龍龜戰船和申流承的奇美拉異龍，再無其他手段。

問題是，李智慧的艦隊和申流承的奇美拉異龍在神魔大戰受到的損傷，至今尚未完全復原。

說穿了，我們本就是為了解決這些問題才會來到這裡的啊。

「對空防禦很快就要失效了！」

我們繃緊神經，準備迎接最後的決戰。

鄭熙媛問道：「其他星座到現在都還沒有消息嗎？」

「應該是出了什麼問題吧。」

說不定，那個問題就和眼前來襲的敵人有關。

韓秀英發著牢騷。

「你不會後悔吧？我們這麼做真的沒問題？」

我點了點頭。

「李賢誠總是守在第一線，為我們阻擋利劍，現在輪到我們回報的時候了。」

其他伙伴也全都表示贊同。

劉衆赫飛身登上星球最高的大廈頂端，鄭熙媛則爆發出比任何人都強大的位格，堅定展現自己的決心。

——相信李賢誠吧。

我不清楚我們還能爭取多少時間，但願這段時間對李賢誠而言足夠充裕。

「來了！」

轟隆隆隆隆！

遠方數百艘船艦同時開火，魔力彈的數量足以將整顆行星化為焦土。

我們不約而同地釋放了傳說。無論如何，我們都必須擋下這波攻勢，縱使榨乾所有魔力也在所不惜——

就在這一剎那，蒼茫的銀色光輝籠罩了世界。

只見半空中，神話金屬展開了一道寬闊的防護罩，戰艦的砲火被擋在那道半透明的屏障之外，轟然炸裂。

「自己一個人留在那種地方，根本一點也不幸福。」

那不是《綠野仙蹤》的傳說，而是打從根源上就與之迥異的嶄新神話。

「在那個世界裡，他被稱為鋼鐵劍帝。」

我的背脊掀起一陣雞皮疙瘩。

滾滾蒸氣瀰漫整顆行星，神話金屬有如開枝散葉的大樹般不斷延展，包覆了星球的表面。

那是全星星直播最堅硬的物質，是世上唯一能抵禦神話級星座力量的神話金屬。

〔多數星座為該傳說的規模感到震驚！〕

以金屬覆蓋整顆星球的星痕。

這就是行星奧茲最引以為傲的對空防禦系統——終極強鐵！

「巨型怪獸特戰司令部下屬，李賢誠上尉。」

擁有比劉衆赫更高大的身材。

他是我認識的人之中，體格最為堅實的男人。

「自今日起，獲准退伍。」

天上的星宿畏畏縮縮地向後退卻。

〔星雲〈紙莎草〉的星座對於星座『鋼鐵的主人』依然存活感到驚愕！〕

反擊的時刻到了。

3.

〔您已晉升為大鬼怪。〕

〔您已獲准參與大鬼怪的最終投票。〕

看著訊息，鼻荊慢吞吞地眨了眨眼睛。

見過鬼怪之王後，鼻荊的外觀發生了極大的轉變，現在的祂和清風一樣化成了完全的人類形象，從肩上披著的白虎毛皮，以及三根黃澄澄的犄角之中，能感受到傳說的力量。

祂儼然成為了貨真價實的大鬼怪。

「那麼，我先告退了，清風大人。」

「你是打算去他們那裡吧？」

鼻荊沒有回答。

清風說道：「當最後的時刻到來，所有鬼怪都必須選擇自己最終的故事，縱使講述那個故事可能賠上自己的性命，也得作出抉擇。」

「……」

「而你選擇的那個故事，獲勝機率極其渺茫。」

「我知道。」

「甚至絕大多數的鬼怪和管理局，都將他們視為公敵。」

「這我也心裡有數。」

在星星直播，沒有鬼怪不知道與管理局為敵意味著什麼。

「即便如此，我還是希望透過那個故事，看到世界的結局。」

鼻荊早已選擇了自己最終的傳說。

✦ ✦ ✦

「獨子先生。」

「你終於拿到榮譽假啦？」

「別調侃我了，我都說了，這次不是休假，而是退伍了。」

「真的要退伍了嗎？」

「是。」

李賢誠揚起燦爛的笑容。

「我不要再當軍人了。」

我仔細觀看著流淌在李賢誠全身的銀色傳說。

如同某些小說只要讀到第一行文字就能直擊人心，傳說亦然。

『毅然決然的銀輝，是經歷漫長歲月砥礪而成的強韌意志。』

在轉生者之島，一拳無敵劉皓成曾經教誨道，倘若意圖支配某個傳說，就必須先理解那個故事，但一如我們不可能完完全全理解他人，要徹底理解一個故事也難如登天。

「我們能做的，其實不過是各自得出屬於自己的詮釋而已。」

若如他所言，這就是李賢誠的解讀。

〔傳說『鋼鐵的支配者』開始講述故事。〕

那是鋼鐵的主人的核心傳說。能夠順利運作那個傳說，代表李賢誠總算抵達鋼鐵化的最終階段。

「雖然沒寫下讀書心得，但我終於理解獨子先生要我看書的理由了。」

李賢誠又謹慎地補了一句。

「請問，那是第九百九十九次回歸世界線的故事嗎？」

我有些吃驚，沒想到李賢誠居然會聯想到那裡。

「我想應該是吧。」

「但那個故事變形成了《綠野仙蹤》，也就是說……」

據我所知，奧茲傳說的根源就是《綠野仙蹤》，但構築其根本的故事發生了轉變……甚至，還是依據第九百九十九次回歸的故事為基礎。

這個現象的起因尚不明朗，但我也有些眉目，畢竟某則傳說的根源出現了變化，這件事意味著什麼相當顯而易見。

〔登場人物『李賢誠』的背後星注視著您。〕

倘若是過去的我，或許難以察覺那目光中細微的改變。

那並非我所熟知的鋼鐵的主人的氣息。

我將視線轉向祭壇的所在地。看著那座翡翠高塔，腦中浮現了謁見大廳的那柄鋼鐵大劍。

「賢誠大叔！」

在塔下應戰的伙伴們全都跑了過來。

「賢誠叔叔！你沒事吧？」

連蹦帶跳的申流承和李吉永緊緊地拉住李賢誠的手。

遲一步趕來的劉衆赫也咕噥道：「總算平安退伍了。」

劉尚雅和韓秀英也各自說了一句。

「恭喜你退伍了。」

「有需要的話，隨時來找中隊長啊。」

最後趕到的是位在最遠處防範敵軍空襲的鄭熙媛。她在相距十幾公尺的地方緩緩停下了腳步，數度欲言又止，最後只是看著我們，一個人愣愣地站在原地。

李賢誠露出微笑。

「熙媛小姐。」

我暗自糾結，這時候是不是該識相地走遠一點？

豈料，一個出乎意料的人物打斷了我的遲疑。

「感人肺腑的重逢還是以後再說吧！戰鬥還沒有結束呢！」李智慧一邊在天空中召喚出龍龜，一邊高聲喊道。

李智慧說的沒錯。包圍了行星外部的星雲大軍並未退開，不，別說退避了，反倒有更多船艦不斷湧來，其中甚至包含了以破壞行星或進行星雲戰為目的而打造的大型戰艦。

堅強可靠的李賢誠踏步向前，說道：「別擔心，我沒打算跟祂們客氣。」

實際上，儘管此刻外頭砲聲隆隆，但奧茲的防護罩仍固若金湯。

就如我先前所說，在奧茲的領域裡，鋼鐵的主人的力量不亞於神話級星座……

嘰咿咿咿——

不祥的聲響驀地傳來，鼻尖飄來某種東西燒焦的惡臭。

抬頭一看，只見半透明的鋼鐵屏障正閃爍著耀眼的精光，就像在進行焊接工程一樣。

有人正試圖熔化李賢誠的鋼鐵。

〔星座『正午日輪』凝視著行星『奧茲』。〕

霎時間，李賢誠身體一僵，代替我們保護著整顆星球的他，相當於直接暴露在那道視線的壓倒性位格之下。

不亞於神話級星座，並不代表他真的等同於神話級星座。

我輕輕按住李賢誠的肩頭，共享了星雲的概然性，李賢誠動彈不得的身軀才稍稍恢復了行動力。

不能因為他變強了，就讓他獨自戰鬥。

對方是星雲，我們亦然。

「看來有大人物親自找上門了。」

正午日輪，這自然也是我熟知的名號。正常來說，祂絕無可能移駕來此，畢竟祂可是堂堂紙莎草星雲的最高階星座，而既然祂親自到來，也就代表……

〔星座『正午日輪』在星星直播展露了自己的意志。〕

祂們不演了，沒打算繼續隱藏自己真實的意圖。

〔星雲〈紙莎草〉對星雲〈金獨子集團〉表現出敵意。〕

〔已列入唯一的神話候補名單的兩座星雲發生了衝突！〕

前所未聞的訊息，讓所有人的表情凝重了起來。

某種齒輪已經開始轉動。

〔星雲〈紙莎草〉向星雲〈金獨子集團〉發起星雲戰。〕

在星星直播，巨型星雲正式宣戰的情況實屬罕見，因為星雲間的戰爭，對雙方幾乎都是有害無益。倘若不惜代價也要開戰，也總有不得不為的理由。

〔已達成限定主線任務啟動條件。〕

〔該任務僅發送予已列入唯一的神話候補名單的星雲。〕

＋

〈主線任務#98—候補決定戰（限定）〉

分類：主線

難易度：???

成功條件：從現在起，已登錄至「唯一的神話」候補名單的所有星雲，可以自由進行星雲戰。任何宣戰與開戰皆沒有連帶罰則，也允許星雲之間自由結盟。在候補角逐戰勝出的星雲，會受到全星星直播矚目，亦將提升獲選為「唯一的神話」的可能性。

時間限制：—

獎勵：星雲知名度上升，獲得與星雲戰有關的神話及傳說。

任務失敗：星雲知名度下降，剝奪最終任務的參與資格。

＋

果然不出我所料。

〔目前您的星雲正與星雲〈紙莎草〉開戰！〕

〔請擊退敵對勢力的首領。〕

〔在戰爭中取得勝利，將會累積積分。〕

伙伴們緊張地聚集到我身旁，空前強大的敵意包圍了整個行星。

〔星座『救贖的魔王』緊盯著星雲〈紙莎草〉。〕

到目前為止，我們已經和其他星雲交戰過數次。

我們曾在巨人族戰役對抗奧林帕斯，也曾在改編西遊記和黃帝相互較勁，但此刻的情況和此前截然不同。

巨人族戰役的概然性限制較大，星座無法拿出完整實力；而改編西遊記任務又有齊天大聖和諸位評審鼎力相助，出借概然性。

而眼下的情況……

〔傳說『救贖的魔王』開始講述故事。〕

此時此刻，怎可能有星雲能向我們伸出援手？

〔浩瀚神話『魔界之春』開始講述故事。〕

所有伙伴都注視著我。

每個人的臉上都帶著堅定的決心，每雙眼睛都清楚明白到底發生了什麼事，也清楚地知道我們將踏上怎樣的戰場。

「上吧。」

沒有任何人願意出手幫忙也無妨。

我望著天空說道：「我們不再是不堪一擊的弱者了。解除防護罩吧，賢誠先生。」

李賢誠點了點頭。

〔登場人物『鄭熙媛』發動專用技能『審判時刻』。〕

鄭熙媛率先拔刀在手，審判者之刃散發著凶狠的殺意。

〔化身『李賢誠』贊成進行審判。〕

李賢誠的鋼鐵緩緩包覆在眾人的武器上，那是他為了守護同伴，在這世上最堅定的誓言。

〔化身『李智慧』贊成進行審判。〕

銀色的神話金屬，緩緩覆蓋了李智慧的龍龜。

〔化身『申流承』贊成進行審判。〕

〔化身『李吉永』贊成進行審判。〕

同樣染上一身銀光的奇美拉異龍厲聲咆哮，載著兩個孩子一飛沖天。

〔化身『劉尚雅』贊成進行審判。〕

在劉尚雅的周圍，宛如銀色鋼鐵打造的蓮花寶座開始旋轉。

〔化身『韓秀英』贊成進行審判。〕

不知何時解開了繃帶的韓秀英，順手用繃帶繫緊自己的頭髮。

〔化身『劉衆赫』贊成進行審判。〕

劉衆赫的黑天魔刀乘載著超凡座的位格，閃爍出凜冽的鋒芒。

〔星座『救贖的魔王』贊成進行審判。〕

而我抽出了不會折斷的信念。

……

〔已發動『審判時刻』。〕

漆黑夜空徹底展現在眼前的瞬間，我們一行人乘著李智慧的船艦飛向蒼穹。眼見敵軍的軍艦越來越近，在那至少有六百艘以上的浩大艦隊面前，我們紛紛握緊了自己的兵刃。

『這是漫長時日以來，金獨子刻畫已久的光景。』

鄭熙媛一馬當先，刀刃挾雷霆萬鈞之勢斬落。

滅亡的審判者鄭熙媛。

我所知的、最強的劍客，混沌之力深藏刀中。

轟隆隆隆隆隆！

從駕駛艙至引擎室被直線貫穿，大型戰艦發出猛烈爆炸聲。隨即，船體各處接連出現大大小小的爆炸，裂痕布滿了整個船身。

乘坐在船上的星座四下奔逃，李智慧沒有放過這個破綻，指揮龍龜發動強襲。

砰砰砰砰砰！

正面突入猛烈砲火的艦艇毫髮無傷，正是因為李賢誠的神話金屬保護著每一個人。

緊接著，李智慧大步上前。在這種大型戰事，她無疑是憑藉一艘軍艦以一擋百的最強化身。

海上提督李智慧，下令開火！

「叔叔，上吧！」

在凶猛的砲火之後，申流承的奇美拉異龍跟著出擊。

這場戰爭，唯有打倒敵方首領才能結束，因此人數屈居劣勢的我們只有一個選擇——速戰速決。

靈獸之王申流承、蟲王李吉永，兩名最完美的役獸使殺開了一條血路。

申流承操縱奇美拉異龍吐出龍息，擊落中型船艦，而趁隙冒出來的數十艘小型艦艇，則由李吉永的蟲群負責對付。

「還想跑！」

無數小蟲鑽入小型船艦的引擎艙，引發了大爆炸，一時間炮火連天，慘不忍睹。

或許是察覺了事態危急，傳說級星座紛紛現身。

〔人物『劉尚雅』釋放自身位格。〕

〔已發動傳說『曼茶羅的時間』。〕

當劉尚雅發動傳說的同時，敵方星座的移動速度明顯慢了下來。

我大吃一驚。我知道劉尚雅繼承了釋尊一部分的力量，沒想到她竟能駕馭這種強度的權能，這可是控制時空流動的能力。

「我拖不了太久。」

「我們不會花太多時間。」

一步步踩著劉尚雅爭取來的時間，我、劉衆赫和韓秀英三人在夜空中急奔。

〔浩瀚神話『魔界之春』繼續講述故事。〕

〔浩瀚神話『吞噬神話的聖火』開始講述故事。〕

守護著金獨子集團的兩則浩瀚神話，迄今為止，我們都是以它們為主力，一路奮鬥至此。

傳說的流光如流星雨般拖曳出長尾，無數星座一個接一個被我們釘在途經的宇宙之中，儘管我們飛越了數不清的船艦，仍有上百名星座橫加阻攔。

稍有遲疑，我們就會被祂們的位格徹底抹殺。

〔星雲〈紙莎草〉釋放浩瀚神話的位格。〕

這就是星雲對星雲的戰鬥。

「現在輪到我啦。」

韓秀英取代了本該屬於妄想惡鬼金南雲的位置，但她不僅充分填補了那小子的空缺，更成為超越他之上的存在。

〔浩瀚神話『光與暗的季節』開始講述故事。〕

屬於我們的第三則浩瀚神話，也終於開始述說。

啟示錄巨龍的尖嘯聲如幻聽般從某處隱隱傳來，那些曾參與神魔大戰的紙莎草星座，頓時戰慄不已。

『這、這是！』

隨著舞臺化展開，天空被一分為二，劃分出光明與黑暗。

韓秀英的身影劃破光與暗之間模糊的疆界，躍入半空中，深淵的黑焰龍的羽翼倏然自她背後張開。

一如當時為了救我奮力飛來的模樣，韓秀英雙手燃起紫黑色的火焰。

轟隆隆隆隆！

我們乘上傳說捲起的風暴不斷進擊，浩瀚神話壓倒性的威能，就連傳說級星座都難以抵禦。

直到一輪巨大的金陽，擋下了啟示錄巨龍勢如破竹的衝擊波。

〔星座『正午日輪』凝視著星雲〈金獨子集團〉。〕

那耀眼奪目的光源正中心有一道黑色人形，正是太陽神「拉」的真身。

『你們將葬身此地。』

劉衆赫的黑天魔刀爆發出凶悍的嘶吼，我們擁有的每一個故事都在放聲哭號。

就算是我和劉衆赫，也不可能正面對抗以完全體降臨的神話級星座。

因為我們僅僅只是第三次回歸而已……沒錯，第三次。

〔傳說『恆久不滅的地獄道』開始講述故事。〕

曾經，那就是我們的極限。

〔已開始『共同閱讀』。〕

書頁自動翻飛，僅留下一道道殘影，當地獄道的景色浸染了周圍，我開始講述起故事。

那是由無數文字構築而成的道路，劉衆赫沿著自己悠久的人生飛奔。

『第四十一次回歸的劉衆赫擲出長槍。』

『第三百六十二次回歸的劉衆赫高舉權杖。』

『第九百九十九次回歸的劉衆赫揮舞著他的魔刀。』

滋滋滋滋滋！

強烈的火花鑽入我的體內。

〔您的位格無法承受您的閱讀理解能力。〕

即使相當短暫，在西遊記任務我也曾抵達並解讀了第一千八百六十三次回歸，但無論如何，那都是多虧了齊天大聖和異界神格慷慨借予概然性，才得以實現。

『這就是神話。』

面對劉衆赫橫掃千軍的破天劍道，拉絲毫不為所動。

『你們不可能超越神話。』

要擊潰神話級星座，劉衆赫至少必須抵達第一千七百次回歸。

力量不足、位格不夠，但我仍不退縮。

「不，我們一定做得到。」

我們手上還有一則傳說——也就是完成改編西遊記任務後，我們得到的第四則浩瀚神話。

〔浩瀚神話『被遺忘之物的解放者』開始講述故事。〕

下一秒，浩瀚神話豐沛的概然性瞬間浸透我的四肢百骸，與齊天大聖、異界神格共同譜寫而成的傳說，在我的星辰上、在金獨子集團的脈絡上浩浩湯湯、川流不息。

〔星星直播對您的位格大感吃驚。〕

〔星星直播正在重新判定您的等級。〕

腥臭的血味滲入鼻間，眼前隱隱浮現被大量異界神格屍體染得猩紅的通天河。

侵蝕著我的火花漸漸減少，地獄道又緩緩翻過一頁。

第一千三百二十一次回歸……

第一千五百八十二次回歸……

……

緊接著，來到第一千七百零一次回歸。

劉衆赫身形微動，舉起擁有第一千七百零一次回歸力量的黑天魔刀。

斬海射日，剜出神話級星座波賽頓心臟的那一天，那一天的劉衆赫正在睜開雙眼。

『這就是長久以來，金獨子傾力描繪的景象。』

驚愕的拉這才匆匆釋放出自己的浩瀚神話。

祂的雙眼死死盯著我，雙唇則難以置信地質問著「怎麼可能」。

我笑了起來。

「怎麼不可能？」

為了擊殺神話級星座，我們需要相當於神話級星座的力量。

神話級星座，祂們是開始講述唯一神話，並獲得屬於自己的結之篇章，抑或累積了恢宏的浩瀚神話，抵達結之篇章面前的存在。

——就像我一樣。

〔絕大多數星座因您的位格受到巨大的衝擊！〕

〔巨型星雲的星座為您的位格……〕

〔星星直播正式發布您的等級。〕

〔您的等級為『神話級』。〕

伴隨著駭人的爆炸聲響，劉衆赫的黑天魔刀撕裂了拉的燦燦金陽。

4.

〔多數星雲為您的位格感到震驚！〕

〔部分星雲對全新神話級星座的誕生感到驚訝！〕

〔部分星座要求進行『概然合理性審議』。〕

滋滋滋滋滋！

〔概然合理性審議申請遭到駁回。〕

〔管理局無權介入該任務。〕

在支離破碎的陽光中，我屏氣凝神地戰鬥，拉被黑天魔刀砍傷的軀體綻放出光芒。

轟隆隆隆隆！

眼前倏然捲起滾滾熱浪，視野全被騰騰蒸氣掩蓋，這是祂設法拖延時間的伎倆。

「劉衆赫！別停下來！」

我一邊高喊，一邊拚了命地繼續閱讀著傳說。

〔傳說『恆久不滅的地獄道』繼續講述故事。〕

〔傳說『生死與共的伙伴』增幅傳說效果。〕

我憶起我讀過的第一千七百零一次回歸，與波賽頓一對一廝殺的劉衆赫。

鐵血霸王在海之疆域的交界拔刀出鞘。

「波賽頓，今天就是祢的死期。」

足足一千七百零一次的人生，以漫長生命醞釀而成的劍術吐露鋒芒。

彷彿要再現那場戰鬥一般，劉衆赫的攻勢一刀快過一刀，逐漸摧毀拉的太陽。

〔星座『正午日輪』因痛苦而暴怒！〕

因我的閱讀而重現的舞臺上，劉衆赫的刀刃不斷飛舞。

巨大的概然性反噬風暴狠狠壓制著我，但四則浩瀚神話彼此呼應，勉強抵禦了風暴的侵蝕。口中湧現鐵鏽的腥氣，猛然飆升的位格讓我的化身體幾乎承受不住。

〔星雲〈吠陀〉關注著您的戰場。〕

〔星雲〈耽羅〉關注著您的戰場。〕

〔星雲〈奧林帕斯〉關注著您的戰場。〕

〔星雲〈阿斯嘉德〉關注著您的戰場。〕

想看就儘管看吧。

反正，這本來就是為祢們展示的戰鬥。

〔頻道內的間接訊息限制已解除。〕

想必，至今仍有許多星座並未將我們的力量放在眼裡，祂們依然認為我們不過是好運，或是仰仗其他星座的奧援，才得以走到今天。

〔大量星座持續追加進入頻道。〕

〔絕大多數星座都在關注您的戰場。〕

現在，就是我們證明自己的時刻。

〔浩瀚神話『光與暗的季節』厲聲咆哮！〕

證明金獨子集團不再是單方面收受贊助的對象，而是星座的競爭者；是憑藉一己之力，擊潰巨型星雲的星雲。

鏗鏘鏘鏘！

劉衆赫的攻勢朝著拉節節進逼，在破碎的陽光中能聽見肉體撕裂的聲音。

就在這時，我感受到上空頭傳來一道銳利的目光。

〔大鬼怪『綠水』緊盯著您。〕

大鬼怪綠水。

如果不是中下級鬼怪，而是擁有大鬼怪頭銜的傢伙，要改變任務局勢可說是易如反掌。

不過，到了第九十八號任務這個階段，就算是大鬼怪也不能再輕易介入。

滋滋滋滋……

因為從現在起，這些任務對那些大鬼怪同樣至關重要。

〔鬼怪和星雲將能一起參與該任務。〕

〔所有鬼怪皆可選擇自己要講述的『候補作品』。〕

〔大鬼怪『綠水』目前已選擇星雲〈紙莎草〉。〕

我想起在神魔大戰即將到來之前，大鬼怪虛主和虛體也曾找上我們。

當時，祂們是這麼說的。

〔立刻作出決定。是要在這裡送死，還是和我們一起前往最後的任務。〕

那句話，恐怕就是為了此刻的到來而作的提案。

在終章到來之前，所有大鬼怪都要賭上自己的名譽、眼光及傳說，選出自己唯一的神話候補名單。

那個叫綠水的傢伙，多半是選擇了紙莎草作為候補。

「根據傳說，紙莎草應該有三顆太陽[2]吧。」

劉衆赫的化身體隨著我的真言閃轉騰挪，速度比世上任何化身都更加迅捷，手裡揮舞的刀刃上積累了永恆不滅的詛咒。

黑天魔刀的刀尖貫穿了拉的軀體，李賢誠的神話金屬在足以熔化任何物質的熱度下堅持著。

嗚嘔一聲，傳說從拉的心臟汩汩湧出，曾經不可一世的神話級星座，就這樣在我們眼前緩緩倒下。

「要是祢真的有心想打敗我們，就該讓自己的存在完整降臨。」

作為神話級星座，拉早已達成了自己的結之篇章，在最終任務的舞臺上陷入長時間的冬眠。

「難不成祢以為，一直待在冷凍庫裡的祢，光靠一顆太陽就能戰勝得了我們？」

〔星座『正午日輪』痛苦嘶吼！〕

〔星座『正午日輪』急切地掃視周圍！〕

『你們究竟要袖手旁觀到何時！』

在拉的吶喊下，空中的星宿閃爍不定。

『吠陀！奧林帕斯！你們不也承諾了會一起出手？』

什麼？

此話一出，周圍便瀰漫起不祥的氣息，天地間隱隱傳來地動天搖的巨響。漆黑的天空倏然崩裂，

2　古埃及幅員廣大，各地區信仰的神祇往往有些許差異，文化接觸之下常有相互融合或此消彼長的情況。其中拉的地位最為重要，象徵正午；凱布利象徵清晨；亞圖姆則象徵黃昏的太陽。

一道巨大的激流飛濺而下。

我們迅速避開那蘊含著凶險氣息的力量。

〔某人宣布支持星雲〈紙莎草〉。〕

〔某人在任務中現身。〕

對方擁有的位格強烈得叫人後頸發涼，與眼前的拉不相上下的強大存在，降臨到這個世界。

『真叫人無言。拉，你不是說你一個人就夠了？』

那狂暴的嗓音令人聯想到海嘯，更令人吃驚的是，降臨在眼前的存在，正是第一千七百零一次回歸的劉衆赫以命相搏的強敵。

〔星座『劃定海疆之戟』在任務中現身。〕

波賽頓一出現，繁星的大軍旋即如烏雲般布滿整座天空。

那是來自吠陀的傳說級星座，以及眾位護世天王，其中也不乏等級直逼神話級星座的響噹噹人物。

〔星雲〈耽羅〉譴責星雲〈吠陀〉的介入。〕

〔星雲〈弘益〉譴責星雲〈奧林帕斯〉的介入。〕

一時間罵聲四起，但波賽頓壓根不理會眾人的非難，舉起三叉戟直指著我們。

『就憑你們，竟敢妄圖親眼見證星星直播的尾聲？』

星星直播的尾聲，即是決定這世界結局的最終篇章。

沒錯，我一路以來掙扎求生，只為了目睹那個結局。

曾經是如此。

「我想看到的，可不只是結局而已。」

其實，我真正渴望看見的是——

「叔叔！」

不知何時，所有伙伴都聚集到了我的周圍。

鄭熙媛、劉尚雅、李智慧、李賢誠、李吉永、申流承……我們攜手創造的傳說，在夜空中閃爍著璀璨的光輝，在那遙遠銀河的另一端，能望見我們一步一腳印寫下的傳說軌跡。

我有信心，無論這個宇宙有多麼廣袤遼闊，無論身在何方，我都能一眼找到那個星座。

〔傳說『救贖的魔王』熠熠生輝。〕

〔傳說『無王世界之王』熠熠生輝。〕

〔浩瀚神話『吞噬神話的聖火』熠熠生輝。〕

『他心心念念、期盼已久的傳說，就在那裡。』

我勉力掩飾著激動的心緒，注視著一行人。

『真是個吵雜的句點啊，消失吧。』

波賽頓釋放出強烈的位格，大手一揮，正式點燃了戰火。

吠陀大軍一擁而上，伙伴們都緊張地圍繞在我身邊，我則冷靜地開口。

「我非常喜歡和各位一起寫下的傳說，雖然其中不乏悲傷與痛苦……」

儘管如此，我仍殷切盼望這個故事能夠永遠地續寫下去。

「你該不會是想發表遺言吧？」

鄭熙媛盯著我的臉，好像感到一絲不祥的預感。

我只是咧嘴一笑。

越過密密麻麻的星雲大軍，從縫隙中能望見一方空蕩蕩的天空。

我的母親曾經對我說過，長時間關注著某個故事的人們，最終也會和那個故事越發相似。

我想，這句話或許也適用於星座吧。

『去死吧！』

就在前仆後繼的吠陀兵將就要襲向我們的剎那——

〔星座『惡魔般的火之審判者』在任務中現身。〕

灼熱的烈焰瀑布撕裂夜空傾瀉而下，高踞在瀑布之巔的星座，正以熊熊燃燒的長劍屠戮其他星座。

我最鍾愛的大天使，就在眼前。

『■的！這些混■東西！』

伴隨著粗魯的咒罵，我能聽見星座驚愕不已的真言。

『怎麼可能？你們應該在那裡就……』

『白■，我可是烏列爾，憑你們那幾個人怎麼可能殺得了我？』

緊接著是一道灼燒了天穹的紫黑色火焰。

〔星座『深淵的黑焰龍』在任務中現身。〕

『呵呵，沒想到你們竟能逼得我用上兩隻手，紙莎草，有兩下子。』

騰飛巨龍的翅膀瞬間撕裂了眾多星座。

吠陀的戰艦立刻瞄準了深淵的黑焰龍，準備同時發動砲擊，然而下一秒，數十艘船艦在一陣巨響中炸得粉碎。

煙塵間，隱約出現一柄金光燦爛的如意棒。

『真煩人。』

在煙霧消散之處，頂著白金色頭髮的男子，百無聊賴地掏著耳朵。

〔星座『最古老的解放者』在任務中現身。〕

烏列爾、黑焰龍、齊天大聖，三名星座的出現頓時引發一陣騷動。

『齊天大聖！你在幹什麼？』

『這可是星雲戰！你們幾個到底是在搞什麼——』

星座的真言都還沒說完，又有某人在我們背後現了身。

『就像你們一樣，我們也有支持的傳說，僅此而已。』

那是誰的聲音，我再清楚不過。

漆黑而柔和的黑暗覆蓋了周遭，一隻溫柔的手輕觸我的肩。

〔星座『最晦暗的春日女王』在任務中現身。〕

〔星座『富裕黃夜之父』在任務中現身。〕

冥王凝視著戰場，雙目炯炯有神。

足以讓所有星辰都因恐懼而顫抖的死亡之神。

從齊天大聖到冥王，神話級星座接連登場，敵方星座登時躊躇不前，連連倒退。

〔星雲〈冥界〉支持星雲〈金獨子集團〉。〕

兩方陣營互不相讓，紛紛催動位格相互對峙。

遠遠地，我看見波賽頓和拉扭曲的面容。

不知就這樣過了多久，某個陣營的星座夾著尾巴悄悄撤退。

〔星座『劃定海疆之戟』已脫離任務。〕

敵方星座一個接一個消失，眼見連最可靠的神話級星座都消聲匿跡，其他星座遁逃的速度也越來越快。

紙莎草的星座則慌了手腳，舉棋不定地看著拉的臉色。

下一刻。

〔星雲〈紙莎草〉的星座宣布撤離。〕

沒過多久，只剩一顆殘破的太陽留在原地。

拉咬牙切齒地怒瞪著我們，不一會，我便聽見陽光碎落的聲響。

〔星座『正午日輪』已脫離任務。〕

隨著晚霞占據了天空，太陽逐漸消失在地平線的另一端，任務的勝利者也終於塵埃落定。

『那就是，金獨子勾勒已久的景象。』

映著漫天餘暉，我回頭看向我的伙伴。

『有些事情，無法盡如人意。』

劉衆赫握緊黑天魔刀，凝視著消逝的霞光。

『有些事，則比預期更順利。』

韓秀英撇著嘴，口中發出「哎呀呀」的感嘆，重新纏好繃帶。

『又有些時候，只是遇上了意想不到的好運。』

劉尚雅輕聲嘆息，露出一抹微笑。

『而當這所有的瞬間凝聚在一起，最終，就成為了一道風景。』

〔星雲〈金獨子集團〉在星雲戰中取得勝利。〕

〔正在準備獎勵明細。〕

同伴們和我相視無語。

這並不是我們初次獲勝，但就某種意義上來說，也是我們的第一次捷報。

我們只是注視著彼此的臉龐，什麼話也沒說。

贏了。

我們真的戰勝了星雲。

〔大鬼怪『虛主』看著您的傳說陷入沉吟。〕

〔大鬼怪『虛體』有意為您的傳說投下一票。〕

〔大鬼怪『海松』為您的傳說……〕

空蕩蕩的天空中，只有系統訊息接連傳來。

〔大鬼怪『鼻荊』為您的傳說投下一票。〕

〔中級鬼怪『譬喻』非常喜歡您的傳說。〕

望著兩個鬼怪的影子映照在落日餘暉的另一頭，我忍不住想著。

快了。

我再次回過頭望向我的伙伴，看著他們，我正打算開口說話，然而他們似乎早就料到我要說些什麼。

鄭熙媛先一步替我開了口。

「我們一起去見證這個世界的結局吧。」

我點了點頭。

Episode 89. 大滅亡

1.

〔您的[redacted]已逐步接近。〕

打從幾天前開始，這條訊息就一直在我耳邊反覆響起。

「看來真的不遠了呢。」

「是啊。」

我和母親坐在桌邊，面對面喝著茶。我們看著安裝在工業區會客室的面板，靜靜凝視畫面。

—美洲大陸徹底淪陷！異界神格的下一個目標是？

—東北亞地區大範圍發布緊急避難指令！

—眾星雲紛紛放棄地球，走投無路、無處可逃。

最後出現在新聞裡的地點是朝鮮半島。

從世界各地湧來的難民擠滿了整座半島，我很清楚他們為何來到這裡，又在期待些什麼。

〔下一個大滅亡任務地區為『東北亞』。〕

〔距離大滅亡開始，剩餘6天8小時24分鐘。〕

畫面中，母親正代替著我作為工業區代表進行發言。

「工業區不會阻攔新的公民進入，只是……」

母親苦笑著說道：「看起來怪讓人不好意思的。」

「很適合妳啊，就像總統一樣。」

實際上，就算說目前工業區的主人不是我而是我母親也並不為過，比起我，這裡的市民更願意追隨我的母親。

「你離開前去首爾露個臉吧，就算只是簡單地和人們打聲招呼，你也能帶給他們力量。」

一如她所說，此刻工業區外頭也能聽見記者利用擴音器呼喊的聲音。

「救贖的魔王大人！聽說魔王已經回來了，請問這是事實嗎？」

「救贖的魔王大人！請您為民眾說明阻止滅亡的對策！」

對策啊……我和母親一樣苦澀地笑了。

「我又不是吉祥物。」

語畢，我們繼續啜飲著茶水。

天空烏雲密布，就算立刻落下一道驚雷，將整座朝鮮半島劈成兩半也不奇怪。

儘管如此，我們仍然這麼說道。

「真是平靜呢。」

「就是說啊。」

茶葉在茶杯中微微顫動。

經歷了長達三十年的糾葛，這還是我們母子頭一次擁有如此祥和平靜的品茗時間。我們曾殷切期盼的這一刻，竟然直到滅亡將臨的現在才得償所願。

母親什麼也沒問。

我往後有什麼計畫、我究竟在這個故事的盡頭追求些什麼，她連一句都沒有過問，而我也明白，這就是屬於母親的方式。

「那我就先走了。」

「天帝的風神在找你，出發前，務必記得去見祂一面。」

風伯？祂找我又有什麼事？

我不由得想起神魔大戰那時發生的事，難不成在最後的任務到來之前，祂還想再幹一架不成？

我姑且點了點頭，走出屋外。外頭有人正在等著我。

〔終於走到這裡了，真是不容易啊，金獨子。〕

晉升為大鬼怪的鼻荊顯得神采飛揚，由白虎皮打造而成的長款大衣也很適合祂。

我用挖苦的語氣問道：「勞駕您在這等我，有何貴幹呀？」

〔你們母子之間久別重逢的故事在訂閱星座之間也很有人氣，我總不能在這時爛尾吧。〕

鼻荊聳了聳肩。

〔星座『惡魔般的火之審判者』抽抽噎噎地抹著眼睛。〕

〔星座『深淵的黑焰龍』嘀嘀咕咕地遞出手帕。〕

看來祂又把這些畫面全播出去了，該死的混帳傢伙。

〔最後的任務近在眼前了。〕

「我知道。」

〔確定沒問題吧？你也知道，最後的任務可是……〕

「鼻荊。」

聽見我開口，鼻荊停住了話頭，注視著我。

「祢為什麼選擇我們？」

鼻荊的眼中隱隱泛起漣漪。

此刻浮現在這傢伙眼前的任務視窗寫了些什麼，我一清二楚。

+

〈主線任務#98—候補票選〉

分類：主線

難易度：？？？

成功條件：請選擇「唯一的神話」的最終候補。

時間限制：—

獎勵：？？？

任務失敗：死亡

+

星星直播的任務不僅適用於星座和化身，作為頻道主的鬼怪也同樣受到任務約束。此外，能夠決定劇情結局的候補票選任務，對鬼怪來說也是舉足輕重，甚至賭上了祂們自身的存在。

而這麼至關緊要的任務，鼻荊卻選擇了我們。

［大鬼怪『鼻荊』已將票投給星雲〈金獨子集團〉。］

初次見到鼻荊的時候，這傢伙還只有足球大小。為了增加頻道的訂閱星座，祂無差別地屠殺人類，量產著殘忍的任務，是個藐視人類的鬼怪。

吞食我們創造的傳說成長茁壯的鬼怪而今搖身一變，祂有了人類的身高、穿著人模人樣的衣服，露出人類的表情。

此時此刻，這個比人類更像人類的鬼怪以和我等高的視線直視著我，與我交談。

〔和我締結契約吧。我會讓祢成為鬼怪之王。〕

「嗯？」

〔這是你在魚龍的嘴裡對我說過的話。〕

我曾經那麼說過，千真萬確。

「祢該不會是真信了那句話才選擇我吧？我們獲勝的機率低到爆耶。」

〔倒也不盡然。看樣子，你還不明白自己一手惹出來的事態有多嚴重。〕

鼻荊轉頭望向窗外。工業區廣場前，和我們一起克服了紙莎草一役的星座三五成群地聚在一起。被烏列爾壓制的黑焰龍像張坐墊似地乖乖被壓在身下，將整組茶几都搬來的波瑟芬妮和黑帝斯一塊啜飲著熱茶，齊天大聖向破天劍聖借了管菸吞雲吐霧，而祂們所有人，都正在收看著此刻同步播出的星流放送。

「在星星直播輿論名嘴之間流傳著新的十二大星雲目錄……」

「根據部分傳說級星座推測，金獨子集團的水準已經接近前三強……」

前三嗎？看來上次戰鬥留下的餘波確實不容忽視。外界的高度評價著實令人感激，但我們仍不能掉以輕心，畢竟，候補角逐戰尚未結束。

不過，鼻荊的判斷與我稍有分歧。

〔我想短時間內暫且不會有事。你們打倒紙莎草之後已經過了兩天，這段時間還有其他星雲向金獨子集團發起星雲戰嗎？〕

「沒有。」

在候補角逐戰勝出的星雲，亦將提升獲選為「唯一的神話」的可能性。

一如我們一戰成名，躍升至前三強的位置，其他星雲也能透過發起星雲戰改變名次，因此照理來說，此時應該會有星雲的開戰宣言和戰報鋪天蓋地飛來才是。

然而別說宣戰了，甚至沒有任何星雲跑來尋釁滋事，整個地球安靜得嚇人。

「為什麼？我們的傳說應該沒那麼驚人吧。」

〔因為只要放任不管，你們也會自動滅亡。〕

我頓時感覺心頭一涼，眼中瞥見星座面前的螢幕上正在播放的影像。

〔那些星座心知肚明，你無法棄地球於不顧。〕

與候補角逐戰無關，此刻的地球已經邁入大災難的一連串進程，北美率先毀滅，接下來，就是東北亞地區。

在最終任務，包含外神在內的異界支配者將入侵這個世界，這和原作的描述相符，考慮到這一點，這些都是既定的劇情發展。

〔被遺忘的島嶼持續上升。〕

在世界線的盡頭，被遺忘的存在將侵蝕一切。

若按照原作，其他星雲應該會留在這裡一同攜手作戰，而如今，一眾星雲卻作出了截然不同的決定。

捨棄地球，剷除金獨子集團——這就是最後的任務迫在眉睫之際，那些星雲所下的決定。

「那些該死的傢伙……」

〔部分星雲對您的判斷嗤之以鼻。〕

情況再惡劣也不過如此了吧。

甚且，連湧入這個世界的異界神格，都與原著裡出現的傢伙大相逕庭。

我不禁想起不久前在恩蓋伊森林意外撞見的人物——第九百九十九次回歸的烏列爾。

大滅亡任務啟動的同時，所有王者便展開了襲擊。

倘若我的預想正確，在即將開始的大災難找上門來的王者，恐怕就是在第九百九十九次回歸見證了結之篇章的存在。

「到底是誰把那些王召喚過來的？是管理局幹的嗎？」

〔我沒有任何公開情報能告訴你，不過……〕

鼻荊帶著決絕的神情，為祂的話作結。

〔在我嚥下最後一口氣之前，我都會繼續講述你們的故事。〕

✦　✦　✦

「不願意參加的人，現在離開也無妨。」

雖然有些可笑，但我劈頭就對所有伙伴這麼說道。

「接下來的任務非常可怕，先前我們經歷過的任何戰鬥都無法比擬，趁現在還不遲，如果有人想要脫離星雲……」

一行人就像在參與枯燥乏味的彌撒，連連打著哈欠。

這也不意外，畢竟他們經歷了十幾次的生死關頭才走到這裡。既然橫豎都是死，早死晚死根本沒區別，真的想逃的話，早就離開了。

我當然心中有數，但我仍有必要提出這個缺乏新意的問題。

因為實際上，真的有人渴望著脫離。

「那個……我該退出了。」

說話的是韓明武。

我早有預期。

「我不是想拍拍屁股走人，只是在最後，有個地方我非去不可。」

一旁的李智慧挖苦道：「哎唷，大叔你想走就走啊，反正你又幫不上忙，到時候遇到戰鬥還不是只會逃跑，真是氣死人。」

「妳別看我這樣，我也曾是堂堂魔界伯爵……」

這句經典臺詞的稱號本不該是「魔界伯爵」，而是「Mino Soft 的部長」才對。

我看著兩人吵吵鬧鬧地鬥嘴，不禁苦笑起來。

其實，我也清楚韓明武打算去什麼地方。

「您是想去轉生者之島原本所在的地方嗎？」

聽見我的提問，韓明武表情一僵。

「雖然那個地方已被封印，還是殘存著啟示錄巨龍和不可名狀之渺遠的力量，現在過去恐怕很危險。」

「我還是想去看一看。」

神魔大戰曾經的戰場，轉生者之島，直到如今，死去的星宿和異界神格的屍身依然飄浮在暗黑次元的最底層。

那些未能搭上方舟而悲慘消逝的存在……說不定，魔王阿斯莫德也在其中。

「我在這個世界獲得的一切，只有那個孩子了。」

韓明武的眼中帶著一絲悲壯。

在神魔大戰之後，韓明武一直非常積極參與我們的主線任務，甚至比他在Mino Soft為了升官而爭搶手下員工的項目成果還認真。

事實上，他也取得了努力的回報，不僅拿到了少量浩瀚神話的股份，也得到了不少有用的星遺物。

而這一切，都是為了找回自己的女兒。

如果是現在的韓明武，即使前往轉生者之島的周邊地區，應該也能在混沌的餘波中撐過幾天。

「一路小心。」

韓明武點了點頭，站起身來。看來他早已下定了決心，伙伴們也一一和他道別。

即使無法接下「唯一的神話」任務，也不代表他沒有「唯一的神話」。每個人都擁有自己的唯一神話，就如同任何人都能追尋屬於自己的■■。

目送韓明武帶著顫抖卻毅然穿越傳送門的身影，我再次陷入思考。

〔您的■■已逐步接近。〕

我的結之篇章究竟位於何方，並不是由星星直播決定。

回頭一看，其他伙伴都還在等著我。

「那麼，繼續開會吧。」

✦ ✦ ✦

〔距離大滅亡開始，剩餘11小時8分鐘。〕

距離大災難只剩半天時間了，唯有在大滅亡中堅持下來，我們才能邁向最後的任務。

這段期間，我檢視了《滅活法》的所有情報，並請伙伴們協助蒐集殘留在朝鮮半島和地球各處的星遺物和技能，大伙也痛快地答應了我的請託。

韓秀英問道：「那你要幹嘛？」

當然，我也不是閒閒沒事，我忙著和某個死腦筋的傢伙一起研究必殺技。

劉衆赫一邊保養黑天魔刀，一邊說道：「你也知道，要對付大滅亡，我們目前只有一個辦法。」

儘管包含烏列爾、黑焰龍和齊天大聖等人在內，有許多星座承諾會為我們提供奧援，但這並不代表我們能有恃無恐。

除了隱密的謀略家外，我預計還有四名異界神格的王者將會現身。

若祂們決定同時發難，縱使有齊天大聖或冥王等神話級星座在場，我們也絕對無法取勝。

幸運的是，我們手上還有一個與之抗衡的方法——恆久不滅的地獄道。

作為前往第一千八百六十三次回歸的獎勵，這是我從隱密的謀略家手中取得的神話級傳說。

透過這個傳說，我能夠再現劉衆赫的記憶，劉衆赫也能與我共享那個記憶的舞臺，借用第一千八百六十三次回歸的力量。

問題是……

〔解讀失敗。〕

〔關於登場人物『劉衆赫』，您能詮釋的最高次回歸為『第978次回歸』。〕

〔傳說『恆久不滅的地獄道』無言地注視著您。〕

我的閱讀理解能力好像出現了一些問題。

〔解讀失敗。〕

〔關於登場人物『劉衆赫』，您能詮釋的最高次回歸為『第978次回歸』。〕

〔傳說『恆久不滅的地獄道』對您的詮釋存疑。〕

試著試著，現在就連傳說都開始對我視而不見。

這種情況反反覆覆了好幾天，劉衆赫的脾氣終於忍無可忍地爆發。

「真叫人無言，你不是說你這輩子都在埋頭閱讀這本書？」

「又不是一輩子。反正，問題不在這裡。」

我也說不清為什麼，事到如今，怎麼會在這時候出狀況？

「既然這樣，你把傳說交出來，我親自使用比你好多了。」

「要是說給就能給，我早就給你了。」

用不著他提，我早就向隱密的謀略家詢問了轉讓方法，只可惜祂根本不鳥我。

「不然，索性像上一次那樣用技能附身吧，附身後再發動技能，同步率會高得多。」

他說的八成是全知讀者視角吧。

「我盡可能不想動用那招。」

確實，只要發動全知讀者視角，在技能的運用上會簡便許多，畢竟那個技能的效果簡直就和背後星控制化身的方式毫無差別。

然而……

「一旦用了那個技能，我的化身體等同毫無防備，盡可能別用那招才是上策。」

「就是你平常太疏於鍛鍊，才會變成這樣。」

「你以為所有人都能像你一樣消化那種地獄式的鍛鍊方法啊？」

劉衆赫盯著我看了半晌，終於不再爭論，繼續埋首於研究傳說。

劉衆赫多半也清楚，事實上，我不願意使用全知讀者視角其實另有苦衷。

『就在不久前，全知讀者視角開始漸漸脫離金獨子的掌控。』

有時，甚至在我不願發動的時候，技能也會任意啟動，恣意閱讀他人內心思緒。

我不明白怎麼會發生這種事，或許是我太熟悉從旁觀察他人，才導致這種狀況。在不知不覺間，比起傾聽他人說話，我已經更習慣閱讀以親切的字句書寫而成的內心世界。

〔解讀失敗。〕

說不定，在我身上發生閱讀詮釋的困局也是理所當然的結果。

「好好集中精神，金獨子。」

聽著劉衆赫的話，我再次發動了傳說。

我緩緩深呼吸，冷靜地梳理思緒。

〔傳說『恆久不滅的地獄道』開始講述故事。〕

將我所知關於劉衆赫的一切情報，全數拋出腦海。

我完全不認識劉衆赫，我對這傢伙一無所知。他既不是瘋狂的神經病，也不是冥頑不靈的倔脾氣。

當我這麼一想，腦中似乎就清明了一些。

沒錯，就從這一步重新出發，就像我第一次翻開《滅活法》的那個瞬間。

孰料就在這時，異變驟起。

滋滋滋滋滋滋！

〔您的解讀發生異常！〕

劉衆赫的臉色陡然變得鐵青。

「金獨子！你這傢伙到底幹了什——」

話還沒說完，他的眼眸就失去了光芒。

我大吃一驚，連忙問道：「喂，你沒事吧？」

但不管我如何追問，他都毫無反應。

〔登場人物『劉衆赫』的自我發生衝突。〕

自我發生衝突？

我心急如焚，慌張地想確認這小子的狀態，但——

〔已發動專用技能『登場人物瀏覽』。〕

〔無法使用『登場人物瀏覽』檢視該人物資訊。〕

緊接著傳來的訊息，是我在很久很久以前聽過的字句。

〔該人物並非『登場人物』。〕

2.

劉衆赫就此陷入昏迷，整整四小時都沒有醒來。

「喂！你這瘋子！給我清醒一點！」

我和韓秀英輪流甩劉衆赫耳光，這傢伙卻半點清醒的跡象也沒有。

啪啪！啪啪！啪啪！啪啪！

更別說，他的臉頰不知道有多結實，我們甩了半天巴掌，他的臉不僅沒有腫起來，反倒是我們的手疼得厲害。

韓秀英發自真心地感嘆道：「這還挺有意思的嘛。」

「現在不是開玩笑的時候。」

〔距離大滅亡開始，剩餘5小時12分鐘。〕

現在，我們的時間真的所剩無幾，大滅亡即將開始，隨著概然性大幅提升，異界神格要不了多久就會展開侵略。

而劉衆赫卻是這副模樣。

我壓根弄不明白到底是哪裡出了問題，難不成，這和我的全知讀者視角有關？

〔無法使用『登場人物瀏覽』檢視該人物資訊。〕

〔該人物並非『登場人物』。〕

不管我再怎麼嘗試發動登場人物瀏覽，浮現的訊息依舊毫無改變。

雖然這個宇宙存在著數不清的劉衆赫，但至今為止，會顯示這條系統訊息的劉衆赫僅只一個，也就是在第一千八百六十三次回歸，消失在自身故事當中的那個劉衆赫。

這麼一想，我腦中驀然浮現某個念頭。

但是……不會吧？

一直守在旁邊的李雪花開口問道：「要不要讓他服用生死丹看看？」

不久前，李雪花終於完成了終極回復藥「生死丹」，患者只要將之服下，任何致命傷都能恢復如初。

「這麼快就能量產了？」

「不，目前才生產出少量而已，因為原物料太匱乏……」

我暗自沉吟，未來還不曉得會遭遇何種情況，萬萬不能隨意浪費生死丹。

〔登場人物『劉衆赫』的自我發生衝突。〕

更何況，縱使是生死丹這種靈藥，也不確定能否解決精神上的問題。

就在這時，整座工業區輕微地震動起來。

李賢誠推開門，匆匆走進病房。

「獨子先生，我們發現了異常的動靜。」

我和韓秀英不約而同地對視了一眼，連忙打開螢幕面板，畫面中出現的是太平洋的景象。

轟隆隆隆隆！

吞噬了整片美洲大陸的驚濤駭浪再次出現，高高的巨浪被阻隔在透明的球形屏障外，只有水位不斷上漲。

目前它仍受到概然性的限制。

滋滋滋滋滋！

但是，不斷被撞擊的概然性障壁正漸漸縮小，那道橫向截斷整座太平洋的浪潮，正以肉眼可見的速度越發高漲。

眾多異界神格潛伏在波濤洶湧的惡浪之中，蠢蠢欲動。

五個小時後，那道分界就會直抵朝鮮半島，這片土地將從地球上徹底消失。

「金獨子，你的計畫是？」

「我有辦法。」我瞥了昏迷不醒的劉衆赫一眼，補充道：「只不過，得稍微調整策略。」

「不要危言聳聽了，原作裡是怎麼擋下那玩意的？」

「狀況不太一樣，原作是靠所有星座一起挺身而出，阻止了毀滅，但現在大部分的星座都不在這裡。」

「所以那些了不起的星座都跑哪去了？」

「還能去哪？」

〔多數星雲關注著您的判斷。〕

大概都在作壁上觀，觀賞著我們的滅亡吧。

〔星座『惡魔般的火之審判者』放聲大罵，難道星星直播的正義都死光了嗎？〕

〔星座『深淵的黑焰龍』雙臂抱胸，連連搖頭。〕

〔星座『最古老的解放者』對大型星雲的星座感到心寒。〕

面對我方星座的反應，對方依舊無動於衷，甚至還有些傢伙惡人先告狀，試圖反咬一口。

〔部分星座主張，這一切都是星雲〈金獨子集團〉咎由自取。〕

〔少數星座主張，是星雲〈金獨子集團〉強行奪走了屬於祂們的功績。〕

換作先前，我大概會對這些荒腔走板的指控感到憤慨，但奇怪的是，此刻我卻無比平靜。

我似乎明白祂們為何會有這些反應。

還記得先前在奧茲時，小猴子曾經這麼說過。

「先前構築起浩瀚神話的諸多故事，全都和奧茲一樣，正走向衰亡的道路。全是因為最近某個新興的傳說，正在不斷侵吞其他傳說的股份——就是你們的傳說。」

此時此刻，引領這座舞臺的主角本應是長時間積累神話的眾星雲，然而，其中許多星雲都被我們奪去了主要傳說，甚至被我們摧毀了傳說。

與此同時，星星直播高調地將我們評定為前三強的星雲，既存的星宿感受到的相對剝奪感有多大不言而喻。

當然了，這並不意味著祂們的所作所為是正確的。

韓秀英用力啃著指甲問道：「直接放棄地球難道不是更好嗎？大家一起想想辦法，看能不能直接逃到最後的任務算了……」

「妳也知道，辦不到的。」

只有獲得允許的人有資格進入最後的任務。

就算讓整個地球加入金獨子集團，這種異想天開的任務發展也會產生概然性反噬風暴，將所有人捲入其中，徹底毀滅。

「該死……」

我幾乎能感受到預想剽竊正在韓秀英的腦袋裡瘋狂運轉。

「你說過，異界神格的王者就是第九百九十九次回歸的那些傢伙吧？總共有多少人？」

「據我所知，除了隱密的謀略家，還有四人。」

「所以我們要一次對付四個？」

我搖了搖頭，回想著我記憶中的異界神格王者名單。

自東方升起的「生生不息的火焰」。

西方世界的禍患「沉沒之嶼的主人」。

北方宇宙的主宰「偉大的深淵君主」。

統治南方星域的「銀白心臟之王」。

祂們是見證了第九百九十九次回歸的結之篇章，成為異界神格王者的存在。

但縱使是管理局，也不可能一口氣讓所有王者現身，畢竟管理局不喜歡難以控管的劇情。

既然如此……

「太平洋上已經出現了一個，等到我們全力出擊後，大概還會有一人加入戰局，總共是兩名吧。」

「一個是太平洋上那傢伙，另一個就是第九百九十九次回歸的烏列爾？」

「沒錯。」

「那些傢伙究竟有多強？當時雖然打了個照面，但實在太倉促……」

「隱密的謀略家會變成那副慘狀，就是第九百九十九次回歸的烏列爾下的手。」

「瘋了，那種強度的存在，還要帶著部下一起來襲？」

情理之中。

韓秀英也曾親眼目睹隱密的謀略家在啟示錄巨龍一役中展現的力量，因此，她會如此震驚也在

「我們頻道裡的星座確定會來幫忙吧？」

「就算星座願意馳援，也無法保證能夠取勝。最重要的是，在少了劉衆赫的狀態之下，整體戰力組成也不協調。」

我原先的計畫是將一行人分成兩組，分頭擊破異界神格的王者，但現在主力戰鬥成員劉衆赫缺席，我們無法借用第一千八百六十三次回歸的力量。

透過螢幕畫面，能看到對方的勢力逐漸擴大，浪湧越來越強，若等到大滅亡的領域直逼朝鮮半島才展開守備，一切就太遲了。

我迅速下了判斷。

「先採取行動吧，我告訴妳該怎麼做。」

時間僅剩五個小時。

在那之前，我們必須完成所有準備。

✦

✦

✦

在韓秀英向其他伙伴傳達作戰方針時，我找了李吉永過來。聽到我的呼喚，李吉永帶著滿臉笑容，三步併作兩步地跑來了會客室。

「獨子哥你找我嗎？怎麼了？」

我點了點頭。

「你先坐吧。」

李吉永一屁股坐到沙發上，兩眼發光地注視著我，彷彿很期待我要對他說些什麼。

我定定凝視著李吉永閃閃發光的眼眸。

『一個將這世界視為遊戲的孩子。』

初次見到李吉永的那一刻，我至今仍感覺歷歷在目。那是個在燈光閃爍不定的地鐵裡，成群蚱蜢在空中飛舞的噩夢。倘若沒有李吉永捉到的蚱蜢，當時死的人就是我了。

『失去母親的捕蟲少年，現在已經到了上國中的年紀。』

我沒有拯救李吉永的母親。

如果那一天，我作了不一樣的選擇，現在將會如何？

要是我對人類的厭惡再少一點；要是我沒有在抓起蚱蜢時，察覺男孩手臂上顯眼的傷口；要是我沒有憑藉著幾條線索，就直覺地揣度他人生命經歷的習慣……

假如，我沒有看過《滅活法》。

假如，我不是金獨子——

「……錯了。」

嗯？

「是我錯了，獨子哥。」

李吉永低下了頭，像是即將面臨可怕懲罰的孩子一樣，雙肩瑟瑟發抖。是我的眼神令他感到害怕，還是其他原因？

李吉永接著說道：「可是、可是我真的沒有其他辦法……如果那時我不答應簽約，中流承就……」

直到這時，我才明白李吉永到底在說些什麼。

『而那名少年，為了守護自己珍視的事物，與惡魔簽下了契約。』

改編西遊記任務的景象掠過眼前。當時我清清楚楚地看見了，被九曜星官團團包圍的李吉永，身邊捲起了一股枯黃的風暴。

李吉永說的就是那時的情況。

「獨子哥說過，不能太倚賴背後星的力量，我真的沒有忘記！我絕對不是故意違背約定的，我、我只是、真的……」

我將手輕放在語無倫次的男孩頭頂上。

「幹得好。」

「咦？」

他瞪大了眼睛，我加重語氣繼續說了下去。

「吉永啊，你做得很好，當時如果不是你，我們全都死定了。」

我知道這孩子有多難熬。眼睜睜看著眼前的伙伴邁向死亡，自己卻什麼也做不了，我太明白那種束手無策的悲傷。而李吉永也一樣。

「可是，不能再使用那個能力了，知道吧？憑藉你現在的力量……」

「我不要。」

「什麼？」

「萬一又遇到同樣的情況，我還是會作出相同的選擇，還是會使用那個力量。我一定會守護中流承……還有大家。」

「吉永啊。」

李吉永猶豫片刻，還是躲開了我的手。男孩抬起頭，眼底翻湧著各種複雜的情緒。

這麼看來，不停地為自己作好心理建設的並非只有我。

「我知道獨子哥找我來就是要訓我一頓，可是，我不是小孩子了。獨子哥，我也有作決定的資格，我就是為了告訴獨子哥這句話才過來的。我和大家一樣，都是克服了所有任務才走到這裡的啊。」

我在心底暗自沉吟。

這一點，我當然明白。雖然明白……

第四面牆的聲音就在這時響起，似乎對我的內心糾葛頗為不耐。

『少把別人當孩子了，你更像個小孩。』

吉永年紀還小。

『反正沒了那孩子也沒法戰鬥。金獨子少裝了，你根本不適合裝好人。』

我知道，但就算是這樣……

『別擔心，我的朋友會幫忙。』

朋友？

就在這一剎那，伴隨著一陣滋滋滋的聲響，李吉永周圍隱隱出現一道疑似透明牆面的物體。

〔『第四面牆』呼應著自己的朋友。〕

我小心翼翼地伸出手。

那裡確實有某種東西，是我熟悉的牆的觸感，只是……這面牆尚不完整。

我忽然明白了許多事情。

原來如此，當時那道牆對這孩子……

或許是我停在半空的手造成了他的壓力，李吉永顫抖著聲音囔道：「不、不管獨子哥再怎麼阻止我——」

我放下手臂，握起孩子的手，緊緊地、堅定地握著那隻手許久許久。就這樣好半晌，直到他漸漸停下了顫抖。

「吉永，你說的沒錯。」

「……獨子哥？」

「若沒有你的幫助，我……我們就看不到結局。在我們往後的任務當中，你的角色必不可少。」

我緩緩閉上雙眼，又再度睜開。

現在，再也無可奈何。我不得不承認眼前的現實，我必須倚靠這個受了傷的孩子，必須珍惜這孩子與年紀不符的成熟心意，以及率先向我開口的勇氣。

為了回報他的勇敢，我也需要坦誠以待。

「就算是這樣，我也不會讓你一個人去戰鬥。這是我個人的私心，也是絕對不能讓步的部分，你能理解嗎？」

李吉永緩慢地點了點頭，伸手抹了抹眼淚，隨後又笑了起來。

一想到必須和這樣的孩子一同踏上戰場，讓我又一次感到心痛。

但時至如今，我不得不作出選擇。

「我想和你的背後星談一談。」

聽見我的話，李吉永隨即慌亂了起來。

「可是，獨子哥，那傢伙……」

「別擔心。」

一直以來，我遲遲不願啟用李吉永的背後星，追根究柢，就是因為那傢伙太過危險。

「你真的不和我一起走嗎？比起和那傢伙待在一起，你跟著我能更快變強，這樣也——」

說起來，劉衆赫那傢伙大概也很清楚這一點，當時才想帶李吉永走吧。

狡猾的傢伙。

我輕輕按著李吉永擔憂的肩膀。

「我現在可是神話級星座。」

直到幾天前，我大概會盡可能迴避這個選項，但事到如今，情況早已不可同日而語。

我輕輕吸了口氣，仰望著天空吐出真言。

『我曉得祢一直在看著，出來吧。』

當我語氣一沉，周邊立刻響起鈍重的嗡鳴。隨著四下迸飛的火花漸漸占據會客室，李吉永的臉龐也痛苦地扭曲起來，眼瞳翻白。

清楚意識到即將發生什麼的我，在反噬風暴中緊握著男孩的雙肩。

『我可沒要祢降臨。』

反噬風暴瞬間削弱，一股劇痛襲上我的手臂。

我強忍著疼痛。要是連這點程度的演技都拿不出來，我絕對無法和這傢伙談成任何交易。

〔您的位格抑制了局部反噬風暴的餘波。〕

李吉永的表情迅速平靜下來，下一秒，他微張的口中映出一片深不可見的黑暗，昆蟲搧動翅膀的嗡鳴自其中隱隱傳來。

『雖然吾早已習慣等候，但汝未免拖得太久了。』

那道聲音，彷彿有數百萬頭蚱蜢同時飛舞。

3.

窗外一片漆黑，看似黑夜降臨，但定睛一看，就能察覺是窗上貼滿了密密麻麻的蟲群。無數蚱蜢迅速爬動，晃著觸角緊盯著我。

我瞥了成群的蚱蜢一眼。

『比起一直以來的沉潛等候，這根本不算什麼吧，真會無病呻吟。』

『關於等待……汝又……懂些什麼？』

祂的真言斷斷續續，像是在我無法估量的虛空中迴盪，周圍的空氣彷彿也隨著那漆黑的位格隱隱沸騰。

我盡力調整著氣息開口。

『至少我知道，祢是被忘卻的惡。』

李吉永化作雪白的眉毛高高一揚，周圍頓時瀰漫起一股陰冷的寒意。

我強自忍受著凜冽的寒氣，繼續說了下去。

『祢是在蒼老歲月中，被繁星徹底遺忘的惡；是塵封於魔界地底深處，被其他惡冷眼相待的惡。』

人們總說，地獄最深處是啟示錄巨龍的潛伏之地，這是因為描述啟示錄巨龍焚燒一切的哈米吉多頓篇章，是神魔大戰當中最為知名的橋段。

但事實上，早期神魔大戰的災厄並非只有啟示錄巨龍。

祂是繁星的災厄，曾喚起昏黃的蟲雲橫掃整個世界。在不復存在的眾多名字當中，確實曾有過以此為名的災禍。

『蝗蟲之王，無底坑的主宰啊。』

話音甫落，一道訊息便隨著猛烈的風暴出現在空中。

〔人物『李吉永』的背後星亮出了自己的名號。〕

〔星座『無底坑的主宰』注視著您。〕

無底坑的主宰，亞巴頓[3]。

祂和神魔大戰的諸多要角一樣，都是神話級的存在，但明辨善惡之牆的主人忙於自身的戰鬥，並未承認祂屬於邪惡，甚至沒有將祂列入魔界的七十二柱魔王當中。

因此，亞巴頓幾乎與異界神格毫無區別，儘管祂曾是以蟲群淹沒整座銀河的至邪至惡，卻在遭人遺忘的牢獄中煎熬了數萬年。

3　Avadon，希伯來語原意為「無底洞」、「毀滅之地」，部分經典將其視為某個地點，部分經典則認為是種邪靈或代表死亡與毀滅的闇天使，其身分在神學中眾說紛紜，極富爭議。

祂深信災厄時代到來會將祂喚醒的荒誕承諾，孰料卻連同屬惡陣營的惡魔都背叛了祂。

『直到某天，某個人類利用蚱蜢作為完成任務的關鍵要素。』

〔傳說『蚱蜢採集者』開始講述故事。〕

李吉永的傳說在我們的任務中萌芽，喚醒了經歷漫長沉睡的古老惡魔。

『說說……召喚吾出來的理由吧，放肆的……星座啊。』

祂的聲音蘊含著深深的惡意，完整地傳遞出祂受到了多麼沉重的傷害。祂被自己曾經的敵人「善」所忽視，亦被自己的同伴「惡」狠狠背叛。

『還能幹嘛？當然是叫祢收手，不要再欺騙小孩子簽訂契約了。』

『……』

『要是想簽約，索性和我簽吧，這不就公平了嗎？』

『吾之所以容忍……汝之狂妄……不過是因為……汝毀了神魔大戰……』

李吉永的嘴唇微微扭曲著，像是在笑。

這傢伙縱使具有至惡的資格，但自始至終都沒有插手神魔大戰，甚至表現得好似從來不曾存在於那個故事之中。

我能理解。事到如今，那個浩瀚神話已不再是祂的嘉年華，與祂全然無關了。

『啟示錄巨龍和伊甸……還有魔界……的覆滅……讓人拍手稱快啊。』

『所以呢？這樣就夠了？』

『夠……了？』

『亞巴頓，祢依舊是惡。』

李吉永的眉毛又是一挑。

『反正神魔……大戰……已經結束了……』

『暫時結束了沒錯，但總有一天勢必會再次重啟。到時候，說不定會以祢為災禍安排任務呢，所有人都會記起祢的名號，為祢的名字戰慄不已。』

『為何……要對吾說這些……』

就像是聽到了甜蜜的諫言，亞巴頓笑了起來。

見狀，我立刻開門見山說出正題。

『我就開門見山地說吧，別再繼續積蓄力量了，幫幫我們。』

『吾為……什麼……要幫？』

『因為若祢拒絕出手，祢也難逃滅亡的命運。要是沒了我們，就算祢獨自活了下來，也不可能有其他星座接納祢。』

『吾可是、古老的、邪惡……』

『絕對惡體系的星座根本不承認祢是下一代的最古老的惡，任誰也不會站在祢這一邊。我看祢好像忘了，最後的任務當中還有巴力那樣的怪物在呢。』

『巴、力！』

亞巴頓的聲音帶著壓抑的顫抖，好似隨時會大發雷霆。

作為魔界順位第一的魔王，巴力不僅是魔界唯一一名成功踏進最後任務地區的存在，也是將亞巴頓幽禁於無底洞中被人遺忘的魔王。

『只要祢幫助我們阻止大滅亡，祢將擁有向那傢伙復仇的機會。』

周圍的空氣劇烈顫動，我硬是扛下了能擾動空間的強大位格壓力，說道。

『無底坑的主宰啊，在我們創造的世界中，成為最古老的惡吧。』

既然下定決心要與惡魔聯手，至少得拋出這種程度的誘餌才行。

為了阻止這次的災難，亞巴頓的力量不可或缺。

✦ ✦ ✦

〔距離大滅亡開始，剩餘1小時5分鐘。〕

事前準備終於全數完成。

我望向聚集在廣場的伙伴們，揚聲問道：「劉衆赫醒了嗎？」

「還沒有。」

聽見李雪花的回答，我點了點頭。要是劉衆赫至今都沒有清醒，B計畫就是最佳選擇。

「我相信各位，我們只剩這個辦法了。」

作戰計畫的內容本身與A計畫完全相同。一行人分成兩組，各自迎戰即將到來的異界神格王者。

與A計畫不同之處，則是各組的人員組成。

「一組要對付的異界神格是生生不息的火焰。」

生生不息的火焰，即是第九百九十九次回歸的烏列爾化身而成的異界神格。

「目前出現在太平洋的是沉沒之嶼的主人，然而一旦大滅亡開始，生生不息的火焰必然也會現身，畢竟祂一直緊盯著隱密的謀略家的動向。」

我回頭看了看依然被禁錮在封印球當中，陷入沉睡的隱密的謀略家。

「我先向各位說明人員名單。」

所有人都緊張地注視著我。

「鄭熙媛、李吉永、申流承、李雪花、孔弼斗、劉尚雅、韓秀英……」

在一眾伙伴當中，鄭熙媛是目前的主力輸出，劉尚雅則擁有最強的減益能力，韓秀英的戰情指揮能力則比任何人都出色。她們三人是這支隊伍的中堅成員。

當然，名單還沒有結束。

「烏列爾、深淵的黑焰龍、齊天大聖……」

我的唱名讓半空中濺起一連串火星。

〔星座『惡魔般的火之審判者』點了點頭。〕

〔星座『深淵的黑焰龍』咕噥著不准發號施令。〕

〔星座『最古老的解放者』猜測著您的意圖。〕

既然對手是第九百九十九次回歸的烏列爾，我方勢必要派出烏列爾應戰，倘若運氣好，或許能像上次一樣觸發斷片效應。而在相性上，黑焰龍也能成為極大的助力，已經晉升為神話級星座的齊天大聖更不在話下。

「還有破天劍聖、基里奧斯、張夏景……我希望能請諸位超凡座提供後援戰力。」

「交給我吧！」

終於正式接到任務的張夏景興奮地大聲嚷嚷，但等到她正式上場，恐怕就會改變主意了吧。

看見破天劍聖和基里奧斯點了點頭，我便繼續說了下去。

「最後是……黑帝斯和波瑟芬妮，希望兩位也能陪同第一組共同應戰。」

〔星座『富裕夤夜之父』默默地點了點頭。〕

〔星座『最晦暗的春日女王』憂心地注視著您。〕

說到這裡，一直安靜聆聽的伙伴們露出詫異的表情。

鄭熙媛率先開口。

「等等，人員組成有必要這麼偏重第一組嗎？這樣一來，幾乎所有人都在第一組了吧，第二組還有誰？」

「我、李智慧，還有李賢誠先生，我們是第二組。」

「其他星座呢？」

我沒有回答，鄭熙媛立刻瞇起了雙眼。

「又想搞這種自殺式計畫……」

我瞥見一旁的劉尚雅仍然微笑著。沒錯，如果是劉尚雅小姐，或許會支持我的辦法吧。

〔某人念誦起『緊箍咒』……〕

誰知她溫柔的雙唇默默背誦起某種恐怖的玩意。

遠遠地，一旁的韓秀英扶額搖頭，彷彿在說「我不就說過這樣行不通嗎」。

我連忙放聲喊道：「等等！這不是自殺計畫，這就是我真正的作戰策略，所以，我才會帶著智慧和賢誠先生和我一起行動。」

「嗯……」

「我現在已經是神話級星座了，大家不也見識過我的實力有多強了嗎？」

「這個嘛，我倒是有看到你躲在衆赫先生背後替他加油打氣啦。」

「請相信我，大家都知道神話級星座是什麼樣的存在吧?神話級星座耶!波賽頓!宙斯!齊天大聖!還有救贖的魔王!」

「中間怎麼好像偷偷夾帶了奇怪的東西……」

我就這樣反覆搬出神話級這個詞瘋狂遊說，大家也漸漸有所動搖。

果然，最有效的洗腦方式就是反覆灌輸了。

就在這時，一道天雷從天而降。

〔星座『最古老的解放者』怒視著您。〕

伴隨華麗的雷雲，只見齊天大聖動用概然性化出了化身體，在筋斗雲之上，耀眼的白金髮絲隨風飛揚。

『小老弟，你還清醒吧?』

「您直接用間接訊息說就行了……您得珍惜概然性……」

『就算同為神話級，神話的位階也大不相同，你不過是個甫踏入神話範疇的毛頭小子罷了。』

我頭一次見到齊天大聖用如此強硬的方式說話，不由得有些慌亂。我苦惱片刻，只得嘆了口氣，吐露實情。

「我也不認為以第二組的戰力，能一舉擊殺王者。」

「那你到底在想什麼!」

「這次作戰的核心方針，是速戰速決。」

眼下，我們少了本來應該作為第二組主力的劉衆赫。只要無法借助第一千八百六十三次回歸的力量，無論怎麼分配戰力，都無法保證能順利取勝。
稍有差池，這戰略就不是分頭擊破敵人，而是被敵人各別殲滅。
既然如此，能讓所有人都倖存下來的方法，只有一個。
「第二組人馬的性命，就取決於第一組的大家了。請各位盡速鎮壓生生不息的火焰，並趕來太平洋，我、智慧和賢誠先生的目標，就是堅持到各位趕到為止。」
這就是我制定的作戰策略，第一階段。

✦ ✦ ✦

會議結束三十分鐘後，我、李智慧和李賢誠便動身前往太平洋。
直到出航前，其他伙伴都還不斷勸阻，要我重作打算，但我仍舊搖了搖頭。
沉沒之嶼的主人僅僅是降臨就摧毀了整片美洲大陸，倘若等到這傢伙直逼朝鮮半島，在戰鬥開始的瞬間，鄰近地區的島嶼就會全數灰飛煙滅。
即便冒險，直接前去應戰方為上策。
〔星座『海上戰神』以意味深長的目光解析著洋流。〕
無論是李智慧或李賢誠，兩人都露出緊張的神色，特別是時隔許久才回歸任務的李賢誠，眼神比平時更加悲壯。
〔星座『禿頭義兵長』擦拭著自己的腦袋。〕
〔星座『興武大王』為朝鮮半島的命運感到悲傷。〕

乘風破浪的龍龜與鬱陵島[4]和獨島[5]擦身而過，遙遙看見兩座島嶼，李賢誠不知心生什麼樣的感觸，忽然將手放在胸前，高聲呼喊。

「我們的土地，由我們自己守護！」

〔星座『黃山伐的最後英雄』點了點頭。〕

難得看到如此鄭重的宣誓，我不禁揶揄了幾句。

「賢誠先生不是說不再當軍人了？」

「並非只有軍人才能保家衛國，不是嗎？」

李賢誠口中嘟囔，低下頭哀傷地看著自己的軍牌項鍊。

在和其他伙伴道別之前，鄭熙媛將那張軍用識別牌把玩了良久，這才放李賢誠離開。

「一定要活著，知道嗎？」

李賢誠朝著天空不斷點頭，那副模樣就像一頭痴痴等待著主人的傻牛。

李智慧看了他一眼，在我耳邊悄聲說道：「大叔，我總覺得那很像是在立我們的死亡 flag 耶。」

「我們不會有事的，就算要死，應該也只有賢誠先生會掛點吧。」

「不過，只靠我和賢誠大叔兩個人，真的撐得住嗎？」

「嗯。」

我在船艦甲板攤開了一塊布，隨口回應。

這是我剛才在鬼怪包袱購買的ＤＩＹ商品，在遭遇敵人之前，我得先把這東西趕製完成才行。

4 位於南韓慶尚北道外海的火山島，可望見獨島。

5 位於南韓慶尚北道外海，日本稱竹島，兩國長期對其有主權爭議，目前實際屬於南韓治下。

「我不太懂，賢誠先生也就罷了，為什麼需要我？因為在海上？」

「差不多吧。」

「但我的背後星只是聖人級……不對，是傳說級。我們將要對上的那傢伙，不是說連神話級也抵擋不了嗎？」

她說的確實沒錯。海上戰神是很傑出的星座，但也遠遠算不上星星直播最高階的星座。

「我相信的不是將軍大人，而是妳。」

「啊？」

「就算星座是傳說級，也不代表化身本人是傳說級啊。」

李智慧似乎不太明白我在說些什麼，眨了眨眼睛，噗嗤笑出聲來。

「你到底在說什麼啦，我又不是星座。」

現在還不是。

李智慧至今還不曉得自己的可能性，畢竟，她不曉得自己在我讀過的原作中究竟成長到什麼樣的地步。

〔星座『海上戰神』點頭認同您的發言。〕

說不定，將軍也早已心中有數。

在一旁獨自上演著《羅密歐與茱麗葉》戲碼的李賢誠，這時走了過來。

「獨子先生從剛剛開始就忙著在製作什麼東西？」

「啊，你說這東西？」

我拿起剛才製作完成的道具展示在他眼前，道具的說明隨即浮現。

＋

〈道具資訊〉

名稱：完美的投降用白旗

等級：SSS

說明：縱使在距離極遠之處，敵方也能順利識別您投降意願的驚人道具，使用時請留意勿被我軍察覺。

＋

李賢誠一副懷疑自己視力的模樣，數度揉了揉雙眼，回頭看向了我。

我咧嘴一笑，說道：「我不是說過了嗎？我可沒打算去送死。」

「不是，但是這個……」

「一看見敵人，我們就要立刻投降，接著引導對方展開對話，聽懂了嗎？和祂開打絕對無法拖延時間，在祂出現的瞬間就要——」

「大叔！有東西過來了！」

隨著李智慧的大喊，海平面另一頭陡然出現一堵巨大的牆——高達數百米的海濤之牆，正朝我們迎面撲來！

〔您已提前進入大滅亡任務地區。〕

〔建議您立刻離開任務地區，若不離開，大滅亡將立即開始。〕

我當然沒打算臨陣脫逃。

〔隱藏任務—大滅亡已開始！〕

〔異界神格已開始入侵，請設法在災難中生存下來。〕

隨著任務說明接連彈出，強大的位格開始捲起滔天巨浪。縱使此刻的我已晉升為神話級星座，那股力量仍舊令我寒毛直豎。

連繫星都無法阻止的災難，即是大滅亡。

為了毀滅一個世界，異界神格大舉來襲。

〔傳說『救贖的魔王』開始講述故事。〕

我仰望著海浪築起的高牆，釋放出部分傳說保護同伴。

異界神格的咆哮聲遠遠傳來。

在翻騰的浪花間，異界神格密密麻麻聚集在一起，化作一道巨浪，而在那之上，一艘戰艦高踞在最頂端，外形格外眼熟。

船頭的龍首雕像噴出猛烈的火勢。

龍龜。

錯不了，那確實是龍龜。

若真要說二者之間有什麼區別，就是它的規模比我方的龍龜足足大了二十倍。

「大、大叔……」

李智慧一臉驚恐地轉頭看著我，似乎在詢問我是否對此早有預料。

我點了點頭。儘管不是百分之百肯定，不過對於第九百九十九次回歸倖存下來的伙伴，那份名單我比誰都熟悉。

西方世界的禍患「沉沒之嶼的主人」。

在第九百九十九次回歸，見證了結之篇章的少女，祂的聲音從浪濤的另一端傳來。

【裝彈。】

4.

在砲火襲來的瞬間，我一把抓住了李智慧，感覺就像全世界都將瞄準鏡對準了我們的腦袋。

李智慧連忙掉轉船頭，只能祈禱一切都還不遲。

【開火。】

伴隨著震耳欲聾的砲擊聲，整座海洋只剩下嗡嗡的耳鳴，船邊濺起的水沫霎時全化成了蒸氣。

龍龜的船身在千鈞一髮之際猛然迴轉，但依然沒能完全閃避砲擊。

「賢誠先生！」

伴隨著刺鼻的燒焦味，神話金屬迅速生長，覆蓋了整個甲板，包裹船身的鋼鐵全被燒得熾白，那熱度幾乎能將人的肌膚烤熟。

等船體外部的衝擊漸漸減弱，李賢誠才解除了鋼鐵化。視野再度打開，目光所及之處陡然凹陷，船身正朝著下方逐漸傾覆。

我趕忙發動魔王化，展開羽翼揚聲喊道：「李智慧！」

李智慧匆匆抓穩船舵，調整船艦前進的方向，隨著船身下方噴發出熊熊火光，龍龜總算有驚無險地飛上空中。

直到船隻穩定下來，我們才定睛環視周遭，搞清楚此刻究竟是什麼情況。

『霎時間，金獨子詫異得忘了闔上嘴巴。』

位於茫茫大海正中央的戰船忽然開始墜落，也就是說，原本支撐在船體之下的海水已經消失得無影無蹤。

轟隆隆隆隆隆！

汪洋大海被一分為二，露出烏黑的海底，眾多海獸種撲騰著身軀，而成群的異界神格正撕咬著那些痛苦萬分的海獸種。

【嘎啊啊啊啊啊啊啊啊！】

深海海底的無數異界神格蠕動著一擁而上，試圖登上船艦，巨大的海嘯同時再次從兩側襲來。

「動起來啊！快點！」

聽見我的呼喊，李智慧忙將船隻轉向。

【裝彈。】

第二次的裝彈號令緊接著響起，光是聽見那句真言，恐懼就悄然無聲地滲入骨髓。

回頭一看，只見李賢誠同樣汗如雨下，就算是神話金屬，恐怕也無法一而再再而三地承受這種程度的攻擊。

「大叔！你快想想辦法啊！」

就算她不說，我也正打算出手。

我使勁舉起不久前草草完成的道具，完美的投降用白旗。

〔使用道具『完美的投降用白旗』。〕

〔即使敵人所在位置與您相距極遠，現在也能察覺到您完美的投降。〕

〔部分星座被您的行動嚇了一跳。〕

〔少數星座指責您膽怯卑劣。〕

卑劣個頭，那些根本不在戰場上的傢伙還真會出一張嘴。

我用盡全力揮舞著白旗。

「李智慧！這邊！」

不管我怎麼大吼大叫，對方都毫無回應，反倒是我方的李智慧忍不住吐槽。

「大叔你是腦子壞了嗎？」

「別小看它，它可是 SSS 級道具。」

「就算投降，對方也不會放過我們啊！」

「搞不好那邊的李智慧心地很善良嘛，相信祂吧。」

「這種時候你還有心情開玩笑？」

可惜她猜錯了，我並不是在說笑。

眼看裝彈完畢的砲管散發出刺眼的光輝，就在即將開砲的瞬間，我拚了命地揮舞著白旗，吼出準備好的臺詞。

「喂，李智慧！對舉白旗的人發動攻擊，難道祢師父是這樣教祢的嗎？」

轟轟……

第一次，浪花的另一頭停下了動作，已經裝填好彈藥的砲身也在射擊之前停下了攻擊。

白茫茫的水霧間，傲立在甲板上的存在露出身影。

異界的神格，沉沒之嶼的主人。

第九百九十九次回歸的李智慧一頭長髮飛揚，赫然出現。

儘管度過了極其漫長的歲月，祂依舊有著二十多歲的容貌，彷彿祂的時間靜止在第九百九十九次回歸的結之篇章中，連一步也不曾向前邁進。

李智慧的嘴唇緩緩張合，好似在細數著這段歲月的空白。

【旗子……】

「對，這面旗子，祢還記得吧？」

陳舊的書頁在我腦海緩緩翻頁，第九百九十九次回歸的場景重現眼前。

濃烈嗆人的血腥味、幽深黑暗的地鐵……

〔已發動專用技能『閱讀理解能力』。〕

〔已發動『任務解析者』的特性效果。〕

〔您的話語喚醒了對方久遠的傳說。〕

『劉衆赫昂然立於黑暗之中。』

列車支離破碎的車頭燈爆出點點火星，在忽明忽滅的視野裡，劉衆赫的刀刃屠戮了成堆的怪獸，鋒芒凜凜。

『那一天，受傷的劍鬼和霸王相遇。』

眼見霸王輕而易舉地解決掉自己鏖戰良久的敵人，劍鬼顫抖不已。李智慧朝著那柄刀漠然離去的軌跡放聲大喊。

「只要跟著你，我就能變強嗎？跟著你，就能在這該死的世界裡生存下去嗎？」

滋滋滋滋滋滋滋！

我眼前迸出強烈的火花，由於概然性反噬風暴席捲了整片海域，四周模糊不清，湧向我們的海獸種和異界神格也全被捲入火花之中，扭動掙扎。

【怎麼回事怎麼回事怎麼回事怎麼回事怎麼回事？】

異界神格注視著祂們追隨的王者，祂們的王卻早已不在原處。

第九百九十九次回歸的李智慧伸出了手，恍若迷失在遙遠的記憶之中。

【師……父。】

果然不出所料。

第一次見到隱密的謀略家，還有遇見第九百九十九次回歸的烏列爾時，我都能感覺得到……祂們的精神狀態紊亂不堪。

〔登場人物『沉沒之嶼的主人』痛苦地露出利齒。〕

一般來說，化為異界神格的人將遺失過往，徹底轉變另一個存在；祂們失去記憶，重生為嶄新的存在。

但這僅限於那些普通的異界神格，異界神格的王者則有所不同。

祂們身上還殘留著生前的記憶與情感。

隱密的謀略家將自己的故事按回歸次數分別保存，生生不息的火焰則將曾經的自我捏碎，揉和在復仇的執迷之中。

那麼，沉沒之嶼的主人又是如何？祂是否還記得自己究竟是誰？

「李智慧！快想起祢是誰！」

我不知道第九百九十九次回歸的李智慧為何會成為異界神格。

唯有一點，我大概能猜得出來。

「不要破壞這條世界線！這裡也和祢曾經生活過的世界一樣！有劉衆赫、有李賢誠，還有李智慧在！」

滋滋滋滋滋滋！

〔星星直播關注著您的行動。〕

〔少數大鬼怪對您的舉動皺起眉頭。〕

第九百九十九次回歸的故事一一流過眼前。

「不要閉上眼睛！給我好好看清楚自己究竟是誰！」

「絕不能閉上雙眼，要牢牢記住，妳的劍要殺的人是誰。」

第九百九十九次回歸的李智慧，祂記憶中的劉衆赫……那個傳授祂劍道、教導祂生存方式的劉衆赫，此刻就在眼前。

當時旗幟爭奪戰已經展開，占據了忠武路站的劉衆赫對祂這麼說道。

「謹記每一個因妳而死的人，這就是即便受傷，也不至讓妳墮為劍鬼的方法。」

劉衆赫當時的旗幟仍舊潔白如新，在旗座上燦爛地隨風飄揚。

旗幟接著化為赤紅，又轉為墨黑。

李智慧看著那面旗幟在男人的背上傲然發光，心中想著。

『**我也想變得像那個人一樣。**』

我也一樣，曾無數次有過同樣的想法。

〔登場人物『沉沒之嶼的主人』的傳說強烈動搖！〕

我沒有放過這個破綻，連珠砲似地不停喝問，毫不遲疑地吐露出我印象中第九百九十九次回歸的片段。

「當時劉衆赫對祢的教誨，祢都忘了嗎——提前投降的傢伙要留他們一條狗命！心眼多的傢伙腦子通常轉得很快，我們人力不足，即使是這種貨色也要抓來好好利用！」

在一旁看著我的李智慧聽得張大了嘴，我猜她萬萬想不到我會拿這種說詞說服敵人。

縱使被人批評這種方式卑鄙懦弱，我也無可奈何。

眼下的當務之急唯有拖延時間，我不得不搬出原作的片段刺激對方，然而，就算祭出這種手段我也無法保證有效。

【開火。】

該死，這點程度的刺激果然還不夠嗎？

轟隆隆隆隆！

第二輪的砲火無情展開。

雖然砲擊的威力明顯比剛才減弱許多，但強大的破壞力依舊難以正面迎擊。唯一的好消息是，這次不是威力集中的單一一發砲火，而是力量分散的散彈。

看著漫天砲彈劃破海風而來，我咬緊下唇。

「賢誠先生！」

「我還沒有準備好防禦！」

或許是因為將神話金屬分給了其他伙伴，李賢誠的魔力恢復得極為緩慢。

覆蓋船體的鋼鐵僅只有剛才的一半，這一輪，終究得在沒有鋼鐵化幫助的情況下強撐過去。

為了躲避落下的砲彈，龍龜開始全速後退。但不同於船體移動的方向，李智慧反倒挺身護在我和李賢誠兩人身前。

「大叔，你們都退到後面去，這裡交給我來想辦法。」

意外的一番話，讓我不由得轉頭望向李智慧。

她用我從不曾看過的眼神直視著前方。

「這是屬於我的戰爭。」

我不知道是什麼驅使她挺身而出，我能確定的是，李智慧已經選擇了自己的戰場。

「我不知道第九百九十九次回歸到底是怎麼回事，也不曉得那裡發生了什麼，只是，如果有任何一個『我』，想以其他回歸的悲劇為理由破壞這個世界——」

李智慧下定了決心，眼中閃現出鬼火的火光。

「那麼，我絕不會原諒這樣的自己！」

〔星座『海上戰神』釋放自身位格。〕

我靜靜地注視著堅定的李智慧。

對她而言，這片大海無疑是最佳戰場，眼下我們也只能將希望寄託在李智慧和她的戰艦之上。

〔星雲〈金獨子集團〉為化身『李智慧』提供概然性。〕

我將自身所有浩瀚神話都灌注在李智慧的位格之中，璀璨的金黃色光環瞬間覆蓋了她全身。

李智慧瞪大了雙眼，隨即朝我微微一笑。

「大叔，謝啦。」

李智慧的船艦立刻揚帆出發，龍龜閃避著連連襲來的槍林彈雨，船首雕像同時噴發烈火。

「全軍前進！」

〔浩瀚神話『吞噬神話的聖火』來勢洶洶。〕

龍頭形狀的船首雕像噴發的烈焰正面迎上對方的砲彈，將其燒熔。我們一路走來的歷程化為傳說，與第九百九十九次回歸的故事激烈較量。

〔浩瀚神話『魔界之春』全力協助化身『李智慧』。〕

〔浩瀚神話『光與暗的季節』開始講述故事。〕

單論浩瀚神話的破壞力，我們已經能與絕大部分星雲分庭抗禮。

〔星座『海上戰神』將指揮權全權轉讓給自己的化身。〕

〔登場人物『李智慧』已發動星痕『幽靈艦隊 Lv.???』！〕

她的拿手絕技幽靈艦隊，在大海上憑空出現，如今，她的艦隊已超越了巡洋艦等級，成長為直逼航空母艦等級的巨大戰艦。

數艘軍艦同時噴發火勢，護衛在龍龜左右。

「裝彈！」

李智慧的幽靈艦隊飛速前進，不過，對方的砲擊仍搶先一步。火焰形成的巨浪轉瞬席捲周圍的水域，而艦隊仍徑直朝著洶湧的海潮突進。

眼看巨大的浪濤橫亙在前，李智慧始終專注地凝視著其中一點。

「開火！」

砲火集中火力，將海浪形成的高牆打出了破口，艦隊撕裂窄小的縫隙，繼續勇往直前，排成橫列展開全方位砲擊。

被砲彈擊中的異界神格紛紛痛苦嘶吼，李智慧則伴著淒厲的哀鳴，持續向前邁進。儘管過度催動魔力的她嘴角溢出滾滾鮮血，但她沒有放開手中的船舵。

『**哪怕只有一發也好**。』

李智慧眼中閃現一抹駭人的寒光，她的目光依然緊緊鎖定在那一點上——鎖定著厚重海浪高牆的另一端，那唯一的一艘戰艦。

【裝彈。】

「裝彈！」

〔星座『禿頭義兵長』為化身『李智慧』加油打氣。〕

〔星座『興武大王』為化身『李智慧』加油打氣。〕

〔星座『朝鮮第一術士』為化身『李智慧』加油打氣。〕

〔星座『黃山伐的最後英雄』為化身『李智慧』加油打氣。〕

〔星座『獨眼彌勒』為化身『李智慧』加油打氣。〕

〔星座『西厓一筆』為化身『李智慧』加油打氣。〕

朝鮮半島的所有星座都凝視著李智慧。

看著身處壓倒性的劣勢依舊一往無前的她，我也不由自主地想起原作中的某一頁。

〔登場人物『李智慧』的特性即將進化。〕

在原作中，她經歷過的最後一次特性進化，此刻竟在眼前發生。

這件事之所以可能發生，正是因為這萬眾一心的瞬間。

所有朝鮮半島星座灌注的概然性，以超乎常理的速度快速積累的大量傳說，再加上李智慧捨命相搏的覺悟，共同造就了這樣的奇蹟。

〔星座『海上戰神』凝視著自己的化身。〕

在遙遠的天空上，李智慧的背後星海上戰神俯視著她。

長久以來，始終守護著李智慧的那名星座，我能體會此時的祂在想些什麼。正因我們同為星辰，才更能感同身受。

祂正領略著唯有極少數星座才能擁有的經歷。

『一名化身的位格超越了自身的背後星。』

這一刻，海上戰神幡然醒悟，連祂也不得不承認的一刻終於到來——現在就是祂應當放手，讓化身離開自身懷抱的時候了。

『大海渴望著能統御海上猛烈風暴的唯一王者。』

海上戰神喃喃吟誦著傳說，好似在為初次展翅凌空的稚鳥全心祝禱。

『因為這片海洋，不需要兩名君王。』

〔登場人物『李智慧』的特性開始進化。〕

〔登場人物『李智慧』已獲得傳說級特性。〕

終於，受傷的劍鬼航向屬於自己的大海。

〔登場人物『李智慧』的特性已覺醒為『大海的君主』。〕

【開火。】

「開火！」

震耳欲聾的砲擊聲轟然響起，奪目的閃光吞沒了天地。

5.

【海……上戰……神。】

似乎依稀記得自己的背後星，第九百九十九次回歸的李智慧有了反應。

『在第九百九十九次回歸，海上戰神為了拯救李智慧而死。』

像是在拚命否定這一輪回歸中發生的故事，猛烈的艦砲毫不止息。

見狀，我方的李智慧也作出對應。

『朝鮮半島的所有星座都與李智慧站在同一陣線。』

大海的君主。

這分明是等故事進展超過一千八百次回歸，直到《滅活法》的極後段，李智慧才能抵達的境界。

攀升至人類力所能及的巔峰之後，李智慧更是一舉超越了自己的背後星，最終成為大海之神。

「至少在這片大海之上，我有信心，絕不會輸給任何神話級星座。」

實際上，這不僅是李智慧親口宣告過的豪言壯語，更是她親身實踐的事蹟。原作中的她，曾在汪洋中與神話級星座波賽頓激戰，打得難分伯仲。

「開火！」

〔已發動『大海的君主』的特性效果。〕

李智慧的背後颳起暴風，每經過一道隘口，颶風便夾雜烈火漫天呼嘯，撕開眼前的海嘯。海上狂風大作，好似在護衛著她的船艦前進。

李智慧站在海風的最前方，持續下令砲擊。

〔專用技能『幽靈艦隊 Lv.???』持續應戰。〕

緊接著，只見海嘯形成的高牆逐漸崩裂。

【大　海　的　君　主。】

【有兩個兩個兩個兩個兩個兩個兩個兩個。】

追隨著另一方的異界神格也露出倉皇的模樣，不知如何是好。

在汪洋上，大海的君主絕不會落敗。

這就是《滅活法》最終的定論。我也是始終堅信著書中的描述，才一路走到這裡。

孰料——

「咳……」

伴隨噗呃一聲，李智慧的口鼻鮮血泉湧，她體內過度催發的魔力開始逆流反噬，而且……

〔已發動『大海的君主』的特性效果。〕

這顯然不是由我方激發的訊息。

一時間，似乎有某種東西撲面而來，瞬間吹襲而過的強風蒙蔽了視野，幽靈艦隊和龍龜全被捲進巨大的海嘯裡，在水花中晃動撲騰。

「智慧！」

李智慧像斷了線的風箏一樣被掀飛到半空中，我連忙抓住她的手腕。她在我的魔力之中打起精神，勉力在空中翻了個跟頭，回身落在甲板上。

李智慧咬緊牙關穩住船舵，放聲喊道：「我叫你快逃！」

「我不可能拋下妳。」

單憑現在的李智慧，要靠自己一人擋下對手根本是強人所難。即使她成為了大海的君主，但對方老早就已登上大海的君主的境界，還是成為了異界神格的存在。

滋滋滋滋滋！

在大滅亡任務的加持之下，力量足以凌駕神話級星座的災禍，這就是我們此刻面臨的對手。

〔浩瀚神話『魔界之春』痛苦地厲聲哭號。〕

〔浩瀚神話『吞噬神話的聖火』拚命對抗神話。〕

〔浩瀚神話『光與暗的季節』展現出自身形體。〕

三則浩瀚神話同時發聲。

由於另一組人馬也在使用浩瀚神話，我不能任意提取全數的股份，但是，光靠這樣也足以讓我挑釁對方了。

【你們是……】

不知道是不是白旗終於成功刺激了祂的記憶，祂的真言蘊藏的情緒似乎與剛才稍有不同。

〔登場人物『沉沒之嶼的主人』凝神注視著浩瀚神話。〕

〔已引發『斷片效應』。〕

我引頸期盼的時刻終於到來，兩名李智慧累積交疊的故事發生衝突，從中斷裂的膠卷開始彼此接續。

若一切按照計畫進行，透過這個現象，我們就能再爭取一點時間。

就在這時，眼前情景卻出現了異變。

〔浩瀚神話『魔界之春』開始講述故事。〕

『這是屬於獨子的傳說。』

『請務必活下去。』

「大叔！不可以！快住手！別走——！」

那是我們第一次對抗不可名狀之渺遠的片段。

李智慧立刻撇開了視線，似乎光回想起那件事就讓她感到痛苦萬分。

原來當時的她，露出了那樣的表情啊……

那時的情況我也記憶猶新，為了要一口氣轉移即將毀滅的整座工業區，我與隱密的謀略家簽下契約，阻止了那場災難。

【你是……】

不知為何，第九百九十九次回歸的李智慧竟也整張臉扭曲了起來，另一則傳說隨即在我們眼前展開。

〔浩瀚神話『永遠的地平線流浪者』開始講述故事。〕

那是第九百九十九次回歸的李智慧擁有的傳說。

整個首爾因星雲的襲擊化為一片斷垣殘壁，伙伴們紛紛不支倒下，城池的高牆土崩瓦解。在城垛的最頂端，失去一隻手臂的劉衆赫用他僅剩的一隻眼睛審視著戰場。

「我們別無他法了。」

劉衆赫體內綻放出漆黑而混沌的氣息。

「師父！住手！我叫你停下來！」

我立刻察覺眼前是什麼場景，那就是第九百九十九次回歸的劉衆赫最後殞命的片段。

反覆和外神簽訂異界盟約，早已讓他的靈魂殘破不堪，而他正試圖利用破敗的靈魂進行最後的交易。

首爾逐漸沉入深海。

劉衆赫說道。

「活下去。」

在濛濛水霧的另一端，第九百九十九次回歸的記憶逐漸消散。

沉沒之嶼的主人，在祂冷淡漠然的雙眼中，某種異彩流轉而過。

經歷永劫歲月仍未消失的故事，正是那則傳說，指引著祂輾轉來到這裡。

「大叔，這——」

回頭一看，只見我身邊的李智慧也止不住哭泣。

「未免太像了吧……」

〔兩則『浩瀚神話』彼此呼應。〕

它們當然相似，也不得不相似。

『金獨子認為，最完美的回歸就是第九百九十九次回歸。』

因為那一次回歸，就是驅動我思考的核心，亦是我所有行動的依據。

『只有那次回歸，比任何一次回歸都更接近正確的結局。』

唯一一次，讓所有人倖存下來，一同見證終結的回歸。

滋滋滋滋滋！

在狂暴的反噬風暴中，第九百九十九次回歸的李智慧步步逼近。

一步，又一步，雙方的距離不斷縮短。

感覺不太妙。

「大叔，退開！」

察覺到危險的李智慧抽出雙龍劍，揉身上前。

瞬殺。那是李智慧最強的對人技能，但凌厲的光芒卻隨著震耳欲聾的鏗鏘聲被彈上虛空，李智慧全身噴出大量鮮血，整個人飛到了甲板上空。

「智慧啊！」

一直守在一旁的李賢誠連忙接住了李智慧。

我才剛鬆了口氣，第九百九十九次回歸的李智慧已瞬間欺近我身前。

在我正打算釋放位格的剎那，一隻蒼白有力的右手猛然揪住我的衣領。

【你究竟……是什麼人？】

這對師徒還真是一個模子印出來的。

我苦笑了起來，不管怎麼樣，只要能與祂對話就不是件壞事。

「我的名字是金獨子，算是祢師父最好的朋友吧。」

【好友？】

第九百九十九次回歸的李智慧露出混亂的表情。

祂注視著在我周圍流轉的傳說。

「迎面撞上怪物之前，請留意左側牆面，到時候你們就會明白我的意思了。」

「那是為了應對第二十八個任務『大腳怪』。」

第九百九十九次回歸的李智慧正仔細閱讀著我的故事。

【你怎麼會……】

「我就是劉衆赫。」

【師父？】

第九百九十九次回歸的李智慧似乎陷入了混亂，祂左手緊緊按住太陽穴，眼中燃起不祥的光芒。

啪喀喀喀喀喀！

李智慧緊抓著我領口的力道越來越強，強大的位格緊緊壓制我的全身，眼看我就要喘不過氣。

「等等，祢先放手再說……」

【師父師父師父師父師父師父師父師父。】

抓狂暴走的異界神格紛紛重複著祂的話語，用世上最淒涼的語言代替第九百九十九次回歸李智慧的厲聲哭號。

〔已發動專用技能『全知讀者視角』。〕

〔您的所有傳說都與該人物齊聲應和。〕

〔您對於該人物的理解度急遽上升。〕

我們經歷過的所有畫面在祂眼中一一浮現，魔王選拔戰、巨人族戰役、神魔大戰、改編西遊記，以及——

〔傳說『方形的圓』開始講述故事。〕

「只要妳願意談，我隨時都願意聽。如果妳不想告訴我，和其他人聊聊也行，不要這樣躲起來，把一切都壓在心裡。」

只見第九百九十九次回歸的李智慧，臉上神情在深沉的哀傷中扭曲變形。

這一剎那，不知為何，我竟不由自主地想起隱密的謀略家。

【為什麼活下來的是你們，不是我？】

對於第九百九十九次回歸的李智慧——沉沒之嶼的主人而言，這個故事又意味著什麼？

祂也會憎恨我嗎？

對於這一條參照著他們的歷史積累而成的世界線——

『**好羨慕啊**。』

什麼？

滋滋滋滋滋！

彷彿望見某個令祂無比思念的光景，第九百九十九次回歸的李智慧緩緩伸出了手，放在我的臉頰上。

儘管我們閱讀著同樣的故事，卻有截然不同的感慨。

或許有人會看見自己未能實現的故事而深陷絕望，但也會有人因看見極其相似的憂傷而獲得撫慰。

問題在於，那份安慰又會往什麼方向發展。

『**我也想擁有**……』

沉浸在亙古哀傷之中的眼瞳，逐漸流露出一抹瘋狂。

第九百九十九次回歸的李智慧緩緩轉過頭，望向倒地不起的李智慧。

『我也想要擁有這樣的生活。』

我倏然醒悟祂在想些什麼。

斷片理論開始動搖，第九百九十九次回歸的李智慧伸出手，一道翻湧的激流立刻淹沒了昏迷的李智慧。

糟糕！

〔兩名存在的傳說開始產生共鳴。〕

喀嚓嚓，第九百九十九次回歸的傳說開始騰挪，第九百九十九次回歸的故事正逐漸吞噬這個世界線的傳說。

我心中一驚，連忙釋出位格。

必須阻止祂！絕不能眼睜睜地看著第九百九十九次回歸將李智慧吞食掉——

轟砰砰砰砰砰！

一道鋼鐵外殼轟然貫破船艦的甲板鋪張開來，保護了李智慧和我。

是李賢誠。

然而，從那鋼鐵之中，我感受到的傳說氣息有著微妙的不同。

我望向李賢誠。站在我眼前的雖然是李賢誠本人，但那並不是他。

某個存在正借用李賢誠的軀體行使祂的力量。

〔登場人物『李賢誠』的背後星保護著您。〕

不遜於沉沒之嶼的主人的強大位格。

喀喀喀，第九百九十九次回歸的李智慧劈開鋼鐵的屏障，祂的表情生硬得可怕，好似被當頭潑了一大桶冷水。

李賢誠的背後星率先開口。

【智慧啊，我們的故事早在很久以前就已經結束了。】

那是來自異界神格的真言。

我認出祂是誰了。

✦ ✦ ✦

同一時刻，韓明武乘坐著他向金獨子商借Coin購買的X級法拉基尼，疾馳在次元之路上，目的地是已遭封印的轉生者之島。

「多琳！如果聽到爸爸的聲音就回答我！多琳啊！」

韓多琳，這是韓明武為女兒取的名字。

韓明武在暗黑次元四處徘徊，縱聲呼喊著那個名字。

「多琳啊！」

在劇烈扭曲的暗黑裂隙之中，韓明武發現了一隻無比熟悉的手。

那是一隻他絕不可能錯認的手。在被魔王奪走之前，他就連一刻也不曾鬆開那隻小手。

韓明武緊握住那隻手，拚了命地在斷層間挖掘女兒的身軀。縱使過程萬般艱辛，他也不可能放棄。

〔浩瀚神話『被遺忘之物的解放者』開始講述故事。〕

為了救回女兒，他特意從金獨子集團借來的傳說開始講述故事，女兒的身子終於漸漸脫離斷層。

女孩的化身體安然無恙，但心臟早已停止跳動。

幸虧，他身上還帶了從李雪花那裡求得的一枚生死丹。

「多琳！快醒來！是爸爸！爸爸來救妳了！」

韓明武淚流滿面，不停地呼喊著。

不知道過了多久，韓多琳終於悠悠睜開了雙眼，眼底流瀉出隱隱紅光。

『幹得好，我的眷族啊。』

睜開眼睛的並不是韓多琳。

『要不是你，我的終焉追尋差點就要在神魔大戰劃下句點。』

魔王的位格陰寒而肅殺，在阿斯莫德癲狂的笑聲之中，韓明武嚇得跌坐在地。

「把、把我女兒還來！祢把我女兒——」

『女兒？嗯哼，真抱歉，那可辦不到，我需要這個化身體。相對地，我就送你一份大禮吧。』

話一說完，阿斯莫德從懷中掏出一個烏黑的眼罩。

『也就是，與我等一起見證這條世界線終結的資格。』

那是終焉的求道者之間流傳下來的古老物品，是唯有在最後任務將臨之時，才能使用的道具。

〔使用道具『深淵遺物』。〕

深淵禁咒旋即發動，開始召喚棲身在深淵中的異界神格——九九九的惡魔。

眼看周遭的空間漸漸崩裂，阿斯莫德口中爆出狂喜的大笑。

『梅塔特隆！阿加雷斯！救贖的魔王！這故事絕不會照你們希望的方式結束，這個故事——』

【搞什麼啊？】

不知何時，一名男子已然站在阿斯莫德身後。

祂渾身上下散發著幽暗的氣息，一隻手臂還纏著繃帶。

在五、六步開外的韓明武目睹了這一幕，不由得渾身顫抖。他認得那個男人的面孔。

男子迎上韓明武的視線，笑了起來。

【是你召喚我出來的？嗯……什麼鬼，怎麼還有個魔王？啊哈，我懂了，是這個魔王一直在折磨你，所以你才叫我出來，想要我拯救你，對吧？】

『終焉啊！不是的！召喚您現身的人正是我阿斯莫德——』

隨著咻一聲，男子化作半透明的手，眨眼間掐住了阿斯莫德的後頸，不一會兒，阿斯莫德的靈魂體已經被男人緊抓在掌心。

『咳咳……』

【我可不信躲在別人軀殼裡的傢伙說的鬼話。】

噗嗚一聲，阿斯莫德的靈魂體驀地被撕成兩半。

猝不及防的一擊，讓祂連反抗的機會都沒有。

男人舔舐著魔王四分五裂的傳說，露出猙獰的笑容。

【我最討厭魔王了，那些傢伙老愛學我。你看看！這臭傢伙，居然還拿著我之前搞丟的眼罩。】

男人嘟囔著摘下阿斯莫德的黑色眼罩，戴回自己臉上，接著像是對自己的模樣十分滿意似地笑了起來。

瑟瑟發抖的韓明武將倒地不起的女兒緊緊抱在懷裡，抬頭仰望著祂。

【喂喂，別擔心，我只是外表有點凶，但了解我之後就會發現我是個優秀的好男人。】

男子拍打著自己纏繞繃帶的手臂，說道。

【那麼，我看看……先去見見我們智慧吧？】

Episode 90. 一人

1.

迅速增生的鋼鐵保護著我和李智慧。

〔星座『鋼鐵的主人』催動自身位格。〕

鋼鐵的主人原是李賢誠的背後星，但鋼鐵的主人早在先前奧茲的變故中消亡了，並將自己的名號交付給某個人。

【銀白心臟之王。】

銀白心臟之王，即是新一任的鋼鐵的主人。

和沉沒之嶼的主人一樣，祂也是見證了第九百九十九次回歸結局的存在——曾經目睹第九百九十九次回歸的終結的李賢誠。

【少在我面前擺出背後星的架子，祢搞什麼鬼？】

面對同為王者的存在，第九百九十九次回歸的李智慧漸漸找回理智。

【為什麼在我們需要祢的時候始終保持沉默，直到這時候才出現？】

沉沒之嶼的主人繼續說著。

【說要恪守原則的不就是祢嗎？我們不是說好了，就算要毀滅另一個世界，也要找回我們的故事？祢明明親口答應，要向星星直播討回屬於我們的劇情線……不是嗎？】

傳說在兩人身邊流轉不息，讓我得以窺見祂們的生命。

「智慧啊，我們一定要謹守準則，縱使化為異界神格，也不能忘記我們的原則。」

「當世界試圖傷害妳，唯有心中的原則能守護妳。」

「我會代替妳向世界訴說，妳並沒有錯。」

一如每一次回歸的李智慧都是李智慧，所有回歸的李賢誠也都還是那個李賢誠，即便成了異界神格，祂們的本質仍絲毫未變。

銀白心臟之王注視著我，我難以解讀祂目光中蘊藏的深邃情緒。

【這就是我的原則，智慧，絕不能重蹈覆轍，不能讓第九百九十九次回歸的悲劇再次重演。】

【說什麼蠢話？祢的原則難道是想改就改的嗎？】

【我的背後星曾生活在這個世界線，我從祂那裡聽說了很多故事，說不定……說不定這個世界線，才是我們苦苦追尋的目標。】

銀白心臟之王的眼中閃過凜凜寒光。

【能讓一切邁向終點的世界線。】

此話一出，第九百九十九次回歸的李智慧驀然一頓。

【那種世界線根本不可能存在！反正這條世界線早就完蛋了，就算祢從中作梗，就算我什麼也不做——】

無論如何，銀白心臟之王似乎並未選擇在大滅亡之中成為毀滅世界的災禍。

果然不出所料。倘若祂真的有心加害我們，在奧茲多的是機會。我正是猜到了這一點，才決定帶上李賢誠同行，讓他作為我們防患於未然的最後一張底牌。

【他們沒有那麼弱小，烏列爾一個人毀滅不了這個世界的。】

銀白心臟之王這麼一說，沉沒之嶼的主人立刻有了回應。祂凝視著遙遠的地平線，原先空洞的目光在轉瞬間恢復了生機，那副模樣，就像看到了令人不快的東西。

【萬一祂不只自己一人呢？】

就在下一秒，幽深的漆黑籠罩了海平面另一端的天空。

在海的另一頭，某個出乎意料的存在赫然現身。

✦ ✦ ✦

金獨子集團的另一撥人馬在獨島近海嚴陣以待。

當金獨子的身影消失在茫茫太平洋之後，天空彼端便不時傳來擊鼓般的隆隆聲響。每當那聲音響起，伙伴們全都坐立難安，儘管沒有任何人說出心中不時湧現的遲疑，但所有人都抱持著同樣的心思。

——必須趕快去支援金獨子。

不過，眾人都強自按捺了下來，因為這就是他們的戰略。倘若在這時貿然行事，別說拯救金獨子，到頭來一切都會毀於一旦。

一定要按照計畫才行。按照作戰計畫，在這裡……

就在這時，眾人倏然從天邊感受到一股熱浪，滾燙高溫遍及整片海域。他們反射性地抬起頭，令人難以置信的一幕隨即映入眼簾。

金獨子說的沒錯。

『熊熊燃燒的烈日正落向大海中央。』

負責指揮作戰的韓秀英站在孔彌斗的武裝要塞頂端，高聲下令。

「準備戰鬥！」

那是彷彿連靈魂都能燒熔的熱度。

第九百九十九次回歸的烏列爾，在毒辣的赤色烈焰中展開羽翼。

【隱密的謀略家人呢？】

『異界神格的王者，自東方升起的生生不息的火焰。』

韓秀英感受著眼前撲面而來的驚人位格，不禁嚥了口唾沫。更準確地說，是她嘗試著嚥口水，口中卻早已乾涸得連一丁點水氣也不剩。

她清了清乾巴巴的喉頭，開口說道：「從現在起，開始滅火作戰。」

撲滅火勢，這就是第一組的成員肩負的任務。

韓秀英想起金獨子臨走前留下的最後一句話。

「別殺了祂，對方同樣也是烏列爾。」

天殺的，金獨子，你要我們制伏那傢伙，還不能殺祂？

在眾人無聲的抵抗下，生生不息的火焰瞇起了雙眼。

【再不從實招來——】

「劉尚雅！」

信號一出，劉尚雅旋即高高揚起手，一朵巨大的曼荼羅在飄逸的僧袍之間快速迴旋，徑直射向了太陽。

金獨子集團擁有的最強減益效果立刻發動。

〔已發動傳說『曼荼羅的時間』。〕

儘管收效甚微，但太陽的活動確實變得遲緩了一些。

第九百九十九次回歸的烏列爾喃喃自語。

【時空干涉？釋尊也在這裡？但我沒有感受到他的氣息啊。】

轟隆隆隆隆！

祂一握緊拳頭，周圍的時空彷彿要碎裂般劇烈晃動起來。

劉尚雅嘴角溢出一抹鮮血。

「這是極限了！」

「鄭熙媛！申流承！」

一接到韓秀英的命令，兩人疾奔而出。

第九百九十九次回歸的烏列爾首先發覺申流承的身影。只見一頭巨龍的影子覆蓋了整個海面，帶著劇毒的龍息猛然吞沒烈日的業火。

【是這個世界線的靈獸之王啊。】

龍息所及之處，烏列爾的化身體立刻變得焦黑，但不過俄頃，祂的肌膚又恢復了原樣。

「還有這招也嘗一嘗！」

耳邊響起的大喝讓第九百九十九次回歸的烏列爾反射性地揮出手中長劍。

鏗鏘鏘鏘鏘鏘！

業火之焰和審判者之刃激烈衝突。

僅僅一次交鋒，就讓鄭熙媛口吐鮮血，滑退了一大步。

〔登場人物『鄭熙媛』已發動專用技能『審判時刻』。〕

【審判時刻？怎麼可能拿這招對付我？】

鄭熙媛的刀身上燃燒著地獄炎火，第九百九十九次回歸的烏列爾轉頭查看自己身後伸展的大天使之翼，神色生硬地釋放出位格。

【原來是我的化身啊。】

宛如在回應祂一般，鄭熙媛的體內也顯現出星座的力量。

『熙媛才不是祢的化身，是我的化身好嗎？』

兩名烏列爾不甘示弱地催動位格，劇烈衝撞。一次、又一次，每經歷一次位格衝突，鄭熙媛的臉色就變得越發蒼白。

「這究竟是什麼力量——」

【我可不會像上次那樣，被那些可笑的記憶糾纏了。】

眼看鄭熙媛一轉眼就被逼成守勢，烏列爾連忙高喊。

『白[redacted]！你們只會看熱鬧嗎！』

說時遲那時快，一道漆黑的烈焰出其不意地襲向第九百九十九次回歸的烏列爾背後。

生生不息的火焰蹙起眉頭。

【黑焰龍。】

雙手纏著繃帶的黑焰龍趾高氣昂地大吼。

『呵呵，這招怎麼樣啊，混蛋天使！』

絕對善與絕對惡，曾經勢不兩立的兩名傳說級星座此時齊心協力，只為阻止災禍的發生。

在太陽的威能下，地獄炎火和黑焰同時炸裂，韓秀英不動聲色挺立在那刺目的光之風暴中，渾身卻在微微顫抖。

——好強。

僅用一隻手，生生不息的火焰就擋下了兩名強大星座的攻勢，即便以一敵二，仍舊占據壓倒性的優勢。

【這次回歸的我居然只有這點三腳貓功夫？伊甸去哪了？妳為什麼會和這些傢伙混在一起？】

『伊甸早就垮臺了，混[redacted]！』

【伊甸沒了？妳連星雲的庇護都沒有，還想跟我作對？】

聞言，生生不息的火焰像是對眼前的對手不屑一顧，立刻撇開頭去。隨即，豔陽變得更加刺眼，有什麼從炙熱的高溫中爬了出來。

那是追隨著祂的異界神格。

數以千計的軍隊，正在等祂發號施令。

【去吧，找出隱密的謀略家。】

一聲令下，大軍開始推進。數不清的無名之輩帶著燃燒的翅膀從天而降，照這樣下去，祂們一眨眼就能踏平整座朝鮮半島。

申流承及時採取了行動。

［登場人物『申流承』已發動『頂級多元交流 Lv.???』。］

不計其數的海獸種破海而出，緊咬住無名之輩的腳踝拖入水底。武裝城主孔弼斗也立時加入戰鬥，設置在城牆上的一座座自動砲臺噴發熊熊烈焰，只見一個個無名之輩被打成蜂窩，厲聲嘶號。

第九百九十九次回歸的烏列爾啐了一聲。

【你們居然接納那種惡毒下作的人作為同伴？真叫人不齒。】

無名之輩前仆後繼，氣勢凶猛地衝向孔弼斗的要塞。在大批外神的攻勢下，城牆很快便千瘡百孔，轉眼就要坍塌。

剎那間，韓秀英放聲高喊：「李吉永！」

彷彿就在等著這一刻，李吉永倏忽從城牆之間冒出頭來，他全身上下都纏繞著幽黑的氣息，朝著天空縱聲呼嘯。信號一出，褐黃色的雲彩隨即從遠方滾滾湧現，覆蓋了天空。

雖然只是短短一瞬，但那壯觀的畫面，甚至足以遮蔽炙熱的烈陽。

〔星座『無底坑的主宰』露出雪白的利齒。〕

【魔神亞巴頓？你這傢伙為何會出現在此？】

始料未及的強敵讓第九百九十九次回歸的烏列爾大吃一驚，沉聲怒喝。

申流承、孔弼斗，再加上李吉永三人的夾擊，讓戰況一時陷入膠著，雙方鬥得勢均力敵。

亞巴頓操縱的黃色蝗蟲群源源不絕地湧上，捨命阻撓著那些無名之輩。

【嘎啊啊啊啊！】

無名之輩痛苦地扭動掙扎。

第九百九十九次回歸的烏列爾皺了皺眉，輕鬆寫意地單手擋下烏列爾與黑焰龍接踵而來的殺招，同時將魔力匯聚到另一手掌心，顯然是打算發動地獄炎火突破重圍。

然而，有人早已看穿了祂的心思。

「就是現在！上啊！」

韓秀英一聲令下，一把長長的巨型鐮刀冷不防穿出海面，唰的一聲，將大天使的羽翼撕開一道巨大的傷痕。

異界的傳說伴隨著潔白的飛羽，漫天飄舞。

【……冥界之王！】

現身後頭一次，第九百九十九次回歸的烏列爾表情徹底沉了下來。

〔星雲〈冥界〉釋放自身儲備的傳說。〕

冥界的部分精銳部隊跟隨黑帝斯跨越傳送門，三名審判官和波瑟芬妮也隨後現身。眼見護衛著太陽的無名之輩節節潰敗，冥界的位格逐漸壓制了第九百九十九次回歸的烏列爾。

釋尊、烏列爾的化身、深淵的黑焰龍，再加上神話級星座黑帝斯攜手圍攻，第九百九十九次回歸的烏列爾一時之間優勢不再，但依舊不動如山地堅持著。

儘管受到黑帝斯的奇襲而負傷，儘管祂幾乎承受著一整個星雲等級的戰力，第九百九十九次回歸的烏列爾依然不顯絲毫頹勢，甚至正隱隱蓄力，伺機反擊。

「祢還在拖拖拉拉什麼！快出手幫忙啊！」

〔星座『最古老的解放者』不耐煩地爬起身來。〕

轟隆隆隆隆！

漫天黃霧之上，鋪天蓋地的烏雲翻湧而至。雷雲散發著不祥之色，雲層中閃過一抹凜冽青光，毫不留情地朝大海發起猛攻。

只見天空忽明忽暗，雷霆電閃之間倏忽映照出一名星座高傲的面孔。

那是一頭蓬鬆散亂的白金髮絲。

那名神話級星座勾起的嘴角，昭示著祂特有的傲慢。

第九百九十九次回歸的烏列爾瞪大了雙眼，與此同時，如意金箍棒遮蔽了祂所有視野，朝祂重重砸落。在那粗暴蠻橫的重擊之下，祂不堪承受的化身體發出一聲駭人的巨響，栽入深海之中。

2.

「孫悟空，幹得好啊！」

韓秀英興奮地大喊。

咕嚕咕嚕，海上冒出一連串的血泡，不一會兒，第九百九十九次回歸的烏列爾浮出了水面。不知道祂是否把海底的海獸種全部撕了個粉碎，渾身上下都染成了一片猩紅。

鮮血淋漓的祂，臉上的表情與其說是遭人背叛的不快，更像是驚訝。

【真叫人不敢置信，齊天大聖，連你也站在他們那邊？】

緊接著，祂的詫異又轉為短暫的懷念。

齊天大聖察覺了祂態度的轉變，冷冷回應。

『祢以為祢誰啊，裝什麼熟？』

【只是突然想起以前失去的老戰友罷了。我沒有與你為敵之意，讓開，我要的只有隱密的謀略家而已。】

實際上，祂的語氣確實毫無戰意，然而齊天大聖搖了搖頭。

『雖然我也看不慣那個陰沉狡詐的傢伙……』

齊天大聖揚起了一抹漫不經心的笑容，隨即整個人爆發出令人不寒而慄的強大氣息。

『但那小子要是掛了，會害我們小老弟很為難的。』

〔星座『最古老的解放者』釋放自身位格。〕

遭到金箍圈限制的位格獲得解放，齊天大聖甚至進行了部分的異界神格化，催動外神的力量，在改編西遊記任務曾與一行人聯手的大批妖怪，紛紛穿越傳送門，降臨至太平洋。

【猴王猴王猴王猴王猴王。】

追隨著不同王者的異界神格之間捉對廝殺，被血色浸染的大海立時掀起滔天巨浪，連第九百九十九次回歸的烏列爾也不禁駭然。

終於，一直勢均力敵的天秤開始傾斜。

「行了，一鼓作氣幹掉祂！」

隨著韓秀英一聲大喝，金獨子集團的浩瀚神話同時開始講述故事。

〔浩瀚神話『魔界之春』開始講述故事。〕

〔浩瀚神話『吞噬神話的聖火』開始講述故事。〕

〔浩瀚神話『光與暗的季節』開始講述故事。〕

〔浩瀚神話『被遺忘之物的解放者』開始講述故事。〕

儘管神話的主要闡述者金獨子和劉衆赫不在，但其他伙伴持有的浩瀚神話股份也不容小覷。

此外，還有些人早已為這一刻等候多時，摩拳擦掌準備給予最後的一擊。

『天上金烏，一顆足矣。』

蘇利耶與祂的列車一同現身。

『時至如今，砍翻異界神格這種事我早就駕輕就熟了。』

『一起動手吧，破天劍聖。』

「我也一起上！」

破天劍聖、基里奧斯和張夏景也挺身加入戰局。

第九百九十九次回歸的烏列爾漸漸左支右絀，臉上也浮現一抹困惑。

【你們怎麼會聚在一起？這個世界線到底——】

面對洶湧襲來的浩瀚神話，祂不由得驚慌失措，傳說的規模固然驚人，其內容更是令祂驚疑不定。

怎麼可能存在這種傳說？這究竟是怎麼辦到的？

乘著列車，三名超凡座迅速突破了太陽滾燙的屏障，足以擊碎天空的破天劍道和電人化，再加上破天崩拳，構成了破壞力驚人的一擊，眼看三人的殺招就要攻入烏列爾的破綻——

電光石火之間，一股徹骨的寒意襲向韓秀英後頸。

「等一等！」

〔傳說『預想剽竊』慌忙修訂故事。〕

在這世界上，唯有她才能感知到的某種強烈預感攫住了她，下一秒，一陣彷彿周遭的時空全被揉碎扭曲的巨響響起。

砰轟轟轟轟轟。

韓秀英一時不明所以，弄不明白眼前究竟發生了什麼。

【什麼鬼，這個時間線的我跑哪去了？該不會掛了吧？】

那是彷彿割下了深淵的一部分凝聚而成的危險嗓音。

為了向烏列爾發動最後一擊，從背後欺近異界神格的幾名超凡座隨著支離破碎的列車高速下墜，幽黑的黑焰之火吞噬了他們的身形。

一個男人站在烏雲蔽日的天空中。韓秀英認得祂，甚至可說是再熟悉不過，正是因此，更令她感到毛骨悚然。

〈星座『深淵的黑焰龍』向您示警。〉

男子慢條斯理地開了口。

【呿，這麼囂張的氣息我還以為肯定是李智慧呢，太久沒碰面，我居然搞錯了。】

生生不息的火焰的驕陽散發著耀眼的光輝，但那陽光越是燦爛，那男人的黑暗就像強光下的暗影一樣，越發濃重。

第九百九十九次回歸的烏列爾說道。

【偉大的深淵君主，是誰把祢這王八蛋召喚到這條世界線來的？】

韓秀英心中一凜，不由得想起金獨子提過的話語。

北方宇宙的主宰，偉大的深淵君主。

【啊哈，祢終於願意叫我的稱號啦？話說回來，祢好像快頂不住了耶，要不要我幫祢呀？】

此話一出，太陽周圍的日暈霎時不甘示弱地暴漲開來。

【不用祢管，我才用不著祢這種小兔崽子——】

【唉，明明是同一次回歸的伙伴，幹嘛這樣呢？】

嬉皮笑臉的男子不是別人，正是見證了第九百九十九次回歸結之篇章的妄想惡鬼金南雲。

在金南雲轉動視線的剎那，韓秀英渾身寒毛直豎。

【這麼久不見，我也很想和我們家黑焰龍打聲招呼呀。】

眨眼間，帶著凶惡笑容的金南雲，已直逼韓秀英面前。

✦ ✦ ✦

緩緩睜開眼的時候，劉衆赫發現自己正飄浮在一片黑暗之中。

他能回想起的最後一個場景，是自己在和金獨子鑽研必殺技的記憶，途中似乎出了什麼差錯，讓他失去了意識。

〔您的靈魂體狀態不穩定。〕

〔傳說『恆久不滅的地獄道』陷入難以解讀的狀態。〕

「劉衆赫那傢伙的生日是什麼時候啊？」

零星的記憶斷斷續續地流淌，模糊不清的意識中傳來某人的聲音。

不對，與其說是聲音，更像是某種接近文字的東西。

不消片刻，劉衆赫就察覺了那是誰的語氣。

「……第一次提到這件事的回歸是……」

那樣吊兒郎當的口吻……會用這種令人火大的口氣講話的傢伙，世上唯有金獨子一個人而已。

「哎呀，這時候的故事真的超有趣的。」

金獨子翻過的書頁、讀過的字句一一掠過眼前，裡頭滿是自己面對各個星座激烈戰鬥的模樣。

「第一次回歸、第四十一次回歸、第六百六十六次回歸……」

讀著讀著，金獨子順著印刷字體移動的手指驀然停下。

從他停滯良久的指縫之間，劉衆赫瞥見了紙頁上的回歸資訊。

「第九百九十九次回歸。」

此時的劉衆赫已經得知那次回歸發生了什麼。藉由金獨子閱讀的字句，恆久不滅的地獄道向他講述了他已然不記得的時光。

翻閱著那個章節的金獨子好似在喃喃自語。

「我是劉衆赫……」

唯有倚靠這句笨拙的自我喊話強撐下來的那段人生，劉衆赫一無所知。

這是金獨子讀過的劉衆赫，而金獨子本人的歷史如燃盡後的煤渣炭灰，殘留在每一頁的脈絡之間。

無論是在學校被排擠、在打工的店鋪被積欠工資的店長痛罵，還是在軍隊操練行軍到腳下皮開肉綻的時候，金獨子總是將自己當作劉衆赫，堅持了過來。

劉衆赫其實並不理解金獨子。

在劉衆赫熬過的漫漫時光中，從不曉得自己拯救了身在另一個世界的某個人。他不曉得看著他人的戰鬥而獲得鼓舞有著什麼樣的意義，甚至在他的眼裡，連那些文字所描寫出的自己，都顯得無比陌生。

「我們還有一戰之力。」

他真的說過這種話嗎？

「無論一百次、一千次，我都會再次回歸，將祢們趕盡殺絕。」

不過是一介人類的劉衆赫，真的說得出這般豪言壯語嗎？

而在無數文字中，不時夾雜著伙伴們對他深信不疑的話語。

「隊長。」

「我相信你。」

「下次回歸，一定要拯救這個世界。」

一條又一條世界線相繼消逝，留給他的只剩文字，當那些折磨著他的篇幅累積得越來越龐大，他的生命卻顯得越發可悲。

他們為何如此相信他？如此堅定地與他並肩作戰？

——我到底是誰？

看著那些令他茫然不解的章句，劉衆赫頓時被空虛包圍。

長達一千八百六十四次的人生。

劉衆赫知道自己經歷了什麼樣的世界才走到這裡，卻始終不知其所以然。

「難道這些記憶，真的就是他的全部了嗎？」

劉衆赫驀然感到好奇。倘若自己真如金獨子所說，是一名「登場人物」，那麼不存在於他記憶中的時間都去哪兒了？

金獨子未曾讀過的頁面中的自己，又在何方？

抑或，那種東西壓根就不存在？

〔您的背後星端詳著您。〕

他說得出自己真正「存在過」的人生從何算起，又在哪結束嗎？

滋滋滋滋……

一抹刺骨涼意一閃而過。劉衆赫反射性地環顧著這一片空無，除了自己，顯然還有某個人在場。

【你是在反躬自省嗎？現在可沒時間讓你這麼悠哉。】

劉衆赫立刻意識到對方是誰。

「祢這傢伙應該還不能動彈才對。」

劉衆赫怒視著隱密的謀略家，習慣性地將手探向黑天魔刀，孰料掌心卻落了空。

此處是他的內心世界，道具並不存在。

看著連自己的狀態都無法掌握的劉衆赫，隱密的謀略家無語地搖了搖頭。

【再這樣下去，你的同伴八成要全軍覆沒了。】

「全軍覆沒？」

一股惡寒倏然掠過背脊。

他們一行人與異界神格之王的惡戰迫在眉睫，他確實能感受到周圍瀰漫著不祥的氣息。

必須立刻清醒過來，離開這地方才行……

【以你目前的狀態，去了也是徒勞。若無法使用第一千八百六十三次回歸的力量，就憑現在的你根本幫不上忙。】

「祢想怎樣？」

面對劉衆赫粗魯的態度，隱密的謀略家依然沉著。

【還有別的辦法，能讓你使出第一千八百六十三次回歸的力量。】

此話一出，劉衆赫頓時領會祂言下之意。

劉衆赫之所以能短暫地找回第一千八百六十三次回歸的能力，是由於金獨子擁有恆久不滅的地獄道，而將那則傳說交給金獨子的人……

劉衆赫咬著牙問道：「我為何要相信祢？祢幫助我們的理由是什麼？」

【我也是受人之託。】

「誰的請託？」

【僅此一回，下不為例。我借予你力量，希望你能從中學到一點東西。】

隱密的謀略家在黑暗中伸出了手，少年冰冷的掌心轉眼就觸碰到他的額頭，他甚至無暇閃避。

隨即——

〔已引發『斷片效應』。〕

伴隨著幾乎使大腦當機的強烈劇痛，龐大悠遠的傳說迅速湧進他的腦海。那是他早已熟知的記憶，卻也是一段他無法理解的時光。

隱密的謀略家所有的傳說帶著滾燙的熱度，順著他的血脈開始流動。

第一次、第二次、第三次、第四次回歸……第一千八百六十三次回歸，數不清的劉衆赫在他體內漸次甦醒。他們每一個都是各別互異的劉衆赫，與此同時，劉衆赫卻又是完整獨立的一個人。

經歷了一千八百六十四次的生命，獨一無二的劉衆赫。

他漸漸記起每一件事，想起了自己究竟是誰，又是為了什麼活到現在。

眾多傳說在他身邊飄浮流轉。

在那之中，有某個人這麼問道。

「話說，隊長的生日是哪一天啊？」

聞言，金獨子答道。

「啊，找到了，原來寫在這裡啊，八月三號。」

沒錯，他是夏天出生的。悶熱得宛如地獄，可怕強颱肆虐的一個夏天。

所有記憶逐漸鮮明。

他記起從不曾刻意慶祝、也不曾收到任何祝福的生日，也記起在一千八百六十四次的人生中，逐漸失去意義的每一個紀念日。

劉衆赫緩緩睜開雙眼，全身充盈著傳說的氣息。那是他在第三次回歸從未有過的感受。

抬起頭，他便能感知到一輪熾熱的驕陽，即使相距甚遠感覺仍十分明確。

在遙遠地平線的另一端，某個異界神格正呼喚著他。

然而，劉衆赫毫無所懼。他緩緩起身檢視化身體的狀態，身體的每一個部位都能自由活動，狀況近乎完美，他的每一根肌肉纖維都充分浸潤著他日積月累的傳說。

『在那一瞬間，劉衆赫感覺自己彷彿重獲新生。』

〔浩瀚神話『朝謁滅亡的孤獨朝聖者』已恢復完整的位格。〕

這就是原本的他所擁有的真正的力量，是成功抵達世界的最終篇章，獨自見證了牆之存在所擁有的位格。

〔『斷片效應』以異常形式發動中。〕

〔膠卷之間的連接不完整，若持續維持連結，膠卷可能徹底毀滅。〕

他只有短暫的片刻能夠使用這股力量，但對他而言，這段時間已經足夠。

劉衆赫抬頭仰望蒼天。

天空正在怒吼，雷電交加。

在不時劈落的電光中，他臉上的傷痕清晰可見。

〔傳說『恆久不滅的地獄道』開始講述故事。〕

〔已發動特性『繁星的恐怖』。〕

望見他炯炯的目光，滿天星宿早已嚇得四處逃竄。

劉衆赫注視那些星辰片刻，旋即奔向了遠處的太陽。

3.

眼前的景象叫韓秀英簡直難以置信。

才一晃眼，超凡座全都敗下陣來，紛紛墜落，冥界的審判官也接連倒地。

「快退開，韓秀英！」

只聽見鏗鏘一聲，擋在她面前的鄭熙媛已經整個人飛到了空中。

男子帶著惡質的微笑，惡作劇似地不停釋放著自身的傳說。

〔浩瀚神話『妄想算計』正在講述故事。〕

偉大的深淵君主，第九百九十九次回歸的金南雲全身爆發出黑焰的氣息，瞬間幻化成一尾多頭的惡龍形象。幻象張開血盆大口，毀滅性的火焰洪流登時席捲了天地。

「流承！吉永！」

眼見兩個小朋友被捲入黑焰之中，劉尚雅連忙縱身相救。她一脫離戰場，束縛著第九百九十九次回歸的烏列爾的時空減益效果急速削弱。

轟嗡嗡嗡嗡！

第九百九十九次回歸的烏列爾一度被壓制的力量逐漸恢復。

看著烏列爾手忙腳亂的模樣，第九百九十九次回歸的金南雲噗嗤笑了起來。

【要是我沒出手幫忙，我看祢怎麼辦？】

【閉嘴，等我找到隱密的謀略家，下一個就輪到祢了。】

狠狠瞪了金南雲一眼，第九百九十九次回歸的烏列爾揮舞著業火之焰再度踏上戰場。

挺身迎戰的是齊天大聖。如意金箍棒華麗地翻騰飛舞，一一擋下來勢洶洶的劍招。

看見齊天大聖竟能與異界神格王者戰得難分軒輊，金南雲不由得發出讚嘆，尤其是齊天大聖身上散發出來的暗黑氣息，更吸引了祂的注意。

【混沌的氣息？那傢伙也成為異界神格了？】

【準確地說，好像是他的其中一個分身轉化為異界神格了。】

【哈哈哈，這又是哪招，這條世界線到底怎麼回事啊？】

【這邊交給我來對付，祢負責解決那些雜魚和冥王吧。】

【呿，機會難得，我也想跟大聖打一場的說。】

或許是被兩人還在聊天的悠閒態度激怒了，齊天大聖氣勢洶洶地催動魔力，耀眼的金色光芒籠罩了半邊天空，瞬間壓制了黑焰的攻勢。

但作為代價，祂全身上下也掀起了致命的反噬風暴。

『該死，美猴王！你別亂搞，好好打啊！』

齊天大聖暫時整併為一體的數個傳說之間發生了衝突。

眾人最後的要塞——神話級星座逐漸潰不成軍。在第九百九十九次回歸的烏列爾狂風驟雨般的猛攻之下，齊天大聖節節敗退，而黑帝斯那方戰況甚至更加險峻。

轟轟轟轟轟！

不知是受到奧林帕斯的牽制還是由於冥界內部的因素，黑帝斯的狀況似乎不太妙。

【哈哈哈！身為奧林帕斯三主神的冥王，竟然只有這點本事？】

黑帝斯眉頭深鎖，只能採取守勢默默揮舞著鐮刀，而在祂身後專心講述著浩瀚神話的波瑟芬妮插口道。

『祢知道嗎？這個世界線的祢，靈魂就被禁錮在冥界之中。』

【說什麼蠢話？我怎麼可能被關在冥界！】

第九百九十九次回歸的金南雲勃然大怒，猛烈的黑焰再次爆發，在那連空間都能熔化的火勢之下，黑帝斯的化身體無力墜向大海。

韓秀英渾身顫抖。那明明是她所知的黑焰沒錯，但究竟要經歷多麼漫長刻苦的鍛鍊，才能將平平無奇的黑焰提升到那種地步？

【真是怪了，黑焰龍居然會選擇妳這種貨色作為化身？】

一抬起頭，第九百九十九次回歸的金南雲竟已欺近身前，大吃一驚的韓秀英來不及閃避，金南雲的手已抓了過來。

韓秀英暗叫不妙，就在千鈞一髮之際，空中火星一閃，金南雲的手霎時被彈了開來。

〔星座『深淵的黑焰龍』沉聲咆哮。〕

【喂，什麼嘛，焰龍啊，我才是正主吧。】

金南雲柔和地彎起眼睛，像是在安撫可愛的小狗。

〔星座『深淵的黑焰龍』高聲宣告化身『韓秀英』才是自己的化身。〕

【啊哈，所以你有了新人就不要舊人了嗎？】

金南雲的眼底掠過一抹冰冷的瘋狂。

【既然如此，把新的變舊的不就行囉。】

劇烈的衝擊波在眼前炸開，韓秀英整個人朝後飛了出去，儘管她盡力蜷起身子將衝擊降到最低，嘴裡依然嘔出一大口鮮血。

這一擊沒讓她當場斃命，全都多虧了她的背後星。

〔星座『深淵的黑焰龍』高喊著快逃！〕

深淵的黑焰龍直接現出了真身，將她緊緊護在龐大的軀體之下。

那頭宛如用黑曜石打造而成的崇高巨龍，瞪著如紅寶石雕琢而成的熾熱眼眸，朝世界厲聲咆哮。

【哈哈哈哈！沒錯！至少要拿出這種能耐才是我的黑焰龍嘛！】

雙方爆發激戰，周圍的海水頓時動盪不安，島嶼的碎片漫天迸飛，黑焰龍的龍息掀翻了整座大海。

〔星座『深淵的黑焰龍』催動自身位格。〕

然而，縱使強如黑焰龍，也難以對抗已然轉化為異界神格的金南雲，畢竟祂是作為災難降臨的存在，能夠援用的概然性從一開始就天差地別。

韓秀英拚命思索，到底該怎麼做才阻止得了這種荒誕的存在？

——若換作金獨子，他會怎麼做？

〔傳說『預想剽竊』開始講述故事。〕

劈啪一聲，腦中一陣刺痛，周圍濺起零星的火花。

—真是不爭氣，在這種時候還想依靠那個小子？

她記得這個聲音。

在轉生者之島所作的夢裡……在身穿白色大衣的男子被黑色大衣的男人殺害的那場夢境中，韓秀英確定自己聽過這個聲音。

—就是因為妳太不中用，那傢伙在我的回歸裡才會那麼囂張。

傳說正在向她搭話。

——妳是……

—我本來不打算再插手的，就再幫妳一次吧。

那聲音用大發慈悲的語調說著。

韓秀英察覺周遭的時間明顯放緩下來，她的認知能力也隨之擴張，不計其數的韓秀英在她腦中甦醒，不約而同地開口。

『世上一切皆已發生，日光之下並無新事。』

彷彿與未來接上了線，強烈的感知占據了她的腦海。

這是能整合無數套路、模式及既定資訊，創造出自己從未見過的世界的能力。

她記憶中的《滅活法》、從金獨子口中聽來的情報，還有她個人獲取的所有資訊彼此演繹交織，轉眼譜寫出了後續的故事發展。

某個人隱隱笑了起來。

——沒錯，這就是真正的預想剽竊。

而韓秀英也明白了自己該做些什麼。

〔傳說『預想剽竊』繼續講述故事。〕

她不確定這究竟能不能行得通，但是……

——如果是金獨子，一定做得到。

——妳這傢伙，又來！

黑焰龍嘶啞的咆吼籠罩了整片天空，短暫的惡鬥在祂身上留下大大小小的傷痕，就在黑焰龍展開破碎的翅膀，正要再次噴發龍息的剎那——

「夠了，焰龍。」

〔星座『深淵的黑焰龍』表示……〕

「接下來我會看著辦。相信我，祢躲遠一點。」

韓秀英挺身而出，將自己的背後星護在身後。看著她，黑焰龍頓時陷入混亂。

韓秀英沒有多加解釋，只是又向前踏上一步。

【哎唷，妳要親自跟我打？就憑妳這小不點？】

第九百九十九次回歸的金南雲渾身釋放著強大的氣息，浩瀚神話「妄想算計」磨刀霍霍，似乎隨時準備將韓秀英碾成粉末。

韓秀英的臉上毫無懼色。

「金南雲，就算成為異界神格，祢還是一點也沒變。」

【哈，講得好像妳和我很熟一樣。】

「當然，祢不就是成了外神卻還是只敢暗戀別人，成天追在女孩子後頭打轉的跟屁蟲嗎。」

第九百九十九次回歸的金南雲下巴慢慢掉了下來。

「所有異界神格的記憶都有缺損或不完整。」

「然而，那些王者為何能保有自己的記憶？」

「說不定，是因為那些記憶對祂們來說彌足珍貴吧。」

「縱使曾有大好機會，祢這膽小鬼就連一次都沒好好告白過，不過為了以防萬一，祢還是天天穿著印有巨大機器人圖樣的內褲。」

【妳、妳到底是誰？連隊長都不曉得的事妳怎麼會——】

「祢老是在一隻手上纏著繃帶，其實是想隱藏手腕上自殘的傷口，因為祢不想被李智慧發現。」

一時陷入困惑的金南雲迅速控制住自己的表情。

「祢為什麼喜歡李智慧？」

〔傳說『四萬年的單相思』出現動搖。〕

【那、那當然是因為李智慧很正……】

「不對，祢這人雖然是個垃圾，但不是貪圖女色的那種人設。」

【人設？妳到底在說什——】

「祢之所以迷戀李智慧，是因為她對劉衆赫深信不疑，一直追隨著他。」

【這又是什麼鬼話——】

「祢想得到李智慧的認可吧，希望她承認祢是足以取代劉衆赫的存在。」

〔浩瀚神話『妄想算計』大為動搖！〕

「事實上，祢只不過是渴望成為劉衆赫罷了。」

第九百九十九次回歸的金南雲的神情變得更加冰冷。

【妳這理論……挺有意思，不過呢，我沒那個閒工夫繼續聽妳胡說八道。】

韓秀英也不確定自己該不該這麼做，不，其實她當然知道不該這樣揭人瘡疤，儘管如此，韓秀英也只能接著說下去。

為了拯救這個世界。

「即便如此，祢也想藉此得到李智慧的原諒。」

她不得不撕開另一個世界的傷口。

「畢竟，要不是祢的失誤，第九百九十九次回歸的劉衆赫也不會喪命。」

滋滋滋滋滋滋！

霎時間，第九百九十九次回歸的金南雲全身迸發出劇烈火花，不知什麼東西一陣嘎吱作響，建構了金南雲的根源傳說開始崩裂。

那是記憶逐漸被摧毀的聲音。

【妳——！】

金南雲一邊整理著自己陷入混亂的傳說，一邊氣急敗壞地大呼小叫。

祂的眼神時而混濁，時而深沉，韓秀英只是靜靜地看著祂。

『就算是預想剽竊，也不可能得知一切。』

過度運轉的腦袋像要燒起來了一樣。

她不像讀完了整部《滅活法》的金獨子，也不像劉衆赫那樣親身體驗過第九百九十九次回歸，但有些事，無須耳聞目睹也能窺見真相。

這就是想像的力量。

縱使不清楚故事的細節，也能推敲出梗概的力量。

只要給予既定的情境，清楚預定的發展，只要「概然性」這一變數仍舊存在於這個世界之中，她的預想剽竊就能發揮出接近全知的力量。

「金南雲。」

一步，再一步，韓秀英在空中不斷進逼。

金南雲搖搖晃晃地緊抱著自己的傳說，像頭部受傷的猛獸般低聲怒吼。

『韓秀英注視著金南雲的傳說。』

劉衆赫如是，星座亦如是，那些經歷了漫長歲月的存在，終究會變得相似。一如他們的強大源於他們的歷史，他們的弱點，亦肇始於他們的歷史之中，這就是那些不斷敘述故事，又反覆被人傳述的存在，最終的宿命。

好似一名作家欲提筆劃去不必要的枝節，韓秀英朝金南雲伸了出手。

『就像金獨子制伏第一千八百六十三次回歸的劉衆赫那時一樣。』

「祢應該很想回到當初吧，更對於無法回溯到過去的事實感到絕望。」

【妳、敢再多說一句廢話——】

「但是，現在祢必須認清，祢所生活的世界線已經結束了，祢深愛的那些人再也不會回來。祢不可能成為劉衆赫，無法拯救任何人，更贖不了祢的罪。」

金南雲顫抖著嘴唇。這名見證過第九百九十九次回歸的結之篇章，早已成為異界神格之王的存在，其本源正在劇烈動搖。

在那一瞬間，金南雲看起來就像初次被拋棄在這世界的十七歲少年，祂續寫了數萬年的傳說，祂那堅不可摧的妄想，在寥寥數語之下土崩瓦解。

【不、不對，我、我是……】

韓秀英開了口，像是要為那條細小的裂隙劃下句點。

「祢啊，就該被禁錮在這可恨的星星直播之中，以罪人之名永遠活下去。」

啪滋滋滋滋滋！

【金南雲！】

隨著第九百九十九次回歸的烏列爾的真言響起，金南雲恍惚的意識登時清醒過來。

〔傳說『誓死的同伴』開始講述故事。〕

唯有傳說能將支離破碎的故事重新拼接，韓秀英費盡心思才攪亂了金南雲的傳說，這下又逐漸恢復原狀。

金南雲的眼中再度恢復了神采，韓秀英不由得露出苦笑。

——可惡，我還以為能成功呢，應該多少造成了一點傷害吧？

金南雲的眼底染上了深刻的憤怒。

【哈哈，差點被妳耍了，看來黑焰龍的選擇確實有點道理。】

強烈的死亡預感襲來，拚命運轉的預想剽竊就像斷裂的磁帶一樣瞬間停擺，那是一種無路可逃的可怕預感。

伴隨著滋滋一聲，一道嗓音響起。

—到此為止就行了，主角到了。

與未來緊密相連的感覺急遽模糊，金南雲揮出的拳頭倏然停滯在半空中。戰場上每個人都感受到了那股氣息，某個非同小可的存在正在逼近。

轟隆隆隆隆！

那是僅憑存在本身，就能使一個世界走向毀滅的位格。

率先反應過來的是第九百九十九次回歸的烏列爾。

【是那傢伙！】

祂吐出駭人的怒吼，旋即脫離戰場，朝那股氣息所在的方向飛去。

金南雲也緊盯著同一個方向。

【妳……算妳運氣好，下次見到妳，我一定……】

第九百九十九次回歸的金南雲看了看韓秀英和黑焰龍，猶豫片刻，終究跟著第九百九十九次回歸的烏列爾一起離開了。

韓秀英總算鬆了口氣，一屁股癱坐在黑焰龍龐大的身軀上。

看著兩道身影消失在海平面的另一端，韓秀英這才想起金獨子最後叮囑她的那句話。

「韓秀英，萬一，我是說萬一事情真的出了差錯……」

「你別給我埋這種不祥的伏筆行不行？」

她滿心認為絕對不可能發生這種事。

「無論如何，都要堅持到那傢伙趕到為止。」

「你這傢伙，這個出場未免也太帥了。」

隆隆雷鳴自遠處傳來，地獄炎火和黑焰的火光照亮了夜空。

末日的天空上，一名面容滿是歲月雕琢痕跡的男子，緩緩降臨。

4.

大衣隨著強風獵獵翻飛，手中的黑天魔刀散發出浩瀚悠遠的力量。

韓秀英明明認得眼前這個人，但不知為何這一瞬間，映在她眼中的彷彿是全然不同的存在。

「你是劉衆赫對吧？」

劉衆赫瞥了韓秀英一眼，隨著一聲轟然巨響，他轉身朝著太平洋的方向而去。

韓秀英慌忙叫道：「喂！你去哪！」

【追！】

第九百九十九次回歸的烏列爾和金南雲緊追著劉衆赫遠去。

韓秀英頓時明白了，劉衆赫是打算獨自引開異界神格。

「那個瘋子……」

「秀英小姐，妳沒事吧？」

劉尚雅走近扶起韓秀英。

一靠在劉尚雅肩上，韓秀英立刻嘔出早已在體內翻湧的鮮血。

「嗚嘔嘔！」

大腦的所有血管都在燃燒，像是要將前額葉灼燒殆盡。

韓秀英強忍著痛楚大喊：「齊天大聖！黑帝斯！烏列爾！快去追劉衆赫！這裡交給剩下的人處理，快走！不能放任他一個人對付異界神格！」

〔星星直播感知到您的傳說。〕

〔您已使用違逆概然性的力量。〕

「咳……」

視野陡然一陣暈眩，五臟六腑彷彿全部扭絞在一起，令人痛苦不已。

〔您的化身體已被捲入反噬風暴之中！〕

韓秀英察覺到一股巨大的力量就要從自己體內爆發，咬著牙喊道：「劉尚雅！離我遠點！」

但劉尚雅反而更用力地抓緊韓秀英的雙肩，堅定地搖了搖頭。透過碰觸肩膀的手，她不斷輸送著繼承自釋尊的力量，藉由扭曲時空，稍稍拖緩反噬風暴的成長幅度。

「堅持住，妳做得到，先前我也是這樣撐過來的。」

「該死……」

全身上下的肌肉都在呻吟，恐懼的種子自駭人的劇痛中生根發芽。

她明明老是說著要留心概然性，都快變成她的口頭禪了，到頭來自己卻犯下這種致命的錯誤。

連金獨子那小子都能活下來似乎讓她產生了錯覺，誤以為區區這點程度，自己總有辦法解決。

滋滋滋滋滋！

難道自己真的要沒命了？竟然死得這麼空虛嗎？

〔傳說『預想剽竊』開始講述故事。〕

反噬風暴的跡象開始漸漸減弱。

韓秀英看見自己的化身體覆滿密密麻麻的文字，那全是她親筆寫下的故事。

那是她為了不被金獨子或劉衆赫發現，暗中記錄在小冊子裡的字句，那些文字從不斷翻飛的筆記書頁間流淌而出，層層疊疊包覆住她的身子。

然而，其中也夾雜著她不曾寫過的文句。

—妳畢竟也是我，文筆還過得去嘛。

那聲音帶著半是譏諷半是滿足的語氣。

〔傳說『預想剽竊』代替您承受著反噬風暴。〕

隨著概然性反噬風暴削弱，那些字跡也迅速消散。

韓秀英很想問清楚那些文字究竟是什麼來頭，但她早已連提問的氣力都沒有了。

—只能到此為止了嗎？告訴金獨子。

〔另一條世界線蘊藏在您傳說中的零散殘跡正在消逝。〕

意識逐漸恍惚，但她的傳說仍在喋喋不休。

—在那傢伙盼望的結局之中，等著他的是……

✦ ✦ ✦

我攙扶著李智慧，注視著眼前的兩名異界神格之王。

祂們活在同一條時間線，也看見了同樣的世界終結，而今卻成了截然不同的兩個存在。

〔浩瀚神話『永遠的地平線流浪者』開始講述故事。〕

〔浩瀚神話『封印悲傷的心臟』開始講述故事。〕

飛濺在半空中的點點星火，隱約照亮了傳說的字句。

那是祂們用鮮血一點一滴積累起來的故事，也是讓我反覆翻閱了好幾回，我最鍾愛的一次回歸。

「劉衆赫隊長，幸好你是回歸者。」

銀白心臟之王看了我一眼。

透過閱讀理解能力，困鎖在第九百九十九次回歸的李賢誠傳說中的憂傷也傳遞了過來。

「不必為你感到悲傷也無妨吧？畢竟你不會死，就算死了，也會在下一次回歸中再次遇見我們吧。你的故事會在那裡繼續下去……並且，你也能重新開啟這段旅程，不是嗎？」

鋼鐵的傳說嗚咽哀鳴。

「對不起，李賢誠。」

鏗鏘生長的鋼鐵淹沒了祂的話語，本該流下的淚水在染上銀光的瞳眸之中凝固凍結。

「不必感到抱歉，反倒是我們會比隊長更早看見結局啊。隊長渴望見證的終結，以及未能遵守的約定，我會一個不落地帶著它們走下去。」

第九百九十九次回歸的李賢誠凝視著我。

祂並非我所知的李賢誠，話雖如此，祂仍是李賢誠，毋庸置疑。

──你和他確實很像，甚至比我的背後星描述的更相似。

第九百九十九次回歸的李賢誠的聲音在我腦海中響起。

祂彷彿知道我在想些什麼，溫和地笑了笑。

祂怎麼做得到？在經歷了那樣慘痛的悲劇後依舊堅決活下去的人，為何還能露出那樣的神情？

—所以，我不會讓你死。

我知道祂對我們不抱敵意，卻沒料到祂竟會如此偏袒我們。

鋼鐵的主人消逝之時，究竟向祂傳述了什麼樣的故事？

【賢誠大叔。】

第九百九十九次回歸的李智慧打斷了我們的交流。

【好久沒聽到祢這樣叫我了。】

【我不想傷害祢，讓開。】

兩則曠遠悠久的傳說相互糾纏。

李賢誠像在追憶老舊的往事，開口道。

【很抱歉，我不能這麼做。】

【為什麼要妨礙我？大叔不是拒絕成為災禍，拒絕管理局的召喚了嗎？和這條世界線的管理局進行協商的不是祢，而是我們。】

果不其然，是管理局召喚了第九百九十九次回歸的存在，化為災禍降臨在此。

李賢誠沉默片刻，淡漠地回答。

【絕對不向星星直播妥協——這就是我們的誓言。】

【就是因為那個誓言，害我們變成了現在這副模樣。】

【……】

【摧毀管理局，對抗鬼怪之王，突破最後一道牆……然後呢，我們又落得什麼樣的下場？】

最後一道牆。

看來祂們的確見到了原作中劉衆赫曾經抵達的那一堵「牆」。

第九百九十九次回歸的李智慧顫抖著說了下去。

【正如祢所說，我們的故事結束了。我們生活的世界已經灰飛煙滅，只剩我們四人挺過了滅亡，化為異界神格。】

【我們承諾過，不惜成為任務之外的存在，也要跨越最後一道牆。】

【祢明明很清楚，我們根本不可能跨過那道牆。】

【但是這條世界線──】

【別再跟我扯這條世界線怎樣了！這條世界線有什麼了不起？這裡和我們的世界一樣，遲早都會毀滅！】

這個世界線的李智慧在我的攙扶下仍渾身乏力，嘴唇微微顫抖。

沉沒之嶼的主人繼續說道。

【和我們交涉的大鬼怪說了，他們準備放棄這條世界線，之後回收再利用，作為全新故事的起始。】

銀白心臟之王表情一變，原先平穩溫和的氣息變得紊亂，金屬冰冷的感覺蔓延開來。

從鋼鐵口中傳出的聲音冷若冰霜。

【祢們到底和管理局做了什麼交易？】

【既然這個世界註定沉入海底，那由我們親手葬送它也沒差別吧。】

【智慧啊。】

第九百九十九次回歸的李智慧在笑，我卻說不清，祂臉上那副表情是否真的能以「微笑」來形容。

【我們和這裡的鬼怪之王說好了，只要這個世界線滅亡，他就會重現我們的世界線。他會跟最古老的夢接觸，重啟我們的故事。】

李智慧的肩膀瑟瑟發抖，我也一同感受著那份戰慄。

這就是第九百九十九次回歸的存在來到這裡的理由——不惜摧毀另一個世界，也要奪回屬於祂們的一切。

銀白心臟之王說道。

【我們的使命並非追回我們的世界，而是找出這一切悲劇的根源。】

【就算找到了，又會有什麼不同？】

【若要實現隊長的意志——】

【就算解決了引發悲劇的原因，我們失去的時間也無法挽回。死去的伙伴無法重生，我們的世界也不會恢復原樣……在那裡死去的第九百九十九次回歸的劉衆赫，再也不會回來了。】

轟隆隆隆隆。

某個未知的力量撕裂了遙遠的地平線，正朝著這裡逼近。

沉沒之嶼的主人繼續說著。

【所以，我們別無選擇，只能終結這一切，重新開始。】

一度平息的海嘯再次捲土重來，第九百九十九次回歸的李賢誠匆匆展開鋼鐵化，用自身的金屬保護著我們。

然而，襲來的海嘯遠比金屬生長的速度更快。

【祢阻止不了我。我說過了，我不是獨自一個人。】

轟轟轟轟轟！

後方，一輪火紅的夕陽陡然出現，灼燒著天空。

那是第九百九十九次回歸的烏列爾，生生不息的火焰的力量。

此外，既然祂正往這裡趕來，也就意味著……

「大叔，難不成——」

李智慧一把抓住我的衣角。

我迎上李智慧驚惶的目光，平靜地說道：「別擔心，妳所想的事絕不會發生。」

這也是我對自己的喊話。

「我們的故事沒有那麼不堪一擊。」

〔星座『救贖的魔王』催動自身位格。〕

〔星座『光與暗的守望者』催動自身位格。〕

〔星座『緊箍兒的囚犯』催動自身位格。〕

救贖的魔王、光與暗的守望者，以及被扣上金箍圈後獲得的第三個名號，我身上的所有傳說同時煥發出光彩。

我走向擋在我們身前的李賢誠。

「謝謝您出手相助，不過，您不必太勉強。」

【情況很危險，如果不躲到我身後——】

「這裡並不是第九百九十九次回歸。」

前有沉沒之嶼的主人，後方則是生生不息的火焰，現在的我們可說是腹背受敵，插翅難飛。

戰艦龐大的陰影籠罩眼前，在那巨大海嘯的最頂端，第九百九十九次回歸的李智慧仍在反覆嘀咕。

【一切都會回到原樣，就像隊長所做的那樣，我們也會回歸到當初。再次回到那時候，讓這一切重新開始，這樣一來……】

排山倒海的海嘯迎面襲來，我以浩瀚神話抵擋著那壓倒性的力量。正面承受海嘯襲擊的雙手感覺像是折斷一般火辣生疼。

穿過硝煙彈雨，我隱約望見烈日與大海交會的地平線。

那是我再怎麼狂奔也無法觸及的疆界。

霎時，那條界線陡然從中分裂，一柄刀刃撕開了海天的交界。

第九百九十九次回歸的李智慧從海濤之巔翻身墜落，目光緊盯著我們的方向。

更準確地說，是看向出現在我身邊的男人。

「回歸無法改變任何事，我花了很長的時間才明白這一點。」

5.

劉衆赫全身上下都散發著傳說的磅礴力量。

〔星星直播難以從化身『劉衆赫』身上挪開目光。〕

世界的意志亦全神貫注地注視著他。

〔旁觀任務的絕大多數星座都因化身『劉衆赫』的存在繃緊了神經。〕

〔身處最後任務的星座都對化身『劉衆赫』的傳說備感震驚。〕

〔部分管理局的鬼怪要求進行『概然合理性審議』。〕

〔『故事之王』駁回請求。〕

〔在該任務中『概然合理性審議』受到限制。〕

蘊含了我所知的劉衆赫的所有故事，那股充實而豐沛的能量，絕非單純的強大足以形容。

此刻在我眼前的「劉衆赫」，和我迄今為止見過的任何存在都迥然不同。

我有些緊張地問道：「其他人呢？」

「都沒事。」

「既然你會趕來這裡，就意味著隱密的謀略家答應了我的請求吧？」

喚醒沉睡的劉衆赫，就是我應對B計畫失利時的最終方案。

〔登場人物『劉衆赫』的『斷片效應』以異常形式發動中。〕

滋滋……

〔膠卷之間的連接不完整，若持續維持連結，膠卷可能徹底毀滅。〕

如果可以，我衷心希望此情此景不必化為現實，但若真的無計可施，這就是我們最後的手段，我們手中最強的底牌。

〔所有回歸的『劉衆赫』都在注視著您。〕

我感受著那些從他身上傳來的遙遠目光。

一種不祥的預感驟然浮上心頭。

萬一眼前的劉衆赫，並非我認識的那個「劉衆赫」呢？

「喂，你是第幾次回歸的劉衆赫？」

劉衆赫回過頭，他的臉頰有一道深深的疤，那是第三次回歸的劉衆赫沒有的傷痕。我正想再次問個清楚，但從他身上奔湧而出的文字卻堵住了我的疑問。

所有繁星的恐怖。

星星直播史上最強的化身。

鐵血霸王。

任務篡奪者。

他經歷過的時日化作了《滅活法》粗略的章句片段，這些隻字片語匯聚為故事，而故事轉眼又凝聚成眼前的男人。

經歷了一千八百六十四次人生的存在。

「我就是劉衆赫。」

他不是任何一次回歸的劉衆赫，不是第零次、第一次，更不是第一千八百六十三次回歸的他。

他正是所有回歸的劉衆赫。

【隊長？】

第九百九十九次回歸的李智慧難以置信地瞪大了雙眼，愣愣地注視著我們。見祂一時六神無主，另一名李智慧趁機放聲大喊。

「師父！上啊！幹掉祂！那傢伙打算毀了我們的世界線！」

一副氣急敗壞的語氣。

我本也想說點什麼，但一見到劉衆赫的側臉，腦中的想法倏然煙消雲散。

劉衆赫沒有採取任何攻勢，只是默默凝望著兩名異界神格。

而第九百九十九次回歸的兩人也迎上劉衆赫的目光。

〔登場人物『沉沒之嶼的主人』凝視著登場人物『劉衆赫』。〕

〔登場人物『銀白心臟之王』凝視著登場人物『劉衆赫』。〕

李賢誠的眼神出現些許動搖。

【這個傳說是……可是，這怎麼可能……難道真的……】

就像我試圖從劉衆赫身上找到我記憶中的他，祂們同樣在劉衆赫身上看到了祂們熟識的那個劉衆赫。

〔第 3 次回歸的『劉衆赫』沉默不語。〕

〔第 41 次回歸的『劉衆赫』沉默不語。〕

〔第 362 次回歸的『劉衆赫』沉默不語。〕

〔第 666 次回歸的『劉衆赫』沉默不語。〕

在眾人的目光中，無數劉衆赫被一一拆解，好不容易才融為一體的努力完全失去了意義。

為了找到自己熟識的他，所有人拚命排除自身無法理解的那些「劉衆赫」，只為尋找自身認知中的那唯一一個「劉衆赫」。

不知道就這樣過了多久，終於有人在那無數「劉衆赫」之中，窺見了蛛絲馬跡。

〔第999次回歸的『劉衆赫』緩緩睜開眼睛。〕

【隊——！】

沉沒之嶼的主人正想上前，天空驀然被一束光芒撕裂，那閃光如同一道奔雷，夾帶著滾燙的熱意撲面而來。

劉衆赫隨手一揮黑天魔刀，輕描淡寫地擋下那道光束。

【祂不是祢認識的那個劉衆赫。】

來者是誰已無須多言。

【祂是將劉衆赫從我們身邊奪走的外神！】

生生不息的火焰，第九百九十九次回歸的烏列爾厲聲喝道。

僅僅為了殺害隱密的謀略家而活的存在。

為報祂的深仇大恨，祂終於一路追到了這裡，纏繞著業火之焰的烈焰更加熾熱張狂。

但沉沒之嶼的主人出聲阻止了祂。

【等等，住手，烏列爾。那個隊長是——】

【別上當了！隱密的謀略家就在那傢伙體內，祂就是我們苦苦尋找的那個罪魁禍首！】

就在下一刻。

【太扯了，那是這個世界線的隊長嗎？這麼久沒見，他果然還是強到爆啊……】

最後一位王者終於趕到。祂掃視了戰場一眼，兩顆眼珠頓時驚訝得快掉出眼眶。

偉大的深淵君主，正是第九百九十九次回歸的金南雲。

【有、有兩個智慧？】

〔所有『異界神格王者』齊聚一堂。〕

〔星星直播的所有星座凝神關注這個戰場。〕

〔星星直播的所有星雲為帶來毀滅的存在降臨感到恐懼。〕

〔大多數星座表現出強烈的敵意。〕

然而，不管一眾星宿作何反應，祂們只是一語不發地注視著彼此。

自東方升起的「生生不息的火焰」。

西方世界的禍患「沉沒之嶼的主人」。

北方宇宙的主宰「偉大的深淵君主」。

統治南方星域的「銀白心臟之王」。

來自虛無洪荒的「偉大的謀略」。

打從我在恐怖的記述者留下的書中發現這些名字，並暗自推測祂們的真實身分開始，我就一直在逐步構思著這個計畫。

我看向劉衆赫。

而我原先制定好的A計畫，從這一刻才開始。

—劉衆赫。

聽見我的信號，劉衆赫旋即踏步上前。他全身籠罩著異界神格的混沌位格，緩緩吐出真言。

【大家都到了。】

寥寥一語，飽含著我難以解讀的情感，但在場有人能夠理解那股情緒。

【隊長，你真的是隊長對吧？你怎麼——】

【還敢耍這種老奸巨猾的詭計！】

業火之焰不由分說地撲面襲來，乘載著超凡座之力的黑天魔刀刀身一橫，再度架開那熊熊烈火。

在魔力波長相互衝突的鏗鏘聲之中，劉衆赫又一次開口問候。

【好久不見，烏列爾，我的老戰友。】

【閉嘴！祢不是劉衆赫，祢是——】

就像是受到了嚴重的侮辱，第九百九十九次回歸的烏列爾發出怒吼，鋪天蓋地的火勢將空氣中的氧氣燃燒殆盡。

在連呼吸都備感困難的高溫地獄中，烏列爾接著說了下去。

【我認識的劉衆赫早就死了。】

祂的傳說有如負傷的孤狼一般淒厲哭號。烏列爾帶著哀悽的神情，將長劍指向了劉衆赫，那是唯有失去珍貴之物的人，才會露出的表情。

【就是死在祢的手裡。】

祂的傳說齊聲嘶吼。

【殺了祂、殺了祂，一定要殺了那個傢伙！】

第九百九十九次回歸的烏列爾緊抓著劉衆赫因異界盟約而灰飛煙滅的化身體，痛哭失聲。

【無論要用什麼手段，無論要穿越多少世界線，我也非報仇不可！就算背離良善、墮落為惡，

也在所不惜！】

就這樣，惡魔般的火之審判者重生為生生不息的火焰，大天使為了復仇而成為異界神格，這就是此刻的祂站在這裡的理由。

【劉衆赫不會死去，只是繼續回歸而已。】

【閉嘴！別想用那種鬼話——】

劉衆赫一邊擋下祂滿是憤怒的烈火，一邊繼續說道。

【甦醒後的他來到第一千次回歸，然後再一次喪命，又在第一千零一次回歸繼續活下去。他就是這樣一遍又一遍，日復一日地活著。】

想當然耳，我很清楚他口中描述的人生。

任誰也不會記得，任誰也無法與之相伴的生命。

劉衆赫就這樣獨自一人度過了漫長孤寂的人生。

【直到最終，他成了我。】

這句話彷彿觸碰了烏列爾的逆鱗，祂冷不防地撲上前去，手裡的業火之焰招招狠戾，撕裂劉衆赫的腰間、劃破他的肩頭，接著迅雷不及掩耳地刀鋒一轉，不偏不倚地殺向劉衆赫的脖頸。

劉衆赫沒有反抗，像是這一切都是他理應承受的懲罰。

然而，下一秒。

宛如魔法一般，烏列爾的長劍戛然而止。

【祢、祢是、祢……】

或許烏列爾也心知肚明，祂渴望的復仇永遠不會實現。

因為奪走祂最珍視的戰友的存在，正是祂的戰友本人。

劉衆赫說道。

【如果祢想，就殺了我吧。畢竟奪走祢的世界線的隱密的謀略家，就是我沒錯。】

烏列爾淒厲地尖叫出聲，發出哭號般的咆哮。當祂再次揮舞長劍，砰轟一聲巨響，周圍的海水陡然爆發。只見烏列爾的業火之焰飛上半空，隨即撲通落入大海，將浪濤蒸發成無數水氣，最終緩緩沉入海濤之下。

那不是劉衆赫動的手。

咻嗚嗚嗚嗚……

只見海嘯的另一頭硝煙升騰，是第九百九十九次回歸的李智慧發射了砲彈。

【夠了，烏列爾。】

李智慧的聲音帶著一抹欣喜和瘋狂。

【沒錯，我就知道，大家都知道……】

第九百九十九次回歸的李智慧腳步踉蹌，踏著浪湧朝我們走來。

劉衆赫沒有避開那隻蒼白的手。

【隊長，你就在裡面對吧？雖然現在變成了別的存在，但你一定一直留在這具身體裡吧？對嗎？你一定還活著，對吧？】

從李智慧眼中湧出的不是淚水，而是不斷奔流的混沌，宛如以最幽深的黑暗細細研磨而成的粉末。

劉衆赫朝著李智慧點了點頭。

〔第 999 次回歸的『劉衆赫』注視著自己長久以來的戰友。〕

第九百九十九次回歸的李智慧緊抓著劉衆赫的衣角，慢慢癱坐下來。

我凝視著劉衆赫的背影，卻讀不出他任何情緒。

『劉衆赫會被分割拆解，正是世界線的惡作劇。』

活過第零次回歸的劉衆赫成為第一次回歸的劉衆赫，再積累成為第二次回歸的他。第二次回歸的劉衆赫成為第三次回歸的基石，而第三次回歸的劉衆赫又將繼續轉化為第四次回歸的根底。

過去與未來互相干涉，反常的異象氾濫成災，讓我們一時都遺忘了那個理所當然，更無法撼動的真相——

『回歸者其實不會回歸。真正回歸的不是他，而是除了他自身以外的一切。』

縱使他人的時光能夠倒流，他的時間也總在持續向前流逝。儘管世界線不斷分裂，儘管有人成了第一千八百六十四次回歸的劉衆赫，有人成了隱密的謀略家——

『打從一開始，始終只有他一個人，獨自走在那連綿無盡的道路上。』

但是，其他人真的承受得了那個真相嗎？

『有人為了向他復仇而活。』

烏列爾燃燒著熊熊烈火。

『有人為了延續他的意志而活。』

而今的李賢誠再也無法流淚。

『有人為了再次與他一戰而活。』

金南雲吊兒郎當地站在空中，緊盯著這一頭。

生。

『也有的人，是為了將與他一同經歷的所有時光回復原樣，而活到今日。』

李智慧就在我眼前，茫然地倒坐在地。

儘管劉衆赫親口宣稱「回歸無法改變任何事」，但他的回歸早已真真切切地改變了某些人的人生。

對祂們而言，「劉衆赫」等同於一整個世界，那是在祂們的世界線徹底毀滅之後，讓祂們得以倖存下來的世界。

『金獨子的計畫，就賭在那個「世界」之上。』

倘若祂們依然記得自己的世界。

倘若祂們願意重新接納眼前這個「劉衆赫」成為祂們的隊長，這麼一來……

『這麼一來，或許這場戰鬥就沒有了繼續下去的必要。』

【如果你真的是隊長……那麼，你應該也知道我盼望的是什麼吧。】

第九百九十九次回歸的李智慧露出爽朗的笑容。

【回去吧，隊長，我們大家再重新開始吧。】

祂緊緊抓著劉衆赫的手腕。

【和我們一起摧毀這個世界線，好不好？我們和鬼怪之王說好了，只要讓這條世界線滅亡，他就會讓我們回到當初，他能從中牽線，幫我們和隊長的背後星最古老的夢交涉——】

我倉皇地轉向劉衆赫。

—劉衆赫。

現在絕對不能刺激對方，我們必須好言相勸，就算得先順著祂的意思，假裝同意祂的要求，也不能馬上——

一天。

「李智慧。」

劉衆赫看著李智慧開了口，用的不是真言，而是他本人的聲音。

在他的目光之下，第九百九十九次回歸的李智慧瑟縮著雙肩，恍若第一次向師父拜師學劍的那

「那真的是祢想要的嗎？」

【……】

「祢真的認為，只要讓所有人都回到過去，就會變得幸福？」

【我認識的隊長……絕對不可能說出這種話。】

第九百九十九次回歸的李智慧咬著下唇，鬆開了劉衆赫的手。

【他、他反覆了整整九百九十九次回歸，面對無窮無盡的歲月，也從不曾倒下。那樣的他，絕不可能說出這麼軟弱的——】

「即使是反覆回歸了九百九十九次的人，也可能在第一千次感到疲憊。」劉衆赫這麼說道。

他的聲音相當坦率，坦率到連我都感到詫異。

「即使已經堅持了一千次的人生，也有可能在第一千零一次決定放棄。」

聽著那流露深深疲倦的聲音，連我都有些不知所措。

【這怎麼可能……不可能，我認識的隊長他——】

「他永不言棄。但是，若這就是祢記得的『劉衆赫』的全部——」

我得阻止他，我得告訴他現在絕對不能這麼說才對。

但我說不出口。

「那個劉衆赫，已經死了。」

那是劉衆赫發自肺腑的真心話，是經歷了一千八百六十四次人生的那個人，一次也不曾吐露的心聲。

李智慧絕望地吶喊。

【怎麼會這樣，怎麼可能！】

「他不會繼續回歸了。」

遙遠的天空中，星辰的微光閃爍不定。

〔星座『惡魔般的火之審判者』焦急地環顧四周！〕

〔星座『最古老的解放者』詢問小弟的安危！〕

〔星座『深淵的黑焰龍』宣稱這次真的要解放雙手了！〕

從很久以前，一路關注著我們故事的星星正匆匆趕來，其他伙伴也緊跟在那些星座後頭。

韓秀英、劉尚雅、鄭熙媛……和我們一起在這個世界倖存下來的金獨子集團成員，在昏暗的暮色下，他們乍看就像是一個巨大的星座。

將所有景象深深映入眼底，隻身一人的劉衆赫開口道。

「我不能回去。我的最後一次回歸，就在這裡。」

Episode 91. 唯一的神話

1.

『他花了很長的時間，才作出這個決定。』

我眼看劉衆赫平靜地發出宣言。

原本的戰略不是這樣的。劉衆赫必須利用第九百九十九次回歸的記憶盡量拖延時間，給予那些異界神格適當的刺激，進一步說服祂們才對。

「對我而言，沒有下一次回歸了。」

看著這傢伙當著我的面，把我的計畫一古腦全扔進垃圾桶，奇怪的是，我並沒有生氣。

『曾經是名回歸者的劉衆赫。』

直到這時，我才真切地領會了當時劉衆赫所說的那句話。

我始終深信不疑，這次回歸的劉衆赫之所以能迅速成長，全都有賴我提供的情報，或其他變數的介入。但現在看來，我不能這麼說了。

在劉衆赫周圍翻湧的傳說就是最好的證明，那些傳說中蘊含的並非視死如歸，而是對於生的意志。

『劉衆赫在這次回歸賭上了一切。』

就如一列耗盡所有燃料拚命疾馳的列車，劉衆赫決意竭盡全力地活下去，這一次回歸，將不再是下一次人生的養料。

【隊長，你在騙人對吧？你是在開玩笑吧？】

李智慧的表情逐漸崩壞扭曲，那不僅是被堅信的事物背叛的表情，更是一個人目睹一整個世界崩毀時的面孔。

祂向自己全心追逐的最後一根稻草伸出手。

但劉衆赫沒有接住祂。

「李智慧，我曾經對祢撒過謊嗎？」

【為什麼。】

李智慧身上湧起爆炸性的氣流，第九百九十九次回歸的歷史正迅速暴走。

【為什麼為什麼為什麼為什麼為什麼為什麼為什麼為什麼為什麼為什麼為什麼為什麼為什麼為什麼為什麼。】

那些傳說不斷質問，為何不是第九百九十九次回歸而是這裡？為何不是祂們生活的世界，而是這個世界？

見我邁步向前，劉衆赫出聲制止。

「退開。」

他的臉頰痛苦地抽動著。無論他如何竭力隱藏自己的情緒，也無法連他特有的習慣一同抹去。

我輕輕嘆了口氣。

—反正現在也沒有退路了。

—抱歉。

—算了，這是你的選擇。

劉衆赫乍看像是現實主義者，其實比任何人都更堅持理想。畢竟一個對崇高理想毫無追求的傢伙，根本不可能一而再、再而三地選擇回歸。

為了守護這傢伙的理想，總得有人來扮演現實主義者的角色。

看異界神格有如怒海狂潮逐步逼近，我踏步上前。

『劉衆赫並非不願選擇屬於祢們的世界線。』

我傾盡全力發出真言，陷入恐慌的異界神格王者紛紛轉頭看了過來。

第九百九十九次回歸的李智慧、李賢誠、金南雲、烏列爾……

『祢們忘了嗎？他總是身處被選擇的立場，從未有過選擇。』

即使反覆回歸無數次，劉衆赫卻不曾發自內心地渴望回歸。

實際上，當他放棄第三次人生，走向第四次回歸；放棄第四次的生命，選擇第五次回歸，那些抉擇都並非出自他本人的意志。

回歸不是他擁有的選項，而是他的命運；作出選擇的不是劉衆赫，而是期盼劉衆赫繼續回歸的「故事」。

『我們根本不必拔刀相向，悲劇和悲劇何苦比較彼此的不幸？』

我沒有把握這番話究竟能否奏效，但我仍想告訴祂們。

『我們不想消滅祢們，也不希望將祢們視為災禍，我們——』

我抬頭望向天空。在那些曠遠目光的洗禮下，我的視野一陣昏眩，但我仍沒有迴避那些視線。

一如劉衆赫不再是第零次回歸的劉衆赫，我也早已不是第一次任務中的金獨子了。

『我們希望與祢們攜手，對抗那片蒼天。』

天空上，漫天繁星瘋狂地閃爍著光芒。

〔絕大多數的星座無法理解您的發言。〕

〔管理局的大鬼怪對您的想法感到驚愕。〕

間接訊息宛如星光灑落，換作以前，我肯定會急於閱讀那些訊息，但此時此刻，我已心知肚明，天上的點點星光說穿了不過是種點綴，只為遮掩其後無際的黑暗。

〔『故事之王』注視著您。〕

就在這時，我隱約聽見一陣微弱的笑聲。

【喂，你知道你自己在說什麼嗎？你的意思是要毀了星星直播？】

那冷嘲熱諷的語調，是第九百九十九次回歸的金南雲。

【你以為我們沒試過啊？】

他的聲音裡蘊藏了深深的情緒，儘管嘴角仍掛著笑意，卻不是發自內心的微笑。

掩藏在那誇張笑容之下的，是萬念俱灰的心死。

【我們早就試過殺光所有星座，甚至連鬼怪之王都被我們宰了，但你知道接下來發生了什麼嗎？】

金南雲一步一步踏過海潮，直逼我的跟前。他湊到我耳邊低語，像是要完整傳遞那份甜蜜的絕望。

【世界消失了。就這樣。】

我靜靜地聽祂說著。

【我們明明完成了所有任務，也滿足了所有條件……但最終我們失去了鍾愛的一切，沒有奇蹟，

更沒有半點回報。】

第九百九十九次回歸的烏列爾說過的話不禁浮現腦海。

【一旦星星直播消失，這個宇宙就會陷入混亂。絕對不能創造出那樣的世界線，那是無庸置疑的邪惡。】

我還記得，當我宣稱要摧毀星星直播時，第九百九十九次回歸的烏列爾確實這麼說過。

金南雲繼續說了下去。

【你知道在那個世界的盡頭，我們看到了什麼嗎？】

『是一堵巨大的牆吧。分不清起始與終結，圍繞著整個世界的宏偉高牆。』

【……你怎麼會知道？】

『因為我們的目標也在那裡。我們想做的事，不只是單純地破壞星星直播而已。』

我用我的聲音，複述出隱密的謀略家交付予我的話語。

『而是跨越最後一道牆，除掉造成這一切悲劇的元凶。』

第九百九十九次回歸的金南雲似乎受巨大衝擊，一臉震驚地緊盯著我，祂似乎欲言又止，隨即高聲嚷嚷起來。

【沒有人能越過最後一道牆！那是——】

【南雲，他們手上握有最後的鑰匙，說不定真的有機會翻越最後一道牆。】

第九百九十九次回歸的李賢誠解釋道。

第九百九十九次回歸的金南雲不可置信地輪番注視著我和李賢誠。

我則向第九百九十九次回歸的李賢誠點了點頭。

〔『異界神格王者』因您的話產生動搖。〕

〔您的發言使第九十八號任務產生劇變！〕

〔多數星座對您的選擇感到憤慨。〕

就算無法讓繁星認同我們也沒關係，即便任何星雲都不願與我們統一陣線也無所謂。

只要祂們能站在我們這一邊，只要這群第九百九十九次回歸的異界神格王者，願意留在這個世界線和我們並肩作戰——

【就算你真的擁有那個什麼鬼鑰匙。】

瞬間，一股寒意直竄腦門。

【那麼，有任何理由阻止我奪走那把鑰匙嗎？】

金南雲霎時欺上前來，手中短刀直逼我的脖頸。

說時遲那時快——

鏗鏘鏘！

一道漆黑的軌跡從我眼前一閃而逝，格擋開了金南雲的小刀。在兵刃沉重的衝擊之下，劉衆赫和金南雲同時向後退出兩步。

【哈哈哈！沒錯！就是這種感覺！】

黑天魔刀的刀刃劃過了偉大的深淵君主的手背，頓時鮮血直流。

【你知道我等這一刻等了多久嗎？為了再和你較量一場，你知道我徘徊了多少光陰嗎？】

偉大的深淵君主。

為使自己憧憬的對象再次復活，祂在滄桑歲月中走過漫長的旅程。

〔浩瀚神話『妄想算計』開始講述故事。〕

烏列爾扶起腳步踉蹌的第九百九十九次回歸的李智慧，在不知不覺間也擺出了戰鬥的架式。

【他曾對我說過，如果有一天他不再是他，變成了其他存在，就要我親手殺了他。】

伴隨爆炸聲響，空中的太陽再次綻放出刺目的光芒。

【看來，那一天就是現在。】

瞬間遮蔽所有視野的鋼鐵擋住了當頭灑落的強光與灼熱。

─快躲開，我一個人擋不住祂們。

不同於其他人，第九百九十九次回歸的李賢誠並非受召喚而來的災禍，換言之，祂的情況和其他王者不同，未能受到任務的庇護。

「金獨子！」

此時，其他伙伴也陸續趕來，韓秀英乘坐黑焰龍飛抵現場，率先開口。

「這到底是怎麼回事？」

「就像妳看到的那樣。」

韓秀英咬緊了嘴唇。

我一句話也沒說，只是依序環顧著一行人，鄭熙媛、申流承、李吉永、李智慧和劉尚雅。

「這就是最後關頭了。」

或許伙伴們也早有所察。

「拜託大家，誰也不能死。」

這一場戰鬥，就連我也沒有餘裕保護我的同伴。

轟隆隆隆隆！

一陣毀天滅地的衝擊迎面襲來，洶湧的海嘯與炎炎烈日相互交織，被白花花的水沫遮掩的視線之中，隱約可見刀刃交錯翻飛。

墨色寒光劃破了大海。

劉衆赫正在戰鬥，他展現出令人震懾的武藝，獨自面對第九百九十九次回歸的金南雲和烏列爾的夾擊。

〔浩瀚神話『朝謁滅亡的孤獨朝聖者』開始講述故事。〕

〔傳說『恆久不滅的地獄道』開始講述故事。〕

足以與兩位王者分庭抗禮的實力，那就是劉衆赫真正的力量！他畢生累積的所有傳說，在此刻一舉爆發。

〔『斷片效應』的連接不完整。〕

〔傳說的連續性出現了裂痕！〕

然而，這種勢均力敵的狀況必然不可能持續太久。

「獨子先生。」

回頭一看，鄭熙媛就在身後。光潔奪目的大天使羽翼，自她背後舒展開來。

靈獸之王申流承、海上提督李智慧、鋼鐵劍帝李賢誠，所有伙伴的人生都已經與原作大相逕庭，也因此，我們正朝著截然不同的答案邁進。

我們彼此對視，不約而同地點了點頭。

「我去幫忙衆赫先生，其他人負責應付另一邊！」

﹝星座『惡魔般的火之審判者』釋放自身位格。﹞

鄭熙媛伸展翅膀，帶著烏列爾的庇祐飛向劉衆赫。

或許，這也是烏列爾自己的選擇。既然祂已得知異界神格王者就是來自遙遠世界線的自己，這樣的選擇也在情理之中。

【我說過了，沒有星雲的庇護，妳根本不是我的對手。】

業火之焰燃起沖天劍氣，向大海轟然斬落。但我早已沒有心思去為鄭熙媛擔憂，因為另一名存在也不由分說地釋放出令人絕望的龐大的位格。

巨浪砰然炸裂，第九百九十九次回歸的李智慧注視著我們，那雙眼睛卻已失去了神采。

「大家快躲開！」

劉尚雅斷然出手，迅速扭曲了時空，孰料，在認真起來的異界神格王者面前，釋尊的能力根本形同虛設。隨著一陣劈里啪啦的聲響，遭到歪曲的時空立時被強制撫平。

第九百九十九次回歸的李智慧召喚的船艦自海中浮出水面。沉沒之嶼的主人召來的龍龜與其說是一艘戰艦，不如說更像是一座島嶼。

「叔叔！」

察覺到危險的申流承讓奇美拉異龍吐出龍息，在她的號召之下，潛藏在深海中的海獸種也一湧而出。

「嘎喔喔喔喔！」

大批異獸尖嘯著撲向戰艦，但這座島嶼實在太過龐大，單憑海獸實在難以阻止它的攻勢。

啪嘰嘰嘰，眾多怪獸被碾碎的聲響不絕於耳，整片大海沉重地晃動著，眼看海嘯又要再次撲來。

「獨子哥，快退開！快啊！」

「金獨子，給我滾到後面去！」

伙伴們將我團團包圍，一邊保護著我，一邊拚命戰鬥。

我知道他們為何如此奮不顧身，也很清楚他們在恐懼些什麼。

【全部……只要全部殺光就行了。】

海濤的另一頭，第九百九十九次回歸的李智慧放聲嘶吼。

【這算什麼！這種世界，毀掉多少個都無所謂！只要讓一切全部重新開始，隊長肯定會明白這種世界隨時都能被取代，我們活過的那個世界才是真實的！】

猛烈的砲擊隨著海嘯一同席捲而來，像是要掀翻整座大海。那海嘯的規模前所未見，倘若任它襲向陸地，縱使有母親坐鎮，朝鮮半島恐怕依舊凶多吉少。

〔傳說『救贖的魔王』開始講述故事。〕

韓秀英立刻沉聲大吼。

「金獨子！你又想幹什麼蠢事！」

「別擔心。」

我輕輕一拍韓秀英的肩膀，走上前去。

我們一同經歷的任務情景一一閃現眼前。

〔浩瀚神話『魔界之春』開始講述故事。〕

〔浩瀚神話『吞噬神話的聖火』開始講述故事。〕

〔浩瀚神話『光與暗的季節』開始講述故事。〕

每一次創造浩瀚神話，我總讓自己在死亡的邊緣走了一遭。

我深信那是必要的手段，也堅信那就是正確的做法。

〔浩瀚神話『被遺忘之物的解放者』注視著您。〕

金箍圈漸漸收緊，壓迫著我的腦袋。

這是伙伴們親手為我戴上的桎梏。

但在獲得這則浩瀚神話的時候，我並未像先前那樣，以自身的性命作為代價。

我明白這就是他們的用意。

轟隆隆隆隆隆！

海嘯漸漸逼近，那是連神話級星座都難以遏阻的力量。

『但是，金獨子知道對抗那道海嘯的方法。』

在原作的最後一次回歸，劉衆赫和眾多異界神格展開最後決戰時，也經歷過類似的場面。

當時，有一名星座陪在劉衆赫身邊。

〔星座『最古老的解放者』注視著您。〕

僅憑一名神話級星座的力量，無法阻止大滅亡。

那麼，如果有兩名呢？

〔星座『救贖的魔王』注視著星座『最古老的解放者』。〕

現在，我不會再自我犧牲，不會再無端棄伙伴於不顧。

就如劉衆赫不會放棄這次人生，不到最後一刻，我也絕不會輕易言棄。

〔浩瀚神話『被遺忘之物的解放者』開始講述故事。〕

這是我擁有的浩瀚神話之中，唯一能與異界神格抗衡的力量。而在這則浩瀚神話的持股中，我並不是最大的股東。

「齊天大聖！」

我感覺到有四個意識在我腦海中緊密相連。

〔『美猴王』已同意您的請求。〕

〔『弼馬溫』已同意您的請求。〕

〔『鬥戰勝佛』已同意您的請求。〕

暴漲的傳說正在改變我的化身體。

〔『齊天大聖』已同意您的請求。〕

瞬間變長的頭髮染上了白金色的光芒，廣袤無垠的傳說氣息沿著全身血管滔滔奔流，我一把握住如意金箍棒，感受著體內飽滿充盈的力量。

〔五名孫悟空的力量，融匯在您的化身體之中！〕

金光燦爛的傳說位格緩緩將大衣浸染。

附近的海域再度重現出通天河的戰場，當雷霆響起的剎那，傳來了某人的聲音。

—上吧，小老弟。

我點了點頭。

2.

縈繞著齊天大聖全身的位格，凝聚到了右手的如意金箍棒上，一如在通天河與無數星座鏖戰的那一天。

若說彼時今日有何不同，那就是此刻的我，已能完全運用「孫悟空」的力量。

〔浩瀚神話『被遺忘之物的解放者』完整傾注在您身上。〕

「我來開路。」

我舉起金箍棒隨手一揮，立刻將迎面而來的海嘯打穿了一個大洞，但那個裂縫瞬間又填補了起來。

【不行不行不行不行不行不行不行。】

第九百九十九次回歸的李智慧升起的島嶼上，無名之輩傾巢而出，儘管敵人數量眾多，齊天大聖仍毫不驚慌。

——幹掉祂們。

一陣酥麻感竄過從我高舉的手臂，天空登時烏雲密布。筋斗雲挾帶著雷雲而來，陣陣雷鳴響徹天穹，炫目的青光旋即劈向整座大海。

從天而降的雷霆霹靂將海上的一切撕成粉碎，硬生生劈開了一條道路。

隆隆奔雷一道快過一道，強大的位格震懾人心，這就是抵達最終任務的齊天大聖，被尊為最強星座的神力。

【嘎啊嘎啊啊啊啊啊啊？】

然而，在狂轟濫炸的驚雷之中，仍有幾個傢伙勉強堅持了下來。
祂們的體型顯然比其他無名之輩大了好幾倍。
【殺光星座。】
【所有繁星的破滅即將到來。】
這些異界神格能更精準地運用語言，更高階的異界神格正不斷穿過海底的傳送門，浮出水面。
「我靠！這也太扯了——」
一旁的韓秀英咒罵出聲。
轟隆隆隆隆隆隆！
整座海洋都在劇烈震動，海底的熔岩已經開始沸騰。
「大家快退開！」
我們同時跳上了李智慧的龍龜，騰空而起。
只見灰濛濛的海平面上布滿某種詭譎的物體，不停蠢動。
【世界線的毀滅就要來臨。】
密密麻麻的異界神格反覆咕噥著末世將近，大舉降臨。
回想任務之初，我們也曾在闇城遭遇過相同的存在。
〔『第四面牆』隱隱躁動。〕
或許，成為了牆內的圖書館員的食夢者，也正關注著這幅景象。
「要怎樣才能解決那個玩意？」
韓秀英咬緊牙關，雙手燃起了漆黑的黑焰。

長達數公里的觸手一口氣衝出海面，掀起熔岩與海水交織的巨大海嘯，那規模幾乎等同一座小山脈。

我驀然想起《滅活法》的內容。

從隆起的島嶼冒出的災禍，最終埋葬了地表的一切。

若無法阻止，隨著時間流逝，這條世界線的地球也會落得同樣的下場。

「齊天大聖！」

藉助齊天大聖的力量，我試圖擋下迎面襲來的海嘯。

瞬間巨大化的如意金箍棒擊飛了逼近的無名之輩，粉碎了如高樓般的巨浪，打爆了飛舞的觸手。

即便如此，敵方的攻勢仍源源不絕。

『海嘯的規模越來越大。』

戰勝一波海嘯，第二波緊接而來，摧毀第二波海嘯，第三波巨浪又立刻席捲而上。

而在海嘯的中心，正是沉沒之嶼的主人和其他異界神格王者。

—看來，這次沒那麼容易。

就連齊天大聖也不由得感嘆。

再這樣下去，恐怕我們還未能抵達敵人面前，就會在中途力竭而亡。

「沒辦法突破重圍嗎？」

—需要一點時間。

齊天大聖丟下這句話，便開始凝聚力量。心口迅速暖了起來，全身的血脈飛速搏動。

我知道祂在籌備什麼招式，於是沒有多問。若我猜的沒錯，齊天大聖多半打算動用《滅活法》

最終的篇章出現過的那個技能。

問題在於，我和其他伙伴能不能堅持到那一刻。

『想爭取時間，就必須所有人團結一心。』

無論烏列爾和深淵的黑焰龍多麼強大，單靠祂們兩人也很難拖延下去，何況對方可是足足有四名王者。

四個？

轟嗡嗡嗡嗡嗡！

鋼鐵的盾牌替我擋下了襲來的觸手。

看著護在我身前的寬大雙肩，我開口道：「賢誠先生。」

第九百九十九次回歸的李賢誠回過頭，祂的神情半是擔憂，半是惶惑。

「我需要您的幫助，請您幫助我們抵禦災禍。」

李賢誠靜靜地端詳著我。

【你能答應我嗎？】

我沒有問祂要我承諾什麼，因為，我想我已了然於心。

「我不確定辦不辦得到，但我一定會盡我所能。」

李賢誠看著我，隨後緩慢地眨了眨眼睛，下一秒，祂的眼中煥發出銀白的光輝。

【我願意相信你的傳說。】

船舷上生長出巨大的鋼鐵枝椏，銀白的金屬一瞬間鋪展開來，在四面築起銅牆鐵壁，一路撞開浪濤中的無名之輩，快速向前蔓延。

不多時，一條貫穿大海的方形通道赫然出現在眼前。

那是由疾速飛馳的鋼鐵之牆鋪成的道路。

【快去吧。】

我點了點頭，沿著通道發足飛奔。

不知道跑了多久，我在通道的盡頭望見一個熟悉的身影。

「熙媛小姐！」

鄭熙媛被無名之輩團團包圍，不斷揮舞著長劍，我和其他伙伴連忙上前協助她一同作戰。

「對不起，我實在沒辦法突破祂們。」

鄭熙媛無力地咬著嘴唇低語，聲音滿是絕望。她始終無法接近第九百九十九次回歸的烏列爾，光是斬落蜂擁而來的無名之輩就讓她分身乏術。

【嘎啊啊啊啊啊啊。】

隨著金屬受到撞擊的鏗鏘聲，鋼鐵之牆沉沉搖晃。

前仆後繼的異界神格彷彿恨不得將我們五馬分屍，只要我們膽敢踏出這條通道一步，祂們就會一擁而上，像食人魚一樣將我們吞吃入腹。

喀喀喀、喀喀喀喀。

無名之輩啃咬著通道的聲音無比刺耳。

「危險！」

而在通道出口的方向，無數的無名之輩像發狂的瘋犬，吊著舌頭朝我們衝了過來。

【啊啊啊啊啊啊！】

就在下一秒，一道光芒從天而降，將眼前的一切斬成兩截。某人從外部將我們所在的通道一刀兩斷。

從通道的破口往外看去，大滅亡的戰場霍然映入眼簾。

無名之輩的屍體堆成了一座座小島，看著那些被遺忘的傳說淒慘的死狀，兩個孩子不由得乾嘔了起來。

一時之間，就連我也說不出話來，只能愣愣地望著戰場。

不知是誰哽咽著喃喃道：「到底為什麼要做到這種地步……」

這就是大滅亡。

原作的劉衆赫也曾經歷這一切。

實際上，此時的劉衆赫就在這場恢宏戰役的中心，與一眾異界神格王者戰得難捨難分。

轟隆隆隆隆！

只見天空的一側閃過一道光芒，另一頭旋即爆出轟然巨響。他們的速度快到連肉眼都追不上，而我們腳下的通道，正是被他們戰鬥的餘波一分為二。

眼前的景象太過震撼，讓我一時忘了這裡是戰場。

〔浩瀚神話『妄想算計』氣焰萬丈。〕

〔浩瀚神話『恆久不滅的地獄道』繼續講述故事。〕

被遺忘的世界線中的最強者，展開傳說之間的激烈交鋒。

地獄炎火擋下直襲而來的破天劍道，黑焰的殘勁則掀起了一道龍捲風。漫天烏雲之間，劍罡彼此衝撞，那些亙古的傳說猶如蒼老的巨龍縱聲狂嘯，傳說的悲鳴響徹雲霄。

活生生的歷史就在我們眼前劇烈碰撞，無力消亡，而所有故事的中心，都圍繞著劉衆赫的黑天魔刀。

絕對不能讓劉衆赫搏命爭取的時間付諸流水。

我指著前方，大聲說道：「海嘯的源頭就是沉沒之嶼。」

無名之輩有如滾滾塵囂蜂湧而至，守在後方的高階外神持續引發海嘯，而那座沉沒之嶼，就被祂們團團包圍在正中央。

第九百九十九次回歸的李智慧，十有八九就在島的中心。

「我們的當務之急就是擊沉那座島嶼，能壓制住第九百九十九次回歸的李智慧最好，但是……」

我遙望著洶湧海嘯的另一頭，暗自心想。

引發這場大滅亡的罪魁禍首……若能鎮壓沉沒之嶼的主人，也就是第九百九十九次回歸的李智慧，勢必能夠縮減災害的規模。

問題是，究竟該怎麼做才能抵達那裡？

韓秀英說道：「那裡還有第九百九十九次回歸的金南雲和烏列爾。就算現在烏列爾忙著和劉衆赫對戰抽不開身，但是金南雲又要怎麼應付？」

「別擔心，我自有打算。」

我方仍舊處於劣勢，畢竟先前的戰鬥損耗了一大部分戰力，然而，形勢也並非完全不利。

「吉永、流承，放出蟲群和怪獸，盡可能妨礙外神的行動。劉尚雅小姐，麻煩妳看準時機，再向第九百九十九次回歸的李智慧施放減益效果。韓秀英，妳幫忙解決試圖從背後偷襲的無名之輩。」

「那你呢？」

「我負責開路。熙媛小姐，請妳跟我一起上。」

鄭熙媛點了點頭，我隨即釋放位格。

〔星座『救贖的魔王』釋放自身位格。〕

與此同時，我也感受到李賢誠的傳說及時包覆住我的全身，鋼鐵化形成的外殼在肌膚上迅速蔓延。不得不說，走訪奧茲一趟確實不虛此行，若要確實擊穿無名之輩的軀殼，李賢誠的神話金屬絕對是不可或缺的利器。

「就是現在！」

我們同時從停在半空中的金屬通道一躍而下，朝著海嘯而去。

異界神格察覺了我方動靜，紛紛發出尖嘯。

噠噠噠噠噠噠噠噠！

孔弼斗的砲彈裹著神話金屬的塗層，從遠處支援火力，一一射穿無名之輩的外殼。我們將他的隆隆砲聲當作伴奏，踏著浪濤向前直奔。

一路上，蠕動的觸手不斷襲來，韓秀英索性將那些避無可避的觸手一把火燒個乾淨。

〔星座『深淵的黑焰龍』厲聲咆哮！〕

在黑焰的灼燒之下，那些外神也不得不斷聲哀鳴。

我和鄭熙媛沿著烈火燒出的道路繼續疾奔，同時察覺到島嶼周圍的時空似乎出現了些微扭曲。

看來劉尚雅也發動了自己的力量。

「獨子先生，那邊！」

遠遠地，只見龐大的龍龜盤踞在島嶼的最高處，第九百九十九次回歸的海上提督傲立於船首雕像上，向異界神格發號施令。

【哈哈哈，你們想去哪啊！】

彷彿早已等候多時，第九百九十九次回歸的金南雲冷不防殺了出來。

【我們家智慧，就由我來守護！】

明明和劉衆赫的戰鬥尚未結束，祂竟然還有餘力出手對付我們，看來劉衆赫那傢伙的狀態不太妙，我趕忙向鄭熙媛打了個信號。

「我這邊不用擔心，去幫劉衆赫吧，那傢伙恐怕快到極限了。」

「你千萬別死，聽懂沒？」

鄭熙媛展開羽翼，掉頭去幫助劉衆赫，眨眼間就消失了身影。

【這麼捨不得分開啊？別擔心，我很快就送你們一起下去！】

金南雲的身形一動，瞬間分裂出數百道影子，暗影中又冒出數不清的分身。

『金獨子心想，該來的總是要來。』

數百把甚至上千把匕首同時瞄準了我，每柄匕首都像是擁有自己的意志，金南雲領悟的「短刃戰鬥」的精髓已經轉移到祂分化出的每一把短刀上，接連揮舞著致命的攻勢。

儘管如此，我仍不慌不忙，靜靜勾起一抹微笑。

「第一次見到祢的時候，祢也像這樣向我揮刀。」

【我之前沒見過你吧？】

「金南雲，祢難道不好奇這個世界的祢是怎麼死的嗎？」

聽到這句話，金南雲的其中一個分身蹙起了眉頭。

【那傢伙怎麼死的關我屁事！】

我用如意金箍棒格擋著連綿不絕的刀招，其中幾柄匕首在我的大腿和肩膀上留下深深的傷口。幸虧有李賢誠的神話金屬替我擋下了殺招，但在金南雲如狂風驟雨的猛攻之下，李賢誠的鋼鐵也逐漸出現裂痕。

彷彿要徹底重現當時的記憶，我穩穩地閃躲著一招又一招的攻擊。

右腹。

右眼。

左大腿。

滋滋、滋滋滋。微弱的星火噴濺。

又被劃了兩刀後，我向後退了一步。

「這個世界線的祢就是個人渣，是個為了通過第一個任務，打算殺害無助老人的小混混。」

【第一個任務本來就是那麼回事，我沒興趣——】

「祢就像現在這樣胡亂揮舞著小刀，然後可憐兮兮地跪在地上苦苦求饒，最後淒慘地腦袋開花一命嗚呼。」

頭一次，金南雲的動作稍稍一滯，原本漫不經心的表情消失得無影無蹤，轉而用一副惡狠狠的模樣瞪著我。

「祢難道不想知道殺了祢的人是誰？」

匕首刺向了我的左眼。

「為斬殺沉睡巨神淬煉而成的神兵啊，此刻，在此處降臨！」

轟砰砰砰砰砰砰砰砰！伴隨著駭人的反噬風暴，眼前的一切都支離破碎。

塔爾塔羅斯最強的傳說兵器普路托——受召喚而來的鋼鐵巨神，赫然現身！

金南雲愉快的聲音從駕駛艙中傳來。

『哈哈哈哈！蚱蜢哥，好久不……』

但我笑不出來。

因為此刻我的計畫，對這小子來說實在過於殘忍。

【嗯？這是什麼玩意？】

發現有個小東西飄在自己眼前，金南雲不禁歪了歪腦袋。與此同時，另一頭的金南雲也茫然地自言自語。

【巨型機器人？】

『嗚哇啊啊啊啊！』

滋滋滋滋滋！

〔不同世界線的同一個存在首度相遇。〕

第九百九十九次回歸的金南雲並沒有與我戰鬥過的傳說。

但現在……

〔已引發『斷片效應』。〕

記憶與歷史相互黏合接續，分屬不同世界線的兩個存在相遇之後，原本毫無關聯的傳說也會暫時合而為一。

第九百九十九次回歸的金南雲瞪大了雙眼，偉大的深淵君主怒不可遏地緊盯著我。這時的祂，必然明白了一切來龍去脈。

【你——】

「沒錯，在這個世界線殺了祢的人……」

周圍的時空漸漸轉變，幻化成第一個任務中的那列地鐵。

也就是，我殺了金南雲的地方。

我咧嘴一笑，將未竟的話語說完。

〔『舞臺化』已展開。〕

「就是我。」

3.

〔傳說『鋼鐵的支配者』開始講述故事。〕

由第九百九十九次回歸的李賢誠打造的銅牆鐵壁開始生長，覆蓋了四周。

在奧茲，它是足以保衛整顆星球的防禦力量。

轟轟轟轟轟！

延展開來的鋼鐵結合舞臺化，建構出地鐵的車廂。這個舞臺我再熟悉不過，即使到了今天，只要一閉上眼，第一個任務的車廂畫面仍歷歷在目。

〔神話級星座的舞臺已誕生。〕

一般的舞臺化更近似擴增實境，也就是說，即使發生了舞臺化，也不會改變或影響周遭的地形地物。

但這次的情況有些許不同。

〔星星直播關注著您的舞臺。〕

〔絕大多數星座都在觀看您的舞臺。〕

〔大鬼怪對您的舞臺心懷嫉妒。〕

〔由於大量的矚目，『舞臺化』的舞臺等級提升！〕

在星星直播，概然性與關注度有著直接的關係。

越多人觀賞的任務，能催生越強大的傳說，許多人關注的舞臺也會被賦予破壞性的影響力。

在數不清的目光中，眾人的期盼就能驅使概然性作出回應。

『那一日，妄想惡鬼初會救贖的魔王。』

而被驅動的概然性，有時甚至能使「虛假」化為「真實」。

〔受到『斷片效應』影響，『舞臺化』不完全具現化。〕

〔在該舞臺上，登場人物『金南雲』與登場人物『偉大的深淵君主』視為同一人物。〕

〔登場人物『偉大的深淵君主』的舞臺適配度為87.351%。〕

〔存在『舞臺化』突然結束的可能性。〕

以假亂真的舞臺終究只是暫時的。

在所有人熱切關注的這一刻，在舞臺化解除之前，我必須結束一切。

【你！】

我毫不猶豫，大步走向金南雲。

儘管受到舞臺化加持，我也沒什麼變強的感覺，只是渾身充滿了自信，就像狩獵兔子的狼那般胸有成竹。

【竟然搞這種下三濫的招數！】

第九百九十九次回歸的金南雲暴跳如雷地向我衝來。

在舞臺化的影響下，那小子的動作變得異常遲鈍，就像是第一個任務當時那個平均能力值不到十的金南雲一樣。

問題在於，我的肉體數值也變得和當初沒有兩樣。

咻咻咻！

我低頭躲過小刀，透過全知讀者視角預先讀取敵人的動作，所以單純的迴避並不困難。

〔在該舞臺上，可適用『第一個任務』的規則。〕

〔每擊殺一個生命體，就能使舞臺上的化身體得到強化。〕

過往的回憶恍如昨日。

在第一個主線任務，我們就是這樣以命相搏。

為了區區一百 Coin 的生存費用，人們的性命無意義地逝去；為了獲得區區一百 Coin，人們互相殘殺。

而我們，就在這樣荒誕的世界生存了下來。

〔多數星座回憶起自己的『第一個任務』。〕

就像是感到頭痛一般，第九百九十九次回歸的金南雲按著太陽穴，咯咯笑了起來。

【哈哈……跟我玩陰的是吧？有意思。】

「祢的表情看起來不怎麼有趣啊。」

金南雲的目光散發出刺骨的殺意。

〔登場人物『偉大的深淵君主』的舞臺適配度微幅下降。〕

不管舞臺化的影響力再怎麼絕對，這個舞臺仍是透過旁門左道的伎倆具現而來，隨著時間流逝，兩個金南雲之間的連結也會漸漸削弱。

『什麼鬼啊，蚱蜢哥！這是什麼，到底是怎麼回事？』

只見第三次回歸的金南雲從角落站起身來，這小子在舞臺化的影響下變成了一臺小玩具機器人，緊緊貼在我腿邊。

看著他那副模樣，第九百九十九次回歸的金南雲不滿地嘟囔。

【真沒出息，想不到我居然會死在這種人手上，還變成了鐵皮機器人。】

『祢說什麼，找死是不是？喂，蚱蜢哥！給我宰了那個混帳傢伙！』

抓著我小腿的金南雲氣憤地大喊。

〔現在起5分鐘內，若未發生擊殺行為，該車廂所有生命體將全數消滅。〕

這還是我頭一次看到舞臺化能形成如此強力的制約，簡直不下於主線任務。

【去死吧！】

匕首劃破空氣殺了過來，我利用身邊的地形閃過祂的攻擊。儘管化身體的動作依然遲緩，但我也早已不是當時的金獨子了。

金南雲一刀接著一刀，鋒利的匕首在車廂鐵門和地板留下刀痕。祂的力量逐漸增強，混沌的氣息隱隱湧現，舞臺化的影響力已肉眼可見地開始減弱。

隨著時間流逝，勝利的天秤無疑會慢慢向祂傾斜。

然而，第九百九十九次回歸的金南雲反倒露出了焦躁的神色。

〔登場人物『偉大的深淵君主』焦躁不安。〕

〔登場人物『偉大的深淵君主』匆促地環顧四周。〕

這是怎麼回事？那小子的臉色怎麼越來越難看？

定睛一看，只見祂的臉頰和頸邊都掛著一顆顆冷汗。

〔登場人物『偉大的深淵君主』厭惡這個空間。〕

【你這陰險的混帳……】

〔部分星座對異界神格王者的位格心生懷疑。〕

〔少數星座鄙視粗俗的臺詞。〕

第九百九十九次回歸的金南雲越來越焦躁，動作也越來越容易預判。

〔現在起3分鐘內，若未發生擊殺行為，該車廂所有生命體將全數消滅。〕

時間只剩三分鐘了。

就在這時，傳來了某人的聲音。

「獨子先生……這是？」

我和金南雲不約而同地看向聲音的來源。

雞皮疙瘩瞬間爬滿全身。

『當時，還有人在場目睹了他們的戰鬥。』

我竟然忘了。

『那一天，第 3807 號車廂中最見義勇為之人。』

那時身在地鐵的，不只有我和金南雲而已。

【哈哈哈哈哈哈！】

金南雲縱聲狂笑，轉身朝劉尚雅衝了過去。

或許是因為舞臺化的效果，劉尚雅仍穿著任務開始當天那身難以活動的套裝，金南雲轉瞬間就縮短了距離，朝劉尚雅揮出了匕首。

咻的一聲，刀鋒劃過半空。

斷掉的髮絲悠悠飄落，劉尚雅帶著緊張的神情，以柔軟的動作避開了金南雲的攻擊，身手明顯比我敏捷得多。

【不錯嘛！】

〔登場人物『偉大的深淵君主』已得到『黑化』效果。〕

隨著時間流逝，金南雲揮刀的速度越來越快。

『那一天，妄想惡鬼領悟到世界的真理。』

舞臺化的影響越來越微弱。

『在全新的世界，需要全新的法則。』

劉尚雅閃避的動作越來越狼狽。

沒時間了，無論如何，我都得想出辦法——

「獨子哥。」

一隻小小的手抓住我的衣袖。

『那一天，倘若那名少年沒有捉到昆蟲。』

李吉永也在這裡。

那張稚氣未脫的臉龐，與我記憶中一模一樣。那個就算失去父母也沒有陷入絕望的孩子朝我伸出手，表情堅決。

〔星座『無底坑的主宰』露出陰險的笑容。〕

只見幾隻黃澄澄的蚱蜢躺在少年掌心。

「謝了。」

我抓起蚱蜢發足狂奔，隨著噗滋一聲，我捏爆了掌心的蚱蜢。

〔擊殺生命體。〕

〔受到『舞臺化』的效果影響，化身體強度提升。〕

〔擊殺生命體。〕

〔受到『舞臺化』的效果影響，化身體強度提升。〕

……

憑藉爆發性增強的肌力，我衝過車廂，金南雲仍像個瘋子一樣狂笑不止，祂的後腦勺就在眼前。

【去死！去死！去死！都給我去死！】

我一把抓住那小子的脖子，一把將祂的腦袋砸向車廂地板。金南雲就像被人踩在腳下的蟲子，雙腿微微抽動了幾下。

【去你——】

金南雲迅速掙脫了控制，鋒利的匕首又朝我身上招呼過來。

但我沒有閃躲。

喀喀喀喀喀！

因為沒有那個必要。

『小刀劃出了一道道傷口，即使血流如注，刀刃卻始終未能傷及筋肉。』

第一個任務的最後一幕恍如重影，一閃而逝。

儘管金南雲攻擊的速度越來越快，祂的攻勢卻突破不了李賢誠強化後的鋼鐵化。

【這、這算什麼！】

第九百九十九次回歸的金南雲不停揮刀，口中咒罵連連，但無論祂再怎麼拚命也是徒勞。因為，這座舞臺的結局早已確定。

「只剩兩分鐘。」

【呃啊啊啊啊啊！】

表情猙獰的金南雲胡亂揮舞匕首，無辜的刀刃啪一聲從中斷裂，掉落在地。

一分三十秒、一分二十秒……在逐漸逼近的時限面前，金南雲的身形漸漸崩毀。祂並不是單純失去力氣，攻擊著祂的是更根本的原罪。

『妄想惡鬼金南雲的根源傳說。』

周圍的空間逐漸歪斜，原本空蕩蕩的車廂地面緩緩暈開一片血泊。

那並非我們的血。

【怎麼會……這不可能！】

第九百九十九次回歸的金南雲顫抖著跌坐在地。

〔浩瀚神話『妄想算計』失去控制！〕

這小子擁有的傳說「妄想算計」，正是在此地萌發。

金南雲透過「超常適應」的能力，在殘酷的規則中創造出自己能心安理得活下去的全新世界，但那由妄想構築的「世界」卻在此處迎來了終結。對於此刻的金南雲而言，那隱藏在妄想世界下的一切又意味著什麼？

【這、這種東西、這點破玩意！】

倒在地上的無數屍身雙眼圓睜，死死盯著我們。

那都是我沒能守護的人們。

有的人失去了腦袋，有的人被刺穿了心臟，那些嘔出鮮血氣絕身亡的人們，死不瞑目地瞪著我們。

金南雲的臉頰如某種病症發作似地抽搐不已，這副表情和祂一點也不搭。

「事到如今才覺得內疚嗎？」

第九百九十九次回歸的金南雲顫抖著仰頭看我，雙唇顫抖。

「沒錯，我就是人渣，那又怎樣？」

若是早期回歸的金南雲，肯定會理直氣壯地回嘴。

但如此無賴乖戾的他，在第九百九十九次回歸也有過截然不同的念頭。

「我偶爾也會這麼想……當時死的應該是我才對。隊長也這麼認為吧？」

心理病態的妄想惡鬼金南雲。

在讀完原作小說後，我對這小子的評價也沒有任何改變。

〔已發動專用技能『閱讀理解能力』。〕

但這絕非金南雲的全部。

我所讀過的《滅活法》，不過是這個世界的細碎片段，其中一定也存在著我不知道的金南雲。

為了某人去見證一個世界盡頭的金南雲；深愛某個人，情願漂泊四萬年的金南雲；至情至性，始終堅守伙伴間的義氣的金南雲……

萬一，這樣的金南雲真的存在於世上某個地方，並且那個他，就是目睹第九百九十九次回歸終結的這小子……

【我、我……我……】

失控的妄想一點一滴吞蝕著祂。

替換了祂的人格和祂曾經歷過的歲月。

一直深藏在面具之下，屬於清日高中二年級金南雲的自我漸漸浮出水面。

【是我、是我殺了他們……沒錯、是我親手……】

握著斷掉的小刀，金南雲全身顫抖，痛哭流涕。

「沒錯，他們是祢殺的。」

我一邊說，一邊回頭看向後方的地鐵車廂。

李賢誠的鋼鐵通道已與舞臺融為一體，沒有盡頭的車廂堆滿了屍體，那些連名字都遭人遺忘的無名之輩正在號哭悲泣。

「也是我沒能拯救的人們。」

『在全新的世界，需要全新的故事。』

那便是完成唯一的神話必然的代價。

我們倖存下來，只是為了完成那不值一提的起承轉合。

〔隱藏任務即將完成。〕

〔您所有的傳說都渴望著您的『結』之篇章。〕

〔星星直播的所有星座都感應到您的『結』之篇章將臨。〕

而現在的我，非得看到那個該死故事的結局不可。

【啊、啊啊，啊啊啊……】

金南雲的眼神失焦，舉起斷掉的匕首抵住自己的咽喉。

〔『舞臺化』的規則適用剩餘15秒。〕

〔時限過後，未遵守規則的化身將全數消滅。〕

劉尚雅和李吉永看著我，變成了玩具機器人的第三次回歸的金南雲也緊盯著我。

若繼續袖手旁觀，第九百九十九次回歸的金南雲就會死在這座舞臺上。儘管舞臺本身是虛構的，但祂投身於此的所有傳說都是真實的。

祂會死在這裡。

就像死在祂手上的那些人，又或者像第三次回歸的祂一樣，只能接受自己的命運，悲哀地死去。

問題是，若是如此，經由斷片理論與祂相連的第三次回歸的金南雲也會一同死在這裡。

我不能坐視不管。

〔『舞臺化』已結束。〕

隨著周圍的景象迅速改變，舞臺已然消失。一度被斷片理論連接起來的記憶逐漸模糊，地鐵車廂煙消雲散，一眾演員又回到原地。

但是，第九百九十九次回歸的金南雲仍跪地不起。

——有些故事縱使只是虛構，它擁有的力量也如假包換。

儘管舞臺已經落幕，但原罪不會消失。

第九百九十九次回歸的金南雲的傳說枯萎凋零，四下飄散。

我看著垂頭不語的祂，一腳踢飛祂手中的小刀。

「金南雲，祢無法獲得救贖。」

我從懷裡抽出不會折斷的信念，耀眼如炬的白清罡氣發出陣陣嗡鳴。我刻意將長劍高高舉起，讓所有人都能看得一清二楚。

隨即……

〔星星直播的所有星座引頸期盼異界神格王者之死。〕

【不行！】

不知何處傳來了絕望驚懼的叫喊。

不會折斷的信念重重揮落。

4.

喀嚓嚓。

不會折斷的信念沾上了傳說的殘片。

燃燒的傳說冒著刺鼻的黑煙，曾為某人歷史的故事灰飛煙滅。

金南雲白色的頭髮浸染著鮮血，垂掛在劍尖。

『那是金獨子的選擇。』

看著那小子的頭髮在餘燼中輕柔飄散，我開口說道：「小的時候，我非常討厭祢。」

埋首於《滅活法》的日子裡，金南雲是唯一無法打動我的人物。若說我將《滅活法》的每一個角色都投射為我的父親或手足，那登場人物「金南雲」就是我所有的反面教材。

「祢的道德低下，祢的殺戮沒有準則。」

這名十八歲的青少年比任何人都迅速地適應了異乎尋常的世界，卻任憑傲慢與輕率揮舞兵刃，將自己的本性拱手讓予黑暗。

不假思索的惡行與中二幼稚的臺詞。

這些特徵太過明確，讓當時年幼的我有足夠的理由討厭這個傢伙。

『那是刻意要作為讓人厭惡的對象，而被形塑出來的惡。』

那就是金南雲。

「祢就是個惡棍，當時如此，現在也沒有改變。」

我像在自言自語般低聲嘀咕著。

濺上刀身的傳說有如血水，一點一點地滴落。

『長大成人後，金獨子再一次審視金南雲。』

一如《滅活法》的人物在經歷任務後逐漸轉變，閱讀這個故事的我也有了變化，年紀漸長的我，終於理解他為何只能是個反派角色。

『金南雲會成為惡徒，說不定正是金獨子一手造成的。』

因為當時的我看了《滅活法》。

我就和那些星座如出一轍，自以為是地評判他、議論他，甚至向作者提出意見。

—作者大大，這次一定要讓金南雲變成同伴嗎？

因為我認定他不是鮮活真實的「人」，而是作者創造出來的「登場人物」。

現在回想起來，我討厭金南雲的理由單純得可笑。

「劉衆赫每一次都會將祢納為伙伴。」

只因金南雲遠比《滅活法》的任何一個人物都更像我。

「他明明知道祢是個混帳，知道祢依然會為非作歹……但他還是選擇帶祢同行。」

換成我是金南雲，又會是如何？

清日高中二年級學生，金南雲。

生活在學業壓力之下，與父母矛盾不斷的平凡高中生。如果這樣的高中生在沒有監護人的情況下，被單獨扔到了不殺人就無法生存的極端環境中，又會變成怎樣？

「一開始，我以為劉衆赫不過是講求實際利益罷了，畢竟祢是個很有潛力的化身。但仔細想想，其他人物的成長潛力也不亞於祢，儘管如此，每當重啟新的回歸，劉衆赫依然會邀祢作為伙伴。」

換成是我，能作出與金南雲不同的選擇嗎？

第一次、第二次、第三次……歷經九百九十九次回歸，我是否能與當初的金南雲作出相異的選擇，成功生存下來？

「現在想想，或許執意追求實際利益的不是劉衆赫，而是我。」

從我第一次翻開《滅活法》那時起，劉衆赫一直都是二十八歲。

自始至終都是成年人的劉衆赫或許早就明白，生命是各種選擇的累積，而那無數的抉擇日積月累，最終才形成一個人的傳說。

他明白，沒有任何人從一開始就是純粹的惡。

他明白，正如第一次與第二次回歸不同，第九百九十八次與第九百九十九次回歸也會有所改變。

他也明白，這就是他反覆回歸的真正原因。

劍刃停在了半空。不會折斷的信念在失魂落魄的金南雲身上微微劃出一道傷口，便戛然而止。

我半是嘆息地說道：「話雖如此，這也不代表祢能獲得原諒，我只想告訴祢……」

【金南雲！】

一股懾人的氣息自身後傳來。

某人跨越硝煙四起的大海，如坦克般朝我們這頭奔來。

那是第九百九十九次回歸的李智慧。

眼見金南雲身陷危機，祂二話不說拋下自己的島嶼，穿越重重砲火趕來，甚至不顧一切地正面扛下金獨子集團的攻擊，弄得自己遍體鱗傷。

「祢很幸運，還有伙伴這麼關心祢。」

聽見「伙伴」兩個字，金南雲空洞的眼中掀起了一陣漣漪。

匆匆趕來的不只李智慧一個。

背脊倏然發燙，某人的劍已指著我的後頸。

是業火之焰。

後。

【你又想耍什麼詭計？】

明明剛才還在與劉衆赫纏鬥，第九百九十九次回歸的烏列爾竟神不知鬼不覺地站到了我的背後。

我慢慢轉過頭，望向身後的大天使。

或許是急於從戰場脫身，祂純白的羽翼凌亂破碎，身上處處是見骨的傷口，一看就是足以致命的傷害。為救生死一線的金南雲，祂顧不得自己的執念、怨恨與勝敗，拚命地飛了過來。

有些事情，就算化作異界神格也不會改變。就算僅僅只是為了某一個同伴，祂們也都願為彼此賭上自身的性命。

正因如此，祂們才能在失去劉衆赫之後，抵達第九百九十九次回歸的盡頭。

「詭計？這應該由我來問。」

伴隨輕微的落地聲響，劉衆赫瞬間出現在第九百九十九次回歸的烏列爾背後，他手裡的黑天魔刀已對準了烏列爾的脖頸。

劉衆赫的眼神複雜，像在譴責我，又像是能理解我的選擇。我想，或許二者皆有吧。

他的眼神像是在說「事已至此，就按你想的去做吧」，但就算他不說，我也打算這麼做。

「只要有心，祢和其他異界神格王者隨時都能毀滅地球。」

第九百九十九次回歸的烏列爾登時瞳孔一顫。

〔隱藏任務──大滅亡正在進行中。〕

這可是在第九十八號任務地區實施的「大滅亡」，是連天上群星都害怕消亡而望之卻步的任務。別的不說，至少在這個任務中，作為災禍降臨的異界神格具備無所不能的力量，能狠狠將星座徹底踩在腳下。

只需一個動作，祂們就能摧毀太平洋的所有島嶼。

原作的一字一句，我直到現在都記得一清二楚。

只要打定主意，祂們甚至可以召來外宇宙的流星撞擊地球，身為災禍，祂們想要動用多大的概然性都不成問題。

「祢們為什麼一開始不這麼做？」

而我制定的所有戰略，都是從這個疑問出發。

祂們為什麼沒有立刻毀滅整個地球？

第九百九十九次回歸的烏列爾沉默了許久。

【那是因為……】

事實上，我心中早有答案。

因為……祂們並非原作中登場的異界神格。

『縱使來自不同世界線，祂們仍是生於地球，最終完成了所有任務的存在。』

地球是祂們的故鄉，是祂們傳說的開端，亦是祂們的生命安息之處。

祂們化為悲劇存活下來，被來自其他世界線的外神剝奪了珍視的一切。

祂們早已厭倦了來自其他世界線的侵略。

這樣的祂們……真的會為了自己的目的，親手摧毀另一條世界線嗎？

「祢們從來沒有殺害我們的打算。」

第九百九十九次回歸的李智慧確實說過，祂要親手獻祭這條世界線，復活自己的世界。

但事實真是如此嗎？早已對星星直播失去信賴的祂，真的會對大鬼怪的承諾照單全收，做出這些慘無人道的舉動？

就算祂是如此，第九百九十九次回歸的烏列爾又怎麼能認同這個做法？

「祢們壓根就不是這樣的人，所以這場戰鬥，打從一開始祢們就註定以失敗收場。」

這就是我得出的答案。

〔絕大多數星座因您的判斷大受衝擊。〕

這就是在不否定第九百九十九次回歸的前提下，守護我們這一次回歸的方法。

聽著我平靜地作出宣言，第九百九十九次回歸的烏列爾神色複雜地看著我。第九百九十九次回歸的李智慧踉蹌著走到祂身邊，輕輕地將手放在金南雲頭上。

一直茫然看著我的金南雲撇開了頭。

金南雲在哭。說不清是為了什麼如此傷心，祂不顧一切地放聲大哭。

第九百九十九次回歸的烏列爾看著那幅景象，一時不知如何是好。

【到此為止吧。】

說話的是走上前來的李賢誠。

【到此為止，祢什麼意思？】

【祢應該也心知肚明，烏列爾，這並不是我們想要的。用這種方式，我們解決不了任何事——】

【那到底怎麼做才能解決？】

烏列爾的語調毫無起伏，那是在無盡時間中被絕望消磨殆盡的聲音。

【我什麼都做了。我按照與他的約定走到世界的盡頭，卻依然什麼都挽救不了。我成為異界神格，懷著報仇雪恨的夢活了下來，儘管知道這種復仇毫無意義，依然蒙蔽自己直到今天。我都走到這一步了，祢還要我放棄什麼？祢倒是說說看啊，銀白心臟之王！】

【我無法回答祢，但是，我相信他們的故事一定能為我們帶來些什麼。】

【所以是什麼？都走了這麼遠，我們還能期待什麼？】

【我不清楚，但我有種預感，第九百九十九次回歸時間線的我們，之所以成為異界神格活到今天，就是為了這一刻。祢不也感覺到了嗎？】

第九百九十九次回歸的烏列爾抬頭望著天空。

天空正在哭泣，繁星依然恣意閃爍。

〔星星直播催促著傳說邁向期待已久的結局。〕

我回頭一看，不知何時，所有伙伴都抵達了戰場。

韓秀英、劉尚雅、鄭熙媛、李智慧、申流承、李吉永……

他們暗中將異界神格團團包圍，每個人都作好了戰鬥的準備，只等著我的信號。

第九百九十九次回歸的烏列爾問道。

【為什麼他們辦得到，我們不行？】

業火之焰熊熊燃燒起來，厲聲嗚咽。

【為什麼……為什麼我們會失敗？】

在場唯有一人，敢於回答這個萬分沉重的提問。

「祢為什麼認為祢們失敗了？」

那正是劉衆赫。

他手中的黑天魔刀依然指著烏列爾的脖頸，追問道：「難道凡是祢不樂見的結局，就都是失敗的結局嗎？」

令人吃驚的是，我知道這句話是誰的臺詞。

「就算這世界的盡頭以悲劇收場……也不要認為是你們的失敗。」

那是第九百九十九次回歸的劉衆赫在臨死之際，對他的伙伴的囑咐。

第九百九十九次回歸的烏列爾身子一震，在那無盡的挫敗之中，終於流露出一絲喜悅。

烏列爾帶著顫抖的聲音，走向了劉衆赫。

【你……你真的是我認識的『劉衆赫』嗎？】

劉衆赫沒有回答。

【我想跟他說說話，叫他出來！就算只有一次也好，我想見見他，我想向他問個清楚，還有——】

第九百九十九次回歸的烏列爾祈求似地握住劉衆赫的手。此刻的祂大概也感受到了，祂珍愛的第九百九十九次回歸的劉衆赫，就在眼前這個「劉衆赫」體內。

實際上，在這次作戰最開始，我做的第一件事就是請託隱密的謀略家，喚出第九百九十九次回歸的劉衆赫。

畢竟他正是那些異界神格王者最重視的對象，只要能請他出手幫忙，說不定就能順利說服祂們。

但隱密的謀略家回絕了我的請求。

【很抱歉，這件事辦不到。】

祂的回應，和此刻的劉衆赫如出一轍。

「叫他出來又能怎麼樣呢？」

【這……】

「如果他叫祢棄械投降，祢就打算乖乖就範嗎？如果他要祢聽從我們的話，祢就會老老實實地順從嗎？」

每多問一句，第九百九十九次回歸的烏列爾臉色就越蒼白。

儘管我很想叫劉衆赫適可而止，但他完全沒有打住的意思，一字一句皆如無情的利劍。

但在某個瞬間，我驀然意識到——回絕請託的其實既非「劉衆赫」，也不是「隱密的謀略家」。

〔第 999 次回歸『劉衆赫』沉默不語。〕

拒絕現身的，是第九百九十九次回歸的劉衆赫本人。

我幡然醒悟。

「都過了這麼久，祢們怎麼還是一樣，少了那傢伙就什麼都拿不定主意？」

直到這一刻我才理解，他為何婉拒我的請託。

我終於明白，第九百九十九次回歸的劉衆赫為何不願意親自出現在自己的伙伴面前。

『第九百九十九次回歸的故事，因劉衆赫的缺席才臻於完整。』

他的伙伴繼續活在世間，僅僅是為了使他重生，為了再次見他一面，或是為了替他報仇雪恨。

祂們將他視為生存的理由，堅持到今天。

『既然如此，那個理由一旦消失，祂們的生命又該何去何從？』

捲起的浪花打濕了我的腳，洶湧的大海逐漸平息，這座海洋如此陌生，宛如從遠方漂流而來的異鄉人。不計其數的異界神格在海中央集結成嶼，屏氣凝神地仰望著祂們的王者。

祂們的王開口說道。

【這樣啊。】

有如在茫茫大海航行無數歲月的船隻，終於找到自己的目的地。

【這就是你的想法嗎？劉衆赫。】

第九百九十九次回歸的烏列爾止住了顫抖。

5.

說完這句話，烏列爾沉默了下來。其他異界神格王者也默不作聲，只是凝視著對方，相對無言。

我趕緊抓住這個時機開口。

「我們並不想和祢們戰鬥。就像祢們不是真心想要毀滅這個世界一樣，無論你我，都已經對悲劇太過熟悉，我們沒有必要在世界線上製造更多悲傷了。」

〔任務暫時進入緩和狀態。〕

〔星星直播為意想不到的進展感到吃驚！〕

我緊張地觀察著祂們的反應。異界神格的王者依然沉默不語，也不曉得祂們究竟有沒有把我的話聽進去。

『截至目前為止，一切都按照金獨子的計畫進展。』

利用第九百九十九次回歸的記憶，喚醒祂們與「劉衆赫」有關的回憶。

『打從一開始，正面迎擊就絕無可能贏得這場戰鬥。』

倘若祂們真的全力發動作為災禍的概然性，這個任務在開始的同時就會劃下句點。在原作中，因莽撞應對大滅亡而毀滅的行星也不在少數。

〔多數厭惡您的星座對這樣的情況心生不滿。〕

〔部分星座對不合理的任務進展發起抵制。〕

或許那些星座期盼的正是這樣的光景——祂們痛恨的金獨子集團和地球一起陪葬，迎向悲慘的結局。

但異界神格王者並非如此。

至少，到目前為止來說並非如此。

—金獨子，下一步呢？

韓秀英湊到我的右手邊，緊張地問。

—說實話，我也不知道。

—什麼？

—我設想好的部分就到這了。

韓秀英臉上滿是錯愕，彷彿在問我說的是什麼鬼話。

—你的意思是⋯⋯

—現在只能相信祂們了。

這句話聽起來一定很不負責任，但我沒有更好的辦法了。這就是我力所能及的最佳方案，也是通往正確結論的最佳途徑。

我驀然想起第一千八百六十三次回歸中，韓秀英說過的話。

「我相信我創造的登場人物，就這樣。」

我想，我多少能理解她的心境了。

因此我這麼說道。

—我認為，我只能相信我所讀過的、指引過我的那些人物了。

我對《滅活法》深信不移。不是寫就它的作者，而是小說中的登場人物。

〔登場人物『生生不息的火焰』注視著您。〕

比任何人都正義的烏列爾。

〔登場人物『銀白心臟之王』注視著您。〕

善良正直的李賢誠。

〔登場人物『沉沒之嶼的主人』注視著您。〕

重情重義的李智慧。

〔登場人物『隱密的謀略家』注視著您。〕

從不向不公不義低頭的劉衆赫。

我相信祂們。那些陪伴年幼的我成長的人們，我相信祂們經歷過的人生，相信無論經過多少時間都不會缺損的價值。

這時，第九百九十九次回歸的烏列爾終於開了口，但並不是在對我說話。

【李賢誠，祢說在這個世界線上，能看見我們未能看見的結局？】

【沒錯，烏列爾。】

【祢現在依然這麼認為嗎？】

李賢誠點了點頭。

見祂頷首，第九百九十九次回歸的烏列爾慢慢回過頭來注視著我，祂的眼眸猶如太陽的日冕，灼灼燃燒。

【你叫『救贖的魔王』？】

祂的目光彷彿在考驗著我的正義，我忍不住嚥了口口水，點點頭。

【我曾在這個世界線的我身上，看到和你有關的傳說。】

一旁的鄭熙媛倏然身子一震，準確地說那不是鄭熙媛，多半是烏列爾被嚇得縮了縮身軀。

我有種不好的預感。

生生不息的火焰接下來所說的話完全出乎我的意料。

【你的傳說和我認識的劉衆赫確實很相似，無論是破解任務的手段，或者對待同伴的方式，都如出一轍。】

「……」

【這條世界線，也和我們的世界線非常相像。】

第九百九十九次回歸的李智慧，臉上充滿複雜的情感。看到那副表情的瞬間，我頓時意會到祂們為何彼此注視良久。

祂們之所以動搖，不僅僅是因為這個世界是祂們的故鄉。

【你知道我們的世界線發生過什麼？】

我一時欲言又止，畢竟這不是三言兩語就能解釋清楚的問題。

於是我的故事代替不善言辭的我，述說起事情的始末。

〔傳說『救贖的魔王』開始講述故事。〕

我擁有的部分傳說順著指尖，流向了第九百九十九次回歸的存在。

〔傳說『異蹟對抗者』開始講述故事。〕

〔傳說『災禍之王狩獵者』開始講述故事。〕

祂們閱讀著我的故事，臉上的表情不盡相同。顯然，祂們肯定在我的傳說中看見了某些重疊的殘影。

第一次閱讀《滅活法》的我，也有過那樣的神情嗎？

恐怕我永遠也無法得知吧。

【……這怎麼可能？】

就在這時，正在默默瀏覽故事的第九百九十九次回歸的烏列爾，冷不防沿著我的傳說將位格滲透至我的精神，像是要探清我究竟是什麼來頭。

〔已發動專用技能『第四面牆』。〕

耀眼的火花四下飛濺，第四面牆不出所料地有了反應。

〔『第四面牆』怒視著『生生不息的火焰』。〕

生生不息的火焰的左手像受到抵抗一樣地彈了開來，微微冒出焦煙。

祂一臉吃驚地看著我，眼神卻帶著些微的理解。

【原來如此，原來是這樣，你就是……】

祂的聲音，聽起來比翻看我的記憶時還要驚訝。

【最後一道牆的最後一塊碎片……就是因為這樣，隱密的謀略家才對你這麼執著嗎？】

「請盡快作出決定吧，距離任務結束沒剩多少時間了。」

〔目前『大滅亡』暫時進入緩和狀態。〕

〔若目前狀態持續時間過長，將加速世界的扭曲。〕

一旦祂們作為災禍降臨，想要終止這場任務就勢必得鬥個你死我活，就現在看來，最好的方式就是盼望對方放棄履行「災禍」的職責。

生生不息的火焰再度開口。

【我承認你所擁有的可能性，儘管心有不甘，我也接受推遲我的復仇，但是——】

祂的臉上一瞬間掠過一言難盡的複雜神情。

【我不認為你們能抵達世界的終結。你們僅僅是沿襲了其他世界線的傳說，我不認為這樣足以看見真正的結局。】

「等等——」

【只要這個任務結束，你就能完成結之篇章了吧？】

唯一神話的最終篇章，結。

以第九百九十九次回歸的烏列爾為中心，一股駭人的熱浪逐漸凝聚，被汽化的海水化作鹹腥的海風竄入鼻間。

面對那霸道蠻橫的位格，我反射性地喊道：「劉衆赫！」

說時遲那時快，劉衆赫已經閃身到了我面前，黑天魔刀一擊斬破了熱浪，但滾燙的熱氣也將那傢伙的手背燙得通紅。

他的呼吸十分急促，斷片理論的效果就快結束了。

轟隆隆隆隆隆！

第九百九十九次回歸的浩瀚神話同時蠢動起來，不知為何，這一次就連第九百九十九次回歸的李賢誠也沒有挺身阻止烏列爾。

我急忙喊道：「到底為什麼……這是不必要的戰爭！我們——」

第九百九十九次回歸的烏列爾不發一語，一步又一步走向我們。

所有伙伴不安地交換了一個眼神，同時釋放了位格。

〔浩瀚神話『魔界之春』繼續講述故事。〕

〔浩瀚神話『吞噬神話的聖火』繼續講述故事。〕

生生不息的火焰睥睨著我們的傳說，不斷逼近，吸收了其他異界神格力量的祂，將業火之焰高高舉起。

我咬緊了下唇。

〔絕大多數星座對異界神格的力量感到畏懼。〕

〔多數大鬼怪都厭惡異界神格的傳說。〕

凡是星星直播的一切，終將成為故事。

但它為何會渴求這種無論星座或大鬼怪都不樂見的故事？會令世上所有人都陷入悲傷與痛苦的故事，究竟為什麼還有存在的必要？

【你總是為了向他人展示而編纂傳說？】

第九百九十九次回歸的烏列爾開了口，凝鍊至極致的業火之焰，蘊含了祂身處任務之外的漫漫光陰。

【那麼，你們累積的傳說又是為了誰而存在？】

聽見這句真言，我頓時領會了祂的意圖。

儘管任誰也不會贊助這樣的故事，祂仍鐵了心要將這個任務進行到最後。

『這就是生生不息的火焰選擇的答案。』

祂之所以決定繼續這個任務，既不是認同星座的作為，也不是為了應和星星直播。

【讓我見識見識你們的『結』。向我證明，你們有能力抵達其他世界線都到達不了的終焉。】

滿天繁星注視著我們，祂們已經關注這則故事很久很久。我抬頭仰望那數不盡的星光，並想像著比祂們更遙遠之處、這所有世界的盡頭。

我在腦中反覆刻劃著我描繪已久的故事尾聲。

「金獨子！」

猛烈的熱浪撲面而來。

第九百九十九次回歸的烏列爾的地獄炎火夾帶著熊熊燃燒的硫磺味，掀起岩漿的海嘯，那驚人的位格浪潮，足以熔蝕所到之處的一切。

成敗在此一舉。

只要能阻止這場怒海狂潮，我們就能獲得勝利。

「所有人，把浩瀚神話集中起來！」

在真正的災難面前，所有招式都毫無用武之地。

伙伴們放下技能，齊心戮力催動浩瀚神話。申流承、李吉永、劉尚雅，所有人都朝空中伸出雙手，竭盡全力凝聚浩瀚神話的股份。

〔浩瀚神話『光與暗的季節』開始講述故事。〕

伴隨著天空轟然崩裂的聲響，啟示錄巨龍的尖嘯震耳欲聾。

下一秒，韓秀英那一頭響起猛烈的咆哮聲。

轟嗡嗡嗡嗡嗡！

曾經身為啟示錄終極巨龍候補的深淵的黑焰龍噴發龍息，鄭熙媛則乘著凶猛的黑焰向前疾奔。

〔星座『水瓶座的盛放百合』釋放自身位格。〕

〔星座『惡魔般的火之審判者』釋放自身位格。〕

兩名大天使與鄭熙媛攜手共進。

審判者之刃倏然巨大化，高聳入雲的凶刃一刀劈向海嘯。

轟砰砰砰砰。

合兩名大天使之力，海嘯的移動霎時受阻。

劉衆赫沒有錯過這個機會。

〔傳說『恆久不滅的地獄道』繼續講述故事。〕

無數次回歸的殘影從黑天魔刀之上延伸，爆漲的力量擊碎一波波襲來的浪頭。

—還不夠。

然而，劉衆赫的勇武已是強弩之末，沒多久，他渾身上下迸發的火花越來越不安定，斷片理論的效力將至盡頭。

就在劉衆赫的位格急速衰弱的瞬間，他奮力朝惡濤中心使出最後一擊。

破天劍道！

奧義！

暗海斬！

眼見他的奧義劃開一道極細的裂痕，我沒有放過這個破綻。

—小老弟，萬事俱備。

終於，我聽見了等待已久的話語。

不知從何處湧來的雲彩將我團團包圍，恍若將天上所有雷霆都凝聚一處，飽含雷鳴電閃的筋斗雲在我身邊翻湧。

—這招只能用一次。

我飛身衝過層層積雲，在逐漸收攏的熔岩裂隙中狂奔。

經由魔王化具現的羽翼著了火，可怕的熱度似乎要將眼前的一切點燃，但我沒有停步。

我有義務守護這條由所有同伴合力開啟的道路。

『這是唯一一則證明了我們生命的故事。』

不斷加速的雙腳化作一片白光，我用電人化的力量強撐著彷彿隨時都要炸裂的化身體。

必須更快、更強，就像是，將我自身化為一道雷霆。

在雙掌之中充飽能量的閃電開始沸騰，它曾擊碎星星直播的無數星辰，也曾摧毀黃帝星雲雄偉壯闊的天宮。

我抓緊如意金箍棒，用盡所有力量奮力一擲。

『天上的星辰不斷顫抖，星雲蜷縮起身體，唯有籠罩天空的烏雲暗示著祂們的絕望。』

這就是齊天大聖的全力一擊。

『如同祂身臨最後的戰場。』

雷霆霹靂衝破迎面而來的滾滾熔岩，向前挺進。

被炸開的海嘯一轉眼全數蒸發，天崩地裂的迅雷持續進擊，將海嘯一分為二，開闢出一條全新的道路。

那正是我們一路堅持走來的傳說之路。

我在那條路上全力奔馳。

〔浩瀚神話『魔界之春』部署著您的『結』之篇章。〕

源自魔界的起。

〔浩瀚神話『吞噬神話的聖火』喘著氣引導著您。〕

奧林帕斯的承。

〔浩瀚神話『光與暗的季節』在您身邊伴您前進。〕

神魔大戰的轉，以及——

〔浩瀚神話『被遺忘之物的解放者』夢想著最後的傳說。〕

尚未完成的最後一個句點。

砰砰砰砰砰！

我們經歷的所有傳說彼此交織，爆發出耀眼的光芒，一陣幾乎刺瞎雙眼的閃光風暴霎時覆蓋了一切。

當我抬起頭，只見熔岩化成的火山灰漫天飄揚。

一切都結束了。

天空成了一片焦土，阻礙了繁星視線的塵埃像雪花一樣飄落，埋葬了大海。

有個人倒坐在不會折斷的信念劍刃之下。

折翼的大天使。

自始至終，祂就不曾想過要戰勝我們。

我靜靜迎上祂的目光。

我無法確定我們是否成功向祂證明了什麼，但這是現在的我，全力以赴的最佳表現了。

第九百九十九次回歸的烏列爾盯著劍尖良久，像是在咀嚼著過往的每一行字句，彷彿那鋒利的劍芒能替祂所有的傳說劃下句號。

烏列爾的視線，沿著劍尖所指的方向緩緩移動。

遠處，海天相接，在那地平線的另一端……

『這個世界線的盡頭，就在那裡。』

烏列爾的神情倏忽掠過一絲細微的顫抖。

連同第九百九十九次回歸的李智慧、李賢誠，甚至失魂落魄的金南雲也不禁抬眼望向那一頭。

有某個東西，在灰濛濛的煙塵之下忽隱忽現。

祂們的表情中浮現一抹驚懼。

我忽然意識到祂們看見了什麼。

那便是第九百九十九次回歸的祂們曾經抵達的地方，但凡立足於這個以傳說建構的世界，就絕對無法逾越的最後一道牆。

〔『大滅亡』的災禍已放棄身為災禍的權利。〕

〔『大滅亡』已進入終止程序！〕

〔您的最後一則『浩瀚神話』已覺醒。〕

〔絕大多數星座注視著您的最後一則傳說誕生。〕

耳邊傳來了那堵牆呼喚我的聲音。

〔已完成隱藏任務—唯一的神話『結』之篇章。〕

〈星星直播審慎思索您最後的傳說名稱。〉

〔您達成了令星星直播所有星宿備感敬畏的成就。〕

〔您已開創唯有極少數星宿能夠達成的宏大史詩。〕

緊接著，我翹首以盼的訊息，終於出現在眼前。

〔您與您的星雲獲得觀看『萬象之■■』的資格。〕

〔『故事之王』正在召喚您。〕

Episode 92. 最後的任務

1.

大滅亡任務結束後又過了兩天。

在這兩天裡，延宕多時的第九十八個任務也總算塵埃落定。

〔主線任務#98—候補決定戰已自動結束。〕

〔無人向您的星雲發起挑戰。〕

〔目前勝利次數：1次。〕

〔正在結算獎勵明細。〕

〔與隱藏任務—大滅亡通關獎勵進行整合，獎勵明細籌備中。〕

或許這也是理所當然的。

在各方星雲彼此爭鬥的期間，我們可是通關了整個大滅亡任務，何況還是以一己之力對抗那些遠古的異界神格，守護了地球。

〔大多數星座對您與您的星雲抱持敬意。〕

〔星雲〈金獨子集團〉的名號在星星直播聲名遠揚。〕

〔在最後的任務地區，您的星雲已無人不知、無人不曉。〕

〔最後的任務地區的所有星座都相當好奇您的『結』之篇章。〕

現在，恐怕整個星星直播沒有人不認得我們了。

「代表！金獨子代表！請您說句話吧！」

工業區傳來了擴音器的聲響。

無論何時何地，無論打開全像畫面或者電視螢幕，上頭都在放映我們的故事，包括無線電視和有線電視在內的所有電視臺，都同步播放著我們工業區大門的畫面，就連先前採訪過其他成員的影像都被反覆放送。

「滅亡的審判者大人！請問金獨子集團將來的計畫……」

「公共場合請直接叫我的名字就行了，我不喜歡韓秀英裝腔作勢那一套。」

「鄭熙媛，妳找死啊？」

光是那句「找死啊」，我都不曉得聽了多少遍了。

「她是金獨子集團的實際掌權人物，黑焰魔皇韓秀英。經本臺了解，在滅亡之前，韓秀英原本是位知名作家……」

在仔細閱讀那行「以天才作家的洞察力破解最後的任務！」的報導字幕後，我這才真切感受到，我真的走到了這裡。

「據傳金代表在擊敗正午日輪之後晉升為神話級星座，在我們韓國本地，是否誕生了一名真正的神話級星座？」

「本次戰鬥的最後一段影像在眾多化身間引發激烈爭論，究竟那些異界神格的真實身分為何？」

「金獨子代表為何會突然變為金髮？」

從劉衆赫擊退拉的片段開始，到我們成功抵禦第九百九十九次回歸的異界神格製造的壯闊岩漿海嘯的場面，我們戰鬥的畫面，不僅僅星星直播，甚至整個地球都爭相播送。

〔星座『惡魔般的火之審判者』極為自豪。〕

〔星座『深淵的黑焰龍』挺起鼻梁。〕

〔星座『最古老的解放者』壓抑不住得意的笑容。〕

而在這些影像之後，肯定要不免俗地來上一段訪談。

「我的意思是，我從那傢伙以前在公司上班的時候就認識他了。你相信嗎，到底有哪個新進職員第一天進公司就準點下班……」

是韓明武部長。

我明明就交代過不准接受採訪了。

只見眉開眼笑的韓明武左手緊緊牽著女兒。看來他的女兒終於平安獲救，太好了。

「只是普通朋友而已啦，嗯，就很普通，每個班級都一定會有那種人嘛。」

隨著日子流轉，竟然還出現自稱是我同班同學的人物。我心想，原來還有人活著呀，可惜無論是姓名或是臉孔，我都毫無印象。

「他人很不錯，也滿安靜的，然後喜歡看書……」

儘管那些描述挑不出錯誤，但也算不上正確。世上就是有些模稜兩可的說詞，方便用來虛應故事，但也因此說了就像沒說一樣。

那位同學閒扯了一堆千篇一律的內容，或許是在攝影機面前壓力太大，他支吾其詞地離開了鏡頭，說不定，其實他也無話可說了吧。

「帶您了解地球的救贖者——救贖的魔王。」

隨著悲壯的片頭音樂響起，接下來播出的節目是編輯成全篇特輯的紀錄片。

〔星座『高麗第一劍』連連頷首。〕

〔星座『海上戰神』為您感到自豪。〕

看著輪番播放的影像，我不由得想起滅亡之前的時光。

我曾夢想的東西、我曾堅信的重要事物……不知不覺間，那一切都成為遙遠渺茫的記憶，叫人感到異常陌生。

當然了，也不是每一件事都是如此。

「他戰勝了年幼時因家庭暴力蒙上陰影的痛苦經歷……」

電視忽然啪一聲關掉了。

「獨子啊。」

母親出現在會客室的入口。

我看著她，揚起一個微笑。

「您來了。」

母親點了點頭，沉默瀰漫了整個空間。我們在這片無聲的寂靜中盯著關掉的電視螢幕，漆黑的畫面上映照出母親和我的身影。

一絲淡淡的懷念掠過心頭，我的心情忽然有些微妙。

這個人，曾是這個世界上我唯一無法理解的人物。

但此刻，就算不使用全知讀者視角，我也知道她在想些什麼。

「我沒事，不用擔心我。」

我聽見一聲微弱的嘆息。

「真是對不起。」

「也不是妳的錯。」

「這一次的事情……」

「有很多人跑來要求採訪吧？」

「我都拒絕了，這種事用不著你出面。無論你拯救了地球或者毀滅了世界，對他們來說，那些都不重要。」

遠方又傳來了擴音器的聲音。

我很清楚母親在擔憂什麼，又為何感到抱歉。

「我也不是當時的金獨子了。」

我隨手拉開窗簾，廣場上的攝影機立刻整齊劃一地轉了過來。

以前的我非常畏懼那些攝影機，害怕有人注意到我，害怕那些不認識的人用陌生的字句議論我。

「我會接受採訪。」

「真的嗎？你再考慮考慮也……」

「因為他們有知情的權利。」

我再次打開電視，新聞頭條赫然出現。

—金獨子集團真正的目的為何？

—工業區居民集體要求公開最後的任務的真相……

〔部分星座正在關注您的動向。〕

〔星星直播渴望傳述您的『結』之篇章。〕

〔大鬼怪正在呼喚您前往最後的任務。〕

〔部分星雲希望能與您的星雲結為同盟……〕

「就今晚八點吧，也請替我聯繫大鬼怪和各方星座到場。」

✦ ✦ ✦

我久違地翻出《滅活法》的初始版本，點開檔案閱讀起來。

這是在作家動筆修訂之前，最純粹的《滅活法》。

〔您與您的星雲已獲得進入『最後的任務』之資格。〕

〔您可隨時進入『最後的任務』地區。〕

《滅活法》所描述的最後的任務，正是與異界神格的全面戰爭。

原作中的劉衆赫在最後的任務斬下外神之王的頭顱，完成了屬於他的結之篇章。就某種意義上來說，這與我們已經完成的大滅亡任務非常相似。

實際上，倘若我們未能阻止大滅亡發生，大滅亡就會轉變為最後的任務的前哨戰。

『本應在最後的任務作為災禍活躍的異界神格已遭到封印。』

我注視著位於工業區中央的三顆封印球，生生不息的火焰、沉沒之嶼的主人以及偉大的深淵君主……在這條世界線現身的異界神格王者，全都陷入了沉眠。

唯有銀白心臟之王並未作為災難降臨，亦沒有遭到封印。

【我會關注你的傳說，直到最後。】

在最後一刻，第九百九十九次回歸的烏列爾這麼說完後，就將自己和其他伙伴封印在啟示錄巨龍封印球之內。違背了與管理局的協議，放棄身為災禍的權利，祂們很清楚隨之而來的反噬風暴將非同小可。

〔您以異常形式結束了『大滅亡』。〕

〔部分星座對您進行任務的方式表達了不滿。〕

〔部分大鬼怪對您懷有莫名的敵意。〕

〔少數大鬼怪認可您說服異界神格的功勞。〕

〔多數瘤老頭對您抱有好感。〕

數不清的訊息至今仍在空中來來去去。

〔隱藏任務—唯一的神話即將結束。〕

〔您已為『結』之篇章的後半部分完成充分的浩瀚神話。〕

〔星星直播向您提案最終神話的傳說之名，請選出您的浩瀚神話名稱，星星直播將根據您的選擇，裁定您的『結』之篇章。〕

星星直播提供的選項，我尚未作出決定。

「金獨子。」

隨著咿呀的開門聲，韓秀英出現在門口。

「大家情況如何？」

「老樣子，劉衆赫受了點傷，但不太嚴重，生死丹的效力真不是蓋的。」

韓秀英開玩笑地說著她又多拗來了一顆，隨後將那顆藥丸塞到我手裡。

「要是感覺快掛了就趕緊吃啊。」

「妳要是能好好說話的話，我應該會更感動一點。」

韓秀英用難以言喻的眼神注視著我，昏黃的天色如薄霧般籠罩在我們之間。

第九百九十九次回歸的烏列爾的封印球中流淌出微光，映得韓秀英的臉也泛出白皙的光芒。

「現在，真的是最後了。」

我點了點頭。

「原作怎麼說？最後的任務……不，算了，反正現在和原作也完全不一樣了吧。」

沒錯。我們已經結束了原作裡和異界神格之間的戰爭，交到我們手上的最後的任務，恐怕會和原著描寫的事件截然不同。

「完成結之篇章後會發生什麼事？」

「應該會碰見故事之王吧。」

「鬼怪之王啊。」韓秀英思索片刻，問道：「你要去見祂嗎？」

「見是一定要見的，只是不是現在。」

「什麼啊？怪讓人不安的。」

叩叩，敲門聲響起，一股微風輕拂而過。

韓秀英應了門，一名工業區的成員從門後探出頭來。

「代表，有訪客找您。」

訪客？

『好久不見了，後人吶。』

那副老氣橫秋的口吻，來訪的人物完全出乎我的意料。

「風伯？」

✦ ✦ ✦

天帝的風神，風伯。

一提到祂，我倏然想起母親先前的叮囑，交代我記得在進入最後的任務之前，先去見風伯一面。

『後人的選擇實在太過魯莽。讓異界神格繼續活著，無異於將活生生的災難抱在懷中。』

這老頑固是特別來倚老賣老的嗎？

風伯對於我所做的一切似乎頗為不滿，劈頭蓋臉就是一頓說教，什麼現在的年輕人都太小看任務了，面對任務不夠認真云云……

「那個，老爺爺？」

『沒時間說閒話了，老朽開門見山地說吧，進入最後的任務，後人將身陷巨大的危機之中。』

「危機？」

『正因長時間關注著後人，老朽才敢如此斷言。』

祂一副對我今後的行動瞭若指掌的模樣。

一旁的韓秀英似乎感到很有趣，噗嗤笑出聲來。

我瞪了她一眼，問道：「您特意前來，究竟想對我們說些什麼？」

『弘益能助後人一臂之力。』

此話一出，我忍不住皺起眉頭。祂此行的目的簡直是司馬昭之心，這個老頭子真是到最後都……

「不用了，反正祢們一定又會提出一堆強人所難的要求……」

『毋須代價。能親眼目睹朝鮮半島誕生出全新的神話級星座，吾等就已收受了充分的報償。』

一時之間，我還以為是我聽錯了。

『身在最後任務的神話級星座當中，也有吾等弘益的創世神，萬一情況不盡人意，可以向他們請求幫助。只要後人真心以對，他們終究不會棄後人於不顧。』

「您就是來告訴我這些的？」

風伯面無表情地撫鬚說道。

『正是。』

「怎麼有點令人感動。」

風伯輕咳一聲，身影漸漸隨風消散。

『老朽該說的都說了，在最後的任務中再會吧。』

轉眼間，只剩清冷的涼風拂過眼前。

韓秀英有些詫異地說道：「這老伯根本就超傲嬌耶，滿可愛的。」

「嗯，畢竟原作的祂就是個友善的星座。」

「還是有人站在我們這邊嘛，你也算是沒白活了。」

要真是這樣就太好了。

〔星座『惡魔般的火之審判者』表示還有自己也在。〕

〔星座『深淵的黑焰龍』主張真正的伙伴應是臭味相投的損友……〕

〔星座『最古老的解放者』……〕

我仰望著天空，咧嘴一笑。

韓秀英說道：「又來了、又來了，又是那個要倒八輩子楣的笑法。快八點了，趕緊準備一下吧，大家都在等了。」

我點點頭，走向工廠的頂層。前方傳來七嘴八舌的議論聲，所有的媒體、鬼怪和星座都在等著我。

就在我踏入記者會會場之前，工業區的工作人員一把拉住了我。

「代表，請留步，您尚未完成準備工作。」

話說回來，工業區的人是什麼時候開始用「代表」來稱呼我的？之前好像都是叫我魔王吧？

「是我讓大家改口的。老是魔王大人、魔王大人地叫，不覺得我們好像什麼引領世界走向末日的反派嗎？」

「呃，這倒也沒錯……不過，雪花小姐，我非得弄這些不可嗎？」

我莫名其妙就被拉著坐到了椅子上，掃過臉頰的化妝刷讓我的嘴角癢得不住抽動。

李雪花嚴肅地在我臉上大筆揮毫，說道：「畢竟你名義上是代表嘛，看起來總得有點人樣吧。」

「這句話從各方面來說都讓我很受傷。」

等在一旁的伙伴們像是發現了有趣的場面，全都跑來我這邊圍觀，總覺得自己好像成了動物園裡的猴子。

韓秀英在後頭擺弄著我的頭髮，說道：「不過，你的頭髮會一直都是金色嗎？」

「因為融入了齊天大聖的位格才變成這樣，再過一陣子就褪色了。」

「頭髮好柔順啊。」

〔星座『最古老的解放者』表示，自己的髮質可是經歷艱苦鍛鍊……〕

「差不多了。」

轉瞬間在我臉上塗抹完畢的李雪花，舉起鏡子向我展示。雖然親口這麼說有些厚臉皮，但鏡子裡的確映出一個相當帥氣的美男子，憑這長相說不定有機會甩劉衆赫一條街。

而伙伴們只是匆匆瞥了一眼，沒有多說什麼。

劉衆赫則獨自站在幾步外的地方，用無語的表情直盯著這一頭。

「金獨子。」

我點了點頭，披上大衣，將不會折斷的信念繫在腰間。除了外套內穿了正裝之外，其餘都和平時的戰鬥服裝沒有兩樣。

「走吧。」

我們一起走入記者會的會場。在開闊的露天會場中，不計其數的星辰和攝影機都緊盯著我。

耀眼的聚光燈從上方打下，巨大的全像投影螢幕映出我和同伴們的身影。工業區民眾歡聲雷動，在那歡呼聲的浪潮當中，我感受到眾人引頸期盼的目光。

〔絕大多數星座關注您的選擇。〕

〔絕大多數星座極為好奇您最後的傳說之名。〕

現場人潮洶湧，有關注朝鮮半島安危的民眾、有好奇地球興亡的星座……

有害怕最後的任務到來，擔憂自身生死存亡的人們。

也有畏懼又渴望奪取我們擁有的力量的存在。
還有許多高聲質問我們為何現在才出現，要求我們應當將他們一起送進最後的任務的化身……
面對排山倒海而來的提問，我的傳說作出了回應。
〔星座『救贖的魔王』開始講述故事。〕
一時之間地動山搖，當神話級星座的位格獲得釋放，整座朝鮮半島便陷入了死寂。所有人都將目光集中在我身上，靜候著我的說法。
我緩緩開口。
『各位。』
接著開始我的談話。
『我不打算拯救所有人。』
我的宣言立刻引發騷動。記者瘋狂按下快門，在各個頻道進行實況報導的下級和中級鬼怪無不一臉錯愕。
〔多數星座認為您的發言很有意思。〕
〔大鬼怪們豎耳傾聽您的發言。〕
〔管理局的所有鬼怪都在關注著您的一言一行。〕
「您是什麼意思？」
「金獨子代表！」
星座、化身，還有鬼怪全都露出一模一樣的表情，這景象真有意思。
我帶著親切的笑容再次複述。

『如我方才所言，我感覺不出拯救各位的必要性。』

「您是打算放棄韓國嗎？」

「您這樣讓一直以來支持您的眾多化身情何以堪！」

支持我？

『大家都是如何支持我的呢？』

聽著我不以為然的語氣，新聞記者爭先恐後地站起身來高聲質疑，一時群情沸騰。輿論的力量果然了不起，足以與神話級星座的位格互相抗衡。

「您以為是誰默許您這位金獨子集團的獨裁者專斷獨行？」

「迄今以來，大家不都遵照著您的意見行動嗎？」

默許獨裁手段嗎……

我還來不及回話，星座間已經一片譁然。

〔部分星座恥笑著記者的發言。〕

〔朝鮮半島的古老星座連聲慨嘆。〕

〔星座『高麗第一劍』怒視著後人。〕

先撇開我是不是獨裁政權不說，也不曉得到底有誰默許過什麼，更別提，聽說已經成為斷垣殘壁的汝矣島，現在仍有反對金獨子集團的示威遊行，日復一日地舉行。

我目不轉睛地注視著不停高聲抗議的記者。

『我的意見是指什麼？』

「就是——」

『截至目前為止，我曾主動要求各位做過什麼嗎？』

此話一出，所有記者全都說不出話來，一個個面面相覷。

在一旁觀看事態發展的鬼怪全都露出興味濃厚的神情，對祂們而言，就連這種場面都是一則有趣的故事，畢竟，這可是救贖的魔王背棄自身故土的重磅事件。

見記者一時陷入混亂，在工業區等待的化身張口替他們解了圍。

「擁有強大的力量，必然肩負相應的義務，你這是將那些義務都視若敝屣！」一名頭戴軟呢帽的老人挺身上前，這麼說道。

彎彎的帽簷下，一對陰沉的眼眸閃閃發光。儘管記憶並未立刻浮現，但他的確是曾在《滅活法》登場的配角。

李智慧的聲音從後方傳來。

「不是，那個老伯怎麼會出現在這裡？」

看樣子，他八成是釜山聯盟一方的人物。在我們離開朝鮮半島之後，顯然有新的勢力乘勢而起，控制了聯盟。

在他後頭，飄揚著戰友會的旗幟和一幫綁著藍色頭巾的傢伙，地方聯盟的成員則分別擁護在那群人左右，大聲疾呼。

「救贖的魔王，你身負作為強者的義務！你不是朝鮮半島上唯一一名活動中的神話級星座嗎？」

有人竭力主張我的義務。

「請您千萬不能放棄朝鮮半島！倘若您這麼狠心，那這塊土地上可憐的國民又該如何是好！」

有人企圖喚起我的同情。

「請讓我們與您一起完成最後的任務！想方設法活到現在的每一個人，都有資格得到應有的回報！」

「我們沒有一個人想要任務！難道你打算拋棄所有無辜的人嗎？你這樣還有臉自稱是朝鮮半島的星座嗎？」

就某種意義來說，他們所言不差，在我們之中，沒有任何人渴望任務。

一開始，的確是這樣沒錯。

『看來，正好各方聯盟的首長也都到場了。』

但事到如今，依然如此嗎？

『我想請教各位，在最後的任務到來之前，你們身在哪裡？又都做了些什麼？』

聽到這句話，聯盟的成員面面相覷。

「你不在的時候，我們一直保衛著朝鮮半島……」

「聯盟沒有功勞也有苦勞，你是想無視我們的付出嗎？你缺席的時候，是我們守護了朝鮮半島！」

我清楚地看見幾名聯盟成員和記者彼此交換了一個眼神。

他們在打什麼算盤我一清二楚。

『**發出報導吧，救贖的魔王宣布放棄朝鮮半島**。』

他們多半是企圖煽動輿論。

用不著多問，我的腦中都能自動浮現那些頭版標題。

—救贖的魔王，魔王本色原形畢露！

我自然知道他們這麼做的用意。

『不必害怕，救贖的魔王畢竟也是人類，不過是個普通韓國人罷了。』

『既然在這裡出生，就無法違逆這片土地上的規範。』

『不管他的力量有多強大，名望又有多高……』

這些人篤信體制，相信著人類長久以來建立的「民主主義」神話，或者說，他們對理性主義、制度和多數決等等原則深信不疑。

〔古老的傳說注視著您。〕

現在我終於能看清，人人都相信自己擁有那些價值與信念，實際上，卻誰也不曾將之握在手中。在星星直播到來之前，地球也一直被浩瀚神話所支配，或許堅信那些傳說的人們，從不認為自己相信的事物會有錯。

聯盟成員繼續扯著嗓子大喊。

「當初獨占任務的不就是金獨子集團嗎？在這種不公平的競爭之下，我們還能怎麼樣？」

『工業區一直都是開放的，我們得到的技能或傳說也都是全數公開。』

「但是，因為你們比其他人更早進入任務——」

『在海外，也有很多人很晚才加入任務，在飛虎或是蘭比爾．汗的隊伍之中，甚至有不少人是在數個月前才投身任務當中，直接進入後半部的任務劇本。』

「國外是國外，我們的情況不同！」

『他們沒有工業區的支援，就連贊助也只集中在極少數人身上，但是，首爾又是如何？』

我雙指一彈，譬喻便在空中生成了一個面板，巨大的螢幕浮現出工業區內部攝錄下來的影像。

『我們公開了低階任務的攻略方法，也公開了浩瀚神話任務的目錄，對於用心參與任務劇情的人，我們毫不吝惜地給予援助。無論性別、年齡、人種，我們都從不設限，因為我們要尋找的，是有勇氣與我們一同並肩作戰的隊友。』

畫面之中，可以看見許多化身正在反覆進行訓練，還有母親管理、指導他們的模樣，以及趙英蘭和李福順擔任教官的身影。

他們拚了命地磨練自己，獲得傳說，才抵達今天的位置。

『就像各位眼前所見的這些人一樣。』

一群氣勢雄渾的化身散發著強大威壓，以我為中心鎮守著會場。他們正是母親一手培訓的遊蕩者，也是幫助母親抵禦了東海海嘯的無名英雄。

『敢問各位朋友，你們獲得的支援是否不及眼前這幾位化身？』

眾人都被遊蕩者散發出的氣勢震懾，底下鴉雀無聲，無人回應。

人們遲疑地咬著嘴唇，不服輸地再次提出抗辯。

「我們又不是光顧著享樂！我們也做了很多準備工作，整頓制度和設施，只待你完成任務歸來，就可以著手籌備組建國家……」

『為什麼要做這種準備？你們知道我們即將迎來什麼樣的結局嗎？』

「什麼？」

『你們為何認定這個世界的終結，必定走向和平？』

這個世界和《滅活法》的進展相去甚遠，無論劉衆赫、李賢誠、李智慧、申流承等人都不例外，和我原先所知的他們都略有不同。

但也有些事始終如一。

劉衆赫遇見的每個人，都由衷盼望一切能恢復原樣。

群眾的臉上滿是困惑，宛如他們信仰的希望終究背叛了自己。

我知道他們的訴求，也清楚他們要的是什麼。

但在他們之中，沒有人真心企盼「所有的一切」回復如初。

他們想要的根本不是世界大同，而是個人的安寧。

他們經歷了煉獄般的任務，苟延殘喘地活了下來，而歷經這般試煉的人們，絕對不會希望「一切徹底復歸原狀」。

只因他們親身踏過的地獄，而今也成了他們身上的故事。

『只要熬過最後的任務就沒問題了。現在的我也握有一定的實力，至少在化身中，我肯定能搶占高人一等的位置。』

『絕不能回到從前，老子可是費了千辛萬苦才活下來……』

『只要沒有金獨子集團……』

在無數沸騰的欲望之中，我緩緩回頭望向會場的最邊緣。

除了成群的聯盟成員以及大批記者，還有人站在更遠處仰望著我們。邋遢的衣物、殘破的裝備，他們個個蓬頭垢面，是一群最平凡的化身。

我甚至看見一個小女孩，那嬌小的身軀和任務初期的申流承相去不遠。那樣柔弱幼小的孩子，能活到今天堪稱奇蹟。

在鏡頭和頻道全都漠不關心的角落裡，女孩用唯有我能聽到的音量喃喃自語。

「也就是說，我們全都死定了嗎？」

穿過閃爍不定的快門，我注視著那年幼的女孩。

過了半晌，我才開口。

『我不是英雄。打從一開始，我就不認為我能拯救所有人，以後也沒有這種打算，不過——』

我緩緩轉過頭。

『或許另一位代表會有不同的意見。』

劉衆赫就在身後。

✦ ✦ ✦

不久後，我和韓秀英待在舞臺後方聽著劉衆赫的演說。

「我不確定金獨子設想的結局會是什麼，不過，關於這個世界的結局，我也有自己的想法。」

儘管平時只會把「宰了你金獨子」掛在嘴邊，但一站上舞臺，這小子總能有板有眼地搬出一套說詞，畢竟劉衆赫這個主角可不是白當的。

韓秀英嘴裡叼著檸檬棒棒糖，直直盯著我。

我辯解似地說道：「我不可能永遠站在最前線指揮一切，那種事還是交給劉衆赫比較合適，反正原作中也是這樣。」

見韓秀英失笑出聲，我又補充了一句。

「我們的團隊需要更明確的核心，那不是我的角色。」

「或許你也做得到啊。」

「我又不是主角，只是個讀者，現在該回到原本的位置了。」

「哎唷，你終於想起來啦？」

我將雙手藏在身後，悄悄握緊拳頭又鬆開，整個掌心都是濕漉漉的汗水。儘管成了星座，金獨子也還是金獨子，站在鏡頭前對我而言永遠都不容易。

「在你看來，這就是最恰當的結局嗎？」

「這只是開始。」

「那接下來又是什麼？」

我沒有回答。

「喂。」

韓秀英大步走近，踮起腳尖一把揪住我的衣領。

「你該不會忘了，你還要讀我的小說吧？」

「啊？」

「你明明答應過的，你忘了？」

看著她彷彿要冒出火來的雙眼，我這才想起我們之前的對話。

的確，在凱傑尼克斯群島時韓秀英確實說過，等一切任務落幕，她想寫篇小說，要我到時一定要看她所寫的故事。

「妳是認真的？」

「我有必要拿這種事騙你嗎？」

我不由得苦笑起來。

「我很挑剔喔，妳不會玻璃心吧？」

「你這傢伙要是真有眼光，《滅活法》那種玩意還能讀上十年？」

「說不定我會給妳留一堆負評，指責妳的劇情安排毫無道理，搞不好也會留言說我要棄坑[6]了。」

「試試看啊，誰怕誰。」

我靜靜地凝視著韓秀英的臉，她的眼神沒有一絲退讓，堅定地直視著我。沒錯，韓秀英本來就是這樣的人。

「……說不定我還會天天敲碗，照三餐催更[7]。」

「那有什麼問題，我之前還曾經一日十更咧。」

我就這樣任她揪著衣領，一來一往地拌著嘴，現實感也被沖淡了不少。回想初次遇見韓秀英時，她還是先知者之王，我也萬萬沒料到她將會成為我的同伴。

「我曾經認為，有些人我必須拯救，有些人任其喪命也無所謂。」

劉衆赫的演講聲音陸續傳來。

「有人必須犧牲，而有人會活下去，我一直以來都這麼堅信。為了這個世界，我認為這是必要之惡，但現在……」

6 網路用語，停止繼續特定行為，通常指作者停止更新小說，或讀者、觀眾放棄觀看、遊玩某部作品。

7 網路用語，敲碗，指如小孩般催促；催更，指網路上讀者催促作者更新連載中的作品。

聽著他的演說，我和韓秀英都不由自主地安靜下來，聆聽劉衆赫連一次也不曾透露的話語，甚至連《滅活法》也未能如實描寫的心聲。

「現在，我也不確定。」

《滅活法》的主角娓娓道來。

他的身後，悠悠流過在這次回歸與我們一同經歷的故事。

世上唯一一名不會遺忘逝去世界的存在，亦是在悠久的過往飽受背叛而傷痕累累的主角。

「上一世我認定的罪孽深重的惡人，這次卻幫助了我。」

我看見與阿斯莫德展開惡鬥的劉衆赫，看見在第二次回歸經歷激戰之後步入死亡的劉衆赫。

「而曾經背叛過我的人，這次卻與我站在同一戰線攜手戰鬥。」

在緊要關頭對我們伸出援手，並肩對抗啟示錄巨龍的安娜卡芙特。

劉衆赫凝視著那些傳說良久，繼續說了下去。

「我並沒有原諒他們。話雖如此，我也無意藉由這一次人生向他們復仇。因為此生並不等同我的前世，就如同這個世界，不再是你們熟知的那個世界了。」

人們傾聽著劉衆赫的故事。

他們既不是回歸者，也不是故事主角，儘管如此，他們還是露出逐漸理解的神色。

「活下來，不代表你們的一切都將獲得認可，責任反而在你們自身，這是倖存者的原罪，是踐踏他人的故事賴以生存的罪，是吞食他人的傳說作為養分，以此成長茁壯的罪。既然活了下來，人人都必須肩負這些罪責。」

無論恍然大悟抑或一知半解，所有人都露出了被深深折服的神情。

這是身在任務的最前線，斬殺星座存活下來之人給出的警語。

這番話既不是友善的安慰，也不是溫暖的鼓勵，卻真真切切地傳遞到每個人心中。

這個聲音，比身為星座的我的真言更加真誠。

「我無法保證能拯救所有人，畢竟我只是設法在我的任務中存活下去，無法代替你們活出你們的劇情。因此，我能告訴各位的只有一句話。」

此刻那個舞臺，無疑是屬於劉衆赫。

「直到所有人任務終結的那一天，我不會輕易喪命，也絕不會回歸。」

2.

聽見劉衆赫震撼人心的宣言，所有人都陷入沉默。

仍未被說服的幾名聯盟勢力成員連連使著眼色，但狂熱的群眾已遠遠超出他們的控制。

「霸王……」

有人喃喃低語了一聲，緊接著大批記者便開始肆意撰寫頭條報導。

—霸王劉衆赫，強力宣告誓死抗戰！

—金獨子集團共同代表劉衆赫：直到最後也不會放棄任務。

一聽說他是回歸者，在場化身頓時更加興奮。

只聽見某人登高一呼，眾人的歡呼聲旋即響徹整座工業區。

「霸王劉衆赫！」

「劉衆赫！劉衆赫！」

所有人都連聲呼喊著劉衆赫的名字。

直到剛才還在針對金獨子集團找碴的人們，不知何時也被現場的氣氛沖昏了腦袋，仰望著劉衆赫。

雖然這並不會讓情況好轉，至少也奠定了基礎，在任務之後的世界，人們將能以劉衆赫為中心緊密團結。

就算換成我作出一模一樣的發言，恐怕也不會贏得同樣的呼聲吧。

韓秀英鬆開我的衣領，回頭看著劉衆赫嘆道：「那傢伙平常就不能這樣講話嗎？」

我也有同感，不過他的個性就是這樣嘛。

激昂的吶喊聲一旦開始，就無法輕易停止。從劉衆赫的名字開始，眾人又一個接一個喊起鄭熙媛、李賢誠，直至李智慧的名字，如雷貫耳。

除了救贖的魔王，每個人的姓名被高呼出來的同時，伙伴們都會帶著一臉彆扭的神色轉向我。

我毫不在意地擺了擺手，他們的確有資格接受人們的喝采。

不多時，歡呼聲輪到韓秀英。

「黑焰魔皇韓秀英！」

觀眾席的群眾鼓譟著尋找躲在後臺的韓秀英，我對她說道：「該妳了，上去吧。」

韓秀英搖了搖頭。

「我最討厭這種場面。」

「妳不是最愛出風頭嗎？」

「身為作家的關注當然多多益善，但作為韓秀英的話，大可不必。」

韓秀英用後腳跟叩叩點著地面，她皺著眉頭，始終沒有抬起視線。

由於遲遲不見韓秀英現身，眾人也自然而然地轉成呼喚申流承的名字。

隔著布簾，只見伙伴們在會場中連連揮手，就像是光鮮亮麗的演員一般。

〔朝鮮半島的星座為星雲〈金獨子集團〉感到自豪。〕

我望著受到熱烈歡迎的同伴，漫不經心地張口。

「韓秀英。」

「幹嘛？」

「如果這個世界是部小說，那現在的我們大概走到第幾集了？」

韓秀英想了想，答道：「這個嘛，要看執筆的人是誰吧。」

的確，這麼說也有道理。

倘若有人能將一天發生的故事寫成一整部流水帳，肯定也有人會將百年間發生的故事一筆帶過。

韓秀英接著說道：「如果由我來寫，這個故事現在少說突破二十集。」

「……好長。」

「當然長，畢竟發生了很多事嘛。」

好漫長啊，我們確實歷經了很長的時光。

但二十集的話，也算是長篇小說等級了吧。

暮色漸漸染紅了會場上方的天空，不知為何，今天的太陽似乎特別早下山。

彷彿看透了我的思緒，韓秀英說道：「不過，也有人只要一天就能一口氣看完二十集。」

我登時心中一凜。

我想開口問她，我翻閱每一篇故事的步調是否合宜？我是否能自信地宣稱，自己正確地閱讀了每一個珍貴之人的故事，並無錯漏之處？

「金獨子。」

「怎樣。」

「你或許不是這世界的主角，也不是什麼帥氣的登場人物。」

「……」

「但我知道，你很用心地深刻閱讀過。」

我一時語塞，什麼話也說不出來。

「你曾仔細觀看的人們此刻都在那裡。」

韓秀英一一凝望著會場上的每一個人，我也隨著她的視線，注視著大家。

我最珍惜的伙伴就在咫尺，他們在舞臺布簾的另一頭鮮明地活動著，只要拉開布幕便觸手可及。

直視著群眾的劉衆赫、帶著微笑的鄭熙媛、蹦蹦跳跳的李智慧、不停朝我揮手的申流承……

某人寫下了他們的故事，而我有幸成為那個故事的讀者。

所有故事都由此發端。

我也朝申流承揮了揮手。

「明天早上，該啟程前往最後的任務地區了。」

＊　＊　＊

發布會結束後，所有伙伴在會客室集合。

鄭熙媛捶著肩膀，看著螢幕上重播的畫面。

「唉，我真的很不上鏡耶。」

不僅是朝鮮半島，此時整個星星直播都因為金獨子集團的記者招待會鬧得沸沸揚揚。

「我不打算拯救所有人。」

看著畫面裡笑著拋出重磅宣言的金獨子，鄭熙媛不由得咋舌。

「這傢伙老愛把自己搞得特別惹人厭。」

「不過稍微打理了一下，看起來還是滿不錯的。」負責金獨子妝容的李雪花滿意地喃喃自語。

李智慧也補了一句。

「這麼說起來，最近獨子大叔的長相是不是進化了啊？本來總覺得那張臉糊成一團，就像麵疙瘩一樣。」

「喔，我也有這種感覺。」

好幾個人點了點頭，表達認同。

確實，金獨子和第一次見面時已經大不相同，且不僅僅只是容貌而已。

鄭熙媛像在回想著往事，嘴裡嘟噥道：「老實說，剛認識他那時候，我還以為他是個愛耍嘴皮子的吝嗇鬼呢。」

第一個任務時期的金獨子，和最後的任務的金獨子，會有多麼不同呢？

鄭熙媛一邊聽著同伴的對話，一邊凝視著畫面中的金獨子。

他說著預先準備好的臺詞，雙眼如星辰般閃爍著光彩，咧嘴微笑時嘴角總是會揚起一個微妙的弧度。

這一切，都切切實實地說明了他就在那裡。

鄭熙媛觀察著金獨子的表情，同時思索著關於他的一切。

或許他們一起創造的故事，也多多少少改變了那個人吧？

——如果真是這樣就好了，如同他讓我們改頭換面，我們的故事也影響了他。

「可是，獨子先生人在哪裡？」

「大概是在為最後的任務作準備吧。」

「大叔他該不會又一個人在搞什麼鬼吧？」

聽見李智慧這句話，所有人的臉上都蒙上一層陰影。

劉尚雅莞爾一笑，伸開雙臂將兩個小朋友摟進懷中，打散了陰鬱的氣氛。

「他已經答應我們不會再那麼做了，這次就相信他吧。」

螢幕裡的金獨子不知說了些什麼，一下子引爆了群眾的怒火，鄭熙媛盯著畫面看了許久，隨後輕輕伸手摸向螢幕，感受著面板微溫的觸感。

「……真的可以相信他嗎？」

雖然聲音很小，但每一個人都聽見了她的嘀咕。話雖如此，誰也沒有向她投以異樣的眼光。

中流承輕聲感嘆道：「叔叔的皮膚好好喔。」

本以為大家早已足夠緊密，但金獨子的面容看起來依然如此遙遠。

✦ ✦ ✦

我徹夜未眠，整晚都在苦思和最後任務有關的線索。

我篩選出《滅活法》必要的部分精讀了一遍，又用白日幽會將內容與韓秀英共享，以便讓她發動預想剽竊，預測我們接下來的劇情發展。

不僅如此，我也透過劉衆赫和隱密的謀略家交換了意見。

但對於故事的尾聲，隱密的謀略家可說是惜字如金。

【你將踏上的道路，是從未有人走到最後的蹊徑，參考其他世界線的情報，對你百害而無一利。】

我能理解這番忠告，因此並未再追問下去。

「安娜卡芙特呢？」

「昨天她和查拉圖斯特拉的人一起撤離朝鮮半島了。」

如果能得到未來視的幫助是再好不過，只可惜這次似乎錯失了良機。

唰唰唰！

黑天魔刀劃破虛空。

在十步開外的地方，劉衆赫正揮汗苦練，儘管每回的姿勢看起來都毫無區別，但從那小子揮劍的架式就能看出，每一個動作在他眼中都意義非凡。

我無法像劉衆赫那樣刻苦地鍛鍊，或許正因擁有超人的意志，他才能夠反覆經歷那麼多次人生。

「可惡，這種該死的發展……」

為了找出最後任務的方向，韓秀英也以她自己的方式在我身邊苦思冥想，但縱使是她，似乎也沒辦法輕易找到答案。

就算擁有預想剽竊，她終歸不是全知，畢竟預想剽竊真的強到那種地步，第一千八百六十三次回歸的韓秀英也不至於那麼辛苦了。

我看了看韓秀英，隨即打開手機。液晶螢幕很快就浮現出檔案，從《滅活法》最初的版本，到最後收到的最終版本，一一羅列眼前。

—〔在滅亡的世界中存活的三種方法（最終版）.txt〕

我盯著最終版本的檔案看了半晌，再次關掉手機。

我不願推翻一直以來堅守的決心。

『金獨子。』

抬起頭，只聽見第四面牆在呼喚我。

——什麼事？

『你累了？』

沒頭沒腦的問句讓我噗嗤笑出聲來。

我竟把這傢伙忘了。在這世界，陪伴我最久的，或許正是這堵牆也說不定。

——不累，不是有你在嗎？

多虧有第四面牆，我才能走到今天。

倘若不是它在第一個主線任務緩解了我精神上受到的衝擊，倘若沒有它在無數危機中替我減輕肉體遭受的痛楚，或許我早就成了任務中的孤魂野鬼。

滋滋、滋滋滋。

空中濺起火花，宛若一個小孩蹦蹦跳跳的身影，剎那間，火星中似乎依稀可見那個孩子洋洋得意的表情。

『嘿嘿，**想**不**想**看特**性**視窗**呀**？』

這傢伙是以為我恨不得三不五時就盯著特性視窗研究嗎？

——沒關係，現在還不用。

看了或許會有所幫助，但眼下還有更要緊的問題。

——不說這個，有一件事我很好奇。

『什**麼**？』

事實上，我早該把這件事問個清楚了。

只因我總是得不到像樣的答案，才會自己在心裡亂猜一通，一路拖到現在。

——最後一道牆的真相是什麼？

第四面牆一時陷入沉默。我不禁暗忖，它大概又要轉移話題，或者過濾掉重要資訊了。

不知道就這樣安靜了多久，第四面牆總算有了回應。

『它是記述**了所**有**故**事**的牆**。』

是因為最後的任務近在眼前的關係嗎？儘管回答仍撲朔迷離，但第四面牆似乎不再刻意隱瞞情報了。

我再次問道。

——我換個問題好了，你究竟是什麼？為什麼牆會有四散的碎片？

『守**護**珍貴的**核**心概念，就是**牆**的任**務**。』

我靈光一閃。

守護著張夏景的不可能的溝通之牆。

仔細一想，其實不只張夏景，《滅活法》的要角身上，幾乎都擁有這樣的「牆」。

釋尊擁有定奪輪迴之牆，阿加雷斯和梅塔特隆則有明辨善惡之牆。

『畢**竟**核心主軸不只一個，一**則**傳說，就是**無**數敘**事**的**集**合。』

第四面牆是最後一道牆的碎片，既然是碎片，就意味著能夠重新拼湊組合。

一瞬間，我感到腦中一片空白。

如果它的話屬實……如果所謂的牆，是為了守護「傳說」而存在……

滋滋滋滋。

第四面牆的景象隱隱浮現眼前，一座由無數書架構成的圖書館忽隱忽現。

我一伸出手，書中的文字就紛紛逸散，取而代之的是一堵古老而陳舊的牆面。那是「初始之牆」，令人不由得聯想起史前時代的岩壁洞窟。

我朝那道牆伸出了手。

正是那道牆保護我不畏寒冷，免受痛楚，無懼創傷。

自古以來，所謂的牆都是為了守護某些事物而建造的。

『你必**須**著手準**備**最後的神**話**，金**獨**子。』

不知從何時起，人們開始在牆面上書寫、記述。

長此以往，那些紀錄便成了傳說。

『你，就是終焉。』

3.

「大家都準備好了吧？」

一如往常的早晨，空氣清新舒暢，同伴們都精神抖擻，若不是所有人都穿著一身戰鬥裝束，光看神情，說是要去郊遊踏青都不奇怪。

『為此，金獨子單純地感到高興。』

「大伙老早就到齊了，反倒是獨子先生，你應該有話要跟大家說吧。」

等我回過神，鄭熙媛已經將臉湊到了我面前。

我左思右想，思考著開怎麼開口，這時李智慧忍不住插了嘴。

「我懶得聽了，用膝蓋想都知道，反正一定又是『這次很危險』、『不想去也可以』那一套。」

「就是說啊，到底有哪一次不危險啊？」

「這次是真的、真的非常危險！」李智慧像是在模仿我的口吻，刻意怪腔怪調說道。

不對，我哪會用那種語氣說話啊？我蹙起眉頭再次開口。

「話不是這麼說，這次是千真萬確……」

「看吧，我就知道他一定又會這樣講。熙媛姐，一百 Coin 拿來。」

鄭熙媛一臉鬱悶地掏出硬幣。

看著這個場面，韓秀英連連搖著頭說道：「你實在太菜了，還是多學點新招吧。」

「學什麼？」

「你想用這種方式堅定大家的決心也不是一兩次了，每回都用這種招數，你覺得大家會怎麼想？啊，原來你根本沒把我們的誓言當一回事啊，原來你只是把我們的決心當成隨口說說的謊言啊！」

「我沒有這樣想。各位，如果害你們誤會了，我真的非常抱歉……」

鄭熙媛把一百 Coin 拋到李智慧手裡，開口問道：「這次的作戰計畫是？我看你昨天好像和秀英商量了很久。」

「這次沒什麼特別的。」

此話一出，鄭熙媛立刻充滿疑心地再次將臉湊了過來。

「真的嗎？」

「畢竟這次和之前不同，對於最後的任務我也毫無頭緒。」

「不太對勁，你一定又在隱瞞什麼吧？」

「沒有啦。」

〔登場人物『鄭熙媛』已發動專用技能『測謊 Lv.5』。〕

〔登場人物『鄭熙媛』已判定您的發言為假。〕

「哎呀，現在還學會跟我們撒謊了。」

……她又是什麼時候學會測謊的？可惡。

我吞吞吐吐地接著說了下去。

「現在很難告訴大家詳細的內容，如果我提前說出來，可能會導致後續發展受到影響。各位只要像平時一樣行動就可以了，無論遭遇何種任務，都請作出自認最正確的選擇。只要成功通關，我們全員都能倖存下去的。」

「你口中的『全員』，應該也包含獨子先生自己吧？」

我認真地注視著劉尚雅，肯定地點了點頭。

「沒錯。」

「等到任務結束，我們可以買一棟大房子，讓大家住在一起嗎？」

「可以。」

「我都還沒畢業呢，大家都會來參加我的畢業典禮吧？」

「當然。」

「獨子哥，那你能不能跟我去網咖——」

「好，我陪你去。」

〔登場人物『鄭熙媛』已發動專用技能『測謊 Lv.5』。〕

〔登場人物『鄭熙媛』已判定您的發言為真。〕

直到這時，大伙的表情才稍稍鬆了一口氣。

我一一環顧每一位伙伴的臉龐，劉尚雅、鄭熙媛、李賢誠、李智慧、李吉永、申流承、李雪花、孔弼斗、張夏景、韓秀英……

以及，劉衆赫。

「聊完了就動身吧。」

他們每個人身上都有著不一樣的故事，有些故事至今我都還沒看完。

「快出發吧，大叔，我們又還沒進入任務，用不著這麼悲壯吧。」

也是，最後的任務都還沒開始呢。我緩緩深呼吸，抬起頭來，只見一道傳送門出現在上方的高空。

〔通往第九十九個主線任務的傳送門已啟動。〕

這是由鼻荊開啟的傳送通道。

「走吧。」

我們一腳踏入傳送門，周圍的景色頓時崩壞碎裂，旋即又重新組合成新的畫面。

身後是星星直播瑰麗壯闊的奇觀，前方則有幾名鬼怪靜候著我們。

「啊，我們以前來過這裡。」

星流之門。

這是通往最終關卡的最後關口，也是所有鬼怪的總部——管理局的根據地。

〔已確認星雲〈金獨子集團〉的入場資格。〕

「這次是直達耶。」

沒有太多複雜繁瑣的程序，這回鬼怪很快就放我們通行。

〔絕大多數星座都在觀看你們進入最後的任務地區。〕

〔多數星雲羨慕你們的成就。〕

在宇宙的黑暗之中，可以感受到無數星座和星雲正密切關注著我們。

〔身處最後的任務地區的星座，為星雲〈金獨子集團〉的出現感到緊張。〕

〔您與您的星雲已進入最終任務地區。〕

再次睜開雙眼，只見湧動的銀河映入眼簾，數不盡的繁星反覆流轉，產生壯麗的極光。祂們全都是身在最後任務的星座，若非很久之前就抵達神話級的星宿，就是受到高階存在庇護的那群人。

然而，那些星星並未靠近，只是在一座遙不可及的古老宮闕上空盤旋。

「那是……」

在眾星旋舞的巨大殿宇後方，是一道茫茫無際的高牆。

「那就是最後一道牆嗎？」

我極目凝望著那堵牆。

那傲慢冰冷的牆面無止境地向四面八方延伸，彷彿在宣告這裡就是世界線的盡頭。

『世上森羅萬象，皆是為了被記載於其上。』

〔『故事之王』注視著您。〕

〔『故事之王』正在召喚您。〕

芒刺在背的感覺令我渾身寒毛直豎。我能感覺到，名為星星直播的浩瀚神話就位在那堵牆的中心。

伙伴們似乎也都感知到了這一點，露出緊張戒備的神色。

唯有劉衆赫一個人始終維持著雷打不動的沉著。

「一個星座都沒看見。」

就如劉衆赫所說，儘管一抬眼就能望見繁星在宮殿上方流轉，卻沒有一個星座親自現身，就像一得知我們的到來，就立刻落荒而逃一般。

取而代之的是一眾大鬼怪出面相迎。

〔大鬼怪『虛體』在任務中現身。〕

〔大鬼怪『河瀧』在任務中現身。〕

〔大鬼怪『河瀾』在任務中現身。〕

〔大鬼怪『燈盞』在任務中現身。〕

〔大鬼怪『綠水』在任務中現身。〕

擁有高階位格的大鬼怪同時出現在眼前，我不禁備感壓力。

〔終於來了，金獨子集團。〕

說話的是先前為了挖角我們，不惜闖入神魔大戰的大鬼怪虛體。

祂用不滿的眼神斜睨著我們，繼續說道。

〔你們已經獲得參加最後任務的資格，沒有其他試煉，各位直接登上方舟即可，其他細節往後再說。〕

「方舟？」

我還沒來得及說完問句，宮殿便傳來粗重的轟鳴，隨著古老宮闕緩緩開啟，某個東西自它的地基緩緩浮現。

『龐大無倫的船隻。』

在看到那艘船的瞬間，既視感湧上心頭。

『正是在神魔大戰中見過的那艘船。』

那是在神魔大戰救了我們一命的船艦。

在啟示錄巨龍和不可名狀之渺遠的激戰中，伊甸動用了方舟載運眾人避難，那艘方舟的外觀和眼前的船艦大同小異，若要說兩者的區別，就是眼前的船隻明顯比當時的方舟更雄偉堅固。

船體同時散發著潔白和幽黑的光芒，恍若由破碎的牆之碎片雕刻而成。

大鬼怪虛體說道。

〔原本這條世界線被選定為『最後的世界線』，但事情在中途出了差錯，這次世界線的扭曲已嚴重惡化，無可挽回。這個世界線的結局無法開啟最後一道牆，這也就意味著，你們無法寫就令最古老的夢滿意的史詩。〕

「祢到底在說什麼鬼話？」

〔你們將成為『種子』。〕

種子……我在《滅活法》看過這個說法。

鬼怪用這個單字，統稱所有唯一的神話候選團隊。

空無的宇宙不斷地迸射出劇烈的火花，如同一抹不祥之兆，暗示著被扭曲的世界線的下場。一些星辰被捲入轟鳴之中碎裂四散，化為流星墜落。

看著那些流星，大鬼怪繼續說道。

〔這可是你們的榮幸。故事之王親自選定毀掉世界線的你們成為種子，你們將乘上方舟前往新的世界線，並在那裡獲得建構世界觀的核心傳說，一如從上個世界跨越而來的那些存在。〕

我總算明白了祂的言下之意，也就是說，這些傢伙是在建議我們逃離此地。

「祢們竟然打算就這樣放棄這個世界，還要我們拋下這個世界拍拍屁股走人？祢不覺得這很荒謬嗎？」

〔不必激動，對你們來說這也是個穩賺不賠的提議，你的目標，不就是『不犧牲任何一個人』的結局嗎？〕

我頓時啞口無言。

〔總之，你成功了，救贖的魔王。你和你的伙伴，全都能離開這條世界線，倖存下去。〕

遠方的天空響起混雜著雷霆的爆炸聲，那是管理局據守的概然性崩潰瓦解的聲響。

聽完祂這番話，我忽然領悟了許多事。

為何周遭看不見半個星座，以及管理局為何能在世界創生之初就成為影響力如此龐大的強大集團……

「你們重複幹這種事，已經多少回了？」

〔這很重要嗎？〕

「沒能乘上方舟的人都怎麼樣了？沒有獲選的存在又會有什麼下場？」

〔不用我贅述，你應該也心裡有數。〕

虛體抬起下巴示意著我們身後，李智慧提前召喚出來的龍龜就在那兒。在龍龜的甲板上，四個圓形的封印球正泛著光芒。

那是包括隱密的謀略家在內的四名異界神格。

我看著那些沉睡在封印球內的原作角色。

遭到任務流放的存在，除了死亡，或者墮為異界神格，再無其他結局。

〔您收到了新的主線任務。〕

〈主線任務#99—脫逃〉

分類：主線

難易度：？？？

成功條件：請和星雲的同伴一同搭乘方舟。

時間限制：2小時

獎勵：各位將能乘坐方舟前往另一條世界線，在該處，各位的傳說將擁有嶄新的開始，各位累積的傳說將記載於星星直播的最後一道牆之上，永遠流傳。

任務失敗：您將留在滅亡的世界中與之共亡

+

4.

確認了任務內容的伙伴們全都一副六神無主的模樣。

「獨子先生，這是……」

這通關條件簡直毫不費力，比我們至今經歷的任何任務都輕鬆容易，只要按照大鬼怪的指示登上方舟，離開這條世界線就搞定了。

〔還在猶豫什麼？對你們來說，沒有比這更好的任務了。〕

那些大鬼怪你一言我一語，在半空中說個沒完。

〔有很多星座都反對你們被選為種子，我們可是違逆那些星宿的意見，力排眾議選擇了你們。〕

只見鼻荊緊咬著發青的嘴唇，垂頭站在祂們之間。

我的腦中一片混亂。

故事之王為什麼會提出這樣的任務？我完全摸不著頭緒。

唯一可以確定的是，只要照著祂們的話做，所有伙伴的生命都能獲得保障。

『金獨子集團的故事將與他們深惡痛絕的其他傳說比肩，一同記載於最後一道牆之上。』

我回頭一看，只見伙伴們也都注視著我。

「各位。」

儘管開了口，我卻想不出接下來該說什麼。

輕鬆簡單的道路就在眼前，只要選擇這個方法，或許根本用不上我的作戰計畫。

不會有任何一個伙伴賠上性命，不會有人淪為異界神格，我們只要乘著船跨越到另一條世界線，就能像什麼都不曾發生過一樣，在全新的故事裡繼續活下去。

我們會帶著我們的傳說，成為新世界的主宰。

我們可以像奧林帕斯和阿斯嘉德的最高階神祇那樣，悠哉愜意地享受任務的樂趣，繼續過活。

「獨子先生。」

劉尚雅迎上我的目光。

『但是，在那裡，我們能夠心安理得地買下一座大房子嗎？』

李智慧緊握著掛在雙龍劍上的鑰匙圈。

『我們能開懷地笑著，在李智慧的畢業典禮送上祝福嗎？』

申流承和李吉永也緊抓著彼此的衣角。

『我能和吉永一起去網咖打遊戲，和流承一起去漢江邊大口吃披薩嗎？』

最後，劉衆赫也看向了我。

『我們真的能像抹去牆上的塗鴉一樣，假裝發生在我們身上的一切全都毫無意義嗎？』

滅亡已成定局，任誰也無法挽回。

〔星座『惡魔般的火之審判者』靜候您的選擇。〕

如同死去的阿加雷斯與梅塔特隆，再也不會回來。

〔星座『深淵的黑焰龍』關注您的選擇。〕

〔星座『隱密的謀略家』關注您的選擇。〕

啟示錄巨龍的復甦無法當作子虛烏有，一如劉衆赫過去的回歸無法改寫。

『這整個世界，早已成為了我們的一部分。』

韓秀英開口催促道：「金獨子，你還遲疑什麼？你早就知道該怎麼做了吧。」

李賢誠不知何時也已走到我身邊，將手放在我的肩上。

「我的想法和獨子先生一樣。」

我們積累的每則傳說都在述說著我們的故事，述說著那些將被流傳下去的一切。

地球上的人們、母親和遊蕩者，曾經一起講述過我們的故事，這一刻卻不在此處的每一個人……

〔星雲〈金獨子集團〉的所有傳說都在注視著您。〕

〔『第四面牆』強烈震動！〕

還記得隱密的謀略家曾這麼說過。

【下次碰面，希望你已成為那面『牆』真正的主人。】

張夏景身上擁有不可能的溝通之牆，劉尚雅從釋尊那邊繼承了定奪輪迴之牆，阿加雷斯和梅塔特隆則擁有明辨善惡之牆。

而所有的牆，都擁有記錄在那面牆上的傳說。

『若是如此，記載在第四面牆之上的，又會是怎樣的故事？』

第四面牆說過，我就是最後一道牆的終結。

『這所有傳說的宏大尾聲。』

在我張口之前，最後一次將目光投向我的伙伴，試圖確認這會不會是個錯誤的選擇。

我也說不清。

沒有任何方法能告訴我答案，但是……

『就按照獨子先生的想法去做吧。』

『大叔，要死也要死在一起，聽懂沒？』

『比起無恥地苟延殘喘，堅守正義的結局不是更好嗎？』

伙伴們的聲音給了我勇氣，體內深處翻湧奔騰的傳說，驅使我發出真言。

『我們不搭方舟。』

我能感覺到，長久以來我苦苦思索的故事結尾已依稀可見。

大鬼怪們的眼神沉了下來，全都緊盯著我。

世上所有星座的目光都集中在我一人身上，我逐一感受著每一道視線，一種渺遠的解脫感油然而生。

『在那一瞬間，金獨子倏然領悟什麼才是《滅活法》未曾寫下的故事。』

我熟讀了《滅活法》的每一話，將每一則故事都牢記在心。

但即便是我，也有尚未閱讀的唯一一個篇章——

後記。

從第零次回歸直至第一千八百六十三次回歸。

我曾讀過的所有傳說融匯於一處，在天上流轉的無數星流寓言正逐漸凝聚到這條世界線。

我感到遠方的星座蠢蠢欲動，有某種東西正在朝我們逼近。

〔你知道自己在說什麼嗎？〕

一群大鬼怪紛紛質問，祂們有的一臉早知如此的神色，也有的一臉驚惶失措。

事實上，無論祂們作何反應都無關緊要，畢竟這一切對祂們而言只是「故事」，萬事萬物都是星星直播的意志。

〔星星直播提供您最後一則浩瀚神話之名選項。〕

〔您可以選擇其中一則『結』之篇章。〕

＋

1. 滅亡世界線的漂泊者

2. 絕望星光的統治者

……

＋

我們創造的最後一則浩瀚神話的名稱一一浮現。

我看著眼前所有結之篇章的既定選項，全都是恢弘浩大的命名，無一例外。

『然而，沒有任何一個名字能夠完整囊括他們的故事。』

〔星座『救贖的魔王』回拒了星星直播提供的所有選項。〕

『我不會接受祢們提出的神話名稱。』

滋滋滋滋滋！

『我拒絕完成祢們口中的結之篇章。』

我從腰間緩緩抽出不會折斷的信念。

或許在我初次握住這柄劍的瞬間，就已經註定了這一刻的到來。

劉衆赫拔出黑天魔刀，韓秀英解開了左手的繃帶。

鄭熙媛舉起審判者之刃，李智慧握緊手裡的雙龍劍。

劉尚雅展開蓮花寶座，申流承的奇美拉異龍仰天長嘯。

孔弼斗比誰都更快部署好武裝要塞，渾身散發著超凡座位格的張夏景傲立於要塞的頂端。

李賢誠挺身走到最前方，決心保護所有人。

伙伴們用行動表達了他們的意志，正因如此，我才能堅定地朗聲宣示。

『我絕不允許祢們任何人放棄這條世界線一走了之，我會讓祢們親眼見證祢們編造的故事邁向滅亡。好好看清楚吧……祢們製造出來的世界，將走向什麼樣的結局。』

我的傳說位格全面爆發，不會折斷的信念隨之暴漲延伸。

〔快住手！〕

大吃一驚的大鬼怪手忙腳亂地抵擋我的位格。

我接連催動傳說，發出巨大的衝擊波。

〔星星直播對各位的行動有所反應。〕

〔管理局已調動概然性。〕

儘管劇烈的火花纏繞了全身，我也沒有停止。

在化身體幾近撕裂的痛苦之中，我們創造的所有傳說齊聲嘶吼。

〔浩瀚神話『魔界之春』開始講述故事。〕

〔浩瀚神話『吞噬神話的聖火』開始講述故事。〕

〔浩瀚神話『光與暗的季節』開始講述故事。〕

〔浩瀚神話『被遺忘之物的解放者』開始講述故事。〕

〔您尚且無名的浩瀚神話開始講述故事。〕

故事的結局，是取決於這一路累積的起、承和轉折，除此之外，沒有任何事物能任意改變終章的走向。

我一次又一次朝著眼前的火花揮出重拳，竭力將不會折斷的信念扔向耀眼奪目的反噬風暴。

〔星星直播因您的行動……〕

〔『結』之篇章既定的可能性……〕

〔■？■■……■？■■？〕

固有的文字在我眼前逐漸破碎，原本能夠閱讀的章句像是蒙上一層灰濛濛的塵土，變得難以辨識。

直到漫天沙塵緩緩散去，我才看清方舟的船頭已經四分五裂。

轟嗡嗡嗡嗡嗡！

這種魯莽之舉會引發什麼下場，我心中早有預期。

〔『故事之王』注視著您。〕

〔『瘤老頭之王』因您的舉動樂不可支。〕

儘管如此，這仍是我能作出的最佳回答。

『為了尋找原作不曾出現的結局……為了找出既能解決扭曲的概然性，又能拯救所有人的方法。』

依循故事既有的起承轉合，因襲舊有的結構，絕對無法抵達這世界的結局。

所謂的起承轉合，不過是「結局」墨守成規的樣板，並不足以構成跨越最後一道牆的故事。

『因此，金獨子拒絕了既定的結之篇章。』

整個世界因而分崩離析。

〔由於您的行動，任務的規範已崩潰。〕

〔星星直播部分梗概已崩潰。〕

〔星星直播啟動緊急程序。〕

周圍的景色不斷變換，我能感覺到星星直播正在調動所有力量，試圖將我塞回它的脈絡之中。

『最終，一切都會再次成為任務。』

或許那些大鬼怪並未察覺，又或者儘管祂們心知肚明，也只能接受現實——接受在浩如煙海的劇本之中，即便是講述故事的頻道主，也僅僅只是任務的一部分而已。

〔星星直播欣然接受您的舉動。〕

〔星星直播最後的神話已甦醒。〕

一如擺脫了任務，其實仍身在任務的劇本之中。

但是，就算這一切終將只是既定的劇情，要以怎樣的路線活下去，也將由我自己作出選擇。

所以……給我看好了。

〔已更新主線任務。〕

「獨子先生？」

圍繞在我身邊的同伴全都愣愣地注視著我。

我的化身體在劇痛中逐漸變形，一股不祥的排斥感蔓延全身。

我非常清楚這是什麼樣的劇情發展。

—小老弟。

戰場的景象倏然在眼前展開，眾多星座紛紛被召喚到我們對面，有我們往日的敵人，也有曾經並肩作戰的戰友。

安娜卡芙特、中國的飛虎、印度的蘭比爾．汗、日本聯盟的飛鳥蓮和道尾勝司，還有隸屬奧林帕斯、阿斯嘉德，及黃帝等等巨型星雲的一千星座，都在星星直播的概然性之下一一現身。

『這一刻，星星直播的所有星座齊聚一堂。』

不斷湧現的繁星熱烈燃燒，彷彿要點亮整個宇宙。

祂們照耀著我，只因這浩瀚宇宙容不得一丁點黑暗。

『這就是星星直播最終的戰場。』

這正是第一千八百六十三次回歸的劉衆赫曾浴血奮戰的舞臺，在這裡，他力抗成千上萬的異界神格和外神之王。

只是，若要說起這座戰場與當時有何不同——

這一次我們要面對的敵人，不是外神之王。

〔星座『惡魔般的火之審判者』……〕

〔星座『深淵的黑焰龍』……〕

〔星座『高麗第一劍』……〕

熠熠發光的繁星之間傳來了零星的間接訊息，有烏烈爾、黑焰龍和拓俊京的真言，還有伙伴們拚命呼喚我的聲音。

在體內鼓脹激盪的混沌令人頭暈目眩，我不得不摀住嗡嗡作響的雙耳，緊緊閉上雙眼，再緩緩睜開。

〔已更新主線任務。〕

＋

〈主線任務 #99—故事之敵〉

分類：主線

難易度：無法估算？■

■？■？■？！■？■？■■■■■……

＋

任務訊息正在同步重新建構。

儘管內容破碎難辨，在場所有人都本能地意識到，一旦這個任務失敗，星星直播將徹底滅亡，萬劫不復。

不久後，眾人苦苦等候的通關條件終於浮現。

我讀著眼前慢慢顯示出來的任務內容，不知為何驀然想起《滅活法》的字句。

要在毀滅的世界中存活下來，有三種方法。

伙伴們全看著我，嘴裡不知在喊著什麼。

《滅活法》的作者說了，有三個方法能在這殘忍可怕的世界倖存下來。

三種方法……

我想著。

三種方法，並不代表只有三個人能生存下去。

我轉向伙伴，朝他們咧嘴一笑。

＋

成功條件：請擊殺「故事的宿敵」，外神之王金獨子。

＋

這個世界的尾聲，正式上演。

Episode 93. 全知作者視角

1.

「我是一名作家。」

剛開始執筆寫作沒多久，韓秀英便經常這樣向他人介紹自己，在受到朋友死纏爛打拜託而勉強出席的相親[8]場合也不例外。

「啊，原來您是位作家啊！」

應該早就聽介紹人說過了吧，大驚小怪。

男子的眼球迅速轉了一圈，笑著問道：「您是藉由新春文藝[9]之類的獎項踏入文壇的嗎？」

「不是。」

「喔？那是……」

「我寫網路小說。」

「網路小說？」

對話總是從這裡開始出現問題。

8 韓國的適婚男女透過多人聯誼、一對一相親等方式尋找對象的情況非常普遍，許多人也會透過親友牽線來認識異性，若互有好感能迅速進展至交往關係。

9 由韓國各家報社為發掘優秀新人作家而舉辦的賽事，淵源悠久，在韓國傳統文學有著舉足輕重的地位，是極具指標性的獎項，發掘了眾多文壇新星。但由於報業須顧及大眾性、普及性，作品的評選標準易遭到限縮，加之網路時代興起，報業沒落，時至今日，該獎項的重要性已大幅降低。

她清楚看見男人的眼珠掃過她的舊帽T。

「啊哈，就是……是那個嗎？網路輕小說？夾雜很多表情符號那種？」

韓秀英稍稍思索片刻，答道：「對對，就是那種。」

「最近這種新奇古怪的職業真不少，Youtuber、網路作家之類的……」

男人微微一笑，拿起桌上的美式咖啡猛灌了一口，手腕戴的手錶看起來是價值不菲的名牌。

這種狀況真是似曾相識啊。

「最近大家都比較喜歡輕輕鬆鬆地賺錢，對吧？」

「如果能躺著賺，誰想要拚命工作啊？」

「我個人年收入大概一億[10]左右，但真的很不容易，所以我看到那種人就忍不住想嘆氣，只想從別人身上撈錢……」

見他滔滔不絕的模樣，似乎早就把相親這回事忘得一乾二淨。男人忿忿不平的目光轉向擺在桌上的車鑰匙，考慮到他的年齡，這算是相當高級的進口車車款了。

韓秀英把男人的話當作耳邊風，自顧自地打開手機。手機裡躺著滿滿一排新留言的通知。

—作者大大太會拖戲了吧？

—嗯……從下一話開始會加快節奏吧？不然我就棄坑了。

「那些人小時候不好好念書，不過是運氣好，抓到了機會……」

聽到這裡，她驀然理解人們愛看網路小說的理由，也懂了朋友為何介紹這個蠢貨給自己。說什麼「等見到人就知道了」，姐妹淘心裡打的算盤實在再清楚不過。

10 約臺幣兩百五十萬元。

換作平時，她肯定會不勝其煩地直接無視這傢伙。

「所以……妳有在聽嗎？」

「啊，有，你剛剛說你年薪是？」

男人的眼神立刻煥發出光彩，他挺起肩膀，彷彿早就猜到這個話題會被再次提起。

「扣稅後，年薪一億。」

「啊，我也差不多。」

「啊？」

男子噗嗤笑出聲來。

「妳當作家，年收入有一億？」

韓秀英聳了聳肩，從口袋裡掏出車鑰匙。那是最近剛推出的新款保時捷，正好比男人的車款貴了三倍，只是她嫌麻煩，平時不怎麼開出門。

鑰匙在空中搖晃，男人的神情也大為動搖，只能勉強撐起一個尷尬的笑容。

「哈哈，可是……作家的收入不規律，應該不太有年薪的概念吧？畢竟收入會浮動嘛。」

男人結結巴巴地吐出一堆毫無重點的廢話，正好可以讓她拿來當作下一話短暫出現的反派角色的臺詞。

那麼，主角只要這樣回話就行了。

「我又沒說是年薪。」

「咦？啊，妳說的是妳截至目前為止賺到的總金額？」

「我是說，只算到這個月中的話，收入是一億，然後這個月還剩下兩週……」

男子這才恍然大悟，臉色一陣青、一陣白，她那朋友這下算是如願以償了吧。倘若寫成小說，這段情節肯定叫人大呼過癮，但實際執行起來心情其實不怎麼舒坦。

眼前的男人手忙腳亂地給某人發簡訊，八成是忙著和居中牽線的友人打探虛實吧。

「那個，請問您創作的作品是？」

不是很想說耶……韓秀英正這麼想著，手機又再次跳出一則通知。

—作者大大，您好，我是一位很喜歡閱讀網路小說的讀者，在因緣際會下碰巧拜讀了作者大大的作品……

不知來由的長篇訊息。韓秀英在無意間點開了通知，字裡行間的語氣鄭重而保守，甚至讓人感覺有點傻。

—作者您筆下的故事，和我非常熱愛的一部作品《在滅亡的世界中存活的三種方法》實在太相像了。

這小子是什麼意思？

『那就是韓秀英和金獨子的第一次接觸。』

金獨子。

『看著眼前的光景，韓秀英不由得咀嚼著那時的記憶。』

由於她在製造阿凡達時遺落了部分記憶，導致她無法明確地憶起當時的情況，可以確定的是，當時自己確實讀過《滅活法》這部小說。

不為別的，就是因為網名叫作「金獨子」的那個傢伙。

—作者大大！今天的故事也很精彩。

像韓秀英這種老練的作家，只要隨意翻閱幾話，就能判斷一篇文章有沒有爆紅的潛力。而在她看來，《滅活法》這部作品就算是神仙來了也無藥可救。

—這個開頭真的很有意思。

從開篇第一句就無聊到爆。

—作者大大，劉衆赫真的能記得那麼多細節嗎？那麼在第七十二次回歸……

解釋性對話多到離譜。

—啊，好可惜！下次回歸劉衆赫應該會振作起來吧？今天這話也超好看。

主人翁就是個長得帥又沒個性的龍傲天角色，而且……

—作者大大！第兩千話恭喜！既然都寫到這了，就再連載個一千話吧……

篇幅未免也太長了。

——說這玩意好看？那傢伙腦子壞了吧？

她看得太過煩躁，還特別跑到那小子寫的留言下方按倒讚。

與其說是沉迷於小說，韓秀英更像是被金獨子的留言蠱惑。

—下一話，智慧終於要覺醒了嗎？

—作者大大！我在第七頁發現了錯別字！依照我個人淺見這個字應該是……啊，我查了一下，是我記錯了。很抱歉，我今天也上了一課！

—請您狠狠打醒劉衆赫吧，拜託了……

長達數千話的小說，竟然篇篇都有他的留言，無一遺漏，每一則留言都包含了他對作者創造的世界的理解和喜愛。

『韓秀英非常羨慕。』

她認為這種不入流的小說根本不可能有這麼死忠的讀者，這肯定是作者自導自演，申請分身帳號，自己撰寫文章，回覆留言，甚至發布推薦文。

—你應該知道這裡禁止推薦自己的作品？

『就如同劉衆赫對金獨子而言是假想的人物，金獨子之於韓秀英亦然。』

她曾深信那樣的讀者根本不存在，但活在虛假創作中的人物，此刻就在韓秀英眼前。

「獨子先生——」

嘰——

伴隨著尖銳耳鳴，四面八方響起了爆炸的巨響。

在狂風驟雨的戰場中心，韓秀英看著金獨子撕碎了繁星的洶湧力量。

化身尖聲慘呼，群星厲聲咆哮，鬼怪在空中哈哈大笑。

【■■■■■■■■■■■■■■■■！】

金獨子放聲高呼，但韓秀英早已分不清那究竟是呻吟、宣告，抑或吶喊。轉化為外神的金獨子，他的聲音早已被任務排除在外，無論他說什麼，那些內容都不再重要。

【嘎啊啊啊啊啊啊啊啊！】

唯有大批外神追隨著他。在不計其數的世界線遭到拋棄的故事殘渣不斷聚集在金獨子身邊，神話級星座在最後任務的上空嚴陣以待，防範金獨子揮軍進犯。

『這只是開始。』

那是奧林帕斯之王，暨十二主神的統治者——閃電神座，宙斯。

〔世界線的『最後的任務』已開始。〕

〔位於最後的任務地區的所有存在都將獲得參與任務的權限。〕

〔請擊殺『故事的宿敵』金獨子。〕

看見任務訊息接連浮現，宙斯開口下令。

『解決他。』

隨著天崩地裂的巨響，宙斯的攻勢迎面襲來，隨著砰一聲，血漬濺上韓秀英的臉頰。那些無名之輩噴出漫天黑血，一一暴斃。

【救命救命救命救命救命救……】

在神話級星座齊心協力催動的位格之下，那些駭人的異界神格堪比水球紛紛炸裂，慘遭無情屠戮的異界神格，張口嘔出被拋棄的神話。

雷電的光輝奪人心魄，金獨子在那一片焦土當中抵抗著宙斯的雷擊。

為什麼，為什麼金獨子會作出那樣的選擇？

『拔下他的翅膀！封鎖他的行動！』

伴隨星座的咆哮，群星浩浩蕩蕩揮軍襲來，在「剷除金獨子」這萬眾一心的信念之下，那些突破地獄般的任務好不容易來到這裡的星座和化身團結一致，一擁而上。

在千鈞一髮之際，已然與金獨子化為一體的齊天大聖救了他一命。

〔星座『最古老的解放者』釋放自身位格。〕

滾滾奔雷漫天流竄，齊天大聖的天雷宛如飛梭般勢不可擋地劃破天際，逼退宙斯的閃電。星座的氣勢頓時受挫，到處都響起互相鼓舞的叫嚷。

『是齊天大聖！』

『不能退卻！只要幹掉那傢伙，任務就結束了！』

『這是這世界線的最後一個任務了！』

祂們終於有了一絲希望，能從這一切當中獲得解放。

放眼看去，其中也不乏曾經打過照面的星座和化身。

『用不著有罪惡感！那都是他咎由自取！』

奧林帕斯、吠陀、紙莎草、救世之樹、十二支、黃帝……對面全是頗負盛名的星雲，以及隸屬那些星雲的星座及化身。

不消說，沒有人不曉得金獨子這個名字。

『所有人都為了誅殺金獨子高舉利刃。』

白色大衣在破損的黑色外套下依稀可見，金獨子扮演著一點也不適合他的角色。

他渾身千瘡百孔，背上展開殘破不堪的黑色羽翼，頭上頂著魔王的犄角。

他率領著大批外神衝鋒陷陣。

韓秀英頓感視野一片模糊，金獨子的身影漸漸被抹去。

頭足動物特有的奇異眼神、潮濕黏膩的表皮，像是揉合了世上所有詭譎生命體特徵的巨大外神之王，取代了金獨子的所在之處。

故事的宿敵。

身為作家的韓秀英本能地明白，如果這個世界是部小說，此刻的金獨子無疑就是最後的終極魔王，唯有「金獨子」死亡，這個故事才能劃下句點。

「韓秀英！」

某人一把拉住了她，奔騰的閃電隨即千鈞一髮地竄過她鼻尖。

「退開！快呀！」

是劉尚雅。在這混亂不堪的修羅場中，只有劉尚雅仍保持著冷靜的頭腦。

她怎麼辦得到？

「大家都振作一點！不然獨子先生他——」

金獨子顯然難逃一死。

「獨子先生不是答應過我們了？大家都忘了嗎？」

金獨子就是個大騙子。

「獨子先生一定不會再重蹈覆轍——」

永遠相信他人的善意，這就是劉尚雅，正因如此，面對這急轉直下的情況，她依舊毫不動搖。

然而，儘管劉尚雅大聲疾呼，一行人仍一臉悵然若失。一對對失焦的雙眼，都沉浸在各自的心緒之中。

折磨著他們的是同一個問題。

——金獨子為什麼又作出那樣的選擇？

明明約定好了，他信誓旦旦地答應不會再以這種方式自我犧牲。

——到底為什麼？

「故事還沒結束呢。」

劉尚雅錯了。結局的走向已然底定，金獨子既成「故事之敵」，唯有獻上金獨子的死亡，這個該死的任務才會落幕。

撰寫這所有悲劇的作者，已拍板定奪。

作者？

【[redacted]！】

金獨子淒厲的慘呼震耳欲聾，那聲音化作某一天的記憶，鑽入她的腦海。

「韓秀英，妳是作家對吧？」

韓秀英的腦子飛速運轉。

「幹嘛，又想找我碴？」

「我有件事想問妳。」

「怎樣。」

「在親手寫下的作品裡，作者真的是全知全能的嗎？」

「又沒頭沒腦地問什麼怪問題？」

「不是，我就只是好奇。妳在寫作時真的能操縱一切嗎？控制這個人物應該這樣，那個人物應該那樣……」

「那當然是……」

韓秀英自信滿滿地宣布。

「控制不了。」

「為什麼？妳不是作者？」

「你真以為作者是神啊？」

「故事裡的一切全是由作者創造的，不是嗎？事件也好，人物也罷……」

韓秀英低聲抱怨了一句某人什麼都不懂。

「從登場人物被創作出來的那一刻起，他就會隨心所欲地行動，作者不過是提供舞臺罷了。面對事件如何反應、會做些什麼，都是登場人物自己的選擇。」

「妳說的不是比喻，而是實際的狀況？」

「沒錯。」

「那妳寫東西不就是躺著賺。」

「找死啊？」

金獨子的腹部遭受一記重擊，吃痛地彎下了腰。

當時的金獨子究竟在想些什麼呢？

「真有趣，如果連作家也不是故事中的神……那麼所謂的故事劇情，到底是誰說了算？」

一陣雞皮疙瘩由下而上竄起。

在她眼前的金獨子，說不定就是這個問題的解答。

是金獨子想出來，在這僵化呆板的任務世界中，改變結局的唯一方法。

〔所有大鬼怪因概然性大肆氾濫倍感驚慌。〕

〔星星直播關注著動盪不安的概然性偏移的方向。〕

任務並非完美無缺。

〔『最後的任務』發生劇變。〕

編寫故事的明明是作家，但演繹出那則故事的卻是登場人物。

至於定奪他們命運的人……

〔朝鮮半島的星座為星座『救贖的魔王』加油打氣。〕

〔星雲〈伊甸〉的星座為星座『救贖的魔王』加油打氣。〕

〔星雲〈冥界〉的星座支持星座『救贖的魔王』。〕

〔不知名行星的星座為星座『救贖的魔王』加油打氣。〕

〔無數星座已贊助Coin。〕

〔絕大多數星座都關注著星座『救贖的魔王』的最後一戰。〕

正是注視著這則故事的所有觀眾。

〔多數星座不樂見星座『救贖的魔王』邁向死亡。〕

祂們是唯一能夠扭轉劇情走向的存在。

金獨子不是為了慷慨赴義才決意成為故事之敵，也不是為了背叛同伴才選擇引頸就戮。

『《滅活法》是屬於劉衆赫的故事，那麼眼下這個世界，又是屬於誰的故事？』

眼見概然性劇烈擾動，韓秀英苦澀地低語道：「是啊，沒有任何讀者會希望主角白白送死吧。」

在這個世界，金獨子和金獨子集團的影響力已經無遠弗屆，乃至金獨子自身化作最終任務的討伐對象，就是最好的佐證。

無論星座喜愛與否，祂們都看過了金獨子的傳說，或感同身受，或心生妒忌；不論金獨子是否願意，此時此刻，世間所有星星都在凝視著他的故事。

也許金獨子早就心知肚明，說不定，他從很久很久以前便構思著今日。

『這就是成為「登場人物」的金獨子最後的豪賭。』

她隱隱感覺到金獨子的視線，似乎正從遠處注視著她。

那目光彷彿在訴說：如果是妳一定能理解這一切，我們一定能從這裡開始，展開那未知的嶄新故事。

『正是為了不再犧牲，才會選擇捨命相搏。』

這恐怕是不可能的任務，恐怕是永遠無法抵達的結局，然而，這也是金獨子找出的「不犧牲任何人的方法」。

因此接下來該怎麼做，韓秀英再無疑義。

——單憑那小子一個人辦不到的。

韓秀英扭頭望向身後。她必須告訴其他伙伴，此時的金獨子究竟想要他們做些什麼，但獨自察覺了答案而大感振奮的韓秀英忽略了一件事。

〔傳說『預想剽竊』預測著登場人物的心理。〕

那便是，並非身在此地的所有人都是作家，其他人不能如她那般客觀沉著地看待眼前的事態。

韓秀英還來不及開口，一行人之中已有某人飛身而出。

手中的鋒刃蘊藏著猛烈的敵意。

一望見那刀尖所指之處，韓秀英冷不防打了個寒顫。

「快住手！等一下！那傢伙是——」

韓秀英知道那是誰的劍。

『這一刻，對金獨子埋怨最深的那個人。』

一直守護著金獨子的最強之劍。

為了終結這個任務，那柄劍森然離鞘。

2.

〔您的■■為■■。〕

頭一次聽見這條訊息時，鄭熙媛心中頗不是滋味，也不由得想起金獨子說過的那句話——

每一個存在都擁有各不相同的結局。

既然如此，她以為自己也會得到類似的字詞。

可是……■■？

鄭熙媛熟知遠比自己更適合那個詞彙的人物。

那個人，她總在與對方最近的地方，與其並肩作戰。

那個人讓她毫不猶豫地決心成為對方的利劍。

那個人無比珍惜自己的同伴，也總是頭一個自我犧牲。

『也因此更令人埋怨。』

鄭熙媛衝破無名之輩的狂潮，腳下疾奔。

身邊炸開的毒液濺到了她的小腿，肌肉登時發黑腫脹，她匆匆從懷裡掏出李雪花調製的金創藥隨手一抹，再次發足奔跑。她擊退兩側包抄的夾擊，甩開礙事的星座，踏過團團護衛著金獨子的無名之輩，高高躍起。

遠遠地，她瞥見了——那個過去曾是「金獨子」的生物。

【[redacted]！】

亦是如今化為故事之敵的存在。

「熙媛小姐！」

勉強追上前的李賢誠一把抓住鄭熙媛的肩膀。

「先等一等——」

李賢誠的話才說到一半，一條訊息驀地響起。

〔最後的任務開啟全域轉播。〕

星星直播的所有頻道一個接一個開啟了直播。

滋滋、滋滋滋！

任務訊息起伏晃動，震盪不安。

〔各位請勿驚慌，專心應付任務吧。這個任務就是最終任務了，只要解決外神之王，各位就能結束這一趟漫長的旅程。〕

〔這個故事將記載在最後一道牆之上，繁星的旅途將成為偉大的史詩，流傳千古。〕

大鬼怪們貪婪地大肆鼓吹，祂們野心勃勃，渴望在最後一道牆留下自己引領的傳說。

〔浩瀚神話『老邁拂曉的曙光』希冀著最後的故事。〕

〔浩瀚神話『阿斯嘉德的主人』希冀著最後的故事。〕

那些浩瀚神話也動盪不安，為了成為留到最後的唯一神話，它們傾力鞭策著所有星座和化身。

〔星座『劃定海疆之戟』掏出兵刃！〕

〔星座『阿拜多斯之主』在任務中降臨！〕

〔星座『尼羅河的怪鳥』厲聲尖嘯！〕

然而，並非所有人都盲從於神話的鼓動。

儘管眾神之王宙斯下達了攻擊命令，以戴歐尼修斯為首的幾名奧林帕斯星座仍舊猶豫不決，許多化身也拿不定主意。

「我們真的非殺了那個人不可？」來自日本的化身飛鳥蓮遲疑地問著。

「我見過的金獨子並不是壞人。」

在和平之地，這群人曾挺身對抗其他選擇成為災禍的日本人，並受到了金獨子一行人的幫助。

「我欠金多子先生的人情都還沒還呢。」

擁有「斬蛇者」作為背後星的道尾勝司也在其中。一度身為「正義的膽小鬼」的他，而今已成為統御日本各路妖鬼的首領。

「大姐，我不能眼睜睜地看著他死。」

除此之外，隸屬黃帝和奧林帕斯的幾名化身也同聲附和。

〔大多數星座都贊同化身的意見。〕

〔星星直播的概然性出現動搖。〕

察覺了概然性異乎尋常的反應，大鬼怪再次出聲干預。

〔各位別忘了，那小子可是任務之敵。〕

〔也許大家有所不知，但打從一開始，金獨子執行任務，就是為了毀掉這條世界線。〕

或許是由於狀況非比平常，平素盛氣凌人的大鬼怪居然以相當恭謹的語氣進行播報。

廣闊的天空上投映出傳說的影像。

詐。

接下來，就輪到那些鬼怪的拿手好戲上場了。

〔他背叛了這條世界線，和異界神格進行了交易。〕

畫面中的金獨子正在和隱密的謀略家商談交易，因為影像沒有聲音，金獨子的表情更顯陰沉狡詐。

不僅如此，祂們更將金獨子迄今做過的每一件事都公諸天下。

在地鐵裡，不打算救人，放生所有蚱蜢的事。

在金湖站，他們本能拯救更多人，卻袖手旁觀的事。

祂們蒐集著一個人最低劣的一面，試圖創造出一個不同面向的、全新的「金獨子」。

〔萬一讓他如願以償，這個世界只會走向毀滅。〕

緊接著，影像切換到改編西遊記任務的畫面。

浩瀚神話，被遺忘之物的解放者。

播出的場面是被異界神格包圍的金獨子，解放了被任務桎梏的無名之輩。或許是由於鬼怪的惡意剪輯，畫面裡的金獨子看起來不帶任何悲憫，倒像是意圖解放惡魔摧毀世界的異端教主。

〔他藉由某種方式窺見了未來的資訊，並以此謀求自身利益。〕

手握智慧型手機的金獨子正在向伙伴下達某種指令。

〔他會成為救贖的魔王、光與暗的守望者，也都是計畫中的事。〕

那群頻道主齊心協力地要讓金獨子跌下神壇，從故事的「主人翁」，淪落至一介反派，並將他的傳說抹黑為粗鄙齷齪的情節。

〔星星直播的概然性出現擾動。〕

大鬼怪的所作所為明顯違背了頻道主的本分，儘管如此，祂們也絲毫不為所動，因為即使是頻道主，同樣也有自身渴望的[redacted]。

〔而現在，他已如願成為異界神格的至尊君王，企圖摧毀這個世界。〕

星星直播的輿論急轉直下，劇變陡生。

飛鳥蓮和道尾勝司臉色慘白。

安娜卡芙特的臉上看不出神情，漠然走過他們身邊，口中喃喃低語。

「已經太遲了。」

查拉圖斯特拉的成員群起發難，舉棋不定的星座也加入了戰局。

【嘎啊啊啊啊啊啊啊！】

無名之輩發出痛苦悲鳴，和領頭的星座爆發衝突。

『與金獨子有關的所有存在，都將利刃指向彼此。』

身在戰場的鄭熙媛也注視著金獨子的戰鬥。

縱使她不出手，也有數不清的異界神格為守衛金獨子群起奮戰。那些巨大的頭足類怪物，身為外神，祂們有著嬰孩的身軀，頭頂著一朵朵巨大的花。就算鄭熙媛借助烏列爾的力量全力抗敵，面對這些存在，勝負仍在未定之天。

身在祂們之間，金獨子確實就宛如這條世界線空前的浩劫。

『鄭熙媛向來自認自己能夠理解金獨子。』

鄭熙媛不知道金獨子真正想要的結局究竟是什麼，但她始終認為即使不說彼此也能意會。她總以為金獨子渴望看見的世界盡頭，與她所想的相同。

『然而，那真的是他期望的結局嗎？』

會不會，在他眼中根本沒有同伴這回事？

﹇星座『惡魔般的火之審判者』……﹈

鄭熙媛明白，她比誰都更清楚烏列爾想說些什麼，她也知道金獨子非常珍惜他的伙伴，也是因為太過愛惜大家，才會這樣一意孤行。

這些她都明白。

金獨子分明是打算犧牲自己的性命，將他們一行人送往世界的盡頭。

『無論她再怎麼伸手也抓不住。』

眼前就像橫亙著一堵巨大的牆，攔阻她繼續向金獨子靠近。

「到底為什麼……」

或許鄭熙媛實在太過疲憊，疲憊得提不起力氣繼續追尋她渴望的終結。

『金獨子這個人，根本什麼也聽不進去。』

她緩緩握緊了刀，刀柄帶著冰涼的寒意。那是金獨子親手打造，親自交付到她手中的刀，打從樂園一路至今，這把刀一直是她的信念。

﹇『審判者之刃』發出悲鳴。﹈

唯有感應到邪惡接近才會鳴泣的利刃，此刻正放聲哭號。

而此時，那些大鬼怪就像是察覺了她的心聲，嘲弄似地高聲宣布。

﹇這就是故事的宿敵『金獨子』，不為人知的真面目。﹈

鄭熙媛很想確認，眼前的那個存在到底是不是她認識的「金獨子」。倘若那個人盼望的終點，其實與她追尋的道路大相逕庭……

——我是否可以親手了結你？

「熙媛小姐。」

李賢誠來到她身畔，彷彿早已明白她的心思。

「我會陪妳一起。」

李賢誠化作一副貨真價實的鋼鐵之盾，為她開闢出一條血路。

他們越過繁星的浪潮，衝破無名之輩的風暴不斷前進。一如鄭熙媛有急需確認的真相，李賢誠也有想弄明白的事。

無論多少次，某些事實都必須一再深究，反覆確認。

兩人乘著浪潮躍入半空，轉瞬間就追到金獨子身後，只因其他外神大多都集中在前方戰線，兩人才得以鑽入這個破綻。

「熙媛小姐！」

不知是否烙印在她手背上的混沌之環起了作用，無名之輩即使察覺了她的存在，也並未多加理會，徑直向前推擠。

金獨子矗立在她眼前，宛如一棟萬丈高樓，墨黑的津液從龐大的身軀上滴滴答答地落下。

鄭熙媛不由自主地伸出手，輕觸他的外表。

——好陌生啊。

她曾在金獨子陷入沉睡的某一天緊握住他的手。那時的金獨子作為歸來者回返，在同伴們為他準備的房間裡昏睡了一整天。

那雙手當時又是什麼樣的觸感？

外神之王似乎察覺到了她的動作，扭動腦袋回頭打量。

【呼嗚嗚嗚嗚……】

巨大的腦袋噴發出白茫茫的呼吸。

「金獨……」

儘管知道不該如此，鄭熙媛還是不由得倒退了一步。

黑幽幽的嘴朝著她咧開深淵巨口。

〔任務的概然性出現擾動！〕

〔您所有的傳說都在向您示警！〕

外神之王斗大的黑色眼瞳倒映出她的身影。

她不想露出那種表情，她無意用這種眼神注視金獨子，她的手卻違逆她的意志，逕自採取了行動。

「啊啊啊啊啊啊啊！」

審判者之刃斬斷了逼近的觸手，她的刀彷彿遇見不共戴天的仇敵，瘋狂揮砍。

咕嚕咕嚕，傳說自觸手斷裂之處汩汩湧出。

「獨子先生，比起那時候，現在還比較幸福吧？」

「可以這麼說吧，現在比當時好多了。」

那是她再熟悉不過的傳說。

「我也這樣覺得。」

她腳步踉蹌，傾聽著那則故事。

在這個世界上，唯有金獨子和鄭熙媛才記得的故事讓她找回了神志。

鄭熙媛抹了抹視線模糊的雙眼，看清了周圍的景象。她本以為自己砍下不少觸手，定睛一看，卻沒有造成多少傷痕，甚至在這期間，金獨子又成長得更加龐大，幾乎叫人難以置信他只是個人類。

金獨子的存在，恍如一道孤伶伶的遼闊高牆。

【■■■■■■■■■■■■■■■■■……】

那是一道無論寫上多少字句都不可能填滿的牆，在那道牆面前，鄭熙媛徹底絕望。她就連區區一個人類構築的高牆都跨越不了，又談何最後一道牆？

她遠遠望見韓秀英不斷跑向她，同時還在大吼著什麼。

如果是韓秀英，是否就能跨越這道牆？

「真羨慕妳，能當上作家。」

金獨子集團的某個假日，鄭熙媛悠閒地躺在半山腰上，向韓秀英這麼說道。

「有什麼好羨慕的。」

「不是啊，因為很會寫文章的人，說話也都很有條理吧？真希望我也能像妳一樣。」

「幹嘛，好給李賢誠寫情書啊？」

「才不是。」

鄭熙媛默默地望著金獨子的方向，光靠那道視線，鄭熙媛此刻想說些什麼，韓秀英似乎就已心領神會。

金獨子在同伴面前總是誠惶誠恐，看著那笨拙的男人老老實實地進行著「勞工的休假」這種惡作劇任務，韓秀英接著開口。

「無論是誰，都可以寫作。」

鄭熙媛再次抬起頭，仰望著那個曾是金獨子的怪物。

鄭熙媛不像韓秀英那樣是名作家，但她也不像金獨子那樣能當個勤勤懇懇的讀者，因此，她無法如韓秀英那樣創作，也無法像金獨子那樣沉浸於閱讀。

儘管如此，這並不代表鄭熙媛無法創作，或從不閱讀。

「寫得不好又怎樣，就像妳說的，反正妳又不是專門寫小說的。」

或許，這世界真的就是一部名為《滅活法》的小說也說不定，一切都是由某位作家執筆，正在被某人翻閱的故事。

但對於她來說，這部小說即是人生。

『因此，她也有資格書寫這個世界的下一段文句。』

鄭熙媛緩緩放下劍，開口問道：「獨子先生，你還記得那個時候吧？」

她不曉得金獨子是否在聽，她只是伸出手，輕觸著她在那面巨牆留下的細小刻痕。

鄭熙媛和金獨子一同信步走過的風景，從那道傷痕流淌而出。當時的兩人穿著一身正裝，正踏上通往天堂的階梯。

「那時我真的很開心。一起去逛百貨，添購衣服，再帥氣地造訪伊甸。」

鄭熙媛喜歡這個世界。儘管整個世界破敗毀滅，舉目所及皆是斷垣殘壁，但她在這樣的世界裡找到了自己的價值。

「你不是也說過嗎？這個世界比以前好得多，我們就是這樣的人。」

金獨子沒有任何回應。

鄭熙媛使勁撕開觸手上的傷痕，好似要他不許遺忘那道傷口，要他謹記自己，猶如謹記那些傷痛。

「所以，你才只能這麼做，因為你就是這樣的人，對吧？」

鄭熙媛終於理解了金獨子。

『若她不動手殺了金獨子，這個世界必將走向滅亡。』

外神之王巨大的眼珠盯著她，腦袋好像也在晃動，就像在認同她的意思。

鄭熙媛抬眼迎上那雙眼睛。

「我不能殺你。」

她的視野變得模糊，身體止不住地顫抖。

金獨子的救贖是殘酷的。就像用刀尖救起落水的人，受他拯救之人，亦會受到難以磨滅的傷害。

「別開玩笑了……這算哪門子救贖？」

鄭熙媛再也站不穩，幾乎整個人倚靠在那道牆上。

這個世界，沒有誰會對其他人伸出援手。在這全是被害者的世界，在這公然展示著被害者傷口的世界裡，唯有他遞出了那隻傷痕累累的手。

『無論何時何地，金獨子總在原處，伸出援助之手。』

不僅是探出手之人，抓住那隻手的人也需要勇氣。

握住千瘡百孔的手的勇氣，永不言棄的勇氣。

明知這場營救無法治癒自身，明知抓住那隻手會遭受更大的傷害，還是為了再次得到一線生機，緊握那隻手的勇氣。

『有些救贖，不是由救人者實現，而是透過被救贖者來完成。』

鄭熙媛的手緊貼外神的軀殼，在表面留下深深的掌印。

她愣愣地盯著那道掌痕好半晌，又低眸望向自己的長劍。

鄭熙媛垂下目光的同時，耳邊旋即響起一道訊息。

〔您的■■即將完成。〕

她握緊自己的劍，如同牢牢握住某人的手。

〔您的■■為『救贖』。〕

3.

鄭熙媛身影一晃，發足急奔。

她在無名之輩之間靈動穿梭，宛若拂過刀刃的月光。

她找到的答案，就在那裡。

〔登場人物『鄭熙媛』的■■為『救贖』。〕

任何人都有自己的■■。對金獨子集團的成員而言，選擇各自結局的時刻已經到來。

「鄭熙媛！」

審判者之刃劃出華麗的軌跡。其他人望著那道刀光，跟在鄭熙媛身後追了上去。

李吉永本想跟著劉尚雅縱身前往，卻倏然停下了動作，因為後頭的少女並未挪動腳步。

「申流承。」

申流承動也不動，只是一個勁地掉眼淚。她呆立在原地，目光直愣愣地看著某處，她究竟注視著何方，不言而喻。

〔傳說『星星的救贖者』繼續講述故事。〕

唯獨申流承才擁有的傳說。星座和化身，以熠熠星光彼此相繫。

那傳說散發出的光輝太過耀眼，讓李吉永情不自禁地朝申流承伸出了手。

『李吉永很羨慕申流承。』

一個人能理解另一個人，這究竟意味著什麼？

在他這年紀，就連要釐清「理解」這個詞都還感到吃力。儘管偶爾也會因此有被剝奪感，但另一方面，他又暗自竊喜自己的年齡就是最好的藉口。

「反正你現在還不懂，沒關係的。」

「你用不著做這種事才對，是我們太依賴你了，對不起，吉永……」

「喂，小鬼，別逞強了，滾到後頭去。」

這讓他很安心，甚至感到慶幸。

慶幸自己能在這樣的世界，遇到這樣一群人；慶幸自己有人可以依靠，可以使性子，可以提醒他自己還只是個小孩子的事實。

『但是，還有申流承在。』

從不撒嬌耍賴的女孩，始終仰望著星星。

李吉永和她注視著同一顆星辰，也一樣熱愛那顆星星。李吉永也明白那星星散發的光芒多麼憂傷，又或在他有所隱瞞或意圖撒謊時會變幻出什麼樣的顏色。

『但遠不如申流承那般了解。』

「妳還要發呆到什麼時候？走吧。」

申流承茫然地回過頭。李吉永迎上那道目光，一把拉起申流承的手。

兩個孩子開始奔跑，緊緊相繫的小手之間浸滿汗水。

——我沒辦法像申流承那麼理解獨子哥。

申流承是星座「救贖的魔王」的化身，他們之間，任誰也無法拆散或介入。

「妳以為只有妳在替獨子哥擔心？難道只有妳覺得傷心？」李吉永看也不看身後的申流承，頭也不回地高喊著。

李吉永一直對自己看起來比申流承更年幼這點很不滿，但唯獨今天，他想任性一回。

「我討厭漢江，我喜歡去海邊，而且比起披薩，我更喜歡炸雞。」

因為，自己也曾被那顆星星拯救。

「還有網咖！還有手遊！還有——」

他遠遠望見自己所愛的星辰的模樣，儘管此刻他看起來不再像一顆星星。

「而且……」

他想起過去，他常常看網路漫畫看得入迷。

【■■■■■■■■■■……】

那顆被支配天空的星座妒忌猜疑的星星，此時更像是在網路漫畫中出現的恐怖魔王。

當那顆掛滿黏軟觸鬚的腦袋轉向他們的剎那，李吉永奔跑的雙腳不由得僵在原地。

那是比摩天大廈更雄偉的異界之王。

是故事的宿敵。

是企圖摧毀世界的惡棍。

『在申流承眼中，那個惡魔看起來仍舊是金獨子嗎？』

「我也……」李吉永一邊克制著不讓自己顫抖，一邊喃喃自語。

恐懼攫住了他，只怕那頭怪物其實不是自己認識的金獨子。

〔大家，別被他騙了！〕

〔那傢伙會毀了這個世界！〕

〔他根本目中無人，對他來說，各位的生死存亡都毫無意義。〕

怕他心中認定的那個金獨子是假的。

「哥哥，你是神嗎？」

「什麼？」

「還是主角呢？」

怕那些鬼怪主張的金獨子才是真的。

「我不是神，也不是主角，反倒是那個一直在羨慕主角的人。」

李吉永好不容易才止住顫抖，鼓足勇氣抬頭仰望，外神遙遠蒼茫的眼眸也迎上少年的目光。

他感覺不出金獨子的氣息，外神和金獨子毫無相似之處。而現在的他能做的，只有信任。

「吉永，所謂的關係，不見得只有一種方式能夠連結彼此。」

某一次，他曾向劉尚雅吐露與申流承有關的苦惱，當時劉尚雅闔上正在翻閱的書籍，這麼說道。

「就像每個人閱讀同一篇文章，都會有不同的解讀，所以……」

李吉永看的書並不多，所以這個比喻，其實他不大能切身體會。

不過。

「我好像懂妳的意思了。」

李吉永也擁有能與他人溝通的技能。

「就像螳螂或蟑螂，我和牠們交流的感覺也都不太一樣。」

多元交流就是這樣的技能，能與天生迥異的其他物種進行交流溝通，然而，少年並沒有理解人類的技能。

金獨子究竟是什麼樣的人？他也說不上來，只是一提及金獨子，總有某些畫面浮現在腦海。

那就是人們腦袋開花，或是全身支離破碎的模樣。

「不好意思。」

還有金獨子塞了一隻蚱蜢到他手裡時的表情。

〔傳說『群蟲之王』開始講述故事。〕

霎時一陣天搖地動，傳說自少年的體內甦醒。

〔星座『無底坑的主宰』陰險地笑著。〕

不知從哪出現的黃色蝗蟲盤旋在天上，洶湧翻騰的蟲群籠罩了整個世界。

『那一天，李吉永原先期盼著要是車廂翻覆就好了，就像在他手裡失去生命的蚱蜢那樣。』

駭人的壓倒性位格讓異界神格紛紛尖叫出聲。

星星直播的星座訊息瞬間炸了鍋。

〔絕對惡體系的眾星座對星座『無底坑的主宰』發出警告。〕

〔部分魔王對化身『李吉永』的力量大感吃驚。〕

奔騰流竄的傳說毫不理會星座的視線，繼續講述故事。

這段過往，即使面對大人他也不曾提及隻字片語，唯獨同樣擁有多元交流的串流承才隱約知悉。

「明明窮得一毛錢都沒有，還生什麼孩子……」

濃烈的煤炭氣味。

爸爸媽媽像死去的蟑螂一樣並排躺著的模樣。

指尖輕觸失去溫度的肌膚的感覺。

連一幅遺照都沒有的葬禮草草結束後，親戚打量自己的眼神。

「我就知道榮美會落到這種下場，就說那個小子沒本事……」

「那誰負責照顧這孩子？大哥你們家……」

「我家？沒門，我有三個孩子呢。」

關於從小就處處碰壁的人生，直到現在李吉永仍沒有適當的措辭去述說，他沒有能力說明和表達那是多麼巨大的傷害，身上的傷口還來不及清理癒合，就已經潰爛。

「找找看有關的機構吧，有地方專門在收容這種小孩。」

阿姨拉著他坐上開往首爾的列車。看著蟻窩一般密密麻麻的首爾地鐵路線圖，李吉永感到頭暈目眩。

這世界太過複雜，讓他難以理解。

途經那麼多洞穴，仍弄不清自己究竟該往哪走。

捕蟲網裡的蚱蜢就像迷了路的孩子一樣嗚咽啜泣。

「孩子，快把那東西扔了，反正牠們也活不了多久，噁心死了！」

要是那一天任務沒有啟動，自己又會如何？

「獨子哥！」

倘若自己沒能遇見這些人。

「獨子哥！我在這裡！」李吉永像要喊破喉嚨一樣地放聲吶喊。

就算聲音無法傳遞也沒關係，就算自己不是金獨子的化身也無所謂。

「吉永啊，如果說不出口，那就什麼也不必說，你只要記得一件事。」

他只是想要說出口而已。

「當你想傾訴的時候，我一直會在你身邊。」

獨子哥才不是惡魔。他只是個普通的人，又從普通人的手裡拯救了自己。

『宰了他！只要再加把勁就成功了！』

『異界神格不過是其他世界線的失敗者！不要怕，繼續上啊！殺掉故事之敵就結束了！』

最前線的異界神格逐漸落入下風，眼見其中一側的防禦遭到突破，以神話級星座為首的化身立刻朝金獨子一擁而上。

一定要阻止他們。

滋滋滋滋滋！

〔管理局的概然性禁止您的行動。〕

〔您試圖袒護的對象為『故事的宿敵』。〕

必須說服其他人，必須告訴大家獨子哥才不是那種人。

可是，該怎麼做？

【呼嗚嗚嗚嗚……】

面對前仆後繼的敵人，金獨子只是像一堵呆立的牆，毫無反應。儘管他偶爾好像在說些什麼，也全是晦澀難解的呢喃。

李吉永渴望理解那些話語，他厭惡只能無能為力地靠著牆的自己。

他只想站在金獨子那一邊。

這種爛透了的世界滅亡也好。如果金獨子是故事之敵，他也寧願與故事勢不兩立。

但是對他而言，要理解金獨子真的太困難了。

李吉永好恨自己還只是個小孩子，如果他是大人，如果他是韓秀英、是劉衆赫、是鄭熙媛……

假如，他是申流承的話。

透過緊握的手心，他能感覺到申流承就在身邊。

「笨蛋，你清醒一點。」

周圍發狂的褐黃蟲群漸漸平靜了下來。

申流承正在對他說。

「其實，我也沒辦法理解叔叔啊。」

〔已發動專用技能『頂級多元交流』。〕

「我只是努力嘗試去理解而已。」

共同使役著奇美拉異龍的兩個孩子同步發動了技能，找出最貼近、最能理解彼此的狀態。

面孔。

李吉永或許看不透金獨子，但申流承懵懂地了解一點。

兩人一同閱讀的傳說震動了世界，讓他們好像隱約能看見金獨子的臉龐，稍稍窺見那張熟悉的

﹝傳說『星星的救贖者』與傳說『群蟲之王』相互交談！﹞

「小鬼。」

韓秀英佇立在一旁，像在守護兩個孩子。

在她身邊，李賢誠、鄭熙媛，還有劉尚雅也一起保護著他們。

『有些大人，願意一同守望孩子們的世界。』

李智慧的戰艦自天空投下大片陰影，孔弼斗和李雪花的身影也出現在戰艦的砲管旁。彷彿早已作好隨時開火的準備，李智慧反手拔出長劍。

大鬼怪溫賽沉聲喝問。

﹝你們還想偏袒他嗎？明知他變成了什麼樣的怪物，你們為何仍執迷不悟？那人早已不是你們認識的金獨子了，如今全天下都明白了真相，你們還——﹞

「開什麼玩笑，那算哪門子真相？祢們不過展示了一段經過剪輯的影像，這只是祢們打造任務的一貫手法。」

韓秀英對意圖逼近的星座發出警告。

「不管金獨子成了故事的仇敵還是什麼玩意，都是我們的同伴。所以，別想碰他一根寒毛，聽懂沒？」

﹝星座『深淵的黑焰龍』厲聲咆哮！﹞

﹝星座『惡魔般的火之審判者』釋放自身位格！﹞

﹝星座『最古老的解放者』蓄滿雷電！﹞

「誰敢動他，我就讓他死無全屍。」

庇護著金獨子集團的星座一有動作，戰勢頓時陷入僵局，四周火花四濺。

﹝部分星座贊同化身『韓秀英』的發言……﹞

察覺到概然性受到影響，大鬼怪河瀧旋即阻斷了訊息。

﹝真可笑，妳要保護他？連他說了什麼都聽不懂，就憑你們？﹞

﹝星星直播警告大鬼怪已介入任務！﹞

面對不合己意的任務走向，所有大鬼怪都格外煩躁，祂們咬牙切齒地承受著反噬風暴。

﹝你們難道看不見他現在是什麼鬼樣？﹞

無論是抱有好感或懷有敵意，試圖接近金獨子的化身全都縮著身子連連倒退，無一例外。

高聳入雲的外神，只要一望見那對有如深淵的瞳孔，所有人都渾身發顫地癱軟在地。

﹝你們甚至不曉得他的感覺是什麼，渴望著什麼，又在想些什麼，因為你們只是人類，就算付出一輩子，也無法理解其他存在。﹞

聽著鬼怪的話語，金獨子集團的所有成員紛紛望向金獨子。

大鬼怪所言不假，他們壓根無法理解他。

﹝您試圖袒護的對象為『故事的宿敵』。﹞

那些大鬼怪疾言厲色地高呼，試圖喚醒遺忘了自身角色的登場人物。

﹝你們別無選擇！動手殺了他，否則任務絕不會結束！﹞

〔『故事之王』正在關注最後的任務的劇情走向。〕

世上最古老的頻道主俯視著舞臺，韓秀英和其他伙伴不約而同地抬起頭來。

韓秀英仰望著看不見邊際的最後一道牆，那亦是統轄著一切任務的故事之王所在的地方。

『那道牆，將是他們故事的歸宿。』

「任務不會結束？很好啊，那不就是所有讀者的願望嗎？」

〔人物『韓秀英』已接近自己的■■。〕

韓秀英轉頭望向金獨子。她死死地盯著那隻頭足動物，漸漸地，那玩意看起來和金獨子竟有幾分相似。

「在我寫的故事裡，不能沒有金獨子。」

韓秀英粗魯地解開繃帶，就像作家隨手撕毀不滿意的原稿。她的傳說被黑焰染得漆黑，如烏黑的墨水暈散在空氣中，好像在宣示，無論多久，她都可以肆意揮毫。

〔星星直播因化身『韓秀英』的決定大為吃驚。〕

〔多數星座都對化身『韓秀英』的■■感到震驚。〕

〔管理局的概然性禁止您的行動。〕

〔您試圖袒護的對象為『故事的宿敵』。〕

滋滋滋滋滋！

〔星座『深淵的黑焰龍』為自己的化身感到自豪。〕

韓秀英咧嘴一笑。

「那就讓任務永遠不要結束好了。」

〔人物『韓秀英』的[redacted]為『永無止境的故事』。〕

4.

所有鬼怪都夢想有朝一日榮升為大鬼怪，那是全星星直播的鬼怪能抵達的敘事之巔。此外，已然走上巔峰的人也依舊在追逐夢想。

鼻荊凝視著最後一道牆，它橫亙在巨大方舟之前，占據所有視野。世間故事何其多，然而牆上大部分的面積仍是一片空白。

〔有必要做到這樣嗎？〕

在鼻荊的盛怒下，大鬼怪之間的通訊頻道一時陷入死寂。

鼻荊在最後任務的天空裡，遙遙俯視著金獨子集團一行人。

化為外神之王的金獨子。

從那天的地鐵，直到抵達最後任務的漫長旅程。在金獨子成為救贖的魔王、光與暗的守望者的這段期間，鼻荊也晉升為上級鬼怪，一路扶搖直上，成了大鬼怪。

『過度沉迷在劇情之中，是一名頻道主最嚴重的失誤。』

大鬼怪的本分是吸引星座的目光，留下足以鐫刻在最後一道牆上的故事。

所以，鬼怪絕不能被任務牽著走，不能被百花齊放的各種傳說所惑，更不能因化身的痛苦代入私人感情。

明知如此，鼻荊仍鑄下了大錯。

看著金獨子集團的傳說，祂再度領悟到早已遺忘的許多感受。例如一個傳說閉幕後迎向下一個傳說的悸動，又如看著星座在自己安排的任務中經歷悲喜的激昂。

鼻荊在金獨子身上，理解了何為「任務劇本」。

〔他們執行任務的方式並沒有錯，打從一開始，劇情走向本就是可以翻轉的。也就是說，它應當順應著繁星渴望的方向前進，星星直播的其他星座也——〕

〔小兄弟，看來你很珍惜親手培育的傳說，但尚有更遠大的故事洪流凌駕其上。〕

鼻荊本欲高聲反駁，卻又忍了下來，因為所有大鬼怪的目光都集中到祂的身上。該死，現在的鼻荊，不過是一眾大鬼怪當中最小的一個。

一直沉默不語的大鬼怪葭朗開了口。

〔小兄弟，在你這種年輕鬼怪的眼裡，那種結局勢必相當新穎吧，但像這樣的傳說我早已司空見慣。在悠久的宇宙歷史中，心懷不滿試圖破壞星星直播的人，又怎會只有一個？〕

〔滅亡永無止境。〕

大鬼怪葭朗，祂是世上最古老的鬼怪之一，也是比任何人都更接近鬼怪之王的鬼怪。

鼻荊無法體會從那語氣中流露出來的憾恨，但正因祂難以領略，才能保有屬於年輕生命特有的純粹與天真。

〔不是所有滅亡都是一樣的。〕

幾名大鬼怪帶著警告的眼神怒瞪著鼻荊，鼻荊竭盡所能不退縮示弱，直勾勾地迎上葭朗的目光。

葭朗盯著祂，臉上的表情難以捉摸，過了許久終於開口。

〔或許吧，畢竟他們夢想的■■，確實與其他傳說略有不同。〕

一旁的大鬼怪溫賽似乎有所不滿，正打算張嘴反駁，但葭朗舉起手來制止了祂，接著說了下去。

〔但那種差異相當危險，並非每一則傳說都能成為下一則傳說的基石。〕

〔您到底想說什麼？〕

〔某些傳說，可能會摧毀整個任務。〕

【嘎啊啊啊啊啊啊！】

無名之輩尖聲悲鳴。

那些曾是不同任務參加者的存在，嘶吼著攻擊星座，在祂們的正中心，便是引領著異界神格的外神之王金獨子。

故事的宿敵。

據鼻荊所知，從未有任何災禍被冠上這樣的稱號，祂甚至不曾聽聞半點風聲，要給金獨子扣上這種惡名。

看著金獨子持續負隅頑抗，葭朗繼續說道。

〔在所有任務之初，主角都必須經歷背離世界的過程。他們將對抗憑空出現的敵人，克服矛盾與糾紛，作出犧牲以換取勝利，才能回歸原本的世界，獲得最後的獎賞。〕

這個理論，鼻荊自然爛熟於心。

下級鬼怪第一個被殷殷叮囑的任務規範，就是這條陳腐的準則。

〔儘管老套迂腐，但這就是任務劇情的核心。唯有遵循這個閉環，才能打造下一個任務，並依此開啟下一條世界線。矛盾得以化解，傷口得以治癒，世界必須歸於太平，恍如什麼事都沒發生過一般。〕

只見遠方的山脈崩毀碎裂，聚集而來的星座數量越來越多。鼻荊也很清楚，這個「最後的任務」，原本就是安排好的既定劇情。

——滅亡將至，眾人必須戰勝末日。

所謂的外神之王，僅只是為了這個安排而生的敵人，讓相互仇視的群星在強敵降臨之際盡釋前嫌，齊心協力與之抗衡。

最終某些人有幸存活，某些人死於非命，但矛盾也得以冰釋消弭，世界歸於和平。而那些熱愛高談闊論的好事者則會歌頌這段歷史，流傳後世。

——最終，一切都沒有改變，星星直播繼續往復流轉，一如既往。

這就是鬼怪所追求的「任務劇本」的真相。

任務必須周而復始，循環不息。

〔絕大多數星座都為『最後的任務』而狂熱！〕

為了不讓任何人得知星星直播究竟是什麼，任務又為何永無休止，星座必須不斷接受全新的故事。

然而，有些人拒絕了這套運作機制。

〔浩瀚神話『魔界之春』繼續講述故事。〕

〔浩瀚神話『吞噬神話的聖火』拒絕既定的劇情發展。〕

那些人斷然否決被安排好的情節，更試圖推翻星星直播的存在本身。

〔人物『韓秀英』的[redacted]為『永無止境的故事』。〕

永無止境的故事。

拒絕將終結視為終結，那則矛盾的■■在眾人眼前閃爍著耀眼的光芒。

不是講述宇宙敘事的頻道主，僅僅是一介凡人所決定的結局。

他們拒絕星星直播的循環，選擇永恆的戰鬥。

轟隆隆隆隆。

在隆隆爆炸聲中，大鬼怪葭朗終於朗聲宣布。

〔是時候讓這條世界線收尾了。〕

那些始終緘口不言的大鬼怪，以及不斷察言觀色的大鬼怪，聞言都點了點頭。

鼻荊還來不及多說，一旁的清風便勸阻道。

〔鼻荊，事情變成這樣確實令人遺憾，但這一回，你得學著顧全大局。〕

一瞥見清風的神情，鼻荊瞬間恍然大悟。

在場的所有鬼怪都是宇宙第一流的敘事者，祂們支配任務、玩弄星座，是自古掌控著這個世界觀的支配者。

然而，祂們首度對自己一手打造的「故事」感到恐懼。

〔使用所有剩餘的概然性，強制執行主線任務。〕

強制執行，是鬼怪能夠動用的最後手段。

想要強行控制星星直播的洪流，需要超乎想像的概然性，是機械降神[11]的一種。更何況，要在最後的任務行使這樣的權能，需要的概然性更是大到匪夷所思。

11 Deus ex Machina，來自拉丁文，意指劇情陷入膠著時突然出現力量強大的解圍角色，製造逆轉，又名「機器神」，源於古希臘戲劇，在近代被評論為拙劣的文學技巧。

滋滋滋滋滋滋滋。

管理局的概然性一開始湧動，耀眼奪目的火花旋即布滿了星星直播，世界線的任何角落都絕無黑暗立足之處。

〔必須讓他們以『惡』的身分步入結局。〕

不少浩瀚神話應和著大鬼怪的意思，紛紛表態贊同。

〔浩瀚神話『破滅神話的聖殿』願意遵照管理局的意志。〕

〔浩瀚神話『新黎明的到來』認同故事的洪流。〕

〔浩瀚神話『不朽的奧林帕斯』尊重管理局的想法。〕

鼻荊孤身站在一旁，注視著其他大鬼怪提筆寫下最終的篇章。

〔所有大鬼怪脅迫您參與決議。〕

祂尚未認同這個結局。

〔鼻荊！〕

儘管清風高聲敦促，鼻荊仍舊一聲不吭。

〔星星直播拒絕大鬼怪的干預！〕

飛濺的火花很快蔓延到大鬼怪身上，聲勢驚人的反噬風暴正席捲而來。縱使是大鬼怪，試圖插手任務亦將付出龐大的代價。

〔本人大鬼怪葭朗，在此正式宣布介入任務。〕

以葭朗為首，大鬼怪接二連三地發出宣言。

〔本人大鬼怪綠水，正式宣布……〕

〔本人大鬼怪河瀾……〕

十幾名大鬼怪全數表達了決心。

宣告正式介入任務，這意味著祂們決心辭去頻道主一職，放棄身為故事講述者的旁觀地位。

不多時，空中傳來了訊息。

〔星星直播的概然性發生劇變。〕

〔星星直播容許超然性的介入。〕

〔從此刻起，頻道主不再是任務的旁觀者。〕

〔多數星座由於多名大鬼怪的選擇受到巨大衝擊。〕

〔部分星座強烈指責大鬼怪粗暴的行徑……〕

鼻荊注視著其他大鬼怪，祂們結束這個世界的意志之堅定，甚至無視反對的星座發出的訊息。

或許，祂們經年累月撰寫著任務劇本，已經寫得太久了。

遠處，只見一道目光也凝視著那些大鬼怪，鼻荊抬眼迎上那道目光。

那是已經化為外神之王，成為故事之敵的金獨子。

既已成為外於任務的存在，他的話語，現在就連鼻荊也無法理解。但不知為何，那一瞬間，鼻荊感覺金獨子彷彿在微笑。

說不定，那些大鬼怪直到此刻都還不了解那小子，不曉得金獨子究竟是何許人，不曉得正式介入任務代表著什麼，成為一名登場人物又意味著什麼。

迎著那道目光，鼻荊默默邁開腳步。

〔您的■■正呼喚著您。〕

終於，輪到鼻荊決定自己的■■的時刻了。

✦ ✦ ✦

隨著大鬼怪介入，任務的均衡開始傾斜。

〔您試圖祖護的對象為『故事的宿敵』。〕

〔管理局的概然性禁止您的行動。〕

包含韓秀英在內，伙伴們全都被概然性反噬風暴吞沒，湛藍的火花宛如枷鎖，纏繞住所有人。

「秀英小姐，怎麼辦！」

「那些混帳東西……祂們打算強行結束任務。」

〔浩瀚神話『光與暗的季節』靜靜地燃起怒火。〕

〔浩瀚神話『被遺忘之物的解放者』開始講述故事。〕

為了抵抗管理局，金獨子集團的浩瀚神話無不竭盡全力，但仍然力有未逮。

畢竟他們的對手，是世上最強大的浩瀚神話。

『就是現在！集火頭部！』

星座終於突破層層無名之輩，朝金獨子發動猛烈的砲火。

「金獨子！」

韓秀英放聲大喊，但她的聲音無法傳遞過去。

〔您無法祖護該對象。〕

〔您試圖袒護的對象為您無法識讀的存在。〕

「說什麼鬼話！」

大鬼怪留下的話語如詛咒般浮現腦際。

人類就算付出一輩子，也無法理解其他存在。

『但，他們不只有一個人。』

韓秀英環顧四周，只見李賢誠、鄭熙媛、李智慧、申流承和李吉永，最後還有戰艦上的一群戰友，全都注視著她。

或許某方面來說，他們之中沒有人不是金獨子，畢竟在金獨子的生命裡，在場的每個人至少都占有一丁點的分量。

然而，還缺了一個人。

——那傢伙又跑哪去了？

韓秀英咬緊下唇，沒有時間再等了。

「啊啊啊啊啊啊啊！」

鄭熙媛再也等不下去，她痛苦嘶吼著邁開步伐，就算反噬風暴撕裂她的血肉，就算全身早已鮮血淋漓，她依然緊緊握著審判者之刃，踉蹌著腳步，一步、一步朝金獨子邁進。

她不是為了斬殺金獨子。

鏗鏘鏘鏘鏘！

鄭熙媛連連擋下星座襲來的攻勢，嘴裡咳出鮮血。

李賢誠緊跟在她身後。

呼嗚嗚嗚。

化為外神的金獨子兀自在反噬風暴中和星座鏖戰不休，而早已被劇烈火花傷得體無完膚的伙伴們，仍堅決守護著金獨子。

韓秀英注視著這一幕。

——居然還有這麼多人。

——所有人，都一心守護著你。

〔傳說『預想剽竊』開始講述故事。〕

〔傳說『星星的救贖者』殷切尋找著星座『救贖的魔王』。〕

〔傳說『群蟲之王』殷切尋找著星座『救贖的魔王』。〕

〔傳說『滅亡的審判者』殷切尋找著星座『救贖的魔王』。〕

每一則傳說都試圖感應金獨子的存在，竭力呼喚自己所知的金獨子。

〔傳說『預想剽竊』繼續講述故事。〕

倘若只因無法理解便無法攜手共進，如果這就是他們不能繼續守護在他身邊的理由……

〔多數星座為星雲〈金獨子集團〉的悲劇連聲嘆息。〕

〔部分星座對管理局的詭計表達抗議！〕

韓秀英的嘴角噙著一抹殷紅，過載發燙的腦袋陣陣昏眩，意識飄忽不定。

就在這時，某人按住了她的肩膀。

柔軟的金色捲髮晃過眼前，某種力量護住了一行人，好似有一堵透明的牆矗立於他們四周。

〔『不可能的溝通之牆』保護著星雲〈金獨子集團〉。〕

擁有覺醒的「牆」的張夏景扶持著韓秀英，邁開步伐走向金獨子。

「在場還有誰比我更熱愛救贖的魔王嗎？」

張夏景腳下迸出點點火花，眾人原先凌亂的傳說字句，以她為中心開始流轉。

『獨子先生，從今以後，我不會再談論自己曾遺失什麼了，畢竟你應該也聽膩了……』

『獨子哥，我在這裡，我有話想跟你說。』

『別擔心，如果沒有叔叔，我哪裡也不去。』

金獨子集團一路走來積累的所有傳說彼此交織，揉合為一。

〔最後一道牆的部分碎片在世界上顯露形貌。〕

〔大鬼怪們驚愕不已。〕

〔『不可能的溝通之牆』嵌入自己的碎片。〕

化為常人無法理解的詭譎外神之王的金獨子，部分身軀霎時染上一片瑩瑩白光。

恍如一面可以任意書寫的白牆。

張夏景望向倚靠著自己的韓秀英，韓秀英則朝金獨子探出手，指尖立時感受到牆面冰冷堅硬的觸感。

〔已公開星雲〈金獨子集團〉的第一個『主軸』。〕

牆的存在，正是為了說明還有人身在高牆之外，為了彰顯世上仍有人殷切需要這一道牆，更是為了讓他們明白，我們依然能相互交談，而不是彼此傷害。

在不可能的溝通之牆上，韓秀英寫下自己的第一行文字。

——笨蛋。

這句話簡直愚蠢透頂，蠢得叫韓秀英不敢置信那是她親手寫的，但她實在太累了，再也擠不出書寫下一行的力氣。

就在這時，牆體開始晃動。

伴隨著微弱的敲擊聲，她沒有寫字，牆面卻浮現出另一行字句。

——■■■……韓秀英。

是金獨子，這絕對是金獨子的文字，就算聽不見聲音，她也十分篤定。

韓秀英匆匆寫下下一句回應。

——什麼嘛，你沒事啊？

縱使是作家也無法完整控制筆下的一字一句，韓秀英就是這樣的人，除此之外，她也不知道其他的寫作方式。

但金獨子會懂的。

畢竟，金獨子是她所知的、最好的讀者。

叩。

輕微碰撞的敲擊聲聽起來就像金獨子的低笑。短兵相接的金屬交擊聲響震耳欲聾，伙伴們還在奮戰，沒有時間閒聊了。

——打從一開始，你就知道會變成這樣了吧？

——……■■■■■。

寫在牆上的文字模糊不清，彷彿剛才的溝通只是恰好的偶然。

——喂！要寫就寫清楚一點！

儘管有張夏景的幫助，她依然看不清金獨子的訊息。

〔『不可能的溝通之牆』解放自身力量。〕

滋滋滋滋滋！

瞬間，無數字句在牆上漫無章法地流竄，盡是自己和其他同伴曾對金獨子說過的話語。有些句子格外清晰，有些則難以辨識。

「秀英。」

「我知道。」

聽見張夏景的呼喚，韓秀英再次將手貼在牆上，她竭力組合四散飄零的句子，絞盡腦汁尋找著金獨子的訊息。

〔傳說『預想剽竊』開始講述故事。〕

〔該對象為您無法理解的存在。〕

每一個文字都倚賴文章脈絡連貫銜接。在失去脈絡的汪洋中開展的文字有如天書，打從一開始就無法閱讀。

「我先下班了。」

「只要去爬山就會送行動電源？」

韓秀英力所能及的，只有想方設法連接那些毫無脈絡的字句，就像為毫無邏輯的文章創造意義，重新建構顛三倒四的段落，推進故事情節。

但她的力量不足，不管她如何穿針引線，總有不知所云的片段。

「金獨子！告訴我！你的計畫到底是什麼！你到底想要我們怎麼做！」

金獨子毫無反應，外神之王只管咆哮著與星座展開惡鬥，渾身浴血的伙伴們在反噬風暴中逐一倒下。

韓秀英咬緊牙關。

金獨子不說也罷，最重要的是看透金獨子隱晦的意圖，以及刻意不向同伴揭露的策略，還有專斷獨行的動機。換言之，她必須釐清金獨子選擇成為外神之王的用意。

甫一轉念，那些字詞一個接一個匯聚連接。

「如果《滅活法》是付費瀏覽，那到目前為止，我總共花了多少錢？」

「不知道存摺裡有兩千萬[12]會是什麼樣的感覺？」

「如果家裡有兩個房間，通常另一個房間都會放些什麼啊？」

「要是讓我在外頭遇見你，我絕對不會和你當朋友的。」

隻字片語像備忘便條一樣片片飛來，韓秀英蒐集彙整所有的字詞和文句。

在成為一位出色的作家之前，必須是一名出色的讀者，該如何閱讀這些斷簡殘篇，韓秀英自有一套。

「到底要怎麼做才賺得到錢呀？」

有時，她會接受自己難以解讀某些詞句的事實，暫時翻篇，並祈禱若有一天再度翻回那一頁，能重新讀懂那晦澀難解的段落。

〔該對象為您無法理解的存在。〕

她只能拚命地一頁翻過一頁，一章翻過一章，費盡心思拼湊線索，解讀那些令人費解的文字。

12　約五十萬臺幣。

「我的人生，難道沒有賺大錢的可能性嗎？」

滋滋滋滋。

遠遠地，她望見鄭熙媛跪倒在地，李雪花衝上前去攙扶著她，劉尚雅和李賢誠則分別擋下刺向鄭熙媛的兵刃。

〔管理局的概然性限制您介入任務。〕

金獨子說的沒錯，一切都是概然性的緣故。

無論是金獨子的一貧如洗，還是他們落到這步田地，都不例外。

〔管理局的概然性拘束著您的肉體。〕

在這個世界，概然性即是力量，劇情永遠會朝著更具概然性的方向發展。

〔您的星雲已過度違逆概然性。〕

韓秀英也心知肚明，這場反噬風暴，就是他們一路以來受幸運眷顧、跨越重重危機的代價。

他們擁有這麼多伙伴，抵達了最後的任務，且從未失去任何一人。

相對地，堅持下來的其他化身，卻不得不比他們犧牲更多才能走到這裡。

「為什麼只有他們……」

「這不公平。」

「明明我們千辛萬苦才走到今天。」

金獨子集團違背了太多概然性，在理應犧牲之時，從不曾付出相應的代價，更準確地說，是唯有一人反覆自我犧牲。

「金獨子。」

他或者利用復活的特性，又或深入冥界改寫未來，讓自己喪命好幾回，又一遍遍浴火重生，甚至挽回了本該永遠逝去的存在。

『所以，金獨子必定會成為故事之敵。』

因為，在金獨子集團積累的浩瀚神話之中，欠缺了概然性。

韓秀英緊緊抓著文句，就像在抓撓著那堵牆。

就在這一刻，新的字句倏然浮現。

「我們星雲的金庫暫時由妳保管。」

那是在不久之前，韓秀英和金獨子的對話。

「什麼啊，就算被掏空我也不管喔？」

透過系統，金庫的管理權限委派到她手中。

那個小氣鬼金獨子不知道吃錯了什麼藥。當時她還心想，多半只是因為他嫌金流管理太費事，才將麻煩推到她身上。

〔是否確認星雲金庫的餘額？〕

但是，金獨子真的會為圖省事，將金庫假手他人嗎？

韓秀英就像被迷惑似地打開了金庫。

「也存太多了吧，你這守財奴，這麼省要幹嘛？」

「這些錢自有用處。」

金庫中堆放著滿坑滿谷的Coin，世上所有星星都無法不眼紅的金銀財寶全在那裡。它既是這個世界最基礎的贊助單位，也是推動任務的原動力。

『在這世界裡，最強大的傳說之一，就是Coin。』

然而，時至今日，無論是用Coin強化化身體，或者透過鬼怪包袱購買道具，堪用的選項都所剩無幾。

她一直很好奇。既然如此，那小子還拚命存錢的理由是什麼？

〔是否使用Coin推動浩瀚神話的成長？〕

直到這一刻，韓秀英才明白他葫蘆裡賣什麼藥。

「是。」

〔支付星雲儲蓄金143,245,199 Coin並轉化為概然性。〕

訊息聲甫落，周圍的傳說就如同察覺生肉的猛獸般撲了上來，燦爛金光逐漸蔓延，籠罩了所有視野。

〔浩瀚神話『魔界之春』對Coin的傳說饞涎欲滴！〕

〔浩瀚神話『吞噬神話的聖火』的體魄更加強壯！〕

〔浩瀚神話『光與暗的季節』的反差越發鮮明！〕

吞食資本的浩瀚神話，將擁有更強大的力量，也能將傳說的細節具現得更強烈、更豐富、更栩栩如生。

轟隆隆隆隆隆。

見浩瀚神話潛藏的力量竟開始抵抗管理局的概然性，大鬼怪和星座也驚慌失措了起來。

鄭熙媛的長劍越發輕盈，李賢誠的盾牌更加堅固，申流承和李吉永召喚的怪獸種及蟲王種也蜂擁而至，嘶咬著落後的星座。

「開火！」

李智慧的戰艦一開砲，打頭陣的化身如撲火飛蛾，頓時消失得無影無蹤。然而，勝利的曙光轉瞬即逝。

〔管理局的概然性提高制裁力道。〕

由於過度使用概然性，幽黑的裂隙漸漸在天空中蔓延，整座任務舞臺都在晃動。

幾名大鬼怪嘴裡綿綿不斷流瀉著傳說，對祂們而言，這場戰鬥也攸關生死。為了創造自己渴望的結局，大鬼怪不惜親自投身任務，成了故事的一部分。

「黑焰龍！」

熊熊黑焰纏繞韓秀英全身，擋下了所有襲來的攻勢，並向前方射出凌厲的攻擊。在她身邊，張夏景則運起一身武林功夫，守護韓秀英的背後。

韓秀英心忖。

金獨子為什麼要將這個角色託付給自己？

坦白說，比她更合適的人選比比皆是，例如某個故事的主角，但金獨子還是將這個角色交到了她手裡。

嘶嘶嘶嘶嘶……

只見張夏景的牆正在潰散，那道牆已經耗盡所有力量，漸漸消失。

在管理局的壓制之下，呼吸越發艱難。眼看暫時接觸到的金獨子又慢慢遠去，故事的主導權再度回到大鬼怪手上，韓秀英忍不住放聲怒吼。

〔您的■■為『永無止境的故事』。〕

不會失去任何人的故事。

在一切任務的盡頭，所有人在一棟大房子裡一起幸福生活的故事。

只為了這個樸實無華的夢想，他們一路奮戰，但因為欠缺足夠的概然性，這個夢想眼看就要化為泡影。

——概然性的短缺。

〔星座『深淵的黑焰龍』注視著自己的化身。〕

電光石火間，韓秀英驀然靈光一閃。

『不是自己、也不是劉衆赫，金獨子將這個角色託付給韓秀英的理由。』

〔星座『海上戰神』注視著化身『韓秀英』。〕

滴答……鮮血從受傷的肩膀流淌而下，韓秀英隨手用繃帶包紮好傷口，抬頭仰望天空。

在火星飛濺的蒼穹另一端，星星直播的繁星遙遙投下點點星芒。不計其數的星座正盯著這世界的終結，星星的數量比過往任何時候都多。

〔多數星座對任務的發展心懷不滿。〕

〔大多數星座同聲譴責管理局和神話級星座的專橫。〕

韓秀英勾起一抹狡黠的笑容。

「沒錯……畢竟你們都是星座嘛。」

金獨子想必早已盤算到這一步了。

不僅因為那傢伙也是星座，更因為他是個老練的讀者，如何才能使任務更高潮迭起，劇情更富張力，他深諳其道。

『因此，金獨子才沒有對同伴們聲張。』

韓秀英緊握了雙手。她一口氣揮霍了所有Coin，現在手裡空空如也。

然而，金獨子留給她的並不是Coin。

「打從第一個任務開始，祢們就說過了吧，說我們一直在白吃白喝，要我們就此開始支付代價。」

金獨子留給她的……

〔星座『禿頭義兵長』專注聆聽著化身『韓秀英』的話語。〕

〔星座『獨眼彌勒』專注聆聽著化身『韓秀英』的話語。〕

是他們奮力活出的整個人生。

「那番話，我要原封不動地奉還。」

譬喻似乎就等著這一刻，一看到韓秀英的信號，她便立刻切斷了頻道訊號。

星座的頻道漆黑一片。

〔頻道 #BY-9158 的所有轉播畫面已中斷。〕

〔星座『天帝的風神』因突如其來的黑畫面感到驚慌。〕

〔星座『朝鮮第一術士』迫切想看見後續的狀況。〕

世界一陷入黑暗，在其他任務地區收看頻道的星座全都慌了手腳，驚叫聲四起。

金獨子集團頻道的訂閱星座必須經由譬喻的頻道收看，在這個當口，原本屬於其他頻道的訂閱星座也只有透過譬喻的頻道，才能觀看這個世界。

「我們的故事要開始收費了。」

收費宣言一出，整個頻道陷入深深的沉默，在一片漆黑的畫面中，只聽得見韓秀英急促的呼吸聲。

「如果想要繼續收看這齣悲劇——」

現在的金獨子集團急缺概然性，而所謂的概然性，即是一則故事看似理所當然、合乎情理的劇情發展。

更是唯有來自無數星座的關注，以及祂們贊助的 Coin 才能動搖的法則。

「祢們就支付代價吧。」

直到此刻，她才明白了金獨子全盤的計畫，也正因理解，她才能將這番話說出口。

為了拯救伙伴而出賣生命中的一切悲劇，一如他母親昔日的選擇。

金獨子打算出售金獨子集團的悲劇，藉此扭轉這個任務。

〔絕大多數星座大感震撼。〕

面對韓秀英的宣言，星座們猶豫不決，韓秀英也不禁想起自己的小說第一次轉為收費制的記憶。

「韓老師，收費是從明天開始喔。」

那天，她的心情也和現在一樣，對未來充滿了不確定。

——會有多少人願意花錢閱讀我的作品？

——販售這個故事，我能養活自己多久？

——混蛋金獨子，居然把這種吃力不討好的角色推到我頭上。

現在，她明碼標價的東西可不是網路小說。

〔浩瀚神話『魔界之春』渴望繼續講述下一個故事。〕

〔浩瀚神話『吞噬神話的聖火』渴望繼續講述下一個故事。〕

〔浩瀚神話『光與暗的季節』渴望繼續講述下一個故事。〕

〔浩瀚神話『被遺忘之物的解放者』渴望繼續講述下一個故事。〕

而是金獨子集團用血淚寫下的字字句句。

她要販賣的是他們的人生，是無法任意修改，也不能像玩笑似地輕描淡寫談論的那些傳說。

儘管如此，韓秀英仍將那些傳說端到星座面前。

半空中的譬喻投來了憂慮的目光，韓秀英則朝著她笑了笑，似乎要她放心。

「沒人想付費收看？真可惜，劇情才剛要進入高潮呢。」

這份重責，唯有她才能勝任，只有在金獨子集團擔任反派角色的韓秀英，才有辦法兜售這個故事。

彷彿在應和著她，外神之王的動作變得遲緩，說不定，他也在為此傷感。

『可笑，誰會對你們那些微不足道的故事感到好奇？』

神話級星座波賽頓率先打破沉默。

韓秀英還遙遙望見其他神話級星座的身影，所有人都對她嗤之以鼻。

〔妳真以為你們的傳說有這麼高的價值？〕

大鬼怪的反應也如出一轍，似乎一致認為韓秀英已山窮水盡，而她最終的選擇大大失策。

滋滋滋滋滋！

隨著星座一一脫離，頻道的規模立刻萎縮，也有不少頻道趁亂爭搶流量，全是那些敵視金獨子集團的鬼怪設立的頻道。

座。

『了結他們。』

那些身處最後方的星座終於起身加入戰局，祂們多是高居神話級或級別與之相當的最高階星座。

〔星座『主責宇宙輪迴之人』從旁觀望任務的戰場。〕

〔星座『冒煙的鏡子』在戰場上現身。〕

〔星座『雷電與戰爭的主掌』在戰場上現身。〕

來自印度神話的梵天[13]。

出身阿茲特克神話的特斯卡特利波卡[14]。

乃至斯拉夫神話的霹隆[15]。

隸屬其他巨型星雲，從未在低階任務現身的星座逐一出現，而促使祂們露面的亦是「傳說」。

浩瀚神話一開始蠢動，戰場的傾軋也更加猛烈。

【嘎啊啊啊啊！】

無數星座不斷逼近金獨子，拚命阻攔的無名之輩全被祂們無差別地一一炸飛。

在各星雲之中，神話級星座皆是占有浩瀚神話大量股份的人物，祂們一驅動概然性，戰局瞬間向星座一方傾倒。

眼看群星的狂潮大舉來襲，韓秀英輕聲說道：「就算是在祢們看不見的地方，我們仍會竭盡所

13 Brahma，婆羅門教的造物主，印度教的三相神之一，在印度早期神話擁有極高的地位。

14 Tezcatlipoca，阿茲特克神話中最重要的神祇，代表至高的神靈之力和世間的無常。原文意指「煙霧鏡」，也就是黑曜石製成的鏡子。

15 Perun，斯拉夫神話的主神之一，手持鐵斧或戰鎚，掌管雷電、武器與戰爭等。

能地活下去。」

儘管畫面消失，音頻訊號依然正常運作，想必這一刻，頻道中的所有星座都在聆聽著她的聲音。

『韓秀英心中有數，並不是所有星座都對他們抱有好感。』

金獨子集團樹敵眾多，有人支持他們的傳說，也有人對他們心懷嫉妒，甚至深惡痛絕，毫無來由的惡意更是不知凡幾。

然而，一切喜怒哀樂都有個共通點。

那就是，祂們所有人都長期關注著某一個傳說。

『當一個人與一個故事長久相伴，故事終將成為人的一部分。』

好比《滅活法》和金獨子。

「但在祢們閉上雙眼的剎那，祢們一路觀看的故事就到此為止了。」

她並未針對任何一個聽眾，正因如此，這番話實是面向所有人的宣言。

不多時，星座大軍便殲滅了前線的異界神格，兵臨城下，金獨子集團一行人連忙重整防守隊形。

轟隆隆隆隆。

宙斯的雷擊乘著波賽頓的波濤，夾帶著位格的洗禮席捲而來，就像炸魚一般，將成群異界神格電得焦黑，橫死當場。就算是金獨子集團，以他們此刻的狀態，也不可能阻止得了那霸道的浪濤。

儘管如此，韓秀英依然堅信著她的伙伴。

「我可是死也不會隨便停更的。」

韓秀英用盡全力催動黑焰，在概然性的壓制之下，黑焰的破壞力大幅下降，甚至不及平時的四分之一。

才一轉眼，波賽頓的海濤已近在眼前，眼看就要將他們淹沒。

『在須臾間，彷彿整個世界都靜止了下來。』

恍如極其細微的筆觸重新描繪圖面，構築著這個世界的某種根本架構發生了改變，下一秒，一時凝滯的世界再度開始運行。

〔最後的任務發生致命錯誤！〕

波賽頓的波濤和宙斯的閃電席捲了她和金獨子集團所有人。

轟隆隆隆隆隆。

更準確地說，驚天動地的攻勢襲向橫擋在他們面前的護盾，那道堅實又寬闊的鋼鐵之牆，正是李賢誠的傳說。曾在奧茲保護了整顆行星的傳說，此刻正守護著他們。

可是，李賢誠明明也受制於管理局，這怎麼可能？

「秀英小姐。」

驚人的火花在李賢誠全身上下急速流竄。

不只是李賢誠，在管理局的限制下，金獨子集團早已筋疲力竭的每一位伙伴身上都迸發著碧藍的火星。受到箝制的肌肉漸漸重獲自由，被束縛的魔力也得到解放。

〔頻道內的贊助付款錯誤已恢復正常。〕

下一刻，他們終於聽見了那道訊息。

〔支付延遲給付的贊助金。〕

只見譬喻在半空中輕聲啜泣。

與此同時，數不盡的間接訊息在韓秀英耳際響個不停。

〔星座『惡魔般的火之審判者』欣然挹注自己持有的一半Coin。〕

一名近乎神話級的星座，平生所蒐集的全部Coin的一半，究竟該有多少啊？那數字韓秀英根本難以想像。

〔星座『深淵的黑焰龍』嘟嘟囔囔地支付大量Coin。〕

〔星座『最古老的解放者』……〕

無數繁星閃爍著星芒，交相輝映。

星雲金庫的餘額飛速累積。

〔星雲金庫總金額：83,112,540 C。〕

〔星雲金庫總金額：162,423,800 C。〕

……

〔星雲金庫總金額：1,041,512,080 C。〕

Coin總額迅速突破一億，轉瞬又衝破十億大關。

韓秀英再無遲疑，她接下來該做的工作，便是將眾人贊助的每一分錢都支付給概然性。

「大家再撐一下！」

〔星座『量產品製造者』會心一笑。〕

〔星座『量產品製造者』已贊助Coin，總金額超越可贊助額度上限。〕

身穿鳳梨花襯衫的老爺爺。

過去，韓秀英去幫忙拍攝法拉基尼廣告時，也曾與祂聊過幾句。

「祢真的認為拍這種廣告，車就會有銷路？」

面對韓秀英的質疑，量產品製造者只留下一個玄妙的回應。

「拍廣告不是為了讓商品暢銷，而是要為會暢銷的商品拍廣告。」

眼前的一幕，似乎讓韓秀英隱約明白了那句話的含意。

〔星座『朝鮮第一術士』贊助了5,000 Coin。〕

〔星座『美髯公壯繆侯』贊助了5,100 Coin。〕

〔星座『富裕黃夜之父』贊助了自己所有的祕密資金。〕

〔星座『最晦暗的春日女王』贊助了星雲〈冥界〉的一半餘額。〕

〔星座『至高無上的光之神』贊助了2,100,000 Coin。〕

〔星座『水瓶座的盛放百合』贊助了1,500,000 Coin。〕

有許多她早已熟悉的星座。

〔星座『瘸腿騙子』贊助了15,000 Coin。〕

〔星座『鼠輩的君主』贊助了450,000 Coin。〕

〔星座『立蛋的冒險家』贊助了18,000 Coin。〕

〔星座『二天一流達人』贊助了4,000 Coin。〕

〔北斗星君的所有星宿贊助了300,000 Coin。〕

〔小行星的小星座贊助了300 Coin。〕

還有許多儘管有過一面之緣，她原先不抱期待的星座。

〔未揭露名號的眾多星座為星雲〈金獨子集團〉的概然性助一臂之力。〕

就連他們不認識的星座也出手馳援，曾一同見證金獨子集團傳說的所有星座紛紛贊助他們的故事。

已經關閉的頻道再度亮起，開始轉播。

〔頻道 #BY-9158 重啟轉播。〕

故事再度開始，每一枚 Coin 之中都包含著星座的意志。

『那是，渴望看見這則故事結尾的心。』

那份心情，韓秀英自然懂得，然而，有人對這樣的盼望大大不以為然。

〔你們到底在想什麼？難道是在同情那些化身嗎？同情故事的宿敵？你們都給我清醒點！你們忘記自己是什麼人了？星座大大，千萬別被那些骯髒的故事蒙蔽了雙眼！〕

大鬼怪扯著嗓門大聲疾呼，旋即有人出聲反駁。

〔星座『惡魔般的火之審判者』表示自己比任何時候都還要清醒。〕

滋滋滋滋滋滋滋！

可怕的概然性反噬風暴被一舉吹散，波賽頓的浪頭頓時平息。

韓秀英徐徐閉上雙眼，一陣清風吹拂而過。

〔星星直播的意志已接納概然性嶄新的趨勢。〕

某種轉變正在發生。

〔星星直播正在考慮變更任務規則。〕

壓制他們的管理局的概然性逐漸消失，原本失衡的任務，也漸漸恢復應有的平衡。

〔您依然無法理解『故事的宿敵』。〕

對她而言，金獨子依舊是個艱澀難解的謎。

〔『故事的宿敵』盼望能得到您的理解。〕

不過，並非什麼都毫無改變。

〔已變更任務規則。〕

〔從現在起，允許星座在最終任務選擇自己所屬的陣營。〕

韓秀英環顧四周。

身邊的景色有了變化，彷彿整個世界都被脫去了一層外殼。

【■■■■■■……走吧！上啊！這是屬於我們的戰場！】

一個身騎駿馬的男人與韓秀英擦肩而過。

不久前，他分明還是異界神格，還是一介無名之輩。原先他們披覆滿身觸手和黏液，是讓人不寒而慄的未知怪物。

【我們能贏！不到最後一刻都別輕言放棄！】

異界神格的形貌有了變化，有些化為人類，有些變成矮人，儘管種族各異，但已不再是駭人的異形。

【范閣！起身戰鬥！這裡是我們朝思暮想的最後任務！】

【馬克！】

曾經身為無名之輩的每一個人，在這裡都擁有自己的名字。

〔您已加入『故事的宿敵』陣營。〕

在暮色低垂的戰場上，他們重整旗鼓，擺開陣式朝星座發動突擊。

【我也來幫忙！】

在他們之中，有長相酷似李賢誠的男人，有和申流承相仿的孩子，還有和鄭熙媛、李吉永及李智慧面容相似的人們。

【還不賴嘛，這條世界線竟然走到這了。】

轉頭一瞥，一名容貌與韓秀英如出一轍的少女映入眼簾。

他們全都選擇站在「故事之敵」這一方，並肩作戰。

韓秀英愣愣注視著他們的背影。

『所有被拋棄的世界線都齊聚於此。』

她難以用文字描述眼前的一切，這個世界，唯有透過讀者的雙眼才得以想像，即便預想剽竊都無法洞悉。

『這就是金獨子一心嚮往的世界。』

韓秀英緩緩回過身來，轉向方才外神之王所在的位置。

那道牆仍舊巍峨高聳，望不到盡頭，隱晦難解的文字仍在牆面盤根錯節，只見一個男人的身影立於高牆之巔。

「韓秀英，路人角色要怎麼樣才能引起關注呢？」

在破損的漆黑大衣之間，隱約可見那身飄揚的純白大衣。

「就是因為毫不起眼，才叫路人吧。」

韓秀英拖著蹣跚的步伐朝他走去。

「也沒什麼好辦法，通常只能透過壯烈犧牲來吸引討論，再不然……」

一步，再一步，她總算抵達那個男人面前。

「就得讓他們擁有自己的故事吧。」

男子靜靜佇立在原地，等著她走來。

韓秀英在金獨子面前倏然停下腳步，淚水彷彿隨時要奪眶而出，一點也不像平時的她。她的視野漸漸模糊，幾乎要看不清那張臉。

「辛苦妳了。」

金獨子，就在她眼前。

Episode 94. 結束的開始

1.

這個混帳傢伙，居然還敢擺出那副厚顏無恥的笑臉。

韓秀英一心只想把他罵個狗血淋頭，想一如往常地對他大發脾氣，痛罵他再做出這種蠢事就宰了他。

「韓秀英。」

但她做不到。

她低下頭，看著金獨子的腳踝。由量產品製造者打造的戰鬥用西裝變得破破爛爛，成為外神之王並與眾星座浴血惡戰的金獨子遍體鱗傷，就算當場昏迷也不奇怪。

「妳還好吧？」

看著傷痕累累仍不忘為自己擔憂的金獨子，韓秀英實在不曉得該如何平復此刻的心情。

〔星座『富裕黃夜之父』注視著您。〕

〔星座『最晦暗的春日女王』十分滿意您的答案。〕

〔星座『海上戰神』不住頷首。〕

……

閃耀的繁星依然在天上靜觀一切，聽著不斷在耳邊轟炸的間接訊息，韓秀英身上的冷汗仍未退去。不久前還是一片漆黑的頻道，此刻躍然眼前。

——萬一，我有一丁點誤判。

或許星座不會伸出援手，或許概然性的走向與她想像中截然不同，又或者，伙伴們隨時可能潰不成軍。

方才她肩負的並非一份可以隨時修訂的草稿，但凡踏錯一步，他們累積至今的一切都會化為烏有，滿盤皆輸。

一直以來，金獨子都是在這種心理重擔之下執行著任務。

金獨子攙扶住腳步趔趄的韓秀英。韓秀英本想甩開他的手，最終作罷，只是嘆了口氣。

「不准再使喚我幹這種苦差事了。」

「這件事，只有妳辦得到。」

聽著這句話，韓秀英咬緊了下唇。

「你明明就很清楚讀者想要什麼。」

——金獨子究竟盼望著何種「結局」？

在韓秀英與整個世界為敵之時，她亦反覆思索著這個疑問。

而此刻的她，或許已經得到了問題的答案。

「這就是你嚮往的完結嗎？」

「這只是終點的開端呢。」

許多人從他們身邊匆匆經過，奔向戰場，不久前，他們還是異界神格，現在都已有了自己的臉孔與姓名。

【大伙一起上啊！】

【這些狗娘養的混帳星座！】

有些面孔似曾相識，有些則全然陌生，有長得酷似金南雲的人，也有和李智慧極其相似的面容。

但他們既不是金南雲，也不是李智慧，他們只是已完結的故事中微不足道的配角。

『所有存在都在為了改變這條世界線的結局咬牙奮戰。』

從第零次到第一千八百六十三次，被拋棄的世界線全數匯聚於此。

【上啊！大家！】

目睹眾人轉守為攻，韓秀英的心情也激動不已，為了反抗既定的結局而集結起來的每一個人，都與金獨子集團站在同一陣線。

〔星雲〈金獨子集團〉全員成為『故事的宿敵』！〕

其他伙伴踉踉蹌蹌地從身後走來，他們也終於能夠看見金獨子的世界。

〔傳說『預想剽竊』與星雲〈金獨子集團〉全員共享自己的理解。〕

〔傳說『星星的救贖者』向星雲〈金獨子集團〉全員分享自己的想法。〕

每一則故事都熱絡地交談著。

伙伴們四下環顧，全都露出目瞪口呆的表情，此刻，他們正親眼目睹異界神格褪去那副恐怖的面具。

韓秀英一個接一個掃視著每位伙伴，驀然意識到一件事。

有個人，依然不見蹤影。

「那傢伙到底跑哪裡去了啊？」

這麼說來，這件事著實不對勁。

那傢伙對星座的憤怒比任何人都熾烈，在一行人之中總是身先士卒，這次居然老早就消失在戰場上。

察覺了韓秀英的困惑，金獨子說道：「那邊。」

聞言，韓秀英匆匆扭頭張望。

「什麼？」

砰轟轟轟轟！

前線爆發轟然巨響，濃重的煙塵飄散，是阿斯嘉德的一眾星座正在屠殺異界神格。

『這些怪物真是噁心。』

每當星座橫掃戰場，就會有數十個無名之輩身首異處，先前看似大批怪物集體暴斃的光景，此刻則成了人類慘遭不幸的畫面。

那些無名之輩缺手斷腳，臟器外露。

這場戰爭，他們根本不是對手。響應金獨子的召喚趕到的異界神格大多都是低階個體，偶有一兩名高階神格也承受不住神話級星座的集火，早已倒地不起。僅憑殘餘的戰力，他們壓根抵禦不了星座的淫威。

然而，事情有些蹊蹺。

『儘管戰力有著天淵之別，他們仍舊堅持了這麼久。』

仔細一看，原來是有個人以一擋百，鎮守在異界神格的最前線。

滋滋滋滋滋！

蔚藍的劍氣橫掃戰場，刀刃所經之處皆是金色的殘影。

『呃啊啊啊啊！』

只見一名不久前還在大肆虐殺異界神格的星座，腦袋突然就搬了家。

兩個、三個，那道漆黑的身影手中長刀飛舞，傳說如血一般灑落。

「那是——」

其實她早就留意到最前線有個異界神格特別強悍，但她只是單純地認為畢竟是最後的任務，才會冒出這麼強大的傢伙。

那名異界神格揮舞著鋒利的尾部，動作像切豆腐似地行雲流水，隨即讓一個個星座人頭落地。

等韓秀英再定睛一看，才發覺那傢伙舞動的不是尾巴，而是把通體漆黑的寶刀。

〔已發動專用特性『鐵血霸王』。〕

星座的屍體已經堆積成山，在那座小山的頂端，是一張染滿鮮血的王座，王座的主人正傲視著世上繁星。

「這劍術……原來你是劉衆赫啊。」

安娜卡芙特咬牙切齒地發出劍氣。

美國最頂尖的化身，安娜卡芙特，據傳在戰術的較量上未嘗一敗。

緊接著，只見不遠處長槍一震，染上一抹猩紅的罡氣。

「我才是最強。」

發話的是飛虎，一對一戰鬥中的絕對強者，中國超一流的翹楚。

「這是我們初次正面交鋒呢，不過，勝利者會是我。」

隨後，蘭比爾・汗也不甘示弱地運起雙掌，劃出一道絢爛的殘影，掌心推挪之間，頓時射出百來束衝擊波。

轟隆隆隆隆隆——

戰場硝煙再起，在響徹雲霄的爆炸聲中，傳說連綿不絕地述說著。

〔傳說『生死與共的伙伴』繼續講述故事。〕

〔由於『生死與共的伙伴』的特殊效果，正在共享部分傳說。〕

〔傳說『恆久不滅的地獄道』繼續講述故事。〕

在劍氣縱橫、刀光亂舞，星座肚破腸流、異界神格血肉橫飛的光景之中，韓秀英驀地想起那些八卦鄉民樂此不疲的論戰主題。

誰才是世界最強的化身？

『所有人，先對付那傢伙！只要那傢伙一死，就能擊潰他們了！』

如今，韓秀英可以言之鑿鑿地說出那個答案了。

無庸置疑。

當今世上最強的化身——就是劉衆赫！

星座再顧不得臉面，拋下自尊心群起而攻。儘管肩部撕裂，大腿穿了孔，劉衆赫的臉色也沒有一絲動搖，依然在最前線阻擋前仆後繼的敵軍。

正因劉衆赫已經記起過去的部分記憶，此刻的他才能一夫當關。

然而，有個疑問仍讓韓秀英費解。

〔登場人物『劉衆赫』目前為『故事的宿敵』。〕

「那傢伙……怎麼會這麼快？」

劉衆赫為什麼能比韓秀英或其他伙伴更早一步加入金獨子的陣營？

隨著神話級星座參戰，劉衆赫只能步步退守。當劉衆赫的身影越來越近，纏繞他全身的混濁氣息也越發明顯，那是異界神格才擁有的混沌之力。

——先前，劉衆赫曾短暫地與隱密的謀略家合為一體。

韓秀英這才恍然大悟，頓時氣不打一處來。

「這些混帳傢伙，居然什麼都不告訴我——」

『對於金獨子的意圖，劉衆赫早已心照不宣。』

有時，對某件事物的深惡痛絕，亦伴隨著對其深刻的理解。

『唯有登場人物之間相互欺瞞，這場悲劇才得以成立。』

劉衆赫向來比誰都痛恨星座，因此他才能迅速看清金獨子的企圖，並毫不遲疑地採取了行動。

『如此一來，他們才能徹底隱瞞這一切都是「故事」，騙過所有星座。』

啪滋滋滋滋！

不知不覺間，劉衆赫已被逼退到他們附近。

劉衆赫收刀回鞘，開口道：「再這樣下去，我們堅持不了多久。」

帶著無動於衷的表情，劉衆赫回過頭來，與韓秀英四目相對。

「妳太慢了。」

「閉嘴。」

三人並肩而立，劉衆赫的黑天魔刀厲聲嗡鳴，金獨子則像在護衛著兩人一般，高高展開黑色羽翼。

黑焰凝聚在韓秀英掌心，她握了握拳說道：「不知道怎麼回事，這種感覺真是久違了。」

其他伙伴也從他們身後陸續跑來。

「獨子先生！秀英小姐！」

「獨子哥——」

李賢誠屈膝跪地，用盾牌保護著一行人；鄭熙媛傲立在他身側，審判者之刃直指敵方；奇美拉異龍載著申流承和李吉永，縱聲咆哮；劉尚雅的蓮花寶座不斷迴旋，圍繞在每個伙伴身畔；李智慧的船艦則守護著上空。

「裝彈！」

戰艦最前端的艦砲儲備火力，孔弼斗在船艦上建立了武裝要塞，每一座砲管都指著地面，隨時準備接管戰局。

〔星雲〈金獨子集團〉全員大放異彩，鋒芒盡現！〕

在火花中，譬喻宛如一輪青色的小太陽發著燦爛的光，汗流浹背地收下源源不絕贊助給金獨子集團的 Coin。

充盈的概然性光芒萬丈，為一行人提供加護。

看著默默守在身邊的伙伴，金獨子輕聲開口。

「謝謝你們。」

短短一句話，讓所有人的心底都起了些許漣漪。

鄭熙媛猛然咬緊下唇，李賢誠抹了抹閃著淚光的眼眶。

韓秀英也明確地感受到了。

『打從一開始，金獨子就不打算自我犧牲。』

或許，金獨子早就思索再三，當他們邁向這個世界的結局，該怎麼讓每一個人都獲得幸福。

他深知自己獨自犧牲時，伙伴曾經歷過怎樣的傷痛，也已經看清倘若所有人攜手戰鬥，他們必將經歷的毀滅。

因此，金獨子才選擇了這個劇本。

顛覆整個任務的劇本、拒絕既定結局的劇本，以及，讓每個人都能一起抵達尾聲的劇本。

韓秀英一度認為，縱使這個故事就此落幕也可以接受。

蘊藏在傳說中的所有情感都鮮活地傳達了出來，她感覺自己這才明白金獨子在想些什麼、又渴望著什麼。

直到一切的盡頭，金獨子才對他們敞開了心扉。

『正因如此，韓秀英才認為這裡不該是終點。』

「這些話以後再說也不遲。」張夏景開口打斷了他。

「大家儘管放手一搏吧，我不會讓任何人喪命的。」李雪花乾脆地作出結論。

「來了！」

星座重整態勢，大軍再度推進。

『他們只不過是多了幾個人而已！不要驚慌！』

『一介小小星雲，根本不足為懼！』

不知會走向何方的故事在風雲突變的任務中繼續流淌。

但韓秀英只管揮出拳頭。

從她掌中燃起的黑焰狠狠貫穿化身的腦袋，劉衆赫以破天劍道接下星座的劍招，張夏景的破天崩拳一舉震落左右同時襲來的兵刃。

〔已發動『審判時刻』。〕

鄭熙媛的地獄炎火將前方湧來的群星捲進熊熊烈火之中，李賢誠則用鋼鐵盾牌擋下空中飛來的各式暗器。

「大家低頭！」

李智慧的龍龜結束充能，噴發滾滾烈焰，隨著奪目的爆炸閃光，前方的敵軍轉眼一掃而空。

「先擊落那艘戰艦！」

在周圍伺機而動的化身同時飛身躍入半空，見狀，孔弼斗的砲臺頓時發出隆隆砲聲，不絕於耳。

「呃啊啊啊啊！」

『那些沒用的東西！』

幾名星座將紛紛墜地的化身當作墊腳石，騰空而起，直升到比龜船更高處，朝著龜船猛然射出雄渾的魔力。

『死吧！』

一名星座話音未落，祂的化身體已被一分為二，只見奇美拉異龍怒聲尖嘯，用血盆大口撕開星座的身子。

「獨子哥！後面！」

李吉永的蝗蟲大軍即時攔下蜂擁而來的星座。

一行人逐步推進戰線，恍如他們一路走來的歲月，一步又一步，穩健踏實地走出星座的光芒難以觸及的蹊徑。

韓秀英不禁心想。看在其他星星眼裡，恐怕他們就像讓世界走向末日的怪物，但無所謂，這反倒更令人激動萬分。

「金獨子！摧毀方舟！」

星座如密雲一般層層疊疊地鎮守在方舟之前，直到這一刻，還有許多星座從方舟破碎的船首湧出，祂們全都是早就沉睡在方舟中，準備啟程離開這條世界線的星座。

〔『故事的宿敵』逼近方舟。〕

〔『故事的宿敵』將摧毀世間所有傳說。〕

唯有破壞那艘方舟，才能阻止星座無止境地湧入戰場。

「快啊！」

〔由於概然性衝突，任務發生劇變。〕

〔星星直播開始修正最後任務的達成條件。〕

然而，還有眾多星座橫亙在他們與方舟之間。

〔星座『主責宇宙輪迴之人』介入戰場。〕

〔星座『冒煙的鏡子』介入戰場。〕

〔星座『雷電與戰爭的主掌』介入戰場。〕

面對眼前的事態，這些神話級星座原先始終採取觀望的態度，但現在唯有戰勝祂們，才能抵達方舟跟前。

儘管金獨子集團的每個人都戰力高昂，但整體戰鬥力仍屈居劣勢。

〔星座『劃定海疆之戟』大為震怒。〕

當位於最前線屠殺著無名之輩的波賽頓和宙斯掉頭協防，不知不覺間，一行人已被星座團團包圍了起來。

轟隆隆隆隆隆。

只見一柄戰戟穿破屍體的汪洋，回到它的主人掌中。

劉衆赫咬牙說道：「波賽頓。」

無論金獨子集團再強，也招架不住這麼多勁敵。

大鬼怪們的表情仍顯得遊刃有餘。

韓秀英火冒三丈，為什麼他們搜羅了這麼大量的概然性，依然不是祂們的對手？

她尖聲叫道：「喂！我們這邊的星座什麼時候才會到啊！」

說好會出手相助的星座還是不見人影，不管是烏列爾、她自己的背後星、冥界夫妻，抑或……

金獨子反問：「非得是星座不可嗎？」

「什麼？」

金獨子咧嘴笑了起來，是韓秀英最討厭的那個微笑。

「託某人的福，我們有了足夠的概然性，現在能參與這場戰役的可不只有星座而已。」

霎時間，韓秀英感到一陣戰慄。金獨子集團擁有的巨量概然性倏然向外流失，唯有一口氣消耗掉這麼多概然性才可能召喚出的某種怪物，於此降臨。

『所有星座避之唯恐不及的存在。』

烈焰的火勢長長地拖過大地。

燃燒著永劫傳說的紅日，於東方緩緩升起。

『生生不息的火焰，祂的亮度任何星辰都無法比擬。』

正當眾多星星在烈火中尖聲慘叫，另一頭，蔚藍的大海亦是翻騰湧動。

『西方世界的禍患，沉沒之嶼的主人。』

西方的波濤，沉沒之嶼正慢慢隆起。

『呃啊啊啊啊！』

被巨浪吞沒的星座轉瞬間灰飛煙滅，化為一堆傳說。

緊接著，北方天空變得伸手不見五指，空中的星座如驟雨般紛紛墜地。

『北方宇宙的主宰，偉大的深淵君主。』

那名異界神格王者像撒野的頑童般隨手捏爆繁星的腦袋，帶著惡質的笑容。

而降臨在李賢誠身上的存在，則替一行人擋下了異界神格王者們造成的反噬風暴。

『統治南方星域的銀白心臟之王。』

還有一名存在，自何處皆不是的虛無而來。

祂腳下每踏出一步，振天霸刀巨大的刀鋒便割裂星空，斬落滿天的星宿。

【好久不見，波賽頓。】

那男人長著一張和劉衆赫如出一轍的面孔，面頰上留有一道長長的疤。

隱密的謀略家泰然自若地上前，一把掐住波賽頓的喉嚨，揚起微笑。

【這是我第二十六次取你性命了。】

2.

當我化身為外神之王的那一刻，我心想，該來的終於來了。

〔您已成為『故事的宿敵』。〕

感覺全身的傳說全都支離破碎，但這也不是我頭一次經歷這種事，畢竟在此之前，我被流放於任務之外，淪落到故事的地平線那時也是如此。

與那一回不同的是，縱使化作異形的存在，我也不會被逐出任務之外，毋寧說，正好恰恰相反。

〔您已成為最終任務的大魔王。〕

〔您將永遠孤身一人。〕

〔在此世界觀的任何人都無法理解您。〕

那一瞬間感受到的孤獨我仍記憶猶新，彷彿整個宇宙只剩我一人孤零零的，形單影隻，感覺自己變成了永遠無法同理他人，也無法被理解的怪物。

只不過，這同樣不是我第一次體會這種感覺了。

「……日報的記者，能不能耽誤你幾分鐘的時間？」

「就是他就是他，殺人犯的兒子！」

所以，這個角色就該由我來承擔。

因為只有我才能做好這份工作，因為這就是讀了《滅活法》這則故事，見證了它結局的代價。

【你的伙伴不會理解你的選擇。】

彷彿早就看透了我的計畫，隱密的謀略家斬釘截鐵地這麼說。

而我也理解祂這般斷言的理由。

「那也得試了才知道。」

祂和我都沒有錯，只是我們累積的傳說各不相同罷了。

轟隆隆隆隆隆！

傳說的海嘯鋪天蓋地蒙蔽了視線，耀眼的概然性火花在海嘯之巔不斷擴張，在那之上，星座投下了無數目光。

〔星座『最晦暗的春日女王』關注著您的傳說。〕

〔星座『富裕夤夜之父』關注著您的傳說。〕

〔星座『量產品製造者』關注著您的傳說。〕

……

這場豪賭，絕非單靠我一個人就能實現。我成為外神之王只不過是最終篇章的開端，劉衆赫與我並肩作戰，伙伴們努力堅持，韓秀英引起所有星座的關注，以及信賴我們的星座選擇了我們的故事，這些也都缺一不可。

『並且，他的計畫終於大功告成。』

自東方升起的「生生不息的火焰」。

西方世界的禍患「沉沒之嶼的主人」。

北方宇宙的主宰「偉大的深淵君主」。

統治南方星域的「銀白心臟之王」。

來自虛無洪荒的「偉大的謀略」。

五名異界神格王者齊聚一堂，任務的規模開始急遽膨脹擴張，承受不了祂們位格的聖人級星座紛紛口吐傳說，跪地不起。

一直以來被排除在任務之外的災厄之王，終於靠著豐沛的概然性擺脫了追逐深淵的獵犬，親身降臨到任務中。

隱密的謀略家朝我的方向瞥了一眼，我點了點頭。

『現在，屬於祂們的舞臺即將上演。』

那些驚恐萬狀的星座早已將體統拋諸腦後，落荒而逃。

『呃、呃啊啊啊啊！』

偉大的深淵君主──第九百九十九次回歸的金南雲一把揪住試圖逃竄的星座，縱聲狂笑。

【不能這麼早就落跑啊，好戲才剛要開始呢。】

由於概然性的氾濫，這小子似乎也恢復了元氣。

祂看了我一眼，嘴裡嘀咕道。

【還有，我說你，你別自作多情啊，我們可不是來幫你的。】

聞言，站在我身邊的銀白心臟之王回道。

【我們的確是來幫忙的。】

「我知道。」

果然，無論經過多少次回歸，李賢誠依然這麼可靠。

沉沒之嶼的主人，第九百九十九次回歸的李智慧也展開了行動。

儘管大批星座從兩側夾擊，拚盡全力想阻止祂們，但仍無濟於事。

『那、那座島在動！』

覆蓋著綠色青苔的小島前沿冒出白晃晃的銀色砲身。

那是世界線中最龐大的戰艦，完全型態的「龍龜」朝整個世界射出砲火。

轟隆隆隆隆！

轉瞬間，強大的火力蕩平了大半個戰場。看著那壓倒性的力量，無論是我、韓秀英，甚至連劉衆赫都被深深震撼。

此外，在戰事的最前線，兩名異界神格王者正與數名神話級星座展開對峙。

『從許久以前就並肩而戰的兩人，就在眼前。』

全身纏繞著地獄炎火的火焰，第九百九十九次回歸的烏列爾。

闖過一千八百六十三次地獄道，倖存下來成為異界神格的劉衆赫。

『一時之間，金獨子不由得想起那古老的戰場。』

劉衆赫的第九百九十九次回歸。

與眾多星座對壘的戰場上，劉衆赫和烏列爾一同出生入死，堅守著彼此的背後。

失去了雙眼、憤怒咆哮的劉衆赫，以及守護著劉衆赫的烏列爾。

那是通篇《滅活法》我最鍾愛的場面之一，而那幅光景，此刻就在我眼前再現。

〔傳說『英雄與烽火疆場』從沉睡中甦醒。〕

消失已久的傳說將兩位異界神格王者緊緊相繫。

【奧林帕斯交給祢處理。】

第九百九十九次回歸的烏列爾率先展開羽翼，在祂開放位格的一瞬間，說時遲那時快，星座們也朝祂撲了過去。

來人全是紙莎草和吠陀的最高階星座，連最後的法老和吞雷之鳥等等，曾和我們在魔王選拔戰較量過的星座也在其中。

〔傳說『絕滅焱火』開始講述故事。〕

只見第九百九十九次回歸的烏列爾長劍一揮，率先衝上前去的聖人級星座紛紛化為灰燼，其他化身頓時臉色煞白，連忙轉身逃跑，傳說級星座則氣急敗壞地大吼大叫。

『擋下那柄劍！絕對不能讓祂繼續揮劍！』

烏列爾的劍燒出一條惡火沖天的路徑，隱密的謀略家順著道路邁開腳步，祂的步伐不快也不慢，卻好似每一步都流淌著洪荒宇宙的歷史，任誰也不敢貿然阻攔。

〔傳說『恆久不滅的地獄道』開始講述故事。〕

橫亙所有世界線，最強橫殘暴的一則傳說說起了故事。

〔浩瀚神話『朝謁滅亡的孤獨朝聖者』開始講述故事。〕

男子腳下踏過的每一處都迴盪著覆滅世界的慘烈悲泣，世界的原罪如影隨形，執著地追逐著男子。

『沒有任何星座能阻止祂，亦沒有任何傳說能拯救祂。』

無論是敵是友，身為星座，都會在祂的故事中越陷越深、無法自拔。

那是殘缺破敗的悲傷，是帶著亙古蒼茫的驚詫。等到眾人倏然回過神來，男子的手已經擰住波賽頓的脖頸。

總算驚醒過來的波賽頓急忙甩開隱密的謀略家的掌控，釋放出位格。

〔星座『劃定海疆之戟』勃然大怒！〕

奧林帕斯的浩瀚神話騷動不安，波賽頓的三叉戟挾帶著強力的傳說露出凶殘利齒，神話級星座的威容，任何人看了都不由得膽戰心驚。

然而，波賽頓的行徑看在同為神話級星座的我眼中，卻有不同的解讀。

『波賽頓的內心驚懼不安。』

波賽頓的戰戟徒勞無功地劃過空氣，早已失去了先前的鋒芒。見波賽頓竟會犯下這等不像神話級星座的錯誤，宙斯連忙張口示警。

孰料，為時已晚。

嘶喀喀喀！

不知何物已然撕開了波賽頓的軀幹，在蒼藍鱗片覆蓋的胸口留下長長一道黑色傷痕。下一刻，一則又一則浩瀚神話從傷口汩汩湧出。

『咳咳咳呃……』

波賽頓拚命按住胸前，猛力揮起三叉戟。

劃分海之疆域的戰戟。

凡是祂的三叉戟劃定之地，無論何處都將立時成為汪洋，然而，這次的狀況有所不同。祂那無所畏懼的槍刃，第一次游移不定，找不到應當指向何方。

『祂的大海，遠在遙不可及的地方。』

波賽頓的雙眼漸漸被幽暗的深淵深蝕，此刻的祂，恐怕正直視著世上最黑暗的傳說。

那是脫離了重力的影響，無論大地、海洋或蒼天都毫無意義的宇宙。由於所有的一切早已消亡，那裡不過是連半點珍貴之物都沒有絲毫殘留的廢墟。

荒蕪廢墟的主人抬起頭，仰望著奧林帕斯的星座。

【無論身處哪一條世界線，你們都同樣冥頑不靈呢。】

祂的嗓音不帶悲戚，反倒流露出一絲嘲諷般的欣慰。

隨著鏗鏘一聲，振天霸刀的刀尖瞬間直抵夜空。

『閉嘴——！』

好不容易壓下恐懼的波賽頓再度掄起三叉戟，就在這一剎那，振天霸刀也有了動作。

我曾見識過劉衆赫使用過與這一招極為雷同的招式。

透過刻苦的努力突破人類的極限，超凡座專為劈星斬月日夜砥礪的絕技。

然而，眼前這招又有些許不同，就好似——

『好似一介人類為了對抗整個世界苦心淬鍊而成的劍術。』

破天劍道！

超凡奧義！

銀河斬！

我這才真切體會到，在改編西遊記那時的激戰中，隱密的謀略家展現出來的力量，並非祂全部的實力。

這一劍，比起我見過的任何劍招都更沉穩華麗。

世界在祂的刀下一分為二，整座星雲頓時四分五裂，化作星塵漫天飛散。

而波賽頓就在那魔法一般的光束盡處，只聽見嘶嚓一聲，祂的四肢登時和身軀分了家。

『波賽頓！』

宙斯錯愕地高喊。

從隱密的謀略家身上爆發的各式傳說吞噬了整個戰場，祂經歷了漫長劇本，在任務中感受到的無盡空虛正不斷膨脹。

眼見波賽頓口吐傳說，雙膝落地，奧林帕斯十二主神連忙衝上前來。阿瑞斯和赫菲斯托斯怒吼著掄起寶劍和戰鎚，但在振天霸刀霸道的招式之下，祂們就如手無縛雞之力的孩童一般被瞬間打飛。

宙斯惱羞成怒地大吼。

『偉大的謀略啊！少目中無人！至今，祢就連奧林帕斯神話的一鱗半爪都還沒見識到！』

話音甫落，宙斯的身形迅速向後退去。顯然，祂正往方舟所在之處飛奔。

『父親！』

奧林帕斯眾神被祂拋在腦後，全身直淌著傳說，被無名之輩包圍吞噬。

戴歐尼修斯的臉上寫滿怨恨，向自己的父親破口大罵。

我看著痛不欲生的星座，朝韓秀英和劉衆赫開口道：「我們得阻止宙斯。」

方舟內不僅有奧林帕斯的傳說，更有數不清的浩瀚神話沉睡其中，若是坐視不管，這場任務我們又將落入下風。

我們發足奔向舞臺，上頭躺滿了死去的星宿和神祇的傳說。

韓秀英訝異地低喃。

「可是，那傢伙祂……」

只見手刃了波賽頓的隱密的謀略家，正佇立在原地仰望著某處。我順著祂的目光向上望去。

隱密的謀略家沒有動身追趕宙斯的理由很單純。打從一開始，祂的目的就並非消滅奧林帕斯，更不是破壞方舟。

祂極目所向之處，遠比這些目標遙遠得多。

最後一道牆。

祂眼底的書頁無止無盡地翻過一頁又一頁，好似這一次祂鐵了心，勢必要看清書頁的彼端。

〔星星直播的概然性發生劇變！〕

一眾大鬼怪見概然性風雲變色，大出祂們所料，全都慌亂地提高了嗓門。

〔等等！這是！〕

〔最古老的夢啊！〕

〔由於星星直播的劇變，已更新任務內容。〕

〔根據您選擇的陣營，任務的通關條件將有所不同。〕

我垂眼確認更新後的任務資訊。

＋

〈主線任務#99——■■■■〉

＋

頭一回，任務的主題被抹去了。

這是個前所未見的任務，就連大鬼怪也一無所知的任務，正式揭開序幕。

＋

分類：主線

難易度：？？？
成功條件：請破壞方舟，阻止大鬼怪的計畫。
＋
大鬼怪驚愕的叫聲隨之響起。
放棄頻道主的身分，成為這個世界的登場人物，從現在起，祂們將為自己的選擇付出代價。
我們的外形也漸漸恢復原樣，好似這個世界終於應允我們的存在。
「你是——」
大吃一驚的飛鳥蓮緊盯著我不放，看來，她眼中總算映照出我的模樣。
在飛濺的火花之中，令人驚懼又嫌惡的異界神格一個接一個顯露出自己本來的面貌。
如今，他們不再是任務之外的存在。
〔絕大多數星座都關注著您們的傳說。〕
由我們親手打造的任務，在這個世界正式誕生。
〔星座『最古老的夢』注視著您。〕
此時此刻，隱密的謀略家多半也豎耳傾聽著這道訊息吧。
更準確地說，是浮現在我眼前的這條資訊。
＋
獎勵：最後一道牆
＋

3.

「獨子哥，系統說獎勵是最後一道牆耶？」

李吉永快步追了上來，語帶疑惑。然而，對於他的疑問，我也缺乏足夠的情報來回答。

任務獎勵是最後一道牆……

光從字面來看，這究竟意味著獎勵是抵達最後一道牆，還是在任務結束之後能擁有最後一道牆，其意義實在含混不清。

更何況，難不成這道牆是一種可以被某人擁有的概念嗎？

就目前來說，我什麼眉目也沒有。

能夠確定的只有一點，只要完成這個任務，我們就能觸及這世界的真相。

【去吧，各位。】

在第九百九十九次回歸的李賢誠的掩護之下，我們一行人動身狂奔，隱密的謀略家和其他異界神格則負責斷後，攔下後方窮追不捨的星座。

方舟已經近在眼前，只要將那艘方舟摧毀，我們就能抵達所有任務的終點。

『阻止他們！』

孰料，更多的星光再次從空中灑落。居然還有這麼多星座，連我都不由得感到吃驚，真不曉得祂們先前都躲在什麼地方。

『是外神之王！逮住他！』

眾多星座高舉兵刃，徑直撲了過來。作為巨型星雲的走狗，祂們一路苟且偷生，根本沒有親手完成任務就獲得了進軍最後任務的權利。

叫人驚訝的是，祂們之中有一部分曾是我頻道的訂閱星座，甚至直到現在仍在訂閱中。有人三不五時斗內贊助，試圖左右我的行動，也有人渴望大快人心的情節，慫恿劇情朝更具刺激性的方向進展。

如今，祂們都站在了我的對立面。

『殺了他！』

看見這些星座的敵視態度，其他伙伴似乎也感到詫異。

韓秀英忍不住開口譏諷。

「祢們到現在還沒棄坑啊？」

一時之間，我腦海中浮現的是曼荼羅的守護者在轉生者之島曾對我說過的話。

『無論故事如何低劣，長時間沉浸其中的存在終究會愛上那則故事。』

當初的我對這句話其實不甚明白，只是單純地認為，原來曼荼羅的守護者是這麼看待神魔大戰的悲劇。但回頭細思，或許祂言下所指，並不只神魔大戰這一則故事。

在和平之地曾與我們展開激戰的妖星紛紛出現，就連「破碎八瓣的火焰」迦具土[16]，以及「漲潮與退潮的調節者」海龍龍神[17]也現了身。

挺身對付祂們的，是我們一行人之中負責守衛天空的人物。

16 日本神話中的火神。由於其母伊邪那美生產時被火灼傷而死，父親伊邪那岐一怒將祂斬首，滴落的血液化為眾多神祇，迦具土八個不同部位的屍身亦分別化為八名山神。

17 日本神話中的龍宮海神，掌管水與降雨，形象受中國神話影響深遠，相關神話眾多。

〔登場人物『李智慧』釋放自身位格。〕

〔星座『海上戰神』釋放自身位格。〕

伴隨汪洋大海遼闊拓展，充實豐盈的位格一舉淹沒了周圍的舞臺。儘管對方是神話級星座，但若是現在的李智慧，實力也絕不遜色。

然而，李智慧沒有立刻開火，而是轉頭看向我。

「大叔。」

她在猶豫什麼，我自然一清二楚。

『快上啊！要是幫不上忙就跟他們同歸於盡！』

那些星座在背後不斷逼迫手下的化身，日本的化身一個個眼神恍惚，踉踉蹌蹌地朝我們走來。

就在我們準備拔刀相向的剎那，只聽見附近有人高喊。

「大家都清醒點！給我看清楚你們要討伐的究竟是誰！」

這個聲音，我不可能認不得。

「之前，泉也是以同樣的方式枉然斷送了性命，到底還要犧牲多少條人命大家才能看清真相？在和平之地發生的悲劇，你們全都忘了嗎？」

正是飛鳥蓮。

〔登場人物『飛鳥蓮』已成為『故事的宿敵』。〕

令我吃驚的是，她居然加入了我們這一邊。

〔登場人物『飛鳥蓮』已發動專用特性『漫畫家』。〕

飛鳥蓮的劍如畫筆一般揮灑。

當她的特性發動，包括我在內，周圍所有無名之輩的傳說都起了反應，我們七零八落的傳說、到處逸散的字句，迅速被編織成一幅畫面。

仔細想來，擁有作家相關特性的不僅韓秀英一人，雖然與韓秀英略有不同，但飛鳥蓮的特性也有異曲同工之妙。

「拜託大家，到此為止吧。你們不也都認得他們是誰，一直夢想著成為像他們一樣的人嗎？」

『這就是一切的開始。』

在她身邊的道尾勝司也開口附和道：「我已經苟且偷生過一回，以任務作為藉口，對旁人的死亡視若無睹。」

道尾勝司，為了不成為他人的災難，甘冒風險與我一起對抗巨蛇的男人。

「但是，至少在最後一個任務，我想作出我認為正確的選擇。」

勝司一番話說完，對我們殺紅了眼的化身一個接一個鬆開手中的兵刃，帶著驚魂未定的神情跌坐在地，或者悲痛地嚎啕大哭。

「我、我做不到，我不想再這樣下去了……」

化身們跪地不起，雙手抱頭哭喊著。

當化身拒絕聽令，頓時暴露在危機之中的星座慌忙高喊。

『站、站起來！快啊！』

與那些浸淫在漫長的任務之中、淪為反派的星座不同，這些化身比任何人都了解同為化身的苦痛。

「智慧啊。」

沒等我說完，龍龜的艦砲已經展開砲擊。

轟隆隆隆隆！

迫擊聲不絕於耳，大量的星座一眨眼就被轟飛出去，拚命突破砲火的星座則與我們展開正面交鋒。

『呃啊啊啊啊啊！』

方舟的船首流淌著微弱的光輝，我們絕不能放任沉睡在方舟上的神話級星座甦醒過來。

所幸，我們推進的速度不慢，劉衆赫的破天劍道和韓秀英的黑焰從兩側掩護我，踏實地帶著一行人往前邁進。

唯有一件事仍令我放心不下，那就是概然性。

滋滋滋滋……

由星座的 Coin 支撐的概然性。

我仰望半空，譬喻努力控制著頻道，臉上神情痛苦不堪。

這孩子才剛成為鬼怪不久，讓她操縱這麼大量的 Coin 換取概然性本身就是強人所難，傳說一點一滴地從譬喻嘴角滴落。

「就快到了！」

就在韓秀英的聲音響起的同時，異變驟起。

〔管理局對頻道 #BY-9158 行使控制權。〕

我的心中一凜。

個人頻道本就是歸鬼怪所有，但是「頻道」這整個系統，仍奠基於管理局持有的浩瀚神話的力量。

〔管理局已掌控頻道 #BY-9158 的 Coin 贊助。〕

身體動作變得遲緩，身邊的伙伴同樣難以倖免，一路從後方助我們乘勢前進的風勢，也逐漸轉為強勁的逆風。

……

遠遠地，我看見十名大鬼怪正雙掌合十，朝天念禱。

「……那些可惡的混帳東西！」

韓秀英似乎也察覺到發生了什麼異狀。

〔哇啊啊啊啊啊啊！〕

譬喻就像觸電般吐出慘烈的哭號，往下墜落。

劉尚雅比我更快衝上前，接下墜地的譬喻摟在懷中。

〔星座『富裕夤夜之父』對管理局卑劣的行徑表示抗議。〕

〔星座『最晦暗的春日女王』因管理局的處置方式大為震怒。〕

〔星座『惡魔般的火之審判者』大罵■你■的■■鬼怪……〕

我們的頻道正在崩毀。

大鬼怪葭朗朗聲說道。

〔你們的傳說不容存在，絕不能向最古老的夢獻上這樣的傳說。〕

我不明白。照理來說，祂們早已成為任務一部分，光是試圖動用管理局的浩瀚神話就理應引發大規模的反噬風暴。

〔河瀧、綠水，我將銘記你們的犧牲。〕

兩名大鬼怪在空中緩緩消散，而葭朗的身子也落下一片片的傳說碎片。

我整個人不寒而慄。光看此情此景，就能明白那些可恨的大鬼怪究竟下了多大的決心。

〔星星直播的概然性再度發生劇變！〕

我們周圍多不勝數的無名之輩正急遽消滅。

祂們方才在概然性的庇蔭之下逐漸恢復原本的面貌，此刻又再一次轉變為駭人的怪物。

【獵犬要來了。】

隱密的謀略家沉聲說道。

第九百九十九次回歸的異界神格王者迅速往中央集結，召喚祂們損耗的概然性越多，祂們因贊助中止而承受的損失也越龐大。

追逐深淵的獵犬在席捲而來的反噬風暴之中現身，伺機嘶咬異界神格王者們的手腳。

【痛死了，你們這些瘋狗！】

第九百九十九次回歸的金南雲怒吼著。

在我身旁忙著斬殺星座的劉衆赫大喊道：「金獨子！」

我仰望天空。此刻的天象非比尋常，這絕不是神話級星座單純的天候操縱就能引發的變化，顯然有某種力量正在試圖引爆前所未有的浩劫。

〔溫賽、虛體，一直以來，辛苦你們了。〕

又有兩名大鬼怪徹底消亡。

『這些大鬼怪吃了秤砣鐵了心，要在此終結他們的故事。』

我感覺手上的每一根寒毛都豎了起來。

迄今，在執行任務的過程中，我從不曾感受到這樣的戰慄。

〔最古老的夢啊！〕

隨著祂的話語，天空逐漸裂開一道縫隙。再定睛一看，那其實並不是天頂，而是一堵牆。

將整個宇宙團團包圍的最後一道牆。

有什麼正推擠著牆上的裂隙爬向這一端，好似要將書頁撕裂。

『霎時間，金獨子直覺地預見了這個世界的滅亡。』

我擁有的語言壓根無法表述那個東西。

那到底是什麼玩意？

彷如年幼的孩子用鉛筆胡亂塗鴉的拙劣產物，乍看像一柄巨大的劍，又好似一把長槍，再看又像是一枚導彈。可以確定的是，那個未知的物體正朝著我們從天而降。

滋滋滋滋滋滋！

透過形態變幻莫測的不明物體掉落的那道牆縫，我彷彿在瞬息間瞥見了某個人的手。

〔星座『惡魔般的火之審判者』驚愕地放聲尖叫！〕

〔星座『深淵的黑焰龍』匆匆忙忙地向您吶喊！〕

我只能肯定一件事。要是被那玩意砸中，我們全都難逃一死。

『金獨子開放自身所有的位格。』

我所擁有的每一則浩瀚神話都同聲開始講述故事。

我回頭環顧著伙伴。

「大家……」

豈料就在下一秒，視野倏然一片空白，概然性在我們眼前轟然爆炸。

✦ ✦ ✦

滋滋滋滋滋滋！

鼻荊愣愣看著大鬼怪一個接著一個投身任務之中，負責講述故事的人物，最終仍成為了情節的一部分。

管理局形形色色的下級鬼怪都湧到鼻荊身邊。

〔鼻荊大人！這到底是……〕

至今為止保持中立的管理局，居然以個人的意志推翻了整個任務的樣態。

作為代價，管理局的地形布局也在急遽轉變。收藏管理傳說的幾座儲藏庫立時崩塌，好幾名惡名昭彰、被管理局收押監管的星座也被放了出來。

身在一片狼籍中，鼻荊只是目不轉睛地注視著一名星座。

『那小子，自始至終從不認為自己就是主角。』

打從他們初次相遇，他就是如此。像竹竿一樣身子綜合數值連十都不到，面對身為鬼怪的自己卻毫不畏怯，張口就是頂撞。無論何時總是咧嘴傻笑，裝作一副從容不迫的模樣，隨隨便便就賠上小命也只是家常便飯。

『那小子，比身為頻道主的祂都更了解下一則傳說。』

多虧了他的傳說，鼻荊的頻道才得以迅速壯大，在等級評鑑中屢屢獲得好評。

『那則傳說，即將邁向終章。』

砰砰砰砰砰砰！

而今，已然成為大鬼怪的祂很清楚撕裂天空向下砸落的究竟是什麼。

那東西來自牆的另一頭，它是曠遠狂想的殘片，從切割了這個世界的最初也是最後一道牆的彼端穿越而來。

鼻荊望見方舟正準備升空啟航，恐怕此時剩餘的大鬼怪全都在打著主意，試圖登上方舟逃跑。

至於眼前的舞臺，則會因那塊碎片的墜落徹底完蛋。

『就在這一瞬間，鬼怪鼻荊心中有了定奪。』

方才聚集在一塊進行儀式的大鬼怪察覺了鼻荊的舉動，開始大呼小叫。

清風率先走近，一把按住了祂。

〔鼻荊！你想做什麼！〕

鼻荊沒有回答，只是低頭望向地面，祂一路守望的人們都在那裡。過去的祂，總是以分身體面對那些化身，如今，他們已爬到和自己平起平坐的位置。

鼻荊垂眼看向自己的手，遙想當時還瘦小的手掌，現在已經成長得和成年男性大小相仿。

〔那個傳說，我已經觀看了很久很久。〕

他們的第一次見面談不上愉快，畢竟一方販售著以任務為名的悲劇，是一切的始作俑者，而另一方則必須賭上性命，無可奈何地執行任務。

因此，現在鼻荊必須採取行動。

這是親手打造了這個悲劇舞臺的祂應當執行的工作，也是為了堅守「頻道主」這個身分直到最後，祂必須去做的事。

〔清風，您曾經說過，每一個鬼怪總有一天要作出選擇，選定唯一的神話。〕

〔等等，鼻荊！這次你大錯特錯，絕對不會是那個傳說！那個傳說——〕

鼻荊鬆開清風的手，笑了起來。

有個傢伙即使死到臨頭，也總是這樣咧著嘴笑，過去鼻荊始終覺得那傢伙不可理喻，但現在，祂似乎明白對方的感受了。

那小子肯定也是這種心情吧。

〔或許，是我愛上了那個故事吧。〕

鼻荊朝著管理局的大鬼怪釋放出自己的位格。

啪嚓嚓！

代表所有大鬼怪行使管理局干涉力的大鬼怪葭朗，頭上犄角應聲折斷。管理局操控的概然性也立時四散，在周圍引發一陣波瀾。

而反噬風暴也原封不動地反撲鼻荊，祂從嘴裡啐出一口變得烏黑的傳說，就此轉過了身。

〔鼻荊！你竟敢——〕

狂想的碎片仍在下墜，祂則不偏不倚橫身擋在碎片與地面之間。

祂一路上記錄下來的傳說都在哭泣，緊盯著頻道主的星座也注意到祂的舉動，持續為祂挹注概然性。

反噬風暴撕裂了祂的軀體，在撕心裂肺的痛楚之中，鼻荊不由得想著，祂一直觀看的那則傳說的主人，恐怕不會喜歡自己現在的舉動。

畢竟，主角總是盼望救活每一個人。

縱然如此，世間仍有不可違逆的法則。

『不犧牲任何一個人的故事，並不存在。』

為了守護故事，為了守護概然性，為了成為終能抵達最後一道牆的唯一的神話，就必須有人犧牲，沒有商量的餘地。

『鬼怪鼻荊，決定了自己的句點。』

噗哧哧，耳中聽見某種東西被刺穿的聲響。

祂轉頭一看，眼角餘光似乎瞧見金獨子的臉。

〔您的■■為『犧牲』。〕

4.

當那個不停變換外形的黑色物體在空中炸開的瞬間，我連忙撲向身旁的兩個孩子。

在李賢誠展開的鋼鐵屏障之上，一陣震耳欲聾的金屬摩擦聲刮過耳膜。

不知道就這樣過了多久，所有聲響和知覺倏然消失無蹤。

〔傳送已完成。〕

此外，只剩一道未知的訊息。

渾身的肌肉疼痛不已，像被人亂拳揍了一頓。

李賢誠遮蔽上空的障壁不見了。

這是怎麼回事？

我一時間摸不著頭腦。舉目環顧，只剩我孤零零一個人。懷中的孩子也好，守在我身側的李賢誠和鄭熙媛也罷，就連方才騰空揮出黑天魔刀的劉衆赫都沒了蹤影。

眼中所見，唯有遼闊無邊的原野。

回過頭，身後是鬱鬱蔥蔥的林木構成的叢林，繁茂的密林直抵天邊，而另一頭映入眼簾的則是硫磺地帶。

大鬼怪動用管理局的力量干涉了任務，直到此處我的記憶都還很清晰。隨後，管理局一方先是限制了我們接收 Coin 贊助的功能，這還沒完，我想起那些傢伙甚至召來了某種狀似導彈的奇怪的玩意。

再接下來……

〔啊、啊，聽得到嗎？真是的，韓文模式出狀況真是麻煩。〕

涼颼颼的感覺襲來，我反射性地環顧四周。

一則故事自某處響起，並且，那是我再熟悉不過的傳說。

〔這不是在拍電影。〕

緊接著，某個東西浮上半空。那是個嬌小的影子，剛才也是祂，在那個詭異黑色物體爆炸的瞬間及時掩蔽了天空。

我連忙扭頭張望。

〔不是夢、不是小說，也不是你們所知的『現實』。懂了沒？全都給我閉嘴，聽我說。〕

就在附近，祂肯定就在這附近。
我不知道在整座原野翻找了多久，總算在蘆葦叢中發現了倒地不起的小傢伙。
「鼻荊。」
我彎身把小東西攬進懷裡。在成為大鬼怪之後，體格已經與成人男性相仿的祂，又再次變得如孩童般嬌小。
就像我初次在地鐵裡見到祂的那天一樣。
「鼻荊！」
我所有悲劇的源頭。
要不是遇見了這小子，直到今天，我還是Mino Soft公司裡一介平凡的約聘職員。
〔慢著，你是說要跟我締結『直播契約』？〕
要不是當時跟這小子簽訂了那個該死的契約，我也不可能走到這裡。
傳說的碎屑一點一點從鼻荊身上片片落下。
〔你們對金獨子集團的傳說做過什麼貢獻嗎？你們有什麼臉去干預他們收取Coin？〕
〔那種有毒的故事難道你們還不膩嗎？我們要一直執著於符合管理局迂腐公式的傳說到什麼時候？〕
我不知道的、關於鼻荊的傳說逐漸支離破碎。
我再次晃動鼻荊，甚至胡亂甩了祂好幾個巴掌，總算，祂的聲音斷斷續續地傳來。
「疼死了，我第一次覺得之前被你痛扁的保羅還滿可憐的。」
鼻荊撐開眼睛，苦笑了起來。

那不是真言，而是氣若游絲的真聲，是我許久不曾聽見的、鬼怪鼻荊真實的嗓音。

我曾經如此憎惡的嗓音。

祂是將人們變成化身，將任務散播到世上，讓這個世界化為窺視他人的王國的傢伙。正因如此，我才不得不問個清楚。

「為什麼救我？」

鼻荊會變成這副德性，一定是觸碰了不得染指的概然性，就像強行干涉任務導致自我毀滅的大鬼怪一樣，鼻荊也跳進了自己難以抵禦的反噬風暴之中，才落到這步田地。

『鼻荊將葬身於此。』

我擁有的傳說都在震動。

這不是我的計畫，這不是我想要的傳說。

〔『第四面牆』劇烈動搖！〕

鼻荊沒有回答，只是不斷嘔出烏黑的傳說。祂的身軀變得越來越小。

「我想坐起來。」

我扶起鼻荊的身子。

在暗淡夜空的另一端能望見滿天繁星。那些星辰隨著任務的走向兜兜轉轉，悠悠流淌，形成蒼茫悠遠的星流。

鼻荊注視著星星直播。

「我把你的同伴全都轉移走了，附近的星座和化身大部分都能倖存下來，這裡不受外部衝擊的影響，安全無虞。」

「祢……」

「至於細節，你很快就會明白了，反正你這傢伙本來就很聰明。」

只見數顆星星從天空墜落。當我反覆思考著該說些什麼的時候，墜落的星辰也越來越多。

那些星辰，在渺遠的星座脈絡邁入死亡。

傾其一生，鼻荊都在夢想著那些星星。

「金獨子，我們不是同伴。」

祂鍾愛繁星的傳說，一同見證了祂們的悲喜，更目睹了無數星星的死亡。

但另一方面……

「因為你是任務情節的化身，而我只是個說故事的頻道主。」

或許在祂看來，繁星的死亡是一道優美的風景。

我厭惡鼻荊，這是不會改變的事實，我費盡心思想更加激化這股情緒。

〔傳說『無王世界之王』注視著自己的頻道主。〕

〔傳說『異蹟對抗者』為自己的頻道主感到憂傷。〕

〔傳說『災禍之王狩獵者』為自己的說書人哀悼。〕

我的傳說不停翻飛，對著鼻荊呢喃絮語，恍如聲聲哀泣。

鼻荊笑了，一臉的驕傲。

「我很想見證你的傳說，直到最後。」

鼻荊眼中映著天空，在天頂之上，最後一道牆巍然屹立。那是鼻荊曾經的夢想，立於所有任務之巔的「鬼怪之王」所在的地方。

我多想開口問問祂，祢怎麼能就此放棄？祢是不是忘了當初和我的約定？

「鬼怪鼻荊，和我締結契約吧。我會讓祢成為鬼怪之王。」

我還沒有實現我的諾言啊。

『金獨子一路積累了諸多傳說，而祂，是他的第一位讀者。』

手裡的重量漸漸變輕，等我慢慢低下頭來，鼻荊已經不知所蹤。直到最後一刻，祂都是個可惡的頻道主，擅自留下自己的故事就飄然離去。

我搖搖晃晃地站起身來。

『他渴望創造出不犧牲任何一個人的傳說。』

〔您的宏大史詩已迎來變革的契機！〕

鮮血從我死死緊握的拳頭中淌落，我所有的傳說都在撕心裂肺地吶喊，向星星直播咆哮，向最後一道牆嘶吼。

『**故事還沒結束呢，金獨子**。』

雖然鼻荊已經殞命，但祂遺留的故事仍然鮮活。祂臨死前留下的傳說在我身邊縈繞不去，將自身僅有的字句消耗殆盡。

我強行打起精神。

鼻荊說的沒錯，我渴望的結局現在才正要起步，我得先弄清楚鼻荊究竟把我送到了什麼地方，其他伙伴又去了哪裡。

此外……

在遼闊的原野上，概然性的火花不停從空中落下，那些火光隱隱約約映照出外頭的景象。

最後任務的舞臺化為一片焦土，放眼望去，遍地都是星座和化身的屍體，那顯然是我剛才所在的戰場。

一看見這幅光景，我瞬間意識到自己身在何處。

〔歡迎蒞臨『最後的方舟』。〕

這裡，竟是我千方百計要摧毀的那艘船的內部。

〔『最後的方舟』已進入起航程序。〕

〔最終任務已更新！〕

+

〈主線任務#99——■■■■〉

分類：主線

難易度：？？？

成功條件：請破壞方舟的傳說動力核心，阻止大鬼怪及神話級星座的世界線遷徙計畫。

時間限制：24小時

獎勵：最後一道牆

任務失敗：世界線滅亡

+

原來是這麼回事。

倘若這裡就是最後的方舟，也就解釋了船體內部為何蘊藏著這麼多的世界。無數神話在方舟內沉眠，而我目前所在的地方，正是孕育了所有神話的太初之地。

轟隆隆隆隆。

那片土地的另一頭傳來一陣劇烈的震動。

有東西正在逼近。

『**快逃，金獨子**。』

倚仗著自己的世界觀，那些存在已經尋回了原本的力量。

眾多神話級星座正蜂擁而至。

✦ ✦ ✦

『**方舟是一種神話兵器，若要徹底破壞方舟，就必須粉碎內部的傳說動力核心**。』

我一邊讀著鼻荊留下的傳說，一邊在方舟內狂奔。

〔您進入了居住客艙 D-21。〕

〔由於該地區其他神話的影響力過強，您無法聯繫星雲成員。〕

或許是因為其他浩瀚神話的影響力太過強烈，所以我遲遲無法和伙伴取得聯絡。幸運的是，還有一名成員和我掉落到同一區。

〔強烈感受到同一星雲的影響力。〕

「金獨子！」

我朝她伸出手，正想開口，卻瞬間被一聲大吼打斷。

「少廢話，快跑！千萬別過來這邊！」

韓秀英身後的樹叢陡然裂成兩半，顯然有人正對她窮追不捨。韓秀英迅速在懷中一頓翻找，朝後頭扔了顆煙霧彈。

〔使用道具『量產型SSS級煙霧彈』。〕

〔徹底阻隔鄰近地區的視野20秒。〕

在陷入混亂的星座大呼小叫的同時，我們一溜煙脫離了灌木叢地區。關於目前的事態，韓秀英似乎已經掌握了十之八九。

「那小子掛了？」

我什麼話也沒說。

氣喘吁吁的韓秀英朝著地面啐了口唾沫。

「王八蛋臭鬼怪，祂就把這爛攤子當作最後的餞別禮，自己一走了之？」

這能稱得上禮物嗎？

我抬頭看著方舟的天花板。除了我們之外，恐怕還有無數浩瀚神話的主人沉睡在這艘方舟裡。

「金獨子。」

「根據鼻荊的傳說，傳說動力核心就在方舟中央，我們這一帶應該接近船頭。」

話一出口，星座的真言就從濃濃煙霧間響起。

『快追！』

『那些傢伙就在這附近，絕不能讓他們一起去下一個世界線！』

韓秀英透過「白日幽會」說道。

—還是一不做二不休，把祂們全宰了？

這的確也是一種方法，但戰況可沒那麼樂觀。

這個船艙是屬於其他星雲的世界觀，換言之，祂們的舞臺化就在這個場域中運作著。

〔居住客艙 D-21 為保存著世界之樹『尤克特拉希爾[18]』根部的區域。〕

韓秀英蹙起眉頭。

—可惡，怎麼偏偏又撞上阿斯嘉德？

〔星座『豎琴與牛角之神』彈奏著滅亡的安魂曲。〕

〔星座『因破滅魔狼失去手臂之人』正在尋找自己消失的手臂。〕

〔星座『木曜日的天雷』炫耀著自己的雄威。〕

許多星座在天上徘徊來去尋找我們，放眼望去大多數都是神話級星座。

但是……

—索爾原先有這麼強嗎？

木曜日的天雷在雷霆戰鎚中凝聚起陣陣雷電，蔚藍雙眼仰望著蒼穹。

傳說級星座，索爾。縱使身為傳說級，在這座舞臺祂也能釋放出直逼宙斯等級的位格。

我對韓秀英說道。

—我們得找到對我們有利的舞臺。

—方舟裡會有那種舞臺嗎？

不同於大型星雲，金獨子集團根本沒有稱得上世界觀的神話。

—還有一個。

18 Yggdrasil，又名宇宙樹、乾坤樹，是北歐神話中構築了世界的白蠟樹，樹上共分為三層、九個王國，樹底則有三層粗大的根系。

話雖如此，倘若我沒猜錯，方舟內還有個值得我們背水一戰的舞臺，只要是那個地方，其他伙伴也都能充分發揮自己的力量。

問題在於，我們該如何前往那裡。

〔傳說『小石子和我』開始講述故事。〕

當然了，事在人為。

韓秀英頓時瞪大了雙眼。

〔傳說『小石子和我』講述著『我們全都只是一塊石子而已』。〕

—這是哪招？

我拉著韓秀英的手腕，像顆滾動的小石頭一樣小心翼翼地走到星座面前。不出我所料，那些星座壓根沒發現我們的存在。

〔星座『愛情與貓咪的女神』神情憂鬱。〕

〔星座『號角虹橋的守護者』正在尋找某人。〕

看著星座就在我們眼前來來去去卻渾然未覺，韓秀英的下巴掉了下來。

—我的天，這太作弊了吧？

這招確實作弊。畢竟，除非有人認知到眼前有塊不起眼的「石頭」，否則根本無人能察覺。

〔一位喜好變換性別的星座咯咯發笑。〕

一種不祥的預感瞬間湧上，韓秀英的表情也一模一樣。

不過，再撐一下就行。縱使洛基[19]發覺了我們的存在，阿斯嘉德的主力星座也已走遠。

19 Loki，北歐神話的巨人族神祇，奧丁的義兄弟，性格狡詐多變，為謊言之神，被視為邪神。

「這一次，你也打算用那個技能溜之大吉嗎？」

驀然響起的聲音讓我停下了腳步。

我竟然一時忘了，對於識破該傳說本質的人來說，「小石子和我」當然不奏效。

而不幸的是，我早在某人面前使用過這則傳說了。

我緩緩轉過身，只見一隻赤紅眼瞳，正直勾勾地盯著我們。

Episode 95. 開天

1.

〔頻道 #BY-9158 的畫面傳送暫時中斷。〕

頻道內的星座暫時無法確認我們的所在位置，這可能是譬喻所為，也可能是我們轉移到方舟的過程中出現了錯誤。無論理由為何，對於正在逃跑的我們來說都是好事一樁。

要是沒有冒出眼前這個程咬金，那就再好不過了。

「安娜卡芙特。」

我凝視著先知隨風飛揚的金髮。

茂密的樹林附近又出現少許動靜，那多半是她的直屬部隊，查拉圖斯特拉。

韓秀英皺起了眉頭。

—什麼磚頭還是石頭那招，對她怎麼不管用？

我沒有回答。在轉生者之島上的各種經歷，現在一時半刻也說不清。

韓秀英沒有等我回應，只是緊緊抓住了我的手，緊接著，她抬起另一隻手直指安娜卡芙特，指尖上跳動著黑焰凶猛的火花。

「妳是要讓路呢，還是死？」

兩人迎上了彼此的目光。

只見發動了預想剽竊的韓秀英瞳孔中霎時燃起青色鬼火，擁有大惡魔的眼珠的安娜卡芙特，眼底也泛起猩紅光芒。

能夠看穿未來的兩個人視線相交，立刻擦撞出點點火花。

兩人間的恐怖平衡持續片刻，安娜卡芙特率先開口。

「金獨子，你應該想逃離這個樓層吧？」

韓秀英臉色一沉，低吼道：「喂，不把我放在眼裡是吧？」

「我可以幫助你們。」

「妳之前不是還嚷著要殺了我們？」

韓秀英這麼說著，周圍又傳來星座的響動，有幾個傢伙正肆無忌憚地破壞著周圍的地貌，試圖揪出我們。

想要爭取更多時間真是難如登天。

「我別無選擇，要是表態站在你們那邊，頭一個遭殃的就是我們。」

「那現在是怎樣？難道現在情況就不一樣了？」

「妳確定要繼續這樣浪費時間？眼下情勢緊迫的可不是我，而是你們。」

「有什麼依據能證明妳值得我們信賴？」

「難道我說什麼你就信什麼？你不是那種人吧？」

換作別的情況，我應該會樂於接受她的援手，但安娜卡芙特終歸是和整個星雲簽訂了契約的存在。

「妳畢竟是隸屬阿斯嘉德的化身。」

〔星雲〈阿斯嘉德〉的浩瀚神話正從沉睡中甦醒。〕

更何況，偏偏這個樓層又是阿斯嘉德的星座駐守的船艙。

安娜卡芙特點了點頭，二話不說地承認。

「沒錯，我確實是祂們的化身，所以你們都不覺得納悶嗎？我這麼明目張膽地看著你們，祂們卻沒有一個人對你們發難？」

我自然也萬分警惕地注視著在周圍徘徊的星座，然而，祂們對我們的對話充耳不聞，看來應該是安娜卡芙特動用了某種手段阻絕星座的視線。

「妳想怎麼樣？」

我直視安娜卡芙特深邃的眼眸。

〔已發動專用技能『閱讀理解能力』。〕

『安娜卡芙特這名化身的價值觀，帶著比任何人都更強的現實主義氣息。』

就某種意義上來說，安娜卡芙特是這世界上最執著於正道的人。倘若劉衆赫的道路是以憤怒與憎惡鋪就，安娜卡芙特的道路便是由正義所修築。

絕對多數的生存。

她奮鬥的目標，就是在這個任務的煉獄中，將自己的出生地拉斯維加斯、美國，乃至整個地球盡力保存下來。

『然而，在這條世界線，美國已經覆滅。』

大滅亡發生的那一天，她的故鄉便已不復存在，僅剩少數一直追隨著她的查拉圖斯特拉成員倖存了下來。

儘管如此，安娜卡芙特的神色並不陰鬱，反倒充滿了熱切，彷彿她與自己渴望的世界已無比貼近。

我感受到一股輕柔的震動漸漸擴及整個船身，沉聲開口。

「妳打算奪取這艘方舟。」

一旁的韓秀英似乎與我同時得出了相同的結論，陷入沉吟。

安娜卡芙特莞爾一笑。

「和聰明人談話就是痛快。」

「驅逐星座，接管方舟，可沒有那麼容易。」

「但這是人類最後的機會。」

安娜卡芙特的計畫簡潔了當。

最後的方舟是將傳說的種子運往其他世界線的神話兵器，只要擊敗星座，取得方舟的控制權，她就能將人類轉移到嶄新的世界線，在那裡，讓一切重新開始。

「我不會讓任何一個星座留下活口，就算是你也不例外。」

聽著她這番話，我不由得憶起《滅活法》中一行久遠的字句。

安娜卡芙特的[redacted]為「無瑕暗夜」。

看不見一絲星光的幽暗世界。

安娜卡芙特盼望人類再次由黑暗中重獲自由，在她夢想的那個世界，想必我的伙伴也都能繼續活下去吧。

些許孤獨感湧上心頭，我開口道：「那麼，就是暫時性的結盟了。在抵達方舟的核心之前，我們雙方攜手同行。」

「在那之前，我也會借給你未來視的力量。」

身旁的韓秀英也向我捎來訊息。

—我持續用測謊監測，她沒撒謊，應該也沒發動撲克臉。

我點點頭。

「很好，我們接受同盟的提議。」

✦ ✦ ✦

我一邊搜索著鼻荊留下的傳說，一邊觀察著周圍的地形。

『**走向森林地帶邊緣，出口就位於林木枝椏直抵天際之處**。』

隨著安娜卡芙特一路前行的途中，我意識到我們立足的地方其實並非原野，而是位於一片樹林的上層。

—這個世界觀重現得無懈可擊啊。

韓秀英感嘆不已。

看著一處處再現得無比精巧的阿斯嘉德世界觀，我這才真真切切地體會到，為了打造這艘最後的方舟，祂們究竟耗費了多久的時間。

眼前所見顯然不是世界之樹尤克特拉希爾的全貌，頂多是一座樣品模型。

儘管如此，這棵樹仍舊廣袤得不像話，阿斯嘉德的星座只要倚靠這個傳說作為基礎，在下一個世界線多半也能盡享既得的地位。

安娜卡芙特靜靜地注視著那些星座，接著立刻撇開頭，繼續專注探索。

韓秀英一直盯著安娜卡芙特的舉動，悄聲問道。

─她這麼做沒問題嗎？背叛星雲的代價可不是開玩笑的。

我還沒來得及回應，安娜卡芙特就冷冷開口。

「我的事，用不著你們管。」

「什麼，妳連這玩意都能竊聽？」

「我只是看你們很久沒說話，直覺猜測你們在偷偷交談罷了。」

「看來，妳有個很可靠的靠山啊？」

聽見韓秀英的猜測，安娜卡芙特的神情第一次沉了下來。

「妳什麼意思？」

「我的意思是，僅憑一介化身就切斷整個星雲的視野，就常識來說根本不可能吧？」

韓秀英所言不差，縱使再了不起的化身也辦不到這一點。

我緊盯著安娜卡芙特的後腦。

〔已提升專用技能『閱讀理解能力』的專注度。〕

我心中已有猜測。

一股混沌的氣息輕柔地散落在她身後。

穿過那股氣息，我彷彿隱約望見一隻與安娜卡芙特的眼眸極其相似的紅色眼睛。事實上，這世界上唯有兩支種族有能力干涉星座正在觀看的頻道。

就在這時，天空驀然響起一道驚雷，大地崩裂，附近的天氣出現了非比尋常的波動。那是暴風雨來襲的聲響。

〔星座『獨眼之父』緩緩眨了眨自己的獨目。〕

滋滋滋滋滋！

安娜卡芙特的臉色也變得煞白。

即便是與我們在第九十八個任務纏鬥的創世神「拉」，也沒有這麼龐大的威懾力，那遼闊的位格，甚至遠勝我們剛才撞見的索爾。

就在這一刻，這個世界觀的最強者從睡夢中甦醒。

「是奧丁[20]！」

我們連忙拔腿狂奔。

無論金獨子集團再強大，妄想在阿斯嘉德的地盤對抗神話級星座奧丁也是愚不可及的選擇。

〔星座『獨眼之父』注視著自己的世界。〕

一道駭人的目光掃過整個世界，我們立刻感覺到自己被盯上了。

「這邊！快點！」

在安娜卡芙特所指的方向，有根樹枝直通尤克特拉希爾的上層。我們三步併作兩步跳上那根枝椏，說時遲那時快，地面上的枝幹倏然失去力量，開始坍塌。

「快啊！」

我竭力衝刺，同時運起風的力量。

20 Odin，北歐神話中的主神，擁有多項權能，曾付出一隻眼睛換得知識，故形象為獨眼。由於許多重要神祇都是祂的嫡系，亦是北歐神話的眾神之父。

〔已啟動『風之徑 Lv.???』。〕

拜我們一路上累積的浩瀚神話所賜，風的道路變得更加強勁，加快了我們的步伐。我很想同時發動魔王化展開雙翼，但在傳送前就已經被撕裂的一側翅膀，恢復速度仍不盡人意。

噠噠噠噠噠噠噠！

某人在我們後頭窮追不捨。

〔星座『豎琴與牛角之神』聽從了父親的命令。〕

〔星座『愛情與貓咪的女神』聽從了父親的命令。〕

〔星座『因破滅魔狼失去手臂之人』厲聲嚎叫！〕

〔星座『號角虹橋的守護者』察覺了某人的存在！〕

「就快到了！」

安娜卡芙特一邊高喊，一邊轉身朝後方展開雙臂。身邊的情景登時變幻，視野瞬間消弭，正是安娜卡芙特的拿手好戲「幻象結界」。

周圍一片漆黑，星座紛紛驚叫出聲。

滋滋滋滋滋滋！

安娜卡芙特的眼睛充滿血絲，不多時，她的口耳也冒出汩汩鮮血，這就是她與自己的星雲作對的代價。

即使如此，安娜卡芙特依然毫不屈服。

「依莉絲！賽琳娜！帶著其他伙伴先走！」

在前頭領路的兩人指引著查拉圖斯特拉的成員衝向樹枝末梢。

「快跑！就差一步了！」

安娜卡芙特七竅血如泉湧，膝蓋陡然骨折，顯然再也無法奔跑了。

「韓秀英。」

話音未落，韓秀英已經一把抱起安娜發足狂奔。沒過多久，我們也抵達了枝椏的盡頭，那裡赫然出現一座泛著七彩霞光的神祕拱橋。

『搖晃的天國道路，通往其他階層的彩虹橋[21]。』

僅僅在神話中出現的夢幻虹橋竟然就在眼前，而領頭的賽琳娜和依莉絲一行人早已通過大半截虹橋。

我當即發動電人化，打算利用技能的推進力一口氣穿越長橋，豈料——

轟隆隆隆隆隆！

一道寒光在空中一閃而逝，彩虹橋應聲斷裂，一柄撕裂天空的巨型長槍，正緩緩收回。

我一眼就認出那柄長槍的來頭。

——神王奧丁的神兵，岡格尼爾[22]。

看來祂已痛下決心，不惜切斷通往其他世界的橋梁，也要徹底剷除我們。

我看著緊追在後的大批星座，咬緊了嘴唇。

留在這裡和奧丁開戰毫無勝算，唯一的解答只有設法通過那座斷橋。

然而，橋面的斷口跨幅太大，奧丁捲起的猛烈風暴更橫亙其間，就算我盡全力發動風之徑或電

21 Bifrost，北歐神話中的巨大虹橋，連接著人類聚居的中土和阿薩神族居住的阿斯嘉德。

22 Gungnir，北歐神話中奧丁持有的兵器。

人化，也無法保證我們能安全通過。

韓秀英焦急地大喊：「快點！沒辦法了嗎？」

腳步虛浮的安娜卡芙特倚靠著韓秀英，嗆咳著嘔出鮮血。

「雖然我的未來視並不完整……但這一次……我清清楚楚地看到了，看見我們四個人……成功過了橋……」

四個人？

儘管我很想問個明白，但失血過多的安娜卡芙特的聲音已經微弱到幾乎聽不見了。

就在這一瞬間，一個場景冷不防閃過腦海。

『金獨子暗自思考，這招是否可行。』

反正也無計可施了。我仰望天空，只見頻道中的星座全都因突如其來的變故驚慌失措，間接訊息漫天飛舞。

〔星座『惡魔般的火之審判者』尖叫著想看見頻道畫面！〕

〔星座『興武大王』對頻道突然關閉感到不快！〕

〔星座『禿頭義兵長』尋找著消失的金獨子！〕

「譬喻！連接畫面！」

「什麼？你瘋了不成？」

此時開啟頻道，無異於將我們的位置昭告天下，方舟內的星座人盡皆知。然而，唯有冒險連上頻道，才有可能實現這步險棋。

〔頻道 #BY-9158 的畫面傳送已恢復正常。〕

〔多數星座因眼前的畫面大吃一驚。〕

〔部分星座察覺到您的危機，驚愕不已。〕

〔少數星座對眼前的景象有種既視感。〕

星座口中的既視感，我自然感同身受。

『過去，他們曾經一起跨越斷橋。』

在斷裂的東湖大橋之上發動的「天外救星」，曾救了我們一命。

〔絕大多數星座都還記得當時的情景。〕

〔星雲〈金獨子集團〉的浩瀚神話掀起波瀾。〕

隨著星座關注的目光，概然性也動盪不安。

〔『舞臺化』已展開。〕

〔已發動『天外救星』。〕

當時那些星座為我們搭建的救命橋梁，此刻就在眼前緩緩重現。

＋

〔天外救星—偶數橋〕

說明：由星座的庇祐創造出的光橋，只允許「偶數」人數過橋。當過橋人數為奇數時，光橋將立刻消失。

＋

偶數橋，真是久違了。

「韓秀英！帶著安娜快走！」

「什麼？」

「快！」

我逕自向韓秀英發動了風之徑，強行將她送上光橋。

—喂！可惡，老娘不管了！

我目送著韓秀英逐漸遠去的背影，獨自轉過了身。

不知不覺間，在後方追趕的星座也逐一脫離安娜卡芙特的幻象結界，露出身形。

我催動位格，思索著。

——必須湊齊偶數人員，才能通過偶數橋。

韓秀英的吶喊，和奧丁怒不可遏的咆哮在遠方輪番響起，而我則反手抽出了不會折斷的信念。

我一點也不打算在這裡送命。

——安娜卡芙特說了，我們「四個人」。

阿斯嘉德的星座一擁而上，我也以電人化予以回擊，就在這時，星座的後方陡然響起爆炸的聲響。

有個人就像一輛坦克般橫行霸道地輾了過來，將大批星座撞得稀爛。那傳說無比熟悉，某人碰巧在這一刻被傳送到這個樓層。

透過硝煙瀰漫的傳說，我望見了他的臉。

—跑，金獨子。

只見沉猛刀勢縱橫開闔，那傢伙一路殺退追擊的化身，再砸碎星座的腦袋，帶著陰狠的眼神朝我這頭衝刺。

我不禁苦笑。其他人也就罷了，但若非情勢所逼，我實在不願意和這傢伙一起過橋。

—這回別再把我扔下橋了，你這該死的混帳。

2.

劉衆赫一路衝向光橋，阿斯嘉德一方的星座則緊追在後。

禿頭義兵長盯著畫面緊張地嚷著。

『後人吶，再加把勁啊！』

獨眼彌勒嘀咕道。

『你的光頭也出太多汗了吧。』

『管好你自己腦袋上那幾根毛吧。』

『你不去幫忙？』

『我連化身都沒有，還能怎麼辦？』

『直接現身不就行了。』

『你是被關在這裡太久，腦袋糊塗了是吧？咱們手邊剩下的Coin就連顯現象徵體都成問題了。』

禿頭義兵長一邊發著牢騷，一邊擦拭著腦袋回頭張望。在祂們身後是一座巨大的練武場，整個空間毫無色彩，顯得單調乏味。

第九十二號任務地區，無限聖域。

包含禿頭義兵長在內，絕大多數聖人級星座都被困在這個需要突破十個任務才能逃脫的場域，一晃眼就是數十載了。

獨眼彌勒忍不住抱怨。

『都怪那個叫拓俊京的，害得老子平白無故在這受罪。』

頭一個發現無限聖域的不是別人，正是高麗第一劍。

『真正的學武之人自當造訪此地，其中試煉並不困難，可說是閉關修練的清幽之地。』

繼拓俊京之後通關任務的海上戰神則如此評價。

『這地方值得挑戰，只要成功通關，就能取得了不起的成就。』

對拓俊京和李舜臣的武學造詣無比景仰的聖人級星座聽聞此言，無不爭先恐後地踏入無限聖域。孰料數十載匆匆過去，祂們仍卡在這裡，進退不得。

『當時就是昏了頭，忘了我們根本不是拓俊京和李舜臣那塊料。』

無論何時何地，天賦才能才是重點。

禿頭義兵長長嘆了一口氣。

練武場正中心仍舊不斷傳來兵刃交擊的鏗鏘聲。

『那兩人還沒分出勝負？』

獨眼彌勒目光所向之處，兩名老者兀自纏鬥不休。

一名莽漢面容似虎，一身雄壯肌肉，另一人則是個身形瘦長的男子，像隻結實精壯的狐狸。只見兩柄長劍你來我往，在空中激盪出強烈的火花。

『金庾信！今天非得分出個高下不可！』

『階伯，你根本不是我的對手。』

舞臺化環繞著祂們兩人展開，黃山伐戰場上殺聲震天。這正是金獨子曾經利用簡平儀再現過的那座戰場。

金庾信麾下的龍華香徒朝階伯發起猛攻，階伯也催動一身雄渾的位格，在沙場上神出鬼沒。

那確實是場懾人心魄的大戰，但其他聖人級星座只是意興闌珊地斜睨著這一幕。寐錦之尊無奈地搖了搖頭，漢南郡開國公則是咋了咋舌。

獨眼彌勒更是嗤之以鼻。

『就算再怎麼裝模作樣，他們自己也心裡有數，這裡早就不是黃山伐了。』

曾經，這是場發自內心、真刀真槍的較量，兩人之間有過深入骨髓的過節，也有萬死難解的恩怨。

在黃山伐，兩人賭上自己的一切，捨命相搏。

曾經是那樣的。

〔傳說『日暮西山的黃山伐』斷斷續續地繼續講述故事。〕

在當上星座之後，損耗最大也最迅速的就是星座自身的傳說。隨著故事漸漸枯竭，星座的力量慢慢削弱，變得越發枯燥無趣，使人陷入深深的憂鬱，或遭到倦怠侵蝕。

為了擺脫這越陷越深的泥淖，星座必然向外尋求其他傳說，為了暫時從永恆的枷鎖中獲得解放，祂們不得不開始物色新的悲劇。

鏗鏘鏘！

兵器交擊的聲響一聲快過一聲，西厓一筆有些詫異。

『怪了，這回他們似乎鬥得比先前更激烈了？』

『打從救贖的魔王召喚出他們之後，戰火又一發不可收拾了。』

聽到寐錦之尊的話，其他星座不約而同地將目光轉向了任務頻道。

金獨子和劉衆赫正準備過橋，已經抵達另一頭的韓秀英扯開嗓門大喊。

「金獨子！快呀！」

嘈雜的鏗鏘聲安靜了下來。

金庾信也好、階伯也罷，忙著重現黃山伐的兩人也在不知不覺間屏住了呼吸，一個接一個的星座踱步聚集到螢幕周圍。

看著金獨子腳下的光橋，好幾個人都裝出一副懷念的口吻。

『等等，那不是偶數橋嗎？真叫人懷念啊。』

『可笑，你那時根本還沒訂閱吧？』

『唔。』

奧丁仍對金獨子和劉衆赫窮追不捨，在猛烈的風暴之中，二人腳下的速度漸漸放緩。凜冽的位格翻湧，絕對不會偏離的神槍岡格尼爾已經瞄準了金獨子的後背。

獨眼彌勒不禁發出驚呼。

『荒唐！奧丁那老東西身為神話級星座——』

『金獨子小兄弟也是神話級星座吶。』

『那也沒法相提並論啊！我們金獨子還只是個柔弱的神話級菜鳥呢！』

見狀，並排坐在螢幕前的金庾信和階伯也跟著討論起來，彷彿方才在打架的根本不是祂們。

『看來後人有些疏於修練啊。』

『說不定，那小子還會用箇平儀呼喚我出手，我也得作足準備……』

『找階伯你幫忙？像這種大場面，後人要找也是找我。』

眼見黃山伐弄不好又要戰火再起，獨眼彌勒警告似地說道。

『奉勸兩位還是閉上嘴，好好看畫面吧。』

『話說回來，那傢伙該不會又把金獨子扔下橋吧？』

在橋上狂奔的劉衆赫右臂濺起點點火花，在所有星座焦躁萬分的目光之中，用那隻手猝不及防地揪住了金獨子的衣領。

『我就知道會這樣！我就知道——』

劉衆赫不由分說地將金獨子擲向前方，自己再將金獨子的背當作踏板，整個人像衝浪一般，劃破風暴向前疾飛而出。

下一秒，伴隨著鋪天蓋地的光芒，奧丁擲出的岡格尼爾轟然炸裂。

轟轟轟轟轟！

當刺目的白光終於消失，只剩下彩虹橋分崩離析的殘骸遺留在原地。

『這怎麼回事？他們成功了嗎？』

隨著畫面切換，映照出金獨子一行人已經成功進入下一階的身影。

『喔喔，成功脫身了！』

朝鮮半島的星座彼此交換著激動的眼神，興奮得就像祂們也在現場，甚至連階伯和金庾信兩人也彆扭地對視了一眼，輕輕碰了碰拳頭。

只可惜，眾人的喜悅沒能持續太久。

『追。』

隨著怒髮衝冠的奧丁一聲令下，阿斯嘉德的一千星座立刻展開行動。

——金獨子集團逃不了太久。

這個事實，祂們全都心知肚明。在如此不利的舞臺上，就算是詭計多端的金獨子也難以擺脫巨型星雲的聯手追擊。並且，頻道一經公開，要不了多久方舟內的其他星雲也會伺機對金獨子集團出手。

沉默瀰漫空氣，有人喪氣地低語道。

『看來這一回是在劫難逃了……』

『話雖如此，這小兄弟也已經死裡逃生好幾回了。』

聽見這句話，好幾名星座也忍不住頷首。

迄今為止，金獨子的生存就是一連串的奇蹟。

掉下東湖大橋的時候、摧毀絕對王座的時候、成為救贖的魔王的時候、從第一千八百六十三次回歸平安返回的時候……金獨子度過的死劫數都數不清。

更有甚者，在他化為外神之王的時候，所有人也都暗暗認定他這回勢必是死路一條了。

不過幾年以前，那個化身還身處低階任務，位階遠遠不及祂們。

誰知物換星移，此刻星座只能看著金獨子在任務中的背影，有人目光豔羨，有人眼帶自嘲，所有人都有話想說，卻任誰也沒有勇氣說出口。

率先開口的，是階伯。

『我曾在無意間聽聞神檀樹的預言，據說這條世界線，可能會成為最後的世界線。』

誰也不知道金獨子集團的終點究竟位在何方。無人知曉他們最終會抵達何處，又會看到什麼樣的■■。

或許正如許多人的預測，他們根本無法到達這個世界的盡頭。

階伯拄著自己的大刀，緩緩站起身。

祂的目光轉向位於練武場正中央的傳送門，那亦是無限聖域的最後試煉所在的場所。

金庾信問道。

『難道你想再次發起挑戰？稍有不慎，真的會丟了性命。』

『若一命歸西，那麼此處就是我的■■吧。』

聽著階伯的話，金庾信也爽快一笑。

『我等的■■，即是黃山伐。』

金庾信扭了扭脖子，也跟著起身。

第三個站起的是禿頭義兵長，祂那雙充滿正氣的眼瞳閃閃發光。

『我也要再挑戰一回。』

緊接著，幾名星座也紛紛站了起來，寐錦之尊、漢南郡開國公、西厓一筆，以及……

『我想你們應該還沒忘記，上回組隊挑戰，結果差點全軍覆沒的事吧。』

獨眼彌勒一開口，所有人的表情瞬間一沉。

祂們始終難以闖過任務的最後一道關卡。

『不通過那道關卡，我們便束手無策，沒法出手幫助後人。』

歸根結柢，無限聖域的最終任務本就不是區區幾人能通過的關卡，只能說一人軍團拓俊京和率領著艦隊的李舜臣不啻於怪物。

要是實在不行，起碼讓祂們多湊幾名星座聯手——

就在這時，聖域的一隅閃爍出耀眼的光芒。

〔某人已進入『無限聖域』第10層。〕

獨眼彌勒喜出望外。

『喔，有新人嗎？』

只見兩個人影出現在光芒中。

不久後，察覺到兩人是什麼來頭的獨眼彌勒呆滯地張大了嘴。其中一人身形特別巨大，另一人則異常嬌小。

小小的人影率先發話。

『拓俊京說的果然沒錯，你們這些傢伙到現在還困在這？真沒出息。』

基里奧斯渾身散發出剛猛的霸氣。

『你們在這拖拖拉拉的，害我那蠢徒弟都快沒命了。』

✦ ✦ ✦

當眼前的景色隨著光芒同時破碎，我和劉衆赫瞬間被吸進世界觀的出口，等我回過神來時，我正被劉衆赫踩在腳下。

「我不是說了，叫你別亂扔啊！」

劉衆赫像是嫌棄腳下沾到了髒東西，拍了拍自己的戰鬥靴，一直等著我們的韓秀英也靠了過來。看她的神情，大概又要被她狠狠念一頓了。

不知是幸還是不幸，結果是安娜卡芙特率先開了口。

「沒想到你會以這種形式運用舞臺化。說真的，真叫人佩服，救贖的魔王。」

一聽到這句話，韓秀英立刻調轉視線看向安娜。

「妳不是早就用未來視看到了？」

「我是看見大家平安過橋，卻萬萬沒想到是那樣過的。」

「妳這根本欺世盜名嘛。」

我忽略她們的爭辯，自顧自地查看周邊的景象，甬道朝四面八方延伸，宛如植物莖幹中的維管束。我們所在之處，多半是最後的方舟內的走道。

然而，比我們更早進入通道的那些查拉圖斯特拉成員卻不見蹤影。

安娜卡芙特暫時閉上雙眼，感應著什麼。

「大家似乎分頭進入了不同的通道，幸虧沒有人喪生。」

「我們的同伴應該也都平安無事。」

聽著劉衆赫的發言，我點頭贊同。

〔該地區中其他神話的影響力略為減弱。〕

〔星雲〈金獨子集團〉的脈絡再次活躍。〕

一脫離阿斯嘉德的世界觀，伙伴們的傳說便漸漸清晰，我也感知到其他伙伴分散在各處的氣息。

〔傳說『救贖的魔王』宣告自身的存在！〕

我全力運起自己的傳說，以此引導其他同伴聚首。如果是他們，要找到我應該不難。

隨即，阿斯嘉德的出入口接連傳來轟炸聲響。

剛才我們脫逃時關上了大門，顯然有人打算突破緊閉的門扉跨越過來，至於來者是誰也非常明顯。

「繼續移動吧。」

3.

我們避開阿斯嘉德，沿著錯綜複雜的甬道奔跑。

〔星座『因破滅魔狼失去手臂之人』嗅到血的氣味。〕

〔星座『豎琴與牛角之神』的音符在您耳邊忽隱忽現。〕

〔星座『轉生者的始祖』追蹤著您的靈魂。〕

〔星座『阿拜多斯之主』宣布您不會再有第二次機會！〕

既然有星座透過頻道為我們加油打氣，便有星座利用頻道共有的視野對我們緊咬不放。打從我們的位置被公開的剎那，那些星宿赤裸裸的殺意便穿透了自身世界觀的壁壘。

我們之所以還沒被逮個正著，全歸功於碰巧是我們這四名成員湊在了一塊。

「不能向右轉，那邊給我一種不好的預感。」

我們仰賴安娜卡芙特的第六感決定前進方向，儘管她是我們的敵人，在這種時刻卻是最可靠的友軍。

岔道接二連三地出現。

〔傳說『預想剽竊』開始講述故事。〕

韓秀英轉瞬在腦中解讀出無數種俗套狗血的套路，高聲說道：「往右邊走，送死的機率是百分之九十二，向左是百分之四十四，繼續直走就對了！」

「直走的話，逃出生天的機率又是多少？」

「我哪知道！」

韓秀英沒好氣地大吼，一馬當先地跑在最前方。

「上面。」

這是來自故事主人翁的直覺。

劉衆赫渾身散發著洶湧的破天罡氣，被先發制人的星座尖叫連連，一個個在走道上摔得人仰馬翻，耳邊三不五時還能聽見破天劍道割開肉體的聲響。

「繼續跑。」

驀地，我好像明白我們四人聚首的原因了。

——這四個人，是最有機會平安完成這個任務的成員。

除了先知、作家，還有一名回歸者，此外，最後一人則是……

「等等。」

我一開口，幾人便倏然打住腳步，同時轉頭看著我。我朝他們使了個眼色，慢慢走近前方的客艙。

安娜卡芙特猛地抓住我的肩膀。

「你該不會是想進去吧？」

劉衆赫默不作聲，我則回頭看了看同伴。

「穿過這個船艙是唯一的活路。」

「你難道沒看見那個艙門上寫著什麼嗎？」

我看得一清二楚，也能真真切切地感受到門後的星座那股懾人的位格。

奧林帕斯。

『**爲了抵達心中所想的場域，就必須穿越奧林帕斯的世界觀**。』

依據鼻荊留下的傳說，我們沒有第二條路可走。但想也知道，宙斯在方舟外頭被我們羞辱得顏面無光，絕不可能乖乖讓道。

「宙斯在前，奧丁在後啊。」

劉衆赫踏上前來，說道：「只要突破這個難關，就有辦法對付那些傢伙？」

「沒錯，一定有。」

我感受到奧丁的位格從後方漸漸逼近。

韓秀英不顧一切地大喊。

「該死，那就趕快開門！那幫混帳就快追上來了！」

我們一腳踹開奧林帕斯的門闖了進去。一股強大的吸力將我們吸入門中，一回神，我們已經翱翔在奧林帕斯的天空之上。

奧林帕斯雄偉壯麗的天空之城就在遠方。

〔星雲〈奧林帕斯〉的星座已確認入侵者的身分。〕

空氣霎時間變得冰冷，一轉眼，天空已是烏雲密布，雷聲隆隆。

〔星座『閃電神座』對整個奧林帕斯施加自身的影響力。〕

奧林帕斯的王者在等著我們，還有十二主神團團守衛在祂身邊。

〔星座『全能驕陽』驅動自己的馬車。〕

〔星座『殘暴戰神』舉起自己的寶劍。〕

〔星座『純潔的月光獵人』拉緊弓弦瞄準目標。〕

在腳下的海域，更有各種神話中的怪物對我們虎視眈眈。

〔星座『迷宮魔物』朝您嘶聲怒吼！〕

〔星座『謳歌死亡的海妖』高歌著您的死期！〕

這整個世界都是我們的敵人。

就在遠方雷鳴響動的那一瞬間，我朝伙伴們喊道：「快跑！」

我的風之徑和劉衆赫的虛空踏步立時發動，安娜卡芙特的疾風大道和韓秀英的七星黑雲也緊隨其後，我們四人全都以自己能催動的最高速在空中疾馳。

天上的雷雲透出不祥的寒光。

『救贖的魔王！』

十二主神緊追在後。

阿瑞斯的巨劍劃過半空直抵我們背後，我連忙揮舞不會折斷的信念，好不容易才招架住祂的攻勢。

伴隨著喀喀喀一陣脆響，感覺全身上下的關節猛然一沉，好似被一輛重型戰車輾了過去。這就是肩負著自己世界觀的十二主神真正的力量。

我催動全身位格，吐出真言。

『別小看我，阿瑞斯。』

〔浩瀚神話『吞噬神話的聖火』厲聲咆哮！〕

面對其他存在或許未可知，但至少，我絕不會輸給阿瑞斯。

因為，我早已擁有一則擊敗這傢伙的傳說。

〔傳說『擊退戰爭之神之人』開始講述故事。〕

然而，我方處境依舊舉步維艱。

韓秀英催發黑焰，揉身衝向「純潔的月光獵人」阿提米絲；在空中穿梭來去的劉衆赫，正和「正義和智慧的代言人」雅典娜展開激戰；而其他奧林帕斯的低階星座，則緊咬著底下的安娜卡芙特。

『我曾經站在你這一邊，金獨子。』

一道聲音從我背後傳來。

那是一名速度無人能及的星座，鞋跟上頭有著翅膀的圖樣。

『但你不該來這裡。』

來者正是「空中漫步的主人」荷米斯，祂看著我的目光帶著濃濃的惋惜。

『父親相當震怒。』

隨即，白熾的雷霆瞬間爆發，所有的一切都如慢動作般緩慢發生，天空像融化了一般漸漸消失。

洶湧的奔雷覆蓋了整個世界，身在這個世界觀的所有存在都無處迴避宙斯的盛怒。

韓秀英拚了命地朝我大喊，我只是用口形安撫著急的她。

「沒事的。」

我深吸了一口氣，集中心神。

阿瑞斯露出一臉得意洋洋的笑容，彷彿勝負早已底定。我不理會祂，像根避雷針逕自高高舉起長劍。

轟隆隆隆！

天上的落雷猛烈襲來，那凶悍駭人的力量，足以將我所有傳說命脈一口氣燒個精光，但我咬牙堅持著，更準確地說，是縈繞在我指尖的一抹黑暗正不斷吸收著宙斯的天雷。

我的口中爆出一聲莫可名狀的悲鳴。

〔浩瀚神話『吞噬神話的聖火』低聲嘶吼！〕

眼前的視野染得通紅，口中的傳說源源不絕地往外冒。

啪滋滋滋滋！

見狀，宙斯頓時釋放出更強力的位格，我再也撐不下去，疲軟乏力的身子開始下墜。

——行了。

『結束了，救贖的魔王。我容不得你在我們的世界觀之中——』

我無力的身體漸漸止住下墜之勢，差點脫手滑落的不會折斷的信念又再度獲得了力量。

阿瑞斯神情一僵，從不屈服於任何恐懼的戰爭之神，此時驚懼之色卻在祂的瞳孔中迅速蔓延。

『某個人陪同金獨子一起握緊了手中長劍。』

寬大又有力的一隻手。

一道真言驀然響起，恍如以最孤傲清高的夜雕刻而成。

『你為何認為這個世界觀是你們專屬之物？』

寧靜而深沉的黑暗，柔和地接住了我下墜的軀幹。

『傲慢至極啊，阿瑞斯。』

暗夜吞噬了所有天雷，緩緩暈染了整片天空。

〔星座『富裕夤夜之父』在『最後的方舟』中現身！〕

〔星座『最晦暗的春日女王』在『最後的方舟』中現身！〕

奧林帕斯的神話，並非宙斯一人獨屬。

祂們明媚燦爛的白晝之所以能成為一方神話，正因有黑夜的陪襯。

〔星雲〈冥界〉在地面上露出形貌！〕

沉睡在地底最深處的世界，正在甦醒。

『黑帝斯！』

冥界之王輕柔地將我放在地上，望著天空平靜地說道。

『我的兄弟，是我們分出勝負的時刻了。』

黑帝斯的鐮刀呼嘯著指向天際，地底的黑暗旋即如活火山一樣直衝蒼天。當審判官一下達進軍指令，守衛著塔爾塔羅斯地底監獄的賽伯拉斯立時發出嘶吼。

『低賤的地下生物！』

同個世界觀的英雄短兵相接，阿爾戈號上的英雄也紛紛投身戰場。

宙斯和十二主神的軍威確實不容小覷，審判官艾亞哥斯和赫菲斯托斯捉對廝殺，賽伯拉斯也和米諾陶洛斯[23]彼此撕咬。以阿提米絲為首的森林軍團蜂擁而至，「賢明的占星術師」凱隆[24]的馬蹄也蹂躪著冥界的士兵。

『無論他們的夜有多麼深沉——！』

凱隆話音未落，腦袋卻倏然飛上半空。

地底爬出的眾多怪物用粗壯的手指扯下祂的腦袋，津津有味地咀嚼起來。

『宙——斯——！』

那嗓音刻著深深的悲憤和憾恨。

我認得祂們。

『就這樣，奧林帕斯最後的巨人族戰役，戰爭的號角正式吹響。』

巨神族基迦巨人。

祂們忍辱負重，承受著悲痛的歲月蟄伏在地底，此時所有巨神族傾巢而出，出現在奧林帕斯的暗夜中。有些怪物的塊頭甚至比基迦巨人大上好幾倍，全是我在冥界的地牢碰過的人物。

『煉獄中的所有巨神同時抬頭仰望奧林帕斯的蒼穹。』

赫卡同克瑞斯三兄弟。

在巨人族戰役並肩奮戰的百臂巨人布里阿瑞俄斯。

『你終究走到這裡了，好孩子。』

布里阿瑞俄斯伸出一根手指輕輕掠過我的頭頂。

23 Minotaurus，古希臘神話中牛首人身的怪物，居住於代達羅斯打造的迷宮中，以活人為食。

24 Chiron，又名奇戎，希臘神話中著名的半人馬族，性格和善，充滿智慧。

『這個戰場，我等將為你而戰。』

諸位巨神踏著夜幕站直身軀，挑戰天空的權威。祂們的怒吼撼動了奧林帕斯的天空，那強大的位格足以威脅宙斯的王座。

在戰場中央，黑帝斯和宙斯二人早已展開激戰。兩名神話級星座的衝突使得白晝和黑夜震盪混雜，全域的時空都受到影響，漸漸崩塌。

坐鎮後方，指揮著冥界兵力的波瑟芬妮對我說道。

『去吧，去看看你渴望的結局。千萬不許回頭。』

我點點頭，撐起搖搖晃晃的身軀，一口嚥下李雪花給的生死丹，焦糊的神經開始恢復痊癒。我踏著趔趄的步伐，走向眼前血肉橫飛的戰場。

韓秀英、劉衆赫和安娜卡芙特在混亂的戰場中殺出一條血路，等在前方。韓秀英跑了過來，伸手攙扶著我，我回頭一看，身後到處倒落著瞪著眼睛、死不瞑目的英雄屍身。

祂們是從空中墜落的星辰。再也無法言說的那些傳說仰視著我，眼底滿是怨憤。

——這是我自己選擇的道路。

打從一開始，我就曉得這是必然的發展。只要我闖入這裡，冥界勢必會有所行動。

我為了自己所期盼的■■，利用了祂們的故事。

〔浩瀚神話『吞噬神話的聖火』悲慟嗚泣。〕

奧林帕斯的出口就在遠方，那是我們該走的道路。

眾多星座攔在前方，試圖阻撓我們前進，我向祂們問道：「戴歐尼修斯，祢打算阻止我們嗎？」

「美酒與幻境之神」戴歐尼修斯帶領著自己的一眾信徒，祂的雙頰通紅，好像已經灌下好幾瓶烈酒。

戴歐尼修斯用醉醺醺的眼神盯著我半晌，手裡晃著酒瓶說道。

『全部讓開。』

主人一發話，巴克斯的狂熱信徒當即讓出了道路。我們沿路向前，賽蓮[25]的歌聲和奧菲斯的演奏隱隱傳來，我也能清楚聽見熟識之人將死之際的慘呼。

『但金獨子沒有回頭。』

我周圍的景象也有如爛醉一般模糊搖晃。

我們走了又走，終於抵達奧林帕斯的出口。

戴歐尼修斯就在我們身後，只要我一轉頭，就會看見祂那寫滿了憂傷的表情。這名星座，曾經如此熱愛我們的故事。

『金獨子，你想抵達的結局大概沒有奧林帕斯的容身之地吧？』

我答不上來。

『這個嘛，因為我很喜歡你的故事。』

一直以來，默默守護著我的傳說的祂。

一遍又一遍，數度拯救了我的存在。

『我和幾個星座，都相信你是能夠到達[redacted]的存在。』

眼見我腳下遲疑，幾乎要回過頭來，戴歐尼修斯輕聲說道。

『這段時間真的很愉快，偉大的星星啊。』

25 Siren，希臘神話中的美麗海妖，善以音樂及歌聲迷惑水手，使其觸礁身亡。

一個世界緊閉的聲音在身後響起。

我邁不開腳步。

我就這樣佇立在原地，一語不發地站了許久，才聽見某人提醒我的聲音。

「事情還沒結束。」

我們踏出燈火盡滅的方舟。

目的地，就在眼前。

4.

穿越奧林帕斯後，我們一行人一路無語，只是腳下毫不停歇地跑了又跑，空洞虛無的慘叫聲迴盪在繁星消逝之處。

那些悲鳴是否也會成為傳說？是否還有其他人能聽見？究竟還要重複多少的傳說，才能為這個世界劃上句點？

「金獨子。」

「我知道。」

韓秀英沿途照應著我，直到聽見她的聲音，我才勉強收起浮動的心緒。

終於，遠方出現了那扇我們苦苦尋找的艙門——儘管那扇門窄小又簡陋，與其他入口大不相同。

我們剛才匆匆經過的走廊漸漸嘈雜起來，那是其他勢力的星座之間發生衝突的聲音。

我毫不猶豫地打開艙門。

〔您已進入『道具保管室』。〕

「啊？這是什麼破——」

在房間的景象映入眼簾的瞬間，韓秀英不滿的聲音又吞了回去。

只見整個房間全被白色塗料覆蓋，寬敞得一眼望不到頭。這裡若是所謂的「道具保管室」，恐怕這就是世上規模最龐大的保管室。

『這是一間存放著「任務的一切」的船艙。』

鼻荊的傳說在耳邊響起。

『迄今爲止曾在任務中使用過的道具，全部都會展示在那個地方。從消耗性的物品、任務的主要獎勵道具，乃至失勢星雲遺留的星遺物，無所不有。』

就連我狩獵魚龍使用的鎚子海馬的黏液和石豬的尖刺都在其中。當時，我還以為自己真的死定了……而今回想起來，叫人感觸良多。

「不錯，這些都派得上用場。」

不知何時，劉衆赫已經踱步在琳瑯滿目的道具之間，更換著身上的裝備。他在黑天魔刀的表面噴上一層神話金屬塗層，換了件全新的大衣，把陳舊的戰鬥靴隨手一扔，再拿起一雙星遺物。看他一雙眼睛閃閃發光，似乎相當滿意。

「什麼派得上用場，這全是前所未見的好東西好嗎？趕緊多拿點，我們快溜。」

一轉眼，韓秀英也已經一頭埋進成堆的道具中，忙著挑選自己要穿用的物品。就連一直受到星雲優待的安娜卡芙特也彎下了腰，物色著道具。

我們就像偶然發現了任務隱藏劇情碎片的平凡化身，埋頭搜尋道具，更替身上的物資，彼此相視而笑。

『每個人都心照不宣，要是不這麼做，這一刻該會有多麼心癢難耐。』

房間外頭再次傳來爆炸聲，這一回，聲音已經相當接近了。

「接下來呢？要往哪邊走？」

或許是因為過於疲憊，韓秀英暫時中斷了預想剽竊的傳說，停止了預測。

我迎上她的目光，她的眼角微微發顫。

「就算是作家，你以為不停撰寫故事很輕鬆愉快嗎？」

現在，我終於理解那個笑容的含意了。

就算世界終將毀滅，就算劇情邁向悲劇，她仍是那個作者，就連未被描寫的傷痛都鉅細靡遺地存在於她的腦海，因此，她的痛苦才更加深刻。

『所以，唯有身為讀者的他，才能作出這個選擇。』

「不，我們要在這裡戰鬥。」

『這是唯有無論如何都要親眼見證日思夜想的結局，充滿貪欲和執念的他，才能作出的選擇。』

韓秀英惱怒地問道：「我們不是要去摧毀傳說核心？」

「若要抵達傳說核心，我們還得闖過更多大型星雲的世界觀。」

「那就盡量躲著祂們不就行了。如果從那道門出去——」

韓秀英一邊說著，一邊走向一扇孤零零在角落的門。

「那是通往黃帝的門。」

「那不然從這邊——」

「那是連結著吠陀的通道。」

「可惡。」

韓秀英倒抽了一口氣，連忙鬆開門把，鎖緊了艙內的門鎖。

爆炸聲再次響起。隨著一記沉重的震動，某人正在砰砰敲打著船艙。只聽見某個東西炸裂的聲響，船艙的牆面劇烈晃動起來。

「祂們就要追上來了。」安娜卡芙特說道。

韓秀英緊鎖著眉間，又抬起手來按住了額角。

〔傳說『預想剽竊』再度開始講述故事。〕

最終，韓秀英不得不再次發動傳說。從她異樣的神情來看，她的腦中似乎勾畫出某些出乎意料的發展。

擁有未來視的安娜卡芙特，以及跨越無數回歸、看盡各種劇情發展的劉衆赫，也擺出了備戰的姿態。

「我們得在這裡迎戰，這裡是我們唯一擁有勝算的房間了。」

最後的方舟的每一個船艙都再現了某個巨型星雲的世界觀。

『然而，在這方舟之上，仍留有唯一一處尚未建立任何世界觀的場域。』

那就是這間道具保管室，這個用來存放任務道具的空間。

〔該船艙不受任何世界觀影響。〕

這就是我選擇這個房間作為主戰場的理由。

「來了。」

就在劉衆赫抽出黑天魔刀的瞬間，保管室位於四個方位的門一口氣全數炸裂，星座一個又一個穿過門扉湧入艙中。

〔星座『十二月二十五日的主人』在『最後的方舟』中現身。〕

〔星座『主責宇宙輪迴之人』和自己的侍從一同加入戰局。〕

吠陀星雲。

〔星座『阿拜多斯之主』憤怒地現身。〕

〔星座『地震與火山的掌管者』從沉睡中甦醒。〕

〔星座『吸氣與吐息的支配者』喚醒自己的傳說。〕

紙莎草星雲。

〔星座『獨眼之父』舉起長槍。〕

〔星座『因破滅魔狼失去手臂之人』發現了您。〕

阿斯嘉德星雲。

〔星座『以黃土造人的大地母神』在『最後的方舟』中現身。〕

〔星座『大羅天尊』在『最後的方舟』中現身。〕

〔星座『皇天上帝』登上自己的寶座。〕

〔星座『三尖槍的主人』掏出所有的法寶。〕

黃帝星雲自然也沒有缺席。

當保管室的所有艙門全被炸飛的剎那，整個空間中的傳說都開始相互碰撞並不斷擴張，不同世界觀的浩瀚神話都意圖提高自己的音量。

韓秀英笑道：「看我們不順眼的傢伙全都到齊了啊。」

『在那邊！』

只聽見某人放聲大喊，我們也同時向後退了一步，伴隨一聲巨響，剛才我們所在的位置揚起濃濃一片黑壓壓的塵灰。

〔浩瀚神話已發現全新的船艙！〕

〔部分浩瀚神話開始將自己的世界觀移植到船艙之中。〕

時間不多了。

在爆炸聲中，我們各自掏出自己的兵刃，我自然也事先備妥了各式任務中的道具。

我們背靠著背，各自面對東南西北四個方位，向節節進逼的星座釋放出位格。

韓秀英一掌擊出黑焰，飛身撲上前去。

「全都給我去死！」

她扔出的黑色球體飛過半空，落在眾多星座之間，眾人一時還摸不著頭腦，下一秒，駭人的暴炎就從球體中滾燙沸騰而出。

『呃啊啊啊啊啊！』

我立刻認出那股烈焰的真面目。

第四百二十一次回歸，第九十五號任務的道具「噩夢魔燄」。那枚炸彈承裝著在伊甸地獄燃燒的火焰，在它的範圍內點燃的火苗能夠燃燒整整十年之久，是相當狠戾的傳說兵器。

『不過是一個滅亡的星雲燃起的火苗——』

呼嗚嗚嗚！女媧的泥土在永劫的烈火中開闢出道路。黃帝的星座紛紛沿著那條路一擁而上，其中也不乏在改編西遊記任務與我們作對的傢伙。

韓秀英咬牙切齒地說道：「祂們都趕來了，祢還在拖拖拉拉幹什麼啊，黑焰龍！」

〔星座『深淵的黑焰龍』大吼要求再等一等！〕

通過門闖進房中的星座數量已經超過數百，三百、四百、五百……原先分散在各個世界觀的所有星座全都擠進這個廣闊的艙室。

隨著星座的數量越來越多，舞臺化也以祂們為中心漸漸起了作用。毫無色彩的地面轉變成荒涼的沙漠，一座巨大的金字塔拔地而起。

「阿拜多斯之主」歐西里斯[26]沉聲說道。

『居然能將我吵醒，我還以為是什麼人呢。』

緊接著，天空中的雲彩匯聚至一處，幻化出天界的景致。

「以黃土造人的大地母神」女媧開口。

『現在還不遲，孩子，我可以在星雲中為你安插你想要的位置。』

『為什麼是妳說了算？』

不知從哪傳來了一陣大象的嘶鳴，「十二月二十五日的主人」密特拉盤坐在一隻巨大的烏龜腦袋上發話。

『膽敢拒絕我的「復活的節日」，這小子只有死路一條。』

奧丁高高盤據在世界之樹的枝椏末梢，用洞察世上森羅萬象的那隻眼睛注視著我。

『愚昧的星辰啊，你真以為你對付得了我們所有人嗎？』

26 Osiris，埃及神話中最重要的神祇之一，九柱神中掌管陰間的冥王，能夠反覆重生。

此話一出，眾人哄堂大笑。在這艘無比安全的方舟之中，所有繁星的浩瀚神話都已受到保障，讓祂們更是肆無忌憚地訕笑。

『一個沒能晉升為神話的小小傳說，豈敢——』

吞雷之鳥還想多嗆我們兩句，卻聽見噗咻咻一聲，祂的鳥喙陡然斷裂。

劉衆赫不知何時已經閃身到那傢伙背後，斬斷了祂的咽喉。

「廢話太多了。」

『殺了他們！』

戰火全面爆發。在人數上處於絕對劣勢的我們，積極運用身邊的小道具靈巧地打著游擊，好在整個艙房四處都是可供我們利用的傳說兵器。

尤其是第八十號任務的兵器庫，那裡簡直就是劉衆赫的天下。

〔傳說『生死與共的伙伴』開始講述故事。〕

〔傳說『恆久不滅的地獄道』開始講述故事。〕

在魔王選拔賽一役中，劉衆赫曾展示過的天賦異稟再度嶄露鋒芒。

全能型選手劉衆赫。經過一千八百六十三次回歸的歲月打磨，所有兵器在他手上都已爐火純青，抄起一把巨型弓箭便大開殺戒。

『先殺了那傢伙！』

只見劉衆赫的飛箭高速連發，一個個聖人級星座立時斃命，星體的殘骸瞬間堆成了一座防護牆，我們趁勢躲在掩體後方，繼續應戰。

「往右邊躲！」

在安娜卡芙特的警告聲中，神話級星座的猛攻已經直逼跟前，只要稍有不慎吃上一擊，招招都足以致命。而李雪花先前給的生死丹也已用罄，倘若再有人負傷，只怕我們再也難以承擔。

一轉眼，阿斯嘉德的低階星座一窩蜂地殺向安娜卡芙特。

『妳好大的狗膽，竟敢背叛我們星雲！』

話音未落，那名星座的頭顱驟然炸裂。只見安娜卡芙特背後冒出一條長長的舌狀玩意，一擊將祂的腦袋拍得稀爛。

〔一位喜好變換性別的星座譏笑著。〕

暗中協助安娜卡芙特謀反的背後星正在幫助我們。

「金獨子！我們撐不了多久！劉衆赫也快到極限了！」

那些神話級星座的注意力大多都集中在劉衆赫身上。兵器庫裡火光沖天，渾身浴血的劉衆赫揮舞著巨鎚，和星座打得難捨難分。

『金獨子翻遍了保管室，尋找著某樣物品。』

「找到了。」

我掏出擺放在星遺物陳列架最末端的一瓶試管，試管上頭貼著這樣的名稱。

—神檀樹的種子。

我毫不遲疑地將瓶中的種子撒在地上，種子一落地，旋即冒出嫩芽。那株幼苗在眨眼間就抽高成一棵和我一般高的小樹，然後停止了生長。

〔浩瀚神話『神檀樹』開始向下扎根。〕

〔浩瀚神話『神檀樹』認知到您的存在。〕

〔浩瀚神話『神檀樹』為了『開天』需索著傳說！〕

保管庫也已著了火。

目前為止，劉衆赫仍戰得勢均力敵，那些星座一望見劉衆赫凶狠毒辣的目光，全都驚懼得大叫起來。

『愚蠢的東西！用點腦子啊！我們也用道具來對付他！』

頭一件映入祂們眼簾的物品，是我也非常熟悉的一個道具——絕對王座。

那是第四號任務的關鍵道具，光是將它弄到手，就能獲得異界神格的庇護。發現王座的聖人級星座如獲至寶，露出貪婪的眼神衝上前去。

韓秀英見狀就要趕過去阻止，我一把攔下了她。

「別管祂們。」

聖人級星座爭先恐後地撲了過去。

『王座是我的！』

我看準某人跳上絕對王座的剎那，立刻伸手握住神檀樹的嫩葉。不管我怎麼想，都只能拿這則傳說來餵食樹苗了。

有些星座察覺到事有蹊蹺，連忙朝著絕對王座大喊。

『等等，快住手！』

從絕對王座上漫溢而出的位格朝我們襲來的同時，在我胸臆深處也有某種東西開始蠢動。

〔傳說『無王世界之王』開始講述故事。〕

〔浩瀚神話『神檀樹』感知到全新神話的起始。〕

『那則故事，始於摧毀王座的瞬間。』

轟隆隆隆隆。

神檀樹轉眼就將傳說碎片吃得一乾二淨，獲得巨量的概然性，並爆發式地增長茁壯。

〔嶄新的世界觀在該地區扎根。〕

神檀樹，巨型星雲弘益的浩瀚神話。

我看著眼前一幫星座，朗聲道：「就如祢們所說，我們沒有神話，但是，我們一路以來都在與那則神話對抗。」

傳說開始講述故事。

『世上任何神話都少不了這一則故事。』

下一秒，生機勃勃的神檀樹已抽高到保管室天花板，發出陣陣異響，方舟的天頂被推擠得漸漸變形。

〔『開天』已開始。〕

天空上緩緩開啟一個懾人心魄的巨大漩渦。

〔古老星雲的年邁星宿，從悠久的睡夢中甦醒。〕

在耀眼的光輝中，我在破碎的天空之間看見了神樹繁茂的影子，在那樹影盡處，樹枝上就像結出果實一般，結出一顆又一顆的星宿。

『那個王座，真是久違了吶。』

七顆星星高高掛在枝椏末梢，祂們正是曾經出手幫助我破壞絕對王座的眾位北斗星君。

蒼穹上，數不盡的星辰如流星般滑落大地。

〔星座『禿頭義兵長』在『最後的方舟』中現身。〕

〔星座『興武大王』在『最後的方舟』中現身。〕

〔星座『寐錦之尊』在『最後的方舟』中現身。〕

〔星座『天帝的風神』在『最後的方舟』中現身。〕

放眼整艘方舟，祂們是唯一願與我們同生死共進退的星星。

在不斷著陸的星座之間，一道劍影忽如崩雷般砸落，絕對王座驟然爆裂。

只見一名星座腳踏著王座上的冒牌國王，看著我揚聲說道。

『幹得漂亮，後人啊。』

〔星座『高麗第一劍』在『最後的方舟』中現身。〕

Episode 96. 惡魔般的火之審判者

1.

〔您已進入『最後的方舟』。〕

一進入方舟，一群星座便攔在鄭熙媛面前。

〔您已進入『八熱地獄』[27]。〕

這究竟是什麼情況，她根本摸不著頭緒。

「怎麼偏偏掉到地獄了，我前世是犯了什麼滔天大罪嗎？」

唯一能確定的是，眼前有成堆的敵人磨刀霍霍。

看著那些大腹便便的餓死鬼像海浪般互相踩踏著一擁而上，鄭熙媛放聲喊道：「烏列爾！」

烏列爾沒有回應，但祂的庇護依然充盈在鄭熙媛體內，潔白的翅膀迅速從她的背上長了出來，身上同時燃起明亮的火焰。

〔已發動『審判時刻』。〕

審判者之刃一揮，頓時殲滅了一大群湧到她面前的餓鬼。

〔具有惡傾向的星座嗅聞著您的氣味。〕

前仆後繼的餓死鬼怎麼殺都殺不完，它們八成是寄生在八熱地獄這個世界觀的怪物。

27 在各種佛教經典中，對地獄分有不同類型與描述，其中一說以八熱地獄、八寒地獄，再加上近邊地獄及孤獨地獄，合稱十八地獄，但與中國民俗口傳常說的十八層地獄已有很大不同。

「熙媛小姐！」

李賢誠不知從何處衝了出來，與鄭熙媛背靠著背，守在她身後。

「看來賢誠先生也罪孽深重喔？」

〔魔王『紅霧支配者』怒視著您！〕

〔魔王『怪腕公』對您流露出憎惡之情！〕

〔星座『地獄寄生蟲』瞪視著您！〕

〔星座『穆斯貝爾海姆的火花』按捺著怒火緊盯著您。〕

若是一舉剷除所有餓鬼，兩人的魔力恐怕很快就會見底，更何況，後頭還有好幾名來自地獄的星座和魔王虎視眈眈。

「小心後面！」

不知不覺間，一群餓死鬼張開了血盆大口自她身後撲來，隨即，不知從何處飛來的砲彈襲向那些餓鬼，轟然炸裂。

「熙媛姐！」

那是李智慧的船艦。

鄭熙媛喜形於色，高聲喊道：「智慧啊，吉永和流承呢？」

「他們兩個好像和尚雅姐、雪花姐在一起！然後，弼斗大叔他——」

「沒時間管那個大叔了！」

「嘎啊啊啊啊！」

出現在地獄的敵人數量還在節節攀升。

從在闇城對抗過的惡魔伯爵，到接近魔界統治者等級的公爵級強敵，全都一一現身，祂們化身成地獄的一部分，只為了能前往下一個任務，繼續成為任務的素材。

「大天使！」

「只要殺了他們，我們也能坐上魔王的位置！」

李智慧二話不說直接開火。當龍龜所有砲管同時噴出火光，瞬間引發地獄地殼的變動，滾滾岩漿從四面八方噴湧而出。被熔岩碎石擊中的惡魔登時融化，但敵人的數量依然有增無減。

〔該地區的世界觀由『惡』之勢力掌控。〕

不過幾分鐘，那些被他們殺死的敵人全都再次復活。

李智慧錯愕地喊道：「將軍大人！祢到底跑哪去了！其他星座怎麼還不來！」

她的呼喚石沉大海，沒有任何星座給予回應。

烏列爾也好、海上戰神也罷，乃至第九百九十九次回歸的李賢誠都杳無音信，他們只能倚靠自己的力量戰鬥。

就在這時，空中迸出一抹火花。

〔吧啊啊啊！〕

譬喻從一道渾圓的傳送門中現出身影。

「譬喻！」

她的身軀曾經只有足球大小，如今已經大幅增長，成長到連一個成年人努力張開雙臂都難以環抱。

『所有鬼怪都是吃傳說長大的。』

譬喻使勁縮起身子，渾身爆發出強烈的火花，那些火花立刻打通了船艙其中一側的牆面。

噠噠噠噠噠噠！

自動砲臺的子彈從敞開的牆壁中瘋狂掃射而出。

「大家都還好吧！」

孔弼斗的移動要塞赫然出現在眼前，經歷星痕的進化，孔弼斗的武裝要塞已經具備完整的規模，儼然就是一座戰鬥城池。

劉尚雅、李雪花，還有兩個小朋友也端坐在要塞的高牆頂端。

「熙媛姐姐！叔叔！快上來這邊！」

鄭熙媛和李賢誠抓著李雪花的手，飛身跳到要塞最上方。成群餓鬼紛紛沿著要塞牆面攀爬而上，李智慧瞄準了它們，長劍寒光一現。

『在沒有一絲星光的世界裡，唯有金獨子集團的成員相互照亮了彼此。』

「動手吧。」

劉尚雅利用蓮花寶座的力量限制了敵人的行動，李智慧和孔弼斗持續以火力壓制，奇美拉異龍則盤踞在要塞頂端，朝空中襲來的敵人噴發滾滾龍息。

部分敵軍突破重重混亂爬上城牆，也會立刻遭遇鄭熙媛猛烈的攻勢，李賢誠用鋼鐵化保護著大家，代替同伴抵禦攻擊，李雪花則從旁替負責負傷的李賢誠回復治療。

『這個組合，是某個人在許久以前構思而成。』

其中，也包含了一位並未在原作中登場的少年。

「啊啊啊啊啊啊啊！」

食。

〔『明辨善惡之牆』發揮自身權能。〕

〔星座『無底坑的主宰』召喚眷族。〕

一片黑壓壓的蝗蟲蜂擁而至，遮蔽了地獄的天空。大批蝗蟲撲向死而復生的惡魔化身，瘋狂啃食。

肌膚不斷重新再生，惡魔在蟲群的撕咬之下發出痛苦的慘叫。

『啊啊啊啊啊啊！』

眼見敵方勢力逐漸衰退，極度不利的戰況慢慢出現翻轉，鄭熙媛眼中燃起了希望的光芒。儘管他們難以擊潰這座八熱地獄，至少能拖延更多時間。

問題在於一直毫無回音的星座們。

就在這時，占據地獄上空的繁星忽然開始移動，那些星座粉碎了八熱地獄的內牆，一窩蜂地全部撤離了戰場。

眾星的光芒一消失，世界觀的平衡也隨之崩潰，餓鬼無法繼續再生，緩緩沉落地獄的深淵之中。

一行人這才好不容易喘過一口氣，紛紛望著彼此。

「這是怎麼回事？」

李雪花率先拋出疑問，卻沒有任何人答得上來。

可以確定的是，其他地方肯定發生了某種了不得的大事，足以讓那些星宿全都對此處的戰事失去興趣。

眾人的目光不約而同地看向孔弼斗。孔弼斗嘀咕了一聲，駕駛著武裝要塞開始移動。

「知道了知道了，別催我。」

金獨子集團緊跟著那些星星的腳步。眾多星座從最後方舟的各個角落現身，有如被黑洞牽引般，朝向某一個船艙移動。

這還是他們第一次見到這麼大量的星星同時挪移的奇景。

天上所有星辰如飛瀑般傾瀉而下，鄭熙媛、李賢誠，還有劉尚雅……全都無法從這壓倒性的美景移開視線。

那畫面美得讓人戰慄。

也令人憂傷。

好不容易回過神，他們這才發現，所有星星都在圍繞著某顆星辰不斷旋轉。

透過破碎的牆面，他們隱約窺見房間裡的景象。

神檀樹衝破了天頂。

一群支持著金獨子的星宿正以那棵神木為中心努力奮戰。

『阻止他們！此地就是我等的黃山伐！』

清一色全是朝鮮半島的星座。

在失去手臂的金庾信大聲疾呼之下，階伯掄起巨環刀殺向其他星座，禿頭義兵長手中的長棍舞得呼呼作響，一一擊潰敵人，西厓一筆則立於半空，筆走龍蛇，為其他星座強化位格。

朝鮮第一術士化身成一頭巨大的猛虎，正與密特拉的巨龜周旋，寐錦之尊也召出所有花郎，拚命抵禦黃帝星雲的勢力。

在此之中，還有一名未曾謀面的星座，端坐在神木正中心雙眼緊閉。

以祂為中心，神檀木的故事源源不絕地噴湧而出。

〔星座『仙人王儉』正在凝聚所有創世神的概然性。〕

看來，祂就是朝鮮半島的創世神祇之一了。

創世神祇的庇祐環繞著金獨子和朝鮮半島的星座，為他們提供保護。

「將軍大人？」

其中也有不少星座乘坐在龜船上奮勇殺敵。

舞臺化的效果具現出波濤洶湧的大海，李智慧的背後星就在那裡。

『此情此景，露梁[28]一日猶現眼前！能與你並肩作戰，吾榮幸之至，俊京。』

『我亦有同感。』

拓俊京的長劍發出嘶吼，與索爾的巨鎚鏗鏘交擊。然而阿斯嘉德的兵力過於龐大，單靠祂們兩人根本難以阻攔。

〔星座『穆斯貝爾海姆的火花』召喚出自己的魔劍。〕

緊接著，和鄭熙媛一行人一樣，從地獄抵達此地的星座也加入了戰局。

無論拓俊京和李舜臣多麼戰績彪炳，也不可能擋下所有人。

只見神檀木精光乍現，枝椏的末梢開始結出某種東西，隨著一道道光束宛如果實般墜落，其中也出現了伙伴們相當熟悉的面孔。

「兩位大師父！」

白清的罡氣和破天的劍氣撼動了戰場，兩人率領著張夏景及來自武林的一眾超凡座，霎時橫掃

28 露梁海戰，一五九八年十二月十六日於朝鮮東南外海，由明朝及朝鮮聯軍對戰日本水師，日軍受到致命性打擊，結束了日朝中三國長達六年的萬曆朝鮮之役，李舜臣將軍亦歿於此役。

千軍。

見狀，日本的妖鬼星座也上前接戰，不僅有手握羽扇的天狗、從水中浮現的河童，連八岐大蛇的眷族也接連出現。

『你們這些傢伙……不過是區區化身！』

神檀木的果實仍在不斷落下。

白清雷霆掃蕩了戰場，先前在第六個任務遇見的存在從中現身。

「為了金多子！」

正是來自和平之地的小人。曾與金獨子集團一起並肩對抗災禍的他們，此刻也為了幫助金獨子集團，降臨在戰場之中。

〔小行星的小星座掏出了殺手鋼兵刃『龍骨棒針』。〕

每當星座手中的刀劍一揮而過，就見無數小人紛紛身首異處。

「啊啊、啊啊啊！」

船艙中駭人的場面，讓所有人全都說不出話來。

他們眼中只看見戰場的正中心，由繁星的屍身堆疊而成的小山上，有一顆最為耀眼的星星。

『金獨子在絕對王座破碎的殘骸頂端陷入沉默。』

劉衆赫、韓秀英和安娜卡芙特都在捨命戰鬥，他們口吐鮮血，凝聚傳說，設法動員自己所有的能力與星座抗衡。

在世界觀的劇烈衝突之下，天空也發生了變化。

阿斯嘉德的奧丁、紙莎草的歐西里斯、吠陀的濕婆[29]、黃帝的女媧……還有眾多連名字都說不清的星雲，爭相派出星座加入戰局，刺眼的光芒瞬時照亮了整片天空。

遮蔽強光的甚至不是黑暗，而是另一道光。

整個世界耀眼得叫人窒息，身在其中的一行人覺得自己就像被徹底否定。

星座以熠熠星光強奪了話語權，指稱金獨子集團累積的歷史根本無足輕重。

〔浩瀚神話『魔界之春』開始講述故事。〕

鄭熙媛心知肚明。

縱使他們所有人不顧一切地飛蛾撲火，也抵擋不了那些星座。

〔浩瀚神話『吞噬神話的聖火』開始講述故事。〕

他們需要更強大的傳說，需要能使那些光芒四射的星星全數殞落的神話，需要足以一舉毀滅所有星座的力量。

然而，鄭熙媛沒有那樣的力量，無論是神殺，抑或地獄炎火都力有未逮。

〔星座『惡魔般的火之審判者』注視著自己的化身。〕

鄭熙媛仰望著天空。她的背後星就在那裡，始終一語不發。

她一直都非常喜歡自己的背後星，因此，她也向來不願意輕易對祂提出請求。

「幫幫我……」

儘管如此，鄭熙媛仍選擇了開口。

「救救金獨子，烏列爾。」

29 Siva，與梵天、毗濕奴並稱印度教的三大主神之一，主掌宇宙、毀滅及創造，相關的神話眾多、流傳極廣，後來也被吸納進佛教文化中。

話音方落，她的背後星立刻給予回應。

『好。』

熾熱的火舌轉瞬吞噬了周圍，鄭熙媛感覺彷彿烏列爾就站在她身後，伴她左右，用那特有的冷傲眼眸，一起凝視著她眼中所見的世界。

一時間，鄭熙媛忽然害怕起來。

——萬一，萬一烏列爾在這裡出了個三長兩短……

烏列爾是傳說級星座，縱使再強，也難與神話級星座匹敵。

然而，一隻優雅的手輕觸她的肩。

『熙媛啊，別擔心，我無論如何都會辦到的。』

烏列爾挺身向前。鄭熙媛挪不開目光，那纖細的背影，甚至比她還要嬌小。

〔『最古老的善』開始講述故事。〕

潔白的羽翼從大天使背後展開，覆蓋了世間。

烏列爾的真言震耳欲聾。

『伊甸啊。』

鄭熙媛感受到某種東西在自己體內顫動，有如碎片般的殘骸在蠢蠢欲動。自從經歷了神魔大戰，那些沉重的碎片就一直沉睡在她體內。

〔『明辨善惡之牆』找回了自身原初的力量。〕

滋滋滋滋滋！

下一秒，一個又一個大天使在她周圍現身，數十、數百，遠超過千名的下級天使和中級天使，全都應召而來。

其中也不乏他們熟悉的面孔。

有大天使加百列，甚至還有眾多大天使的英靈，儘管祂們早在神魔大戰之中喪命。

『烏列爾。』

青年與旅人的守護者，拉斐爾。

總是用昏昏欲睡的目光注視著世界的大天使，與在場所有天使一同屈膝下跪。

『妳打算繼承伊甸嗎？』

烏列爾沒有回答，只是回頭注視著自己的化身。這名高傲的大天使，臉上帶著一抹若有似無的微笑。

鄭熙媛高聲喊叫，但她的聲音傳不到祂耳中。

在烏列爾點頭的那一瞬間，拉斐爾朗聲宣告。

『烏列爾，從此刻起，妳即是我等的至善。』

曠古的金陽烈焰吞沒了烏列爾全身，化為一副流光燦爛的白金甲冑。

一如祂割下無數魔王的腦袋，以恐懼宰制了所有惡魔的那一天，烏列爾身上所有的位格鋒芒畢露。

伊甸最強的星座。

當惡魔般的火之審判者握起長劍，所有天使霍然起身。

『眾天使啊，讓我們投身最後的神魔大戰吧。』

2.

東方的奧丁、西邊的女媧、南面的歐西里斯……

眾多浩瀚神話鋪天蓋地席捲而來，我們只能堅守自己腳下的方寸之地，保持著岌岌可危的均勢。

〔您的化身體正在崩潰！〕

這個訊息究竟響了多少遍根本數不清，在我身旁的劉衆赫身體也早已不堪負荷。那傢伙不知道代替我和韓秀英承擔了多少來自奧丁和女媧的攻擊，全身上下早已千瘡百孔。

碰巧與我對上眼的劉衆赫略一皺眉，一副「看什麼看」的表情，隨即從懷裡掏出某個東西一口嚥了下去。

〔登場人物『劉衆赫』使用道具『生死丹』。〕

他甚至用上了李雪花給的最後一顆生死丹，現在，我們手裡的丹藥正式消耗殆盡。

『呃啊啊啊啊！撐住啊！』

朝鮮半島的星座發出野獸般的嘶吼，拚命揮舞著兵器。

金庾信、階伯，還有官昌，曾經勢不兩立的星座全都圍繞在神檀樹周圍，逐漸化為同一則神話。而拓俊京隻身鎮守在最前線，奮勇殺敵。

『明明只要幾個人犧牲就行了，偏偏要全部一起送死……雖然我老是咒罵這塊土地，但就是因此我才離不開它。』

風伯也在祂身邊吹起颶風，口中爆發獅吼。在神魔大戰時，一度和我們勢如水火的祂，如今也為了我們挺身而戰。

『弘益能助後人一臂之力，毋須代價。』

風伯操縱的狂風一起，弘益的星座旋即御風飛身而出。李舜臣的幽靈艦隊砲火隆隆，甄萱的箭矢也連連貫穿星宿的心臟。

但是，敵軍的數量絲毫未減。

『朝鮮半島究竟是哪來的國家啊？』

『不過是些不入流的聖人級星座，一群該死的螻蟻……把他們全殺了！』

儘管形勢險峻，朝鮮半島的星座依然咬牙苦撐。

〔浩瀚神話『神檀樹』大幅提升朝鮮半島所有星座的力量。〕

敵方雖有奧丁和歐西里斯等級的勁敵，但我方也自有強將坐鎮，那便是大大增幅了神檀樹力量的神話級星座——仙人王儉。

〔星座『仙人王儉』表示能幫的忙只有這些了。〕

不同於其他神話級星座，仙人王儉的存在感相當稀薄，或許是受到本次世界線的影響也說不定。畢竟弘益在這次回歸的表現差強人意，恐怕弘益的許多星座都遭到其他神話級星座糾纏，被困在方舟難以脫身。

『別露出破綻！我們絕不後退！』

〔傳說『背水一戰』開始講述故事。〕

拓俊京舉劍高呼，李舜臣指揮眾星。

這些擁有著神話般歷史的主人翁，在任何傳說都不曾屈服，此刻更是捨生忘死地與淵遠流長的眾神對抗。縱使血肉模糊、遍體鱗傷，祂們仍不屈不撓地揮舞著兵刃。

『朝鮮半島的面積漸漸縮小。』

化身白虎的田禹治轟然倒下，西厓一筆的毛筆應聲斷折，李舜臣的幽靈艦隊紛紛沉沒，而拓俊京那曾經斬殺千人、劈山破海的劍也越來越遲鈍。

這些全在我意料之中，我早已作好心理準備。

從這一刻起，我們寫下的一字一句，都將染滿繁星斑駁的血跡。

〔星星直播最後的浩瀚神話正在萌芽！〕

就在下一秒，索爾的巨鎚飛向了拓俊京的咽喉，其力量之強，眼看就連朝鮮半島的最強武將也避無可避。

〔星座『惡魔般的火之審判者』釋放自身所有位格！〕

千鈞一髮之際，降臨在戰場上的烏列爾及時擋下了攻擊。

「金獨子！大天使來了！」

韓秀英大喊。

一眾大天使伴隨著絢爛的光輝降臨戰場，揮舞著業火之焰的烏列爾就在其中。

『那個，我和加百列也想加入金獨子集團。』

就在即將進入最終任務之前，烏列爾曾對我這麼說過。

祂想加入我們的星雲，成為我們的助力。

『祂是金獨子所知，與原著差異最大的星座。』

我並不明白，烏列爾為什麼如此熱愛我們的故事。

「為什麼祢不惜做到這種地步，也想幫助我們？」

但我所能做的，唯有卑劣地利用祂的善意而已。

〔星雲〈伊甸〉出現了全新的『至善』。〕

烏列爾的位格華麗地激盪湧動。

現在的祂，不再只是傳說級星座烏列爾。

『新的至善？』

眾多神話級星座緊盯著烏列爾，驚愕不已。

成為伊甸嶄新的至善，便是取代了神話級星座梅塔特隆的存在。

烏列爾選擇接掌伊甸的領導者一職，以助我們一臂之力。

『熾天使，全員進擊！』

隨著拉斐爾一聲令下，所有大天使便與紙莎草和吠陀的傳說級星座展開激戰。

〔『最古老的善』正在尋找自身的死敵。〕

『妳以為光憑覆滅的星雲，就能扭轉戰局嗎？』

依舊毫髮無傷的奧丁手中長槍一振，神槍「岡格尼爾」挾雷霆萬鈞之勢，不由分說襲向烏列爾。

『滾。』

業火之焰和岡格尼爾的位格劇烈震盪，奧丁的霹靂撕裂了天穹，烏列爾也以灼燒地獄的煉獄業火正面迎擊。

那是位格與位格的較量。

令人吃驚的是，在兩位神話級星座針鋒相對的比拼之中，奧丁竟率先敗下陣來。祂振臂收回長槍，左臂隱隱顫抖。

『真叫人失望啊，奧丁。我來幫忙。』

面對危險，這些神話級星座的直覺比任何人都更敏銳，這群世間最古老的星宿極度厭惡不可預知的變數，因此絕不會以身犯險。

轉瞬之間，神話級星座彼此交換了一個目光，同時朝烏列爾發起砲擊。

轟隆隆隆隆隆。

縱使身為伊甸的至善，恐怕也難以應對這般蠻橫的力量。

然而，烏列爾紋絲未動。即使祂的羽翼殘破，白皙的臉頰濺上片片猩紅的傳說，祂的劍也沒有半分動搖。

『你們並非我的宿敵。』

無論何時，烏列爾總在天上守望著我們的故事，此時此刻，祂的雙眼正凝望著我。

〔星雲〈伊甸〉準備發動自身的『浩瀚神話』。〕

「獨子先生！」

鄭熙媛一行人從遠處匆匆跑來。此刻的烏列爾有什麼打算，我想鄭熙媛也心裡有數。

僅憑伊甸，絕無可能與那些巨型星雲相抗衡，畢竟目前這艘方舟上的神話級星座，綜其實力幾乎等於整座星星直播。

因此，為了擊退那些星座，祂需要的是具有驚人概然性的浩瀚神話。

〔『舞臺化』已展開。〕

舉例來說，能夠一舉毀滅任何傳說的恢宏神話。

『我乃惡魔般的火之審判者。』

烏列爾緩緩眨眼，熊熊燃燒的瞳眸簡直有如邪魔。

『我渴望的，是足以使我的名號成立的至惡。』

祂一字一句地說著，業火之焰急速竄升的火焰點燃了天上的繁星，在地獄的另一頭，有什麼正蠢蠢欲動。

『最古老的善開口呼喚自己的死敵。』

在我身邊的李吉永，眼瞳霎時翻白。

『蟄伏在地獄深淵的惡魔，旋即回應了召喚。』

在烈焰翻湧的天空另一端，某種宛如烏雲般的黑暗滾滾來襲。

不是阿斯嘉德，不是吠陀，更不是紙莎草，那人挾帶著陰險狠戾的氣息排山倒海湧來。

〔星座『無底坑的主宰』已開放『萬魔殿』。〕

眾多魔鬼在地獄燃燒的天空中逐一甦醒。

〔『最古老的惡』正在尋找自身的死敵。〕

〔『明辨善惡之牆』彰顯出自身的主軸。〕

代替那些缺席的魔王，在永劫歲月中沉潛已久的各路惡魔紛紛展現出原始的力量，在眾多神話級星座之間，善惡兩造的衝突重燃戰火。

『除此之外，還有一個邃古的存在一直關注著善與惡的交鋒。』

蹲踞在申流承身邊的奇美拉異龍驟然展翅，身上綻放出一道又一道精光。

我曾在原作中看過相似的描述，這意味著申流承馴服的異龍，終於開始進化成古代龍。

燦爛流光耀眼奪目，奇美拉異龍具備了完整的遠古龍位格，仰天咆哮。

龍之召喚（Dragon Call）。

那是屬於龍王種的咆吼，獻上自己的生命以呼喚同族。

黑沉沉的天穹之外隱隱傳來龍鳴，到處都迸出電流與火花的殘影。世上所有的龍族都響應了奇美拉異龍的召喚，振翅飛來。

〔『舞臺化』重現的同步率急遽提升！〕

然而，龍族並沒有撕咬天上的星辰，而是彼此展開了血鬥。

在我的化身體內，取代了心臟的「黃金幼龍的心臟」也隨之劇烈搏動。這是先前在神魔大戰就曾出現過的景象。

在地獄最熾熱的中心，七首十角的巨龍即將甦醒。

牠乃龍中之龍，由混沌中誕生的群龍之首，亦是世上最古老的仇恨。

在地獄最熾熱之處展開的群龍祭典——龍之血祭再次上演。

許多神話級星座後知後覺地意識到眼前究竟發生了什麼，大為震驚。

『這、這些傢伙難不成——』

『快阻止牠們！』

要是神魔大戰在方舟上展開，誰也不曉得究竟會引發什麼樣的災難。

〔你、你們這些傢伙竟敢！〕

在鼻荊的犧牲之下，已經所剩無幾的數名大鬼怪也在方舟現身。

頭頂犄角已然斷裂的大鬼怪葭朗放聲高喊。

〔快抑制浩瀚神話的概然性！〕

所有大鬼怪立刻施展自身權能，方舟內的神話級星座也同時祭出Coin。

〔星座『十二月二十五日的主人』不願發生『神魔大戰』。〕

〔星座『以黃土造人的大地母神』不願發生『神魔大戰』。〕

〔星座『獨眼之父』不願發生『神魔大戰』。〕

〔星座『阿拜多斯之主』不願發生『神魔大戰』。〕

隨著祂們一口氣投入數量驚人的Coin，逐漸發展成舞臺化的概然性也開始遭到壓制。

星星直播的概然性永遠會往多數人渴望的走向流動，在這世界上，沒有任何人能阻止這些擁有鉅額Coin的星星的意志。

『唯有一名星座例外。』

一道輕微的引擎聲從後方傳來，還伴隨著熟悉的香菸味。

「您來了。」

量產品製造者緩步走到我身邊。

『是我最喜歡的傳說呢。』

記得在美食協會初次遇見祂老人家時，祂也說過類似的話。

熱愛世上所有傳說的星座。

看著眼前動盪不安的神魔大戰傳說，量產品製造者露出一臉令人難以捉摸的神色。

這顆傾其一生不斷生產SSS級道具的古老星辰，說不定，祂經歷過的歲月，遠比此地的神話級星座更加悠長。

不知是不是被祂專注的目光感染，一瞬間，戰場上的景象如凝滯般慢了下來。

量產品製造者以欣賞著古老名畫的語氣問道。

『你是從什麼時候開始構思的？』

祂的問題沒頭沒腦，於是我也以相同的方式回應。

「在美食協會初次見面的時候。」

祂淺淺吸了一口左手的香菸，吐出的聲音，宛如一聲古老的嘆息。

『真的是……花了好長時間啊。』

「不好意思。」

我們一起抬頭仰望天空。

就如當初，我們在美食協會大廳一起欣賞量產品製造者投稿的傳說，當時我曾為量產品製造者被洗負分的故事打過分數。

量產品製造者似乎也記得那一天。

『是時候輪到我來償還這筆債了。』

「您會打幾分呢？」

量產品製造者哈哈大笑起來。在雷電交加、地獄之火如活火山接連爆發的戰爭景象中，祂的表情顯得無比平靜。

量產品製造者再次吸了口菸。

『當我剛得知我的■■的時候，我還有些詫異，我認為■■這種結局根本不可能輪到我頭上。』

「那麼，現在您改變想法了嗎？」

量產品製造者默默捻熄了手裡的菸。

戰場上的火星此起彼落，神魔大戰的舞臺也逐漸扭曲。在鬼怪和星座的影響之下，概然性正打壓著我們的神魔大戰，金獨子集團所有的傳說都險象環生地震動著，彷彿隨時都會破碎崩解。

量產品製造者一副波瀾不驚的模樣，朝著那些故事攤開手掌。

『至少我明白了一件事——為何我擁有的那些傳說，會不停地慫恿我蒐集 Coin。』

一顆又一顆 Coin 從量產品製造者的指尖浮現，數量多到我不敢細數。

『原來，正是為了完成這唯一的舞臺嗎？』

祂窮盡一生累積下來的 Coin 不斷被吸向天空，祂的 Coin 違逆了無數星座的意志，彼此衝突著。

怒不可遏的神話級星座旋即高聲怒吼，量產品製造者也張口回應。此時此刻，取得整個船艙最高權威的星座發了話。

『星座們，真是抱歉啊，我要繼續觀看這個舞臺。』

當祂將自身所有 Coin 全都投入天空，傾注在概然性之中，整艘方舟立時掀起了劇烈的風暴。量產品製造者的肉身也開始急速衰老。

〔星座『量產品製造者』的■■為『枯竭』。〕

〔已滿足缺乏的概然性。〕

〔浩瀚神話『光與暗的季節』將在舞臺上完整重現。〕

天空響起恐怖的轟鳴，爆炸聲接連響起，飛翔在天空中的龍族紛紛墜地。我拉起韓秀英和安娜卡芙特，與劉衆赫一起衝往伙伴們所在的位置。

終於，這一切任務的最終篇章，所有星辰的毀滅即將到來。

『絕不能被捲入神魔大戰！什麼大滅絕，我們已經經歷、克服了多少次那玩意才走到今天！』

在場的神話級星座一鼓作氣喚醒自身的浩瀚神話。像是在宣示絕不會輕易敗給神魔大戰，世上所有浩瀚神話齊聲怒吼。

然而，已經太遲了。

那條龍將甩動尾巴，天上、地下，僅僅一次掃蕩就使繁星墜地，世界的一個方位徹底消失。

幽黑的天空中，一對眼睛閃爍著凶芒。

聽見巨龍狂暴的怒吼，韓秀英頓時打了個冷顫。

「金獨子！你難道──」

「沒錯。」

「你瘋了嗎？現在再叫醒那傢伙的話──」

「我們要喚醒的不是那傢伙。」

我轉頭望向角落，劉尚雅正在一旁全神貫注地盤腿打坐，額頭掛著一顆顆汗珠。

〔『定奪輪迴之牆』維繫著啟示錄巨龍的封印。〕

只要承襲釋尊衣鉢的劉尚雅還在，被封印的啟示錄巨龍就無法解封現身。

韓秀英驚慌失措地反問道：「那……」

「妳還不懂嗎？」

看著一條又一條巨龍從天上翻身墜落，韓秀英一臉茫然。

龍之血祭是龍族選拔出最強之龍的祭儀，在那場儀式中存活到最後的唯一一條龍，將成為啟示錄的末日巨龍。

不知從什麼時候開始，韓秀英的左手臂正瘋狂顫抖不止。

〔已選定全新的『啟示錄的末日巨龍』。〕

『吼喔喔喔喔喔！』

就在這時，一條漆黑巨龍終於自方舟破碎的天頂現出蹤影。祂的體格之大，輕而易舉就能撕裂那些不容小覷的星宿，在經歷最後一次蛻皮之後，漆黑的流線形軀體上燃燒著熊熊黑焰，令人目眩神迷。

〔星座『深淵的黑焰龍』在『最後的方舟』中現身。〕

「那小子，現在已經是啟示錄巨龍了。」

3.

啟示錄的末日巨龍。

祂是決定神魔大戰最後結局的大災厄，亦是星星直播最駭人的末日。

〔『舞臺化』重現的同步率已突破極限值！〕

滾滾奔雷從烏雲間劈落，那異樣的光芒與此前截然不同。

阿斯嘉德的奧丁、紙莎草的歐西里斯，一個個都驚愕地張大了嘴。

「黑焰龍！」

啟示錄巨龍的視線僅僅在韓秀英的臉上停留了片刻。

『與原著迥然不同的星座，或許不止烏列爾一人而已。』

在原作中，這傢伙本是妄想惡鬼金南雲的背後星，是代表著絕對惡的惡龍之首，也是黑雲星雲的支配者。

那傢伙高高昂首，朝天空發出長嘯。

宣告著世界終結的咆哮，撼動了整座星星直播。

〔星座『深淵的黑焰龍』的■■為『遍尋不得之物』。〕

我在原作就已讀過祂的■■是什麼。

在第一千八百六十三次回歸，祂曾短暫加入劉衆赫陣營。

關於祂，書中是這麼描寫——

這頭惡龍，身患整個星星直播最嚴峻的憂鬱症。

深淵的黑焰龍之所以深信自己只有十五歲，只因如果祂不這麼認定，根本無法生存下去。

長達數千、數萬年的亙古生命，讓這頭孤獨的龍走入這般境地。

為了不讓自己步向毀滅，祂一直沒有變老，也沒有失去對世界的好奇心，祂不停惡整其他化身，又或開些不正經的玩笑，最終背叛了絕對惡陣營，作為祂最後的惡作劇。

祂站到劉衆赫這一邊，嘲弄著整個星星直播，結束了自己的生命。

〔星座『深淵的黑焰龍』已抵達自身的■■。〕

那麼，在這條世界線上又是如何？祂是否在這空洞虛無的宇宙中找到了屬於自己的■■？

〔星座『深淵的黑焰龍』的■■為『純粹』。〕

深淵的黑焰龍看著我笑了起來，似乎對於自己覓得的定位相當滿意，祂如少年般的眼眸，將世界渲染成毀滅的暗夜。

〔充沛的概然性使『啟示錄巨龍』在最後的任務中重現。〕

〔浩瀚神話『光與暗的季節』已與任務完全合而為一。〕

眼見啟示錄巨龍再度現世，神話級星座一個接一個放聲大喊。

『這、這太荒唐了！』

在星座之間，啟示錄巨龍的神話無人不知、無人不曉。

『阻止他！必須在他擺尾之前解決他！』

最初的擺尾，是足以摧毀星星直播一處方位的巨大浩劫。

驚恐駭然的神話級星座慌張失措地下達指令，我、韓秀英和劉衆赫都一同看著那幅光景。

『在一眾神話級星座之中，沒有一人真正經歷過啟示錄巨龍的劫難，只因過去曾攜手抵禦的神話級星座早已壯烈犧牲，無一生還。』

龜縮在這世上最安全的方舟內，即使直到啟示錄巨龍解封的那一刻，仍舊當作遊戲般作壁上觀的不是別人，正是在場的神話級星座。

這群人在許久前就已遺忘何為滅亡的恐怖驚懼，和賭上性命的危難。

一旁的劉衆赫問道：「你一直暗中謀劃，等的就是這一刻？」

我緩緩頷首。

「沒錯。」

打從進入任務開始，我就一直在為此謀算。

——若要一舉殲滅最後任務的所有星座，究竟需要累積多少傳說？

只是，我始終沒有答案。

人類的一生何其短暫，而繁星恆久不滅，既然起始點截然不同，就不可能是一場公平的戰鬥。

更重要的是，不同於劉衆赫，我不是回歸者，無法藉由積累多達一千八百六十三次回歸的人生與祂們抗衡。

「老老實實蒐集傳說與祂們對抗的想法，從根本上就是謬誤。傳說級也好，神話級也罷，搜羅再多神話也不可能以純粹的位格壓制敵人。」

「所以，這就是你想出來的方法？」

我點了點頭，遙遙凝視著背靠神檀木攜手作戰的金庾信和階伯。

『金獨子在舞臺化之中，找到了戰鬥的解答。』

儘管舞臺化的本質僅僅只是虛構的假象，但隨著概然性增長，這股力量就能化為現實。

在魔王選拔戰擊退蘇利耶時，我確認了這股力量的可能性；在巨人族戰役大敗奧林帕斯的時候，便完成了計畫的初步構思。

而經歷神魔大戰，通過改編西遊記任務之後，我心中已篤信無疑。

『只要持續克服不可能的任務，所擁有的浩瀚神話再現能力也會更加強大。』

當時的空氣、當下的情緒，那是親眼看見前仆後繼的繁星紛紛墜落，身為人類，面對滅亡時油然而生的恐懼。

『那一天，他們曾感受到的恐怖，現在輪到星座來感受了。』

〔浩瀚神話『光與暗的季節』繼續講述故事。〕

啟示錄巨龍最初的擺尾即將到來。

啟示錄巨龍的擺尾總共會造成三階段的衝擊。

第一道「閃電波」、第二道「赤炎波」，以及真正甩動尾部造成的第三階段「混沌波」。

『喝啊啊啊啊啊——讓我來！』

曾經與我並肩擋下閃電波的索爾挺身而出。由於先前就曾一起承受過那道衝擊波的力量，祂顯得信心滿滿，殊不知，祂的判斷完全是大錯特錯。

『索爾！』

只見索爾頓時從空中墜落，渾身焦黑。

當時索爾之所以能阻止電擊波，是因為還有我、戴歐尼修斯，和師父在場。而現在的祂卻是孤身一人，無人出手相助。

『呃啊啊啊啊——』

就在所有星座慌忙轉身逃跑時，所有神話級星座一同釋放了自己的位格。

伴隨著驚人的反噬風暴，天上所有星辰都變得暗淡無光，瞬間炸開的閃電波化成細膩的雲霧粒子，籠罩了周遭。

等到視野再度恢復，啟示錄巨龍的閃電波已被抵銷掉大部分的衝擊。

『就這點程度？』

接下電擊波的是阿斯嘉德的領袖，奧丁，祂引以為豪的復古鬍鬚全被燻黑，一身衣物也被燒了個精光。

奧丁赤裸著身體，露出被雷擊燒得扭曲的皮膚，笑著說道。

『區區這點小……』

嘶嘶嘶嘶嘶……

下一秒，佇立在祂身旁的阿斯嘉德星座漸漸化為灰燼，隨風而逝，為了抵銷衝擊波的概然性，這些星座全都耗盡了生命。

奧丁瞪大了雙眼，望著飄散在空中的灰色粉塵。

剛才那一擊，直接摧毀了阿斯嘉德泰半的勢力，吠陀和紙莎草的情況也同樣慘烈。

『女媧！』

這才察覺情況有異的歐西里斯扭頭朝後方大吼，只見女媧已經帶領著黃帝的人馬落荒而逃，正設法撤離船艙。

意識到戰況不利的星座全在大舉撤退。

「孔彌斗。」

我話音剛落，孔彌斗的要塞立刻開始移動。武裝要塞精準地攔住通往黃帝世界觀的去路，砲火齊發。

「你們哪都別想去。」

與此同時，啟示錄巨龍的第二次衝擊波緊接著爆發，赤炎波由地獄的最深處沸騰而上，烈焰直衝天際，灼燒著空中的星座。

『管理局！你們打算一直袖手旁觀嗎！』

在奧丁的呼喊之下，大鬼怪葭朗遲疑不定地吐出傳說，顫顫巍巍地高舉起手來。

〔好，既然你們能利用舞臺化，我們也能。〕

不祥的預感霎時湧上。

滋滋滋滋滋滋！

舞臺化正在發揮作用，我連忙在強烈迸發的火花中回頭一看，劉尚雅的嘴角淌下一抹猩紅。

「尚雅小姐！」

一旁旋舞的蓮花寶座出現了裂痕，劉尚雅嘔出大口大口的鮮血，滿懷愧疚地開了口。

「雖然有一方……沒法突破封印……但另一個的一部分……」

當時，釋尊封印在轉生者之島的高位存在，一是前代的啟示錄巨龍，另一個則是……

〔『定奪輪迴之牆』劇烈動搖。〕

〔『定奪輪迴之牆』彰顯出自身的主軸。〕

〔異界的存在即將突破牆的封印，重現於世。〕

扭曲了空間的黑色霧氣逐漸逼近，而霧的深處，是數不清的眼睛。

遭到釋尊封印，理應永世禁錮在幽冥黑暗之中的祂，正是星星直播的清道夫。

〔[redacted]！不可名狀之渺遠啊！〕

我登時領悟到大鬼怪究竟作何打算——祂們打算複製我在神魔大戰阻止啟示錄巨龍的招數！

『於是，代表著星星直播至凶至惡的兩個災禍展開了激戰。』

〔哈哈哈！你們終究抵達不了終章，你們絕對不——〕

作為最後的遺言，大鬼怪的話還沒說完，腦袋便已炸裂。

不可名狀之渺遠貪婪地吸食著祂們的傳說，不祥地震盪著。

獲得天啟之力的黑焰龍，和吸收了大鬼怪傳說的異界神格緊盯著彼此。

〔第三道衝擊波即將來襲。〕

緊接著，啟示錄巨龍的尾巴動了，災難以緩慢而確實的速度逼近。

心急如焚的女媧朝著天空高喊。

『你們到底在幹嘛！伏羲！神農！帝嚳！該死的三皇五帝[30]，你們究竟還要睡到什麼時候！』

轟隆隆隆隆！

女媧的真言終於喚醒了黃帝的高階星座，那些迄今不曾露面的神話級星座，紛紛為女媧的化身體施加庇蔭。面對水漲船高的位格，孔弼斗的武裝要塞漸漸失去優勢。

必須阻止祂們。

絕不能眼睜睜地放任祂們逃回自己的世界觀。

〔浩瀚神話『西遊記』開始講述故事。〕

黃帝星雲的浩瀚神話一開始闡述故事，女媧登時化為一頭巨蚺，口中啣起自身的火花。

黃帝的星座凝聚起力量，眼看就要朝我們迎面撲來——

砰轟轟轟轟！

一道天雷從天而降，女媧立刻發出淒厲的哀號。

〔浩瀚神話『被遺忘之物的解放者』開始講述故事。〕

通天河上的情景赫然展開，一名存在身披金光燦爛的虎皮，守在我身前。

祂正是唯一一名能與黃帝的神話級星座分庭抗禮的存在。

〔星座『最古老的解放者』在『最後的方舟』中現身。〕

現如今，已成為我手足的那顆星辰。

30　中國上古時代的賢君，是「三皇」與「五帝」的合稱。由於接近神話時代，三皇實際為何者眾說紛紜，在不同著作中分別有不同的說法。伏羲、神農、遂人氏等皆有記述列為三皇，而當時中國仍屬母系社會，女性地位亦高，故也有將伏羲、女媧、神農稱為三皇的紀錄；五帝相對時間更近，據《史記》記載為黃帝、顓頊、帝嚳、堯和舜，彼時仍處於部落聯盟，共主之位傳賢不傳子，但已漸漸轉往父系社會發展，之後便進入夏、商、周等部落世襲時代。

〔『美猴王』注視著您。〕

〔『弼馬溫』注視著您。〕

〔『鬥戰勝佛』注視著您。〕

所有的孫悟空齊聲與我對話。

〔『齊天大聖』轉身背對著您，面朝敵方。〕

—上吧，小老弟。

看著啟示錄巨龍的尾部和不可名狀之渺遠在遙遠的天際展開惡戰，我很清楚，那場交鋒將帶來什麼樣的後果。

『長久以來，他夢想著所有星辰的毀滅，然而，這是否是他真正的願望？』

第一千八百六十三次回歸最後的場面，我始終難以忘懷。

齊天大聖轉過身，衝向黃帝星雲的眾多星座。

我還沒來得及伸手，劉衆赫和韓秀英已經一把拎起我邁步急奔。

孔弼斗不知在吼著些什麼，李雪花掏出懷中所有的藥丸，分不清究竟是李賢誠的鋼鐵先包覆了我們，還是那道雪白的閃光率先橫掃了整個世界。感覺全身似乎都要被滾燙的高溫燒熔，下一秒又像暴露在天寒地凍的寒流之中，冷得發顫。

等我再度回過神來，我們全被拋到了船艙之外。

支離破碎的傳說從崩壞的牆面流淌而出，詠唱著繁星悲慘的結局。

道具保管室的門還沒有合攏，透過那扇半掩的艙門，餘燼的碎末塵灰正往外四下逸散。

〔『第四面牆』劇烈動搖。〕

說不定，在那裡面的所有人——

沙沙。

隨著微小的動靜，我聽見韓秀英的聲音。

「……金獨子？」

我奮力朝那扇門爬了過去，心臟劇烈地跳個不停。等我好不容易抵達門邊，竟望見某個人就站在門內。

『破碎的潔白羽翼輕輕飄落。』

我張著嘴，想說些什麼卻說不出來。

代替啞然的我，烏列爾徐徐俯下身子。

『獨子……』

祂的真言模糊不清。

見我竭盡全力試圖站起身來，烏列爾伸出手，白皙的手指輕輕撫過我的臉頰和眼角。

在烏列爾千瘡百孔的翅膀後方，幾名敵方的星座緩緩站起了身，經歷剛才那場慘絕人寰的災厄，仍有星星留下了一口氣。

〔『舞臺化』已結束。〕

不可名狀之渺遠的位格已然消失無蹤。

深淵的黑焰龍龐大的身軀傾倒在地，巨型星雲的星座見獵心喜，紛紛撲上前去，而惡魔們正撕咬著大天使的羽翼。

數不清的敵人正朝著烏列爾逼近。

「烏列爾！」

我將手搭上艙門，握起長劍，打算代替烏列爾殺光那些傢伙。

——然而，那扇門並未如我所想地敞開。

在門的另一頭，烏列爾牢牢抓著門把，沒有鬆手。

鄭熙媛陡然發出吶喊，近乎哀鳴。

「烏列爾！出來！祢快從那裡過來——」

『沒關係的。』

我不想聽見祂接下來的話語。

烏列爾揚起一抹微笑。

『這個故事，你們只能看到這裡了。』

〔您已達成星星直播不曾有任何星宿達成的成就！〕

船艙的門在我面前關上。

我們再也看不見門後的故事。

有人發出悲鳴，有人高聲吶喊，方舟驟然一晃，隨著一陣轟然巨響，船身似乎撞到了什麼東西。

我一個趔趄，東倒西歪地摔倒在地。

等我暈頭轉向地好不容易撐住地面，震動不知不覺停止了，但我已經連撐起身子的力氣都不剩。

我勉強抬頭看向前方，視線沿著破碎的艙壁望去，一幅全然陌生的景象映入眼簾。方舟與外部發生衝突，部分地板猶如階梯一樣垂落，恍如一道通往新世界的橋梁。

〔星星直播的所有星辰永遠不會將您遺忘。〕

沒有任何星星看著我們。

仍在注視著我們的，只有那唯一的存在。

〔『故事之王』正在等候著您。〕

某種疑似黃色礦物的物體沿著方舟龜裂傾斜的船身滾落。我立刻明白了那是什麼，畢竟，那顆寶石正是我們費盡心思苦苦找尋的東西。

但無論是我或我的同伴，沒有人有餘力理會那顆寶石。

「……」

我們搖搖晃晃地走下方舟，慢慢環顧四周。

眼前是一道遼闊的牆面，望不見盡頭，從方舟流瀉而出的傳說正不斷滲進牆體之中。

『於是，金獨子終於抵達了目的地。』

那堵牆正在對我說話。

『這一切故事的盡頭——最後一道牆——就在他眼前。』

Episode 97. 看不見的星辰

1.

嗡嗡，大衣裡的手機傳來震動。

『所有故事從他點開小說的那一瞬間開始轉動。』

文章在螢幕上一句句浮現。

眼前一望無際的牆面，和智慧型手機的螢幕如此相似。

從劉衆赫的第零次回歸直至第一千八百六十三次回歸，在這面牆上，恐怕書寫了我所知道的所有故事。

『還在QA部門工作那時候，金獨子曾經有過這樣的想法——如果只有我知道這個漏洞，會怎麼樣呢？』

「你……」

一轉身，只見韓秀英就在身後，她似乎很想說點什麼，卻找不到適切的詞語。纏在她左手的繃帶緩緩散落，深淵的黑焰龍的庇護原本乘載在其中。

我一個接一個地環視所有伙伴。鄭熙媛雙膝跪地，按著地面的手顫抖不已，李賢誠抱著陷入昏厥的李吉永，李雪花和孔弼斗正相互扶持著踏出方舟。

遠遠地，我也望見張夏景和兩位師父在千鈞一髮之際逃出了船艙。

「叔叔。」

申流承低頭凝視著自己的掌心，與其說是在呼喚我，那聲音更像在喃喃自語。

奇美拉異龍破碎的龍鱗靜靜躺在少女手中，劉尚雅輕輕按著她的肩膀，感受著她抽泣的顫抖。

而劉尚雅正一語不發地注視著我們逃出生天的方舟出口。

『他們認識的星辰就此謝幕。』

視野因暈眩而晃動。我感受不到任何星星的目光，難道所有星星都被消滅了嗎?不是的，這肯定是因為大鬼怪消失的緣故，因為管理局所有的頻道都遭受巨大的打擊，才引發了異常。

『倘若不這麼相信，他便無法繼續前進。』

我拖著踉蹌的腳步，好不容易才穩住重心，最後才看見劉衆赫的身影。他的黑天魔刀上還掛著大鬼怪毫無生氣的屍體，死去星座的傳說從他的刀尖滴答滑落。

帶著一如往常的表情，他看著我。

『這就是你想要的結局嗎?』

〔『第四面牆』劇烈震盪!〕

〔『第四面牆』更強烈地作用!〕

我張了張口，最後仍選擇靜默。

〔最後的任務即將結束。〕

我們尋尋覓覓的方舟傳說核心就在眼前滾動。

晶瑩剔透的黃色礦物。

這世界線上曾飄流著多不勝數的浩瀚神話，此刻它們的力量精髓，全都凝聚在這塊礦石之中。

方舟核心。

這就是浩瀚神話兵器「最後的方舟」的動力來源，只要摧毀它，我們捨命奮戰的第九十九號任務也將就此劃下句點。

〔星星直播最後的神話即將完成！〕

我的腳下忽然一頓，低頭一看，地板憑空冒出的藤蔓絆住了我的腳踝。

查拉圖斯特拉那幫人不知從哪裡跑了出來，對我施展了控制技能。賽琳娜．金面帶歉疚地避開我的目光，緊接著，先知的聲音響起。

「多虧了你，救贖的魔王，讓我們少走不少彎路。」

不知何時，安娜卡芙特已經將方舟核心握在手中，看著我們。

『那是與金獨子夢想著不同結局的人類英雄。』

「你應該不意外吧？核心就由我帶走了。」

她夢想的世界，我早已了然於心。

無瑕暗夜，即是從星座的凝視之中解放的世界。她的夢想正是和這個世界線上的化身，一起平安地移居到其他的世界線。

但是……

「方舟毀了。」

「再造一艘就行了。」

安娜卡芙特回頭看向方舟的殘骸。儘管那艘方舟早已破損到無法修復，她仍舊沒有放棄希望。

「人類也有很多善於打造傳說兵器的化身，在你手下的亞蓮就是其中之一。更何況，現在沒有神話級星座來妨礙——」

我沒有回應，只是默默地攤開手掌，示意她交出核心。

安娜卡芙特盯著我的掌心，許久後才開口。

「原來如此，還剩下一名神話級星座啊。」

她的瞳孔倏然泛起血紅光芒。

大惡魔的眼珠。她能夠讀取過去與未來的力量開始拘束著我，此刻的她顯然已覺醒了那隻眼珠完整的力量，擁有相當於傳說級星座的位格。

『繁星的死敵。』

安娜卡芙特和原作如出一轍。她憎惡世界上所有星座，更是一名誓言利用星星的力量毀滅繁星的人物。

為了完成自己的永夜，她絕不可能放過我。

——倘若這個故事真的和原作完全相同。

安娜卡芙特指向我的劍鋒仍有些許猶豫。

「現在還不遲，金獨子。」

在原作中，這種事就連一次也不曾發生。我感覺到一旁手按黑天魔刀刀柄的劉衆赫也隱隱有些詫異。

安娜卡芙特吸了一口氣，開始娓娓道來。

「我……我不知道你設想的結局為何，畢竟就連我的未來視也讀不出來，但我倒是有個猜測。既然我的未來視無法看透你的最後，這也意味著，你的結局多半和最後一道牆有關吧？你好好想想，金獨子，為了我們每一個人、為了人類，那是否是條正確的道路。」

這還是她第一次一口氣對我說這麼多話，我默默聽著，沒有打斷。

「現在收手，不也夠了嗎？你經歷了那麼多不幸，失去了那麼多，連珍視之物都遭人作弄。你的心早已因為那些故事疲憊不堪，無法分辨何為快樂，何為悲傷。儘管如此，你仍舊執著於這個世界的唯一神話，對它感到好奇嗎？為了那種東西，你情願放棄全體人類的生存？」

她的聲音如此迫切，字字句句都在強調自己的正義，埋怨我一路走來的目的。

很快，那些話語形成了傳說。

耀眼奪目的傳說環繞著安娜卡芙特和查拉圖斯特拉的成員，雖不若星座的神話那般光彩華麗，卻堅定而美好。他們沿途累積的傳說，在各個方面都包含著他們的信念。

那是無數星辰早已遺忘的感情。正因沒有遺忘那份初心，她才得以走到這裡。

「金獨子，放棄你的[redacted]吧。」

「……」

「這是我的請求，和我一起走入無瑕暗夜吧。」

幾名查拉圖斯特拉的成員瞪大了雙眼。這也在情理之中，畢竟她此刻的提案，可說是違背了她堅不可摧的信念。

此時此刻，安娜卡芙特無異於告訴我，她願意讓我成為點亮新世界夜空的唯一一顆星星。

真是令人感激，然而……

『我是星座。』

那是我絕對無法授受的提議。

滋滋滋滋……

我稍稍提升位格，束縛著手腳的藤蔓同時粉碎。

我所有的神話同時開始朗聲述說，彷彿在嘲諷著她的善意。

〔浩瀚神話『魔界之春』開始講述故事。〕

我的頭上冒出魔王的犄角。

〔浩瀚神話『吞噬神話的聖火』厲聲咆哮！〕

曾經弒神的不會折斷的信念發出狂暴的嗡鳴。

〔浩瀚神話『光與暗的季節』凝視著人類的世界。〕

藉由背叛大天使而得的羽翼高高展開。

〔浩瀚神話『被遺忘之物的解放者』嘲弄著星星直播。〕

一股不祥又邪惡的混沌氣息登時籠罩我的全身。

安娜卡芙特神情俱震，帶著哀切的眼神上下掃視，好似拚命想從我身上找出僅存的一絲人性。

然而，我和她都心知肚明，倘若須費盡心思去尋找一絲存在的人性，他又如何能被視作平凡的人類？

「說到底，你也沒什麼不同嗎？救贖的魔王。」

安娜卡芙特呢喃的口吻中帶著深深的哀嘆。她的語氣與其說是平淡地吐露事實，毋寧說是下定了某種決心。

「我只能在這裡殺了你了。」

安娜卡芙特渾身散發出可怕的位格。我當然清楚在抵達這裡之前，她一直慎重地保存自己的力量。

「就算你是神話級星座，憑你的狀態也不可能阻止得了我，而你的同伴似乎都還沒回過神來——」

鄭熙媛、李賢誠、李吉永和申流承仍是一臉恍惚，就連韓秀英也沒說一句話，只是愣愣地注視著我。

始終對我深信不疑的那些眼眸，第一次出現動搖。

或許這也是理所當然。畢竟，他們剛才可是眼睜睜地看著自己的背後星遭逢不測。

「結束這一切吧。」

十五名查拉圖斯特拉成員瞬間向劉衆赫發難，下一秒，安娜卡芙特手中的匕首直刺我的咽喉。

我泰然自若地盯著那把匕首。

『玩笑到此為止，洛基。』

話音未落，安娜卡芙特的動作瞬間僵直。

我抬起一根手指，輕輕將匕首推向一旁。

安娜卡芙特又驚又愣，不敢置信地喃喃道：「這……這到底是？」

〔一位喜好變換性別的星座嗤嗤竊笑。〕

「洛基，這和我們說好的不一樣！」

壓迫著周遭空氣的詭譎位格，讓安娜卡芙特和查拉圖斯特拉的成員同時屈膝跪地。

喜好變換性別的星座，阿斯嘉德的最後一顆星星於此地現身。

整個查拉圖斯特拉無人能違逆洛基的威能，畢竟，幫助他們從阿斯嘉德獲得解放，脫離星雲控制的人就是洛基。

「我是為了所有人——」

話還沒說完，安娜卡芙特就昏了過去，核心也從她手中掉落，滾到我的腳邊。我彎腰將它撿起。

『這段時間真的很有意思，救贖的魔王。』

直起身，我便看見一個男人站在前方，一頭草綠色的頭髮，還帶著一臉玩世不恭的神情。

〔星座『改變自身存在之人』注視著您。〕

改變自身存在之人，阿斯嘉德最高階的星座之一——洛基。

一路走來，祂曾好幾度暗中出手相助，我卻始終摸不清祂真正的意圖。看來，祂也從啟示錄巨龍的災難中平安脫身，追上了我們。

「多謝您的幫助。」

『眼看世界的結局就在眼前，總不能讓微不足道的人類毀掉這一切吧。比起這個，你現在也沒必要威嚇誰了，解除那個恐怖的形象也無妨吧？』

我順從地收回了犄角和翅膀，接著說道：「那麼，我想您最好也能以真面目示人。」

『什麼意思？』

「我們不是說好不必再演下去了嗎？」

聽我這麼一說，一直關注著情勢的劉衆赫向我搭話。

—金獨子。

—就是你想的那樣。

我怒視著洛基。

星座「改變自身存在之人」。

倘若我猜得沒錯，這傢伙壓根就不是「星座」。

〔星座『改變自身存在之人』顯露出真面目。〕

〔星■座，■『??自身■??存在之■』……〕

一道炫目的光芒籠罩了洛基，祂的外形也隨之轉變。個子迅速縮水，臉上的皺紋急遽增加，緊接著，臉頰兩側分別長出兩顆巨大的腫瘤。

『祂是能自由自在利用星星直播系統漏洞的存在，既是世間所有鬼怪的宿敵，亦是終焉的求道者的創始人。』

我早已和祂打過照面。在改編西遊記任務的通天河下，祂曾替我打發掉那些從中作梗的大鬼怪。

祂微微扭曲的嘴角浮現一個不祥的笑容。

『渴望徹底終結星星直播的人，可不是只有你們幾個。』

「瘤老頭之王。」

一認出祂的真身，劉衆赫毫不遲疑地抽出了黑天魔刀。

『收起那玩意，我可沒打算和你們作對。』

瘤老頭之王擺了擺手。

『我想見證的唯有一件事，那便是最後一道牆後頭的某樣東西，更何況……現在不是你們關心我的時候吧。』

我正要回頭，某人忽然一把揪住我的衣領。李智慧的臉近在眼前，她身上傳出的傳說帶著憤怒與怨恨，猛力襲向我的全身。

「大叔，這是什麼意思，啊？這也是你計畫的一部分？」

李智慧身上再也感受不到大海的氣魄。首次在地鐵碰見這名少女之時，那撲面而來的淡淡鹹香，此刻已不復存在。

「金獨子！」

李智慧哭著拚命搖晃我的身體，卻沒有任何人出聲勸阻她。

劉尚雅、鄭熙媛、申流承，所有人都只是低著頭，緊盯著地面。

『金獨子能理解那份心情。』

這全怪我，這是我應得的。

『然而，也有人不那麼想。』

「李智慧。」

『那個人正是韓秀英。』

「放開我！」感受到韓秀英按住自己的肩，李智慧粗暴地吼道。

然而，韓秀英沒有放手，她頑固地撥開李智慧的瀏海，抹去她眼中不斷打轉的淚水，繼續說了下去。

「不管是黑焰龍還是烏列爾，甚至海上戰神都還沒有死。」

「這種事，妳怎麼知道？」

「我感覺得到。雖然很微弱，但確實能感覺到祂們還活著，還有……」

她的語氣淡漠卻溫柔，沉著而有條理。

這是只有韓秀英才擁有的嗓音。

「妳擦乾眼淚看清楚，被妳揪著衣領的傢伙現在是什麼蠢樣。」

一直低垂著頭的李智慧慢慢抬起雙眼，躊躇半晌，這才看向了我。
我並沒有迴避她的目光。
「……為什麼？」
李智慧的聲音帶著顫抖。
「為什麼……大叔你為什麼要哭……」
緊抓著衣領的手終於放鬆了力道，韓秀英同時往我的臉招呼了一拳。
「清醒點，你這蠢貨！起來給我好好說清楚，你該不會沒有任何打算，就讓事態走到這種地步吧！」
反過來說，她是在威脅我，要是我沒有作好萬全的計畫就幹出這種事，她一定會殺了我。
韓秀英問道：「一定有辦法能拯救那些背後星……對吧？」
『根本沒有那種方法。』
我仰望著天空。
星星直播的夜空一片漆黑。儘管許多星星失去了光芒，若仔細端詳，還是能見到隱約閃爍的零星光點。唯有駐足凝視，才能察覺那抹若有似無的光。
『金獨子憎恨星座。那股厭惡之情，他就連一刻也不曾或忘。』
「說不定……」
『不過，這世界的任務卻使得憎惡星座的金獨子也有了轉變。』
我凝視著最後一道牆。
它是記述著世上所有傳說的牆壁，亦是為了所有鬼怪殷殷盼望的「唯一的神話」而存在的牆。

「已經太遲了。」

所有的不幸，都是為了被記錄在那面牆上而存在。

不，或許恰恰相反也未可知。正因萬事萬物「早已被記錄在牆上」，才引發了所有的一切。

「不過，也許還有一線希望。」

已經發生的事無法改變。我們不可能讓靈魂灰飛煙滅的人們復活，不可能讓曾經受到的傷化作子虛烏有，更不可能拯救一個已經毀滅的世界線。

因為這世界該死的概然性不會允許那種事發生，因為那樣的天方夜譚與韓秀英所說的「方形的圓」毫無不同。

但是，如果可以……

如果這個世上，還有能將「方形的圓」化為現實的「牆」存在……

我使勁握住掌中的核心。

〔主線任務#99——故事之敵已結束。〕

〔開始進行任務獎勵結算。〕

〔不存在負責結算獎勵的大鬼怪。〕

〔獎勵結算延遲。〕

……

〔您已獲得面見『故事之王』的資格。〕

光輝璀璨的牆面這麼說道。

2.

〔星星直播希望為您最後的神話命名。〕

〔已向您提供最終神話的命名選項。〕

〔星雲〈金獨子集團〉的宏大史詩已被提名為『唯一的神話』最終候補。〕

〔在星星直播誕生的所有星星都將歌頌您的神話！〕

我一邊閱讀著接連彈出的訊息，一邊著手和伙伴們清查事態。儘管大家一時仍難以擺脫衝擊，但他們也能理解，現在不是停下腳步的時候。

孔弼斗問道：「主線任務這就全部結束了嗎？」

不同以往，即使主線任務劃下句點，也沒有觸發下一個任務，取而代之的只有這樣一條系統訊息。

〔星星直播的主線任務系統將進入終結程序。〕

這條前所未聞的訊息，意味著宏大的任務劇情終於落下帷幕。

聞言，所有人一時啞然，不知該說些什麼。

「結束之後……這世界又會變成怎麼樣？」

孔弼斗一臉虛脫地望向牆面，在牆上綻放的無數章句彷彿感應到了他的目光，反覆四散又重新集結。

在那些字句中，也有關於孔弼斗的部分。

在任務開始的同時失去了家人的男子。

他看起來有些疲憊。不知道是不是我的錯覺，他的眼角好像噙著一抹淚光。

我遲疑片刻，這才開口說道：「目前，全權掌管所有任務的存在依然健在。」

「那我們……還得把那傢伙幹掉才行？」

「如果覺得太辛苦，留在這裡也無妨。」

「現在才說這種話？」

孔弼斗的臉上浮現一抹怒意。

「我不可能原諒那傢伙，就算把祂五馬分屍都不夠！」

看著孔弼斗的雙眼，我感覺自己就是他口中指責的對象。在他身後，映照的是無數普通人的故事，是那些在任務中無意義地死去的平凡人類。

『就像是所有傳說都在埋怨著金獨子。』

「那傢伙奪走了我的家人，奪走了我所有的土地，我、我一定——」

話才說到一半，孔弼斗冷不防吐血倒地。李雪花連忙將人扶起，為他把脈。

「他的化身體傷得很重。」

在船艙的惡戰中，孔弼斗和李賢誠一起保護了所有伙伴。他引以為傲的武裝要塞已毀得一塌糊塗，也感受不到他的背後星防禦大師的位格。

他的戰鬥，恐怕就到此為止了。

「我來帶他一起走，無論如何，他都有資格見證到最後。」

「麻煩妳了。」

李雪花發動了自己的特殊技能「臥鋪列車」，讓孔弼斗躺在魔力織網形成的床鋪上。

與此同時，李智慧和鄭熙媛也重新打起精神，站起身來。

「走吧，獨子先生。不管結局會是如何，總得走到最後。」

聽見鄭熙媛說出這番話，我幾乎抬不起頭。在場的人當中，或許就屬她對我的怨恨最為深重。

啪一聲，一隻手拍了拍我的肩。

「別胡思亂想了，我的背後星不也說了嗎？我們能觀看的故事就到這裡了。」

「……」

「誰也不知道接下來會發生什麼。」

她的聲音帶著一種冰冷的決然。

揹著李吉永的李賢誠也點了點頭。

「熙媛小姐說的沒錯。」

申流承和李智慧也表達了認同。

『儘管發生了這麼多事，一行人依然堅定不移地信任著金獨子。』

不知道伙伴們能否看到那行字。唯有我一人讀得到這些文句，是可以的嗎？

［是否確定進入『最後一道牆』？］

緊接著，一道訊息浮現在眼前。

概然性的火花在牆上湧現，牆體以那抹火星為中心漸漸陷落。白色牆面上的文字統統退開，在牆上生成一個小小的出入口，以供我們踏入其中。

韓秀英用充滿疑心的聲音問道：「跨越至另一端，這也在你的計畫之中？」

出入口內部布滿了灰濛濛的雲霧，那片迷霧我再熟悉不過。

我反覆重讀了無數次，早已爛熟於心的字句再次浮現腦海。

最終，失去一切的劉衆赫凝望著迷霧的另一頭。

那條通道就是第一千八百六十三次回歸的劉衆赫曾走過的道路。

「你不是說過，在這之後連《滅活法》也沒有描寫了嗎？」

我點了點頭。

此刻，就等我們邁步走進裡頭了，而最後一件讓我掛心的事……

「去吧，查拉圖斯特拉就到此為止了，我們沒有進入的權限。」

不同於安娜卡芙特，追隨她的查拉圖斯特拉成員身上並未擁有太多和金獨子集團有關的傳說。

他們神情憂鬱地注視著我，片刻後，默默為我們讓開了一條道路。

〔登場人物『賽琳娜．金』接受了自身的■■。〕

〔登場人物『賽琳娜．金』的■■為『無法實現的夢』。〕

——安娜就拜託你了。

賽琳娜．金的聲音透過「傳音」傳來。

我沉重地點了點頭，背過身去，伙伴們的腳步聲也在我身後響起。

現在，我們已儼然成為一個星座，但每個人的光芒並未朝向相同的方向。

「走吧。」

『儘管如此，身在此地的所有人都有非親眼確認不可的結局。』

安娜卡芙特白金色的長髮在空中飄揚，她火紅的眼瞳如霧般四下流轉，像個嚮導般指引著我們，

然而，此刻在操控她身體的並非安娜卡芙特本人。

劉衆赫按著黑天魔刀的刀柄，緊盯著瘤老頭之王的一舉一動。

「你不會相信瘤老頭之王吧？」

劉衆赫從剛才就不曾放下戒心，不時朝著瘤老頭之王釋放出殺意。

我同樣對瘤老頭沒什麼好感，祂們前科累累，不僅曾試圖綁走譬喻，在魔界也曾對我設下騙局。

「我當然不信，只是暫時保持同盟關係而已，之前我和祂們有個契約。」

「契約？」

我沒有多加解釋，反正當事者就在眼前。

安娜卡芙特的頭上顯現出不祥的暗影。

『看來你信不過我啊，回歸者。』

看著瘤老頭之王藉著安娜卡芙特的嘴巴說話，我認為最糟糕的組合也不過如此了，居然能把劉衆赫最厭惡的兩個存在合二為一。

『我也從其他瘤老頭那兒聽說過，你把我家孩子的腫瘤割了。』

劉衆赫不發一語，只是透過黑天魔刀釋放魔力，意味著要是對方敢耍手段，他絕不會刀下留情。

「祢這傢伙也想試一試？」

「笑什麼？」

瘤老頭之王相當愉快似地咯咯笑出聲來。

『我很中意你那無意義的高傲。在魔界和武林也是如此，畢竟我原本在那的時光漫長又無趣，多虧你，有意思多了。』

「敢再多說一句廢話，我就真把祢的瘤砍了。」

「喂，劉衆赫。」

不管怎麼說，劉衆赫的態度比平時更加激動，我不得不出聲制止。畢竟在這跟瘤老頭之王大打出手，根本沒什麼好處。

我也不清楚原因，但劉衆赫凌亂的氣息和平常的他截然不同，或許即將面臨最後的關頭，讓他的想法也變得複雜了。

瘤老頭之王看了看我，又看了看劉衆赫。

『你們看起來感情不錯啊。』

劉衆赫瞪著眼睛，眼看就要再次發火，瘤老頭之王接著說了下去。

『我也曾有過那樣的朋友。就像那個救贖的魔王一樣，是個格外熱愛故事的傢伙。』

「我對你這傢伙的故事毫無興趣。」

『我們一起完成了任務，好幾次攜手度過生死攸關的難關，對抗蔑視我們的絕對強者。我們累積傳說，創造浩瀚神話，不斷積累直至編寫出恢宏的史詩。藉由我們創造的史詩故事，終於抵達了最後一道牆。』

瘤老頭之王也曾抵達最後一道牆？

這是連《滅活法》也不曾提及的情報。

『這些事，你們根本連聽都沒聽過吧，畢竟這些故事在神話裡已找不著痕跡。或許只有在反覆輪迴的歲月中發了瘋的啟示錄巨龍，還能勉強記得一星半點。』

「當時就已經有星星直播了？」

『那時的名稱略有不同。星星直播不過是我們見證了這個世界的盡頭之後取的名字。』

比我們更早見證了世界盡頭的存在，祂們的■■會是什麼？究竟發生了什麼事，才讓祂成為瘤老頭之王，在任務之中四處飄泊？

『而那個該死的傢伙，現在被人們喚作——故事之王。』

轟隆一聲，迷霧另一頭傳來某種東西倒塌崩毀的聲響。

『所以，我很期待你們的最終篇章。真叫人好奇啊，在你們之中，究竟是誰會成為這個劇本最後的贏家？』

眼前的霧氣一陣劇烈震動，瘤老頭之王揚起一抹苦笑。

『差不多是時候去見見我那老朋友了。』

話一說完，瘤老頭之王的殘影便消失無蹤，只剩祂的訊息音繼續傳來。

『我勸你們最好動作快一點——在你們全都遭到吞噬之前。』

吞噬？

「大叔！」

一聲慘呼響起，跟在我們後方的李智慧瞬間陷入地底，周圍的地板和牆面上伸出無數像手掌的玩意，一把抓住我們的手腳。

「智慧！」

〔登場人物『李智慧』已成為偉大故事的一部分。〕

眼看李智慧就要被吞進地面，鄭熙媛拚命朝她伸出了手，孰料為時已晚，就連鄭熙媛也跟著慢慢陷進地面。

牆體猶如深不見底的流沙，徹底將鄭熙媛吞噬。

〔登場人物『鄭熙媛』已成為偉大故事的一部分。〕

「熙媛小姐！」

看著李賢誠不顧一切地衝向鄭熙媛，我不由得陷入迷惘。《滅活法》曾出現過這種情況嗎？這到底是——

『在《滅活法》中，唯有劉衆赫獨自一人穿過那條通道。』

我徹底忽略了這個事實。

劉衆赫從未帶領好幾個人一起穿過這條路徑。

「大家快過來這裡！」

然而，一切都已回天乏術。

李賢誠、李雪花、孔弼斗，還有劉尚雅和兩個小朋友，全都被牢牢抓住，吸進高牆之中。

〔登場人物『申流承』已成為偉大故事的一部分。〕

〔登場人物『劉尚雅』已成為偉大故事的一部分。〕

心臟劇烈地跳個不停。

在一團混亂中，趁隙鑽進耳裡的「登場人物」幾個字更是狠狠刺激著我的神經。

「韓秀英！劉衆赫！」

連反抗的機會都沒有，不過一眨眼，劉衆赫已有大半個身子被吸進地底。

「躲遠點！」

匆忙之間，劉衆赫揮出一道強勁的劍風將我震開，我好不容易才躲開那些不斷爬上腳踝的文字。

結果，連劉衆赫也沒能逃過一劫。

〔登場人物『劉衆赫』已成為偉大故事的一部分。〕

剩下的只有韓秀英一個人了，就連反應機敏的她，也有半隻手臂被吞進牆內。

「妳快過來！」

我用盡全力拉出她的身子，並立刻將風之徑的力量全傾注在腳下，渾身湧現爆發性的推進力。

〔『最後一道牆』對您的宏大史詩露出貪欲！〕

〔『最後一道牆』注視著並未包含在自身故事中的人物！〕

滋滋滋滋滋！

韓秀英的身子抽筋發作似地瘋狂顫抖。

『除了他以外，韓秀英是唯一一個尚未成為登場人物的人了。』

我擠出所有力氣拚命地奔逃，牆卻執著地緊追不捨。

更嚴重的問題是，我根本不知道能逃向哪裡。前、後、左右、上方……無論我如何環顧周遭，也找不到能逃脫的地方。

咻。

霎時間，我感到腳下一空，地面陡然陷落。彷彿李智慧和鄭熙媛剛才被滅頂的畫面重現，牆正試圖將我吸收。

我和韓秀英一同墜落，我感覺自己彷彿墜落到無盡的虛空之中，撲面襲來的白霧迅速扼住了我的呼吸。

『金獨子畏懼自己一無所知的故事。』

密密麻麻的文字阻礙了呼吸，過度密集的文字讓我無從辨識那些傳說，正如字面所說，一整個

「浩大的神話」壓迫著我。

為了擺脫那個神話，我想方設法奮力掙扎，但越是掙扎，茫然無忌的恐怖就越發強烈地襲上心頭，感覺彷彿體內的一切都變得空蕩蕩的。

文字正從我的指尖溜走，構築了我的傳說正在消失。

就在這時……

「組成你的每一則傳說，都是憑藉你的所見所聞、所思所感而存在。」

一行文字碰巧卡在我的指尖，正是劉皓成在轉生者之島傳授給我們的神話統御術。

「你得清楚地告訴那些傢伙，你在注視著它們。」

我緊緊抓住那行文字，於是，與那行字句一同構築起某個傳說的故事接二連三地在腦海浮現。

「金獨子沉著地調整著呼吸。」

身處漫無邊際的文字宇宙當中，我放棄了奔逃。那些傳說好似要將我一口吞食，張開了血盆大口。

「倘若你不去觀看，那些傢伙連存在都是虛無。」

無須感到恐懼，它們不過是傳說罷了。

滋滋滋滋滋……

我凝視著迎面而來的辭藻。為了向它們宣告，我是來閱讀的，我瞪大了雙眼，眨也不眨地緊盯著那一字一句。

下一秒，霧靄一般虛無縹緲的單字漸漸開始匯集。

「為了不被傳說吞噬，你就必須成為一名『讀者』。」

那些詞句在我腳邊打轉徘徊，就像在對我表示感激之情，感謝我發現了它們。不多時，它們便迅速化作讓我前進的墊腳石。

「熱愛故事卻不沉溺其中，能夠清醒閱讀之人，唯有如此，故事才能為你所用，成為對抗不見實體之空無的手段。」

不知不覺間，我不再下墜，我試著輕踩堆積在腳邊的文章，發覺那並不是《滅活法》裡頭的字句。

「我是獨子。」

實際上，我常常向別人這樣自我介紹，接著十有八九會產生以下的誤會。

儘管如此，這些文字仍有種莫名的熟悉感。

我讀著字句一步步向前走，其中有我熟悉的段落，有我略感陌生的插曲，更有我早已記憶模糊的故事。

小時候，金獨子曾經這麼想過。

小時候的我正在筆記本上潦草地塗寫著什麼。有羅列得整整齊齊的《滅活法》戰力排行圖表、隱藏劇情碎片表單，還有……

「什麼嘛，如果是我，肯定不會這樣搞。」

我煞有介事擬訂的《滅活法》自製攻略。

「蠢死了，海怪就該這樣打啊，這時候需要的道具是——」

「必須要在影院地下城研究所取得濃縮液，這是攻略的關鍵。」

「這裡一定要把簡平儀弄到手才行，它比四寅斬邪劍重要多了。」

每踏出一步，既視感都不斷增加。

「除了幹掉所有星座，沒別的辦法了。這裡只能這麼做。」

「如果無法回歸，就必須變得夠強……」

「果然這才是最佳的攻略方法！一定要在魔界取得第一則浩瀚神話！」

年幼的我寫下的一字一句正在照亮我的進路。

跟隨著那些句子邁步前進，我忍不住心想。

「想要拯救所有人——」

這條道路，說不定遠在我記憶之前就已經展開。

噠。

緊接著，文章戛然而止。

在文字中斷之處，是一扇小小的白色門扉。正是第一千八百六十三次的劉衆赫曾打開過的那扇門。

『他尚未閱讀的所有故事的後記，就在門的另一頭。』

我垂下目光，目不轉睛地盯著門把。

『僅僅是為了轉動這扇門的門把。』

始於劉衆赫的所有故事一一掠過腦海，我也再度想起了那個我從不曾問出口，心中卻懷揣已久的疑問。

——究竟，tls123會如何描寫《滅活法》的結尾？

我向門把伸出手，不由自主地回頭張望。

以茫茫文字構築而成的漫漫長路，遠遠眺望，路上的景色奇異地有些陌生。

我凝視著那條路，很久很久。

接著，門緩緩開啟。

3.

太初的宇宙即為「一」。

當我回過神來，這行文字就出現在眼前。我也分不清那究竟是一篇文章，還是寄身於文字的記憶。

在那個世界，一是全知全能的。因為一即是宇宙，宇宙即為一。一是完美的，是獨立自存的個體。

緊接著，發生耀眼的大爆炸。

就這樣，「一」分而為「二」。

那是最初的爆炸，被後世的人們稱為「大爆炸（Big Bang）」。

並且，一不再全知全能。

伴隨著嚴重的暈眩，我撐著地面起身。

這裡是門的內側，也是最後一道牆的最深處。

牆不再嘗試將我吸收，或許是因為我早已被它吸納到了盡頭。

轉頭一看，韓秀英就倒在我身邊。我揹起昏迷不醒的韓秀英站起身來，一扭頭，只見安娜卡芙特就在我身後。

『看來，你已見到了最初的神話。』

附身在安娜卡芙特身上的瘤老頭之王向我微笑。

『第一次看見那玩意的時候，我的表情也和你沒有兩樣。』

我沒有回答，我沒有那個閒工夫聽祂廢話連篇。其他人呢？他們都消失到哪去了？或許是看出了我的焦慮，瘤老頭繼續和我搭話。

『你難道不好奇嗎？這個世界上，為何會有傳說這種東西。』

「我不是來這裡閒聊的。」

『但若不談論這些，你就無法繼續前進。我也是這樣過來的。』

我聽見背上的韓秀英傳來陣陣呼吸聲，她的氣息迅速在眼前展開，形成一則傳說。世界扭曲起來，一道擺滿了展示櫥窗的走廊出現在眼前。

宇宙化為二，一便變得孤獨。

作為「一」時從不需要的東西隨之出現。

在展示櫃上頭，許多像是迷你公仔一樣的小小存在正打個不停。

包含地球在內，曾在數不清的行星上展開的「任務」的歷史，都在那裡。

用於區辨二者的「善惡」於焉成形。

阿加雷斯和梅塔特隆纏鬥不休。

縱使口吐鮮紅傳說仍堅守自身的信念，那是天使與惡魔間的神魔大戰。

用於消解二者孤獨的「溝通」跟著發明。

隔著工業區的城牆，工民和惡魔展開惡戰。

我也看見張夏景穿梭在城牆之間，試圖消弭雙方戰事的身影。

渴望重新合二為一的輪迴應運而生。

只見釋尊在屋內撫摸著水槽裡的化身體。

釋尊曾經深愛的他，死去的三藏的化身體就在那裡。

然而，二已再也不可能融合為一。

我讀過的所有故事都一一展示其中，在既定的結局裡，進行永無止息的衝突。

韓秀英似乎慢慢恢復了神智，我能感覺到背後傳來細微的顫抖。

二很快察覺自己需要某人來連接割裂的彼此，需要活在這所有傳說之中，代理自身的善惡、溝通與輪迴的存在。

我陡然停下腳步，佇立在原地。

那就是登場人物。

我再也無法泰然自若地旁觀這一切。

宛如幽靈一樣，毫無聲息地走在我身邊的瘤老頭之王說道。

『極其惡劣的玩笑，不是嗎？』

瘤老頭之王嘿嘿地笑著，迅速沒入我的影子之中。

展示櫃中陳列的人物越來越多，甚至有些人的造型似乎尚未刻畫完成，只能探出一張臉，整個人仍困在牆中。

「智慧……流承……」

們。

那全是我熟知的面孔。我情不自禁地朝他們伸出手，但隔著一道厚重的玻璃，我無法碰觸到他們。

我加快腳步沿著櫥窗向前走。

李雪花、孔弼斗、李吉永、劉尚雅……金獨子集團的所有人全在這裡，還有——

「劉衆赫。」

濃重的霧氣裡終於出現劉衆赫的身影，那傢伙閉著雙眼，全身上下都被古銅色的鎖鍊束縛。

在劉衆赫之下，我看見一個隱隱約約的人形。

『祂就是故事之王。』

隔著霧氣，我看不清祂的臉孔，只能緩緩邁步走近。

〔您與『故事之王』相遇。〕

〔主線任務的結局即將到來。〕

整部《滅活法》從未詳細記載鬼怪之王的資訊，但《滅活法》沒有記載，並不代表我完全沒有關於祂的情報。

畢竟，我認識曾親眼見過祂的人們。

『然而，即便是他們，也不曾講述鬼怪之王究竟是何模樣。』

在最後的迷霧盡頭，故事之王就在那裡等待著我。

〔『故事之王』向您微笑。〕

與此同時。

〔『第四面牆』劇烈動搖！〕

我不得不懷疑自己的眼睛。

『那是極其久遠的記憶。』

一陣鑽心的暈眩驟然襲來，整個視野震盪不已。

——這不可能，這種事，絕對不可能是真的。

〔我終於見到你了，[redacted]的使徒，不……〕

眼前冒出一抹細微的火花，被封鎖的資訊立刻解除。

〔永恆與終章的使徒啊。〕

『金獨子發出怒不可遏的咆哮，衝上前去。』

我沒有辦法思考，猛然攫住了那人的衣領。儘管我很想勒緊他的喉嚨，立刻置他於死地，但不知為何，我的手就是不聽使喚，動彈不得。

『那個人的個子很高，總是從高處俯視他人。』

他根本不可能出現在這裡。

『那人總是漲紅著一張臉，總是爛醉如泥，所以他只盼兩人本就鮮少撞上的視線，能夠永遠不必四目相對。』

〔獨子呀，金獨子。〕

『一旦不慎撞上他的目光，世界立刻就會變成噩夢。』

〔這名字我取得真好。〕

我使出渾身力氣揮出拳頭。

『曾經看起來那麼高大的身軀，而今身高已和他相仿。』

時間的流逝似乎放緩了下來。

『手背上根根分明的血管，反倒使他看起來更加削瘦。』

竭盡全力擊出的拳頭，在祂眼前停了下來。

『他認為自己贏得了他。現在的他，早已不是那個束手無策的孩子了。』

憑空濺起的耀眼火花清楚地照亮了男人的臉。鬼怪之王就站在那裡，眼中閃爍著湛藍的光芒。

〔面對父親，你這是在幹什麼？〕

我放聲怒吼，根本無法正確地識別我究竟吼了些什麼，又採取了什麼樣的行動。

第四面牆正在坍塌。

「金獨子！清醒一點！」

忽然，一道聲音傳來。一股溫熱的氣息抵著我的後背，韓秀英的傳說正源源不絕地傳遞到我身上。

『這是讀者的傳說。』

也是一直守護著我的故事。

「第四面牆！幹什麼！振作起來！」

〔『第四面牆』強烈發動！〕

〔『第四面牆』厚度劇增，有如銅牆鐵壁！〕

在這一剎那，鬼怪之王神情丕變。

〔居然想妨礙我？〕

祂注視的並不是我，而是存在我體內的某種東西。

〔最後一道牆的最後碎片，你的任務已經結束了。〕

〔『第四面牆』狂暴地咆哮！〕

〔你已經成功抵達所有故事的盡頭，還為我帶來了一名合格的繼承者。〕

第四面牆在我體內開口說道。

『那種事，該由金**獨**子自己**決**定。』

聽著這句話，我漸漸找回了理智。

眼前的存在並非父親。

我和母親的記憶變成傳說，悠悠浮現在眼前。

那是母親過去被第四面牆吞噬的記憶，她的文句一行又一行在牆上斑駁地蔓延，對我訴說著。

在那一天，他就已經死了。

「祢不是我父親。」

〔你怎麼能確定？〕

「別再惡作劇了，就概然性而言，祢根本不可能是我的父親。」

〔概然性啊，哈哈，聽你這麼一講，那我也無話可說。在這時候現身，我還以為這張臉會比其他任何人物都自然呢。〕

被我抓著領口的鬼怪之王笑著說道，祂的面孔也有了轉變。

〔不然，換成這副面孔怎麼樣？〕

祂幻化成了母親的模樣。

〔或者這張臉也不錯吧。〕

接著出現的是波瑟芬妮和黑帝斯的面容。

我再次舉起拳頭。這一回，強烈的火花陡然迸發，將我的身子朝反方向彈飛出去。

「再讓我看到他們的臉，我就宰了祢。」

〔呵呵，看來玩笑開得太過頭了。〕

「立刻露出祢的真面目。」

〔雖然我也很想那麼做，可惜我辦不到。在很久以前，我就已經遺忘了我原本的長相，畢竟我活到今天，已經變幻了太多存在。〕

祂依舊維持著黑帝斯的外貌，緩緩眨了眨眼。

緊接著，許多傳說從祂身後流瀉而出，那些故事莫名有些眼熟。

『那一天，世上最古老的惡魔在眾人的敬畏之中飛升。』

〔我曾是魔界之王。〕

『伊甸所有的大天使都對祂無比崇敬。』

〔也曾是大天使的彌賽亞。〕

我的背後冷汗涔涔。

那全是我耳熟能詳的故事。不只是消失無蹤的魔界大魔王、伊甸的救世主，從祂身上還能感受到其他巨型星雲的創世神話。黃帝的盤古[31]，奧林帕斯的克洛諾斯[32]……我渾身寒毛直豎。

此刻在我眼前的存在，與迄今以來面對的任何神話級星座，等級截然不同。

31 中國神話中開天闢地的創世神，傳說天地萬物皆由祂死後的身軀轉化而成。

32 Cronus，希臘神話中初代泰坦十二神的領袖，為天空之神與大地之神之子，宙斯之父。

『這世界上最古老的存在。』

我沒有鬆懈警惕，牢牢地抓著不會折斷的信念。

「難道這些全出自祢的手筆？伊甸也好，魔界也罷，全都是祢？祢是這個意思嗎？」

鬼怪之王連連搖頭。

〔最終，萬事萬物都只是前塵往事的變奏，我們只不過是龐大故事的轉生而已，你或我，都不例外。〕

祂注視著星星直播遙遠的星流，星星墜落的天空空蕩蕩的，看起來就像一堵浩瀚無垠的牆。

一望無際、不斷延伸的最後一道牆。

這世界終究只是這遼闊牆面中的一則故事，我依稀望見星辰墜地，宛若振筆疾書時滴落的墨水。

儘管已經殞落了數不盡的繁星，仍有剩餘的星辰，只是若不仔細觀看，就難以察覺。

我記得那些星星的名字，也重新思考了一次我該做的事。

「放了我的同伴。」

〔他們只不過是完成了使命的工具罷了，放了他們，對你又有什麼意義？〕

「他們就是我的一切。」

鬼怪之王緩步朝我接近。

韓秀英透過「白日幽會」悄聲向我耳語，暗暗貼近我身旁。

—金獨子。

她將早已破爛不堪的繃帶牢牢纏在手臂上，燃起最後的鬥志。

—我數到三，聽我的信號同時壓制祂，一、二……

﹇沒必要在我面前說悄悄話，我都聽得見。﹈

我們頓時僵在原地，彼此交換了一個眼神。

星星直播的所有設定都出自鬼怪之王之手，這個世界上，不存在祂無法閱讀的字句。

韓秀英和我戒備地瞪著祂。

既然所有的招數都被祂看透，就算貿然進攻，根本連突襲都算不上。

鬼怪之王饒富興味地打量著我們，緩緩朝我伸出手。

﹇故事的接班人啊，唯有你一人能如期抵達此地。﹈

「什麼？祢是眼睛了，看不到我也在這——」

滋滋滋滋一陣作響，韓秀英的聲音消失無蹤，她就像被困在一座水槽裡一樣，只能用手砰砰敲打包裹著自己的透明牆面。

﹇您已通過所有主線任務。﹈

﹇您已被載入泛宇宙範圍的星星直播結構體之中。﹈

隨著系統訊息響起，我存在的位格也在節節上升。

﹇既然你展現了那麼精彩的傳說，怎麼至今仍被困在老舊觀念的框架之中？你持有崇高的碎片，為何依然無法從這世界中抽離，透澈地旁觀？﹈

祂的話語彷彿在對我發出詰難，在那聲音渺茫深邃的最底層，透露著對所有故事的敬畏。

祂注視著自己立足的牆面，更準確地說，就好像在想像著牆的另一邊究竟有些什麼。

﹇在你眼中具有價值的一切都毫無意義，這世界不過是獻給偉大存在的一則故事，這世上的所有，都是那偉大存在的南柯一夢，僅此而已。﹈

偉大存在的白日夢。

「所以，最後一道牆記錄了那名存在的所有夢境？」

〔沒錯。〕

我似乎明白祂說的偉大存在究竟是誰了。

引發這所有悲劇的元凶。

我想起在初入此地的時候看見的「最初的神話」。

太初的宇宙即為「一」。

最初的「一」。

讓劉衆赫邁入回歸，催生了世間所有神話的存在。

「那傢伙就是 tls123 嗎？」

4.

〔tls123？〕

鬼怪之王喃喃叨念著，表情有些異樣，好似無意間引發了什麼錯誤，祂發顫的嘴唇上濺起點點湛藍的火星。

我換了個問題。

「我是在問，祢說的偉大存在是不是創造了這世界的作者。」

鬼怪之王歪了歪腦袋。

﹝與其說是作家，倒不如說最古老的夢更像讀者。祂不是會為任何人書寫故事的存在，畢竟祂既懶惰又貪婪。﹞

最古老的夢不是tls123？那麼，寄送檔案給我的又是誰？我閱讀了十幾年的小說，執筆寫下這整部作品的作家究竟——

﹝看來，你很好奇這一切的開端啊，但猜測根本毫無意義，因為不管這世界的起源為何，只要沒有人觀看，這個世界便與從不存在毫無區別。﹞

鬼怪之王極目眺望著星星直播遼闊的宇宙，燦爛的傳說碎片隨著銀河的流動潺潺流淌。凡祂目光所及之處，那些碎屑都在不斷地創造意義，又反覆失去。

我仰頭注視著依舊被鎖鍊禁錮的劉衆赫，在他背後，便是星星直播空無一物的銀河。

「有些東西，即使看不見也依然存在。」

宇宙的黑暗太過廣袤遼闊，是以光速也無法跨越的蒼茫，但那束光總有一天會抵達。看不見，不代表不存在，有些事物，即使在空無一人之處也會閃閃發光。

『宇宙的黑暗之間，閃現一抹微弱的星光。』

在黑暗中冉冉升起的星辰，祂們是至今尚未迷失自我的星星。那些星星的光形塑了傳說，寫就了篇章，那些字句在最後一道牆上緩緩浮現，再次開啟已經緊閉的故事之門。

渾身布滿黑色血液、鮮血淋漓，深淵的黑焰龍站起身來。

看見那行文字的一瞬間，我頓時喘不過氣。

文字立刻幻化成影像，沒過多久，我便望見在成了一片焦土的戰場之上，深淵的黑焰龍徐徐起身的身影。

韓秀英說的沒錯。隨著舞臺化消失，儘管祂失去了啟示錄巨龍的力量，但祂依舊是黑焰龍。

在陰沉的天空中，齊天大聖睜開疲憊的雙眼。

齊天大聖在雷鳴電閃的雷雲之間，與倖存下的星座纏鬥不休。

最後的至善，正逐漸走向善惡的休止符。

還有烏列爾。

祂揮舞著業火之焰，照亮星星直播灰暗的天空……

〔不，倘若無人觀看，他們便不存在。〕

祂如此斷言，傳說的影像也隨之散去。

眼看傳說煙消雲散，我不由自主地伸出了手。

彷彿在嘲笑我的舉動，鬼怪之王接著說道。

〔讓誰也不會閱讀的故事繼續下去，沒有什麼事比這更加荒誕。森羅萬象皆是在被人觀測的瞬間才形塑而成，這個宇宙就是這樣建構的，無人觀察的時刻，根本無法證明傳說的存在。〕

「它們確實存在。」

〔直到現在，你還是想繼續看下去嗎？〕

〔星星直播靜候您的選擇。〕

〔『最後一道牆』靜候您的選擇。〕

整個世界都在等待我的回答。

「我……」

我遲疑地欲言又止。

在透明障壁的另一端，韓秀英正拚命吼叫著什麼。

——只要這個故事繼續下去，我就能看見我所想的事物嗎？

鬼怪之王彷彿洞穿了我的猶豫，笑了起來。

最後一道牆猛烈地蠢動，牆上流淌著些許字句，有如在提供免費試閱服務似地，徐徐播放出傳說。

齊天大聖、深淵的黑焰龍、烏列爾再次展開了血戰。

『焰龍啊，以後沒姐姐罩你了，你可別哭啊！』

『呵呵，大天使，太快放棄了吧！我還有一隻手還沒使出全……』

『我看你那隻手好像早就斷了，黑焰龍。』

『就算少了一隻手，吾仍舊是不可撼動的存在，蠢猴子！』

善與惡，還有非正亦非邪的星座全都齊聚一處，作出最後的死鬥。

鬼怪之王觀看著那景象。

〔你的傳說確實很了不起，甚至連最強的浩瀚神話星星直播都倒向了你那一邊。儘管目前你的宏大史詩尚有不少餘白，但作為新世界『太初』的基礎，這種程度已然足矣。〕

「我可不是為了成就那種玩意，才一路述說故事至今。」

傳說在星座的背後熠熠發光。

〔浩瀚神話『吞噬神話的聖火』繼續講述故事。〕

〔浩瀚神話『光與暗的季節』繼續講述故事。〕

〔浩瀚神話『被遺忘之物的解放者』繼續講述故事。〕

那是我們的浩瀚神話，但它們並不僅僅是屬於金獨子集團的故事。

長久以來持續浸淫在某一則故事中的人們，終究會流露和那則故事同樣的光。一直關注著我們的星座，自然也泛著與我們相同的光輝。

〔那就是你一手創造的故事的結局。〕

被斬斷尾部的黑焰龍放聲嘶吼。

烏列爾業已破碎的業火化為餘燼灰飛煙滅。

已是強弩之末的齊天大聖，朝黃帝的星座揮出折斷的如意棒。

寫在最後一道牆之上的字句漸漸失去光芒。

我朝著那抹微光伸出手。

〔您沒有資格干預『最後一道牆』。〕

指尖傳來一陣劇痛，手指轉瞬被火花燒得焦黑。

我咬著牙怒吼。

「我有資格控制這個故事，我已經完成所有主線任務了。」

最後任務的獎勵，正是最後一道牆。

鬼怪之王笑了起來。

〔沒錯，你是有這個資格，但你沒有改變那則故事的權限。這違逆了概然性。〕

看著一行又一行的文字在最後一道牆上同步浮現，我連忙發出真言。

『停止那則故事。』

我累積的所有傳說都在拚命大吼。

現在還不遲。

烏列爾、黑焰龍、齊天大聖，祂們都還活著。

『黑帝斯，看來我們的[redacted]已到。』

現在還來得及，我還能修正那些不斷流逝的文字，能抓住那些未竟之詞的末尾，寫下其他的字句。

〔你想拯救他們？〕

鬼怪之王問道。

〔曾經，我也和你一模一樣。〕

鬼怪之王的歷史在祂背後顯現。

那是一顆我不認識的行星，任務正在那顆行星上一一流淌而過。

〔我也曾經歷過慘烈的悲劇，當我心中感覺不幸已不再像是不幸，我才終於抵達這裡。〕

宛如決了口的堤壩，部分的牆體朝我傾瀉而出，最後一道牆蘊含的龐大故事不斷傾注到我體內。

精神彷彿已被沖毀崩潰。

我知道的故事、不知道的故事，浩瀚宇宙中的所有神話積聚在我的靈魂之中。

〔『第四面牆』強烈抵抗！〕

〔『第四面牆』守護著您崩潰的神智！〕

我親身經歷的死亡，和我曾經目睹的死亡一一重合。

〔為何諸多不幸都在你身上發生？〕

這些輕易就能被歸類於不幸的故事重重壓著我的腦海。

〔別耽溺於傳說，那只不過是今後你將繼續打造的無數世界線之一罷了。〕

悲傷的情緒逐漸變得遲鈍。無論是慨嘆或絕望，所有哀思彷彿被揉捏成一團土塊，轉眼就變得難以辨識。

『世間的不幸何其多，有什麼理由要為所有的不幸悵惘傷懷？』

浮濫之物終將變得陳腐。

〔你問我，創造這個世界的作家究竟是誰？你亦能成為那個存在。〕

鬼怪之王這麼說著。

〔若想挽救自己鍾愛的一切，就承認那一切都無足輕重吧。承認已經寫下的傳說全是能輕易篡改的假象，承認他們不過是偉大白日夢中的幻影。〕

在鬼怪之王的耳語中，浩瀚神話的概然性也隨之蠢動。

〔為了引領下個世代的星星直播，成為新世界的策劃者吧。〕

這無異於最可怕的誘惑。

倘若接受鬼怪之王的提議，成為星星直播新任的謀劃者，我就能輕而易舉地拯救每一個人。我能力挽狂瀾改寫一切傳說，挽救這條世界線。

這個救贖的條件唯有一個。

『只要甘願放棄對那則故事的愛。』

就在這時，某人一把抓住了我的手。那隻手不知拚命砸毀了什麼，早已鮮血淋漓。那隻手，更是一隻長久以來筆耕不輟的手。

「清醒一點，你不是作家。」

她究竟是什麼時候從屏障後逃脫的？

韓秀英咬著牙，用嘴重新捆好破破爛爛的繃帶。

「你可是要頭一個拜讀我的小說的讀者啊。」

話音一落，韓秀英全身的傳說瞬間爆發。

〔傳說『預想剽竊』開始講述故事。〕

寫在最後一道牆上的文字出現動搖。

〔已發動人物『韓秀英』的專用特性。〕

「無論世上悲劇再多，該難過的就是會難過、該悲傷的就是會感到悲傷，傻子！」

韓秀英舉起拳頭砸向地面，附著在最後一道牆上的一部分傳說應聲掉落，鬼怪之王立刻瞪大了雙眼。

〔妳竟敢——〕

鬼怪之王才說到一半便張口結舌。

眼見傳說撲簌簌地碎落一地，某人的手硬生生從牆縫中鑽了出來，那隻手纖長而白皙，但手的主人比我所知的任何人更加耿直且強韌。

「她說的沒錯，哀傷之事就會哀傷，快樂的事就應該快樂。」

〔『定奪輪迴之牆』扭曲了『最後一道牆』的裂隙。〕

劉尚雅微微一笑，跨出牆外，申流承和李吉永兩人也緊跟在她身邊。

「叔叔！」

「獨子哥！」

劉尚雅製造出來的裂縫漸漸擴大，緊接著又延伸到另一頭的牆面上。在那道牆的另一邊，我聽見再熟悉不過的聲音。

〔『不可能的溝通之牆』放大了聽不見的聲響。〕

「救——贖——的——魔——王——啊！」

那正是張夏景的聲音。

咯吱一聲，牆面另一邊的縫隙又出現一個小小的身影，是基里奧斯。

『不中用的東西，居然被區區傳說給吃了？』

緊接著，如推土機一般的巨響推擠著牆體，牆縫開裂成一人大小的窟窿。

〔『明辨善惡之牆』重新界定善惡的疆界。〕

「獨子先生！我來了！」

裡頭出現的是李賢誠和鄭熙媛。等伙伴們全都鑽出牆中，牆上的大洞也瞬間聚攏復原，記錄在最後一道牆上的故事填補了縫隙。

繁星的故事在牆上再度流轉。

「獨子先生！這到底是……」

「賢誠先生，那邊！」

隨著鄭熙媛一聲驚呼，所有人都轉頭望向最後一道牆。被禁錮在船艙內的星座仍在浴血奮戰，而上頭也依然展示著祂們的故事。

一個死者遠比活人更多的人間煉獄。

烏列爾雙膝跪地、深淵的黑焰龍力竭墜落，齊天大聖咬著牙奮戰到最後的最後，拚死守護著祂們。

『快站起來，我們小老弟的故事還沒結束呢。』

文字無可奈何地川流不息，再這樣下去，祂們勢必會葬身其中。不管是烏列爾、深淵的黑焰龍或齊天大聖，所有人都是死路一條。

我痛苦地朝祂們伸出了手。那種蠶食著靈魂的疼痛，無論透過聲音或真言都無法言表。

『**阻止**這一**切**。』

〔『第四面牆』代替你述說。〕

『**阻**止**那**個故事**繼續講下**去。』

伙伴們紛紛衝向最後一道牆。

縱使我不說，他們也知道該做些什麼。

那個故事沒有結束，只要阻止它續寫下一個段落——

劇烈的反噬風暴使一行人的身軀迅速起火燃燒。

鬼怪之王運用自身力量箝制著他們的行動，但他們沒有停下，所有人都承受著那刺眼的火花，一步又一步，用自己的速度奮力前進。

〔星雲〈金獨子集團〉的所有浩瀚神話都拒絕被記錄在『最後一道牆』上。〕

我們親手創造的故事正在說話。

鬼怪之王回敬似地斥道。

〔原來如此，你們還想繼續執行任務是嗎？〕

鬼怪之王注視著我，眼神似乎樂在其中，一與祂的目光對視，我不由得打了個冷顫。祂是這個世界線最強大的存在，無論哪個神話級星座都無法與鬼怪之王抗衡。

畢竟星星直播的一切，不過是被祂玩弄於股掌間的玩具罷了。

鬼怪之王一個手勢，最後一道牆又開始浮現新的任務內容。

〔星星直播已重新設定最後的任務。〕

〔星星直播最後的任務……〕

唰的一聲，流轉的文字應聲中斷。

只見字句斷裂之處不偏不倚地插著一把刀，刀上繚繞著不祥的混沌之力，攪亂了文章原有的秩序。

緊接著，它迅速建構出新的章句。

漂泊了漫長的歲月，唯一一名親眼見證世界盡頭的人物。

斷裂的鎖鍊在空中晃盪，宛如數千個殘影重重疊疊為一體，無數次回歸的身影交疊在那黑色大衣之上。

這一瞬間，我才意識到我的判斷大錯特錯。

唯他一人。

曾經擊殺過鬼怪之王的人，確實存在。

〔傳說『恆久不滅的地獄道』開始講述故事。〕

——《全知讀者視角11》完

ORV011

全知讀者視角 11
전지적 독자 시점

作　　者　　싱숑(sing N song)
譯　　者　　林季妤
封面設計　　茵萊登曼特
封面繪者　　HABAN
責任編輯　　林紓平
校　　對　　任芸慧

發　　行　　深空出版
出 版 者　　星巡文化有限公司
地　　址　　臺北市中正區重慶南路一段 57號 7樓之 5
法律顧問　　泓準法律事務所 孫瀅晴律師
電　　話　　(02)7709-6893
傳　　真　　(02)7736-2136
電子信箱　　service@starwatcher.com.tw
官網網址　　www.starwatcher.com.tw
初版日期　　2024年 08月
二版一刷　　2025年 05月

總 經 銷　　聯合發行股份有限公司
地　　址　　新北市新店區寶橋路 235巷 6弄 6號 2樓
電　　話　　(02)2917-8022

國家圖書館出版品預行編目(CIP)資料

全知讀者視角 / 싱숑 (sing N song) 著 . -- 初版 . -- 臺北市 :
星巡文化有限公司出版 : 深空出版發行 , 2024.08
冊 ;　公分
ISBN 978-626-74122-2-0(第 11 冊 : 平裝). --
862.57　　113006457